弢園尺牘新編

下

〔清〕王韜 著
陳玉蘭 輯校

上海古籍出版社

弢園尺牘續鈔卷三

長洲王韜仲弢甫

擬上當事書

　　自古有國家者，非有外患，必有內憂；故欲馭外，必先治內。治內莫如自強始，強鄰悍敵，必先伺我有可乘之機，可蹈之隙，然後敢起與我抗，漸至於跋扈飛揚，不可復制。是則我所以待之者，貴有其道矣。泰西諸國與我立約通商，入居中土，蓋已四十餘年矣。其所以待我之情形，亦已屢變，總不外乎彼強而我弱，彼剛而我柔，彼嚴而我寬，彼急而我緩，彼益而我損。今日者，我即欲驅而遠之，畫疆自守，亦勢有所不能，蓋今之天下，乃地球合一之天下也。全地東西兩半球，所有大小各國，無不入我之市，旅我之疆，通好求盟，此來而彼往，其間利害相攻，情欲相感，爭奪齟齬，勢所必至，情有固然。在我駕馭之有術，彼始肯俯首而聽命；處置一或不善，而凌侮我者至矣。往往挾其所長，而攻我之所短，兵釁一開，備不勝備，防不勝防。彼之所長在水，而我之所長在陸；彼之所長在鎗砲，我之所長在矛矢；彼之所長在船艦，我之所長在馬騎。彼又狡甚，往往舍堅而攻瑕，避實而擊虛。邇來我漸知其弊之所在，時思改絃而易轍，欲效其所長而奪其所恃。惟是經營二十餘年，尚多襲其皮毛，而未能徵諸實用。故即有船艦鎗礮，而尚未能與之比權量力，角勝於洪洋巨浸之中，此彼之所以猶敢肆也。雖然，道剝極而必復，勢無平而不陂，張弛之權、盛衰之變，正在今日。彼之習航海術者，始僅用夾板，今則有火輪；彼之講行軍法者，始僅用佛朗機，今則有大砲。凡所行鐵甲巨艘，劈山遠礮，電氣通標，輪車鐵路，皆不過近今踵事增加耳，中國已能習而效之。使其專心致志於此，欲駕其上，又何難哉！材力心思，人所同具，安見我之必不如彼也？特在爲上者悉心以求之耳。懸高爵厚祿以招徠之，出重賞優賚以鼓舞之，而才智勇力者自然畢集矣。上以此求，下以此應，相感之理，捷於桴鼓。誠如是也，我之欲制夫泰西諸國也，在乎自強而已。

近者法人先發難，端甘爲戎首，徘徊海上，幾及一載。馬江之役，法以詭道誘我，雖勝猶辱，其得徼倖出險，僅免聚而殲旃而已。基隆雖踞，淡水無功，彼以全力注於臺灣，而歷日曠時，仍不得尺寸之地，則彼之兵力，亦可知矣。甬江之戰，無所勝負，彼攻此守，猶足支持。即彼言將北犯析津，撲旅順，擾芝罘者，亦不過虛聲恫喝之故智耳，其實技無所施也。則彼之水師亦可知已。至於遏截海運，擄劫商船，正所謂強弩之末，勢不能穿魯縞者也。法人處今日之勢，其進退維谷之情形，不顯然哉！曩者，彼國屢次敗盟搆亂，特未嘗一角耳。誠使我以鎮定處之，志在用兵，一戰再戰，雖挫不撓，則彼之虛實，早已灼然洞見，膽壯氣張，名正言順，何難與之馳騁於疆場，縱橫於洋海也哉！法人之俯從和議，仍照舊章而不敢多索者，職是故也。

雖然，法事之終，乃兵事之始也。我國家既創泰西通商之局，則兵事不可不講，所以畏民而懼戎、安內而攘外，則練兵爲第一。兵之臨陣，首在利器。誠得利器而用之，則有恃而無恐，殺敵致果，初又何難，故火器爲第二。鎗砲二器，戰守皆宜，水陸並用。既有勁兵，又有利器，而載之以衝涉於波濤、決勝於海外者，則船艦爲不可稍緩。取材選料，愼簡工匠，則船艦爲第三。鎗砲船艦，皆須設廠局以自造，切勿假手於外人。惟採鐵於山、掘煤於礦、斫木於林，藉材料以供用者，必當內取諸己，則集材爲第四。練兵造船，製器取材，四者既總其大綱，而其要則首在得人。運籌帷幄、折衝行陣，則有將帥之才；教習火器、命中及遠，則有戰鬥之才；統率艨艟、乘風破浪，則有駕駛之才；長於戰具、巧思獨絕，制勝出奇、精益求精，則有製造之才。此四者，非得人不可。蓋兵既練矣，必有統馭之人，而後兵乃可用；鎗砲既精矣，必有施放之人，而後利器乃非虛設；船艦既鞏固矣，必有把舵管駕之人，而後戰艦不至於資敵。一切製造，其材悉取之於內地，則財不至流之於外邦。所有良法美意，我始則得之以學習，繼則能竭夫心思，則倉猝之間，不至借材於異域，而動爲他人所掣肘。雖然，此數者言之則易，而行之實難，所賴乎爲上之人，鄭重以求之，視爲急務，勿作虛文，以實事程實功，以實功徵實效，誘之以利祿，激之以功名，以天下之大、人才之衆，豈無殊尤之資、出類而拔萃者哉！故儲才爲第五。儲之於平日，斯能用之於臨時，勿限於門第，勿拘於資格，毋狥情私，毋存輕藐，有幹能者，立予拔擢，將見一獎而百奮，人才自出矣。此皆善後事宜，既和之後，所當亟爲舉行者也。謹將管見所及，縷析而言之，以當芹曝之獻，而備葑菲之采。所有條舉如左：

一、兵士不可不練也。行軍之要，水陸並重。自古以來，每重陸而輕水，且僅有水師，而無海軍。今陸兵所用，但有刀矛弓矢，而不練習火器。近日所有洋鎗隊，衹用以衝鋒折銳，一營不過數隊而已，有鎗隊而無砲隊，有鎗手而無砲手，猝遇敵軍，但能擊近而不能擊遠，此所以易爲敵所乘也。今必全營皆用火器，砲居於先，鎗居於後。遠則用砲，近則用鎗。鎗也者所以護衛乎砲，砲也者所以濟夫鎗之所不及者也。鎗隊、砲隊，皆必在平時習練，命中及遠，斯爲上等。平日身具絕技，斯臨時足以有恃而無恐，又何至所習非所用，所用非所長哉！至於水師，亦惟重鎗、礮二者而已。水師宜區分爲二，一爲長江，一爲大海，海軍與江兵異。大海之中，風濤顛簸，烟霧溟濛，斯時司砲之人，必當具有把握，遠近高下，轉側左右，皆能發有定準，且能因勢取巧，變化不測，斯爲高手，全船之命，皆係於此，豈不重哉！司砲之人，首在膽定神閒，心靈手敏，然後縱擊敵船，百無一爽。其距敵船之遠近，測以紀限鏡儀，不差分秒。是則平時習練之功，可不講哉！

一、火器不可不利也。兩軍相角，首資利器。一營中所用鎗砲，皆宜一律。兵士平日咸與之，久相習熟，則自能生巧。不獨所製鎗砲歸於一律，即所納藥彈亦悉與鎗砲相配，遠近準則，先已了然於胸中，靜俟敵至即發，斯乃發無不中。砲有大、小、中三等，有守器，有戰器，有攻器。其藥彈悉從後膛納進，藥彈出路，遠近適合，靈捷異常，迭擊環攻，自收其效，雖經久用，而不至於炸裂。其鎗之制度，亦宜悉以新法，快捷無比，連發數十響而鎗身無炙手之虞。軍士既恃有利器，足以殺敵致果，安有不踴躍爭先也哉！

一、船艦不可不鞏固也。今日所有水師各船，僅可用之於長江，斷不能涉海。即各廠所造火輪兵船，僅可以之傳遞文書、轉運糧餉、裝載軍士，而不能遠航大海，況乎衝涉波濤，與敵船擊鬥也哉？既有海軍，安可不製造海舶，大興剡木之利。中國海面延袤萬三千里，南北要口，須雄峙以鐵甲戰艘，藉作金城湯池之固，即英人所謂活礮臺也。但初行創造之先，宜製小者以爲守具，俟駕駛既精，運用既熟，然後乃製大者，由漸擴充，斯能獲益。蓋鐵甲巨艦，貲本既大，一舟之費，非數百萬金不能集事，倘有疏虞，所失實多；不如以數百萬金分造數艘，雖不能出擊於洪洋巨浸之中，而誘之近口，亦可收肆擊環攻之效。鐵甲之外，則爲火輪兵艦，其小者則曰蚊子船，取其靈捷快便；再次則曰砲艇，西人呼爲根砵，可行之於淺水狹港。此等大小各船，皆宜於沿海各直省設立廠局，自行製造，民間有自願出貲在廠製造輪舟，以藉航海貿易者，亦聽其便。惟選材必精美，斯造船乃鞏固。苟有以窳物報重值者，立予重懲，以一警百，而其後自無敢嘗試矣。

一、煤鐵五金，諸礦不可不開也。今者各直省所設廠局，其指授工匠者，固不能離乎西人，而所有製造各材料，悉皆取之於外邦，幾難枚舉。故中國製造愈多，其財利之流出於外洋者更爲無窮，國用安得而不匱也哉！今欲一反其弊，則莫如開礦。夫天不愛道，地不愛寶，中國自有之利，取之無盡，用之不竭。廠局鼓鑄，首重煤鐵，其次則五金。各直省礦中所出者不少，特患無開鑿之者耳。近日所有開礦公司，弊竇叢滋，請皆一切罷之，而悉由國家發出帑金，自行開掘，責以成效。但使總辦得人，綱舉目張，所出必有可觀。取材既富，則鎗砲船艦何難製造日廣也哉！

一、儲材不可不廣，選材不可不嚴也。竊思以中國之大，人數之衆，心思靈巧，材智充裕，識見高遠，豈其反不如泰西各邦？蓋以中國不尚藝術，上不之求，斯下不之應耳！練兵須先選取年齒少壯、身體充實、勇力矯健、心地忠誠；平日示之以恩威，結之以信義，甘苦與同，患難與共；然後臨用之時，作其勇氣，激其忠心，始可一戰也。既有精兵，統帥之人尤宜遴選。自十長、百長、千夫長，以至偏裨將校，悉由訓練考選，漸次拔擢，以膺其任，無濫無狗，而取舍一秉之公。此外，則韜略機器、象緯輿圖、制器算法，宜各當其才，各適厥用。平日儲材之地，當分爲數等。一曰宜改武試章程也。國家取士，文武並重。文試既以帖括，而武試又以弓刀石，牢不可變。試問臨陣之時，將何所用？今不如分爲數途，能明戰守之宜、應變之方，深知地理險阻，設伏制敵者爲上；其次能施放火器，駕駛戰舶，制造機器，建築營壘，礮臺、戰攻守諸具，一經拔取，令入武備院、藝術院，再行肄習。一曰沿海各直省宜設水師學塾也。閩、粵、浙瀕海居民，類多航海貿易，狎習風濤，無所畏懼。今於其中廣爲招徠，慎加遴選，以備戰舶之用。先令入水師學塾，日加演習，各因其材之所近，或習駕駛，或習施放。駕駛須令其熟悉輿圖、辨識風雲沙線；施放須深通算法，司砲、司鎗，遠近高下，俱有定準。此外，宜設武備院，以收材力勇智之士；宜設藝術院，以收聰明技巧之士。凡此，皆以備行軍時所用，所以爲儲材地也。人材既廣，乃足以供我之選擇矣。

以上五者，皆爲富國強兵計，所以自強之道，亦不外乎此矣。若夫講求治術、恢擴遠謨、培植國本、教養民生、澄叙官方、端肅士習，則内繫乎當軸諸大臣，外繫乎各省諸督撫，勵精圖治，奮發有爲，則事無不舉矣。請得略言其一二，用備採擇：

一曰慎簡督撫。各直省沿海通商口岸，駐居洋人，每多中外交涉事件，故督撫必以通達洋務者膺其任。其才必以應急通變爲上，待之不亢不卑，持之必簡必速，事至即了，何至動輒齟齬，倍多輾轉。其下州守牧令，皆由督撫選任，自能各當其才，辦理洋務，無所掣肘。洋人性雖狡獪，質直未漓，公論尚存，每見華官清廉自矢、内無愧怍者，未嘗不肅然起敬。其有辦理不善者，率由中餒。近來洋務之壞，其弊有二：柔懦者畏事，剛愎者僨事，此皆不明洋務之故也。苟督撫得人，又何慮哉？

一曰久任牧令。牧令爲親民之官，民間苟得一賢牧令，愛之如父母，仰之如神明。乃近自調劑之法興，牧令多不能久於其任。其莅任也，朝履夕罷；其頒條教也，朝令夕改，幾於視之若傳舍。則官民何由相親，地方曷克整頓也哉！今若得一賢牧令，使之久於其任，俾得展其措施，則實惠自能及民矣。

一曰求通民情。今者上下之分太嚴，堂廉之隔太遠。官之於民，親而不疏，爲牧令者，但知計一己之肥瘠而已，而於民間之休戚疴癢，無相關也，一有變故，尚望其能同仇敵愾也哉！今必使下情悉皆上達，上恩悉皆下逮，勿視作具文，必以實心行實事，官之賢否黜陟，須以輿論之美惡是非爲斷，不以貴賤殊，不以遠近區。一邑如一家，令之於民，如父母之於子，推而之於府道督撫，無不皆然，而民安有不可用哉！

一曰廣舉賢才。近日内外臣工保舉人才，形之薦牘，登之章疏者衆矣。然可以見之實用者，未數數聞也。且其所舉，多已仕者，而不及未仕者，薄植孤根，草茅疏遠之士，卒未聞以此階進者。竊以爲薦舉之權，當自下以達之上，采之輿評，參之公論，令一鄉一邑，得以公舉其所優，以所舉最多者呈之於官，然後擇用焉，則其薦舉公矣。況乎才有數等，有吏才，有將才，有匠才，有出使之才，有折衝禦侮之才，有明體達用之才，有應急濟變之才，用之必各當其才，而後才乃見。今必先採之以虛名，而後收之以實用。苟用之而效，則獎以頭銜，立予拔擢；用之而不效，即予罷遣。竊謂人之實有才者，每不輕自衒，或淪草野，或隱巖谷，須采訪者虛衷以延攬，任用者側席以諮諏，則人才自無不出矣。

以上所陳，是否有當，伏乞俯采施行，不勝幸甚。曷禁竦仄待命之至。

擬上當事書

竊聞天下事，有備乃可以無患，治內乃可以馭外。戎狄侵凌，自古已然，馭之別無善法，在我有以待之而已。毋患敵強，毋虞敵暴，我自有以制其強而戢其暴者，立乎其先也。惟是昔之與我為敵者，近在乎肘腋之間；今之與我為敵者，遠在乎寰瀛數萬里之外。昔止境壤毘連一二國而已；今則環而伺我者，大小數十國。昔之書於史者，曰來寇，曰入犯；今之來者曰求通好，曰乞互市。今昔異情，世局大變，五洲交通，地球合一，我之不可畫疆自守也明矣。是以彼來而此亦來，彼進而此亦進，其藉言則曰有益均沾，其實則皆欲損我以益彼，設我不善為之處置，齟齬立見。

泰西諸國，與我通商立約，四十餘年矣，時挾其所長，肆其凌侮，無厭之誅求、非分之干請，恒出而嘗試。我許之則損國體，不許則害起於須臾，變生於倉猝，易玉帛爲干戈，轉冠裳爲甲兵，頃刻間事耳，雖有和約，其實未足恃也。和約始立於道光年間，我朝惟以仁義爲結納，禮義爲羈縻，惠愛爲撫循，度量爲包容，犬羊之性，浸久生驕，不以爲德，反以爲怨，其間背和蔑約者，已非一次。論者以爲制彼之道，莫若師其所長，而奪其所恃，此誠爲第一要著。或謂我之藝術即能如彼，亦不過與之度長絜短、比權量力耳，未能遽駕乎其上，而制其死命也。雖然，我惜其言之太易也。

今泰西諸國，所爲恃以自強者，曰舟艦，曰鎗礮而已。戰船始不過有夾板而已，火輪之製，不過五六十年耳，鐵甲之興，不過二十餘年耳。火器始不過有佛朗機而已，後膛之礮、快捷之鎗、七八百磅之彈，不過十餘年耳。而我國自傚倣西法以來，雖不能制求其精、法求其新，而已能略得皮毛，襲取其格式，安知數十年之後，不能與之並駕齊驅、爭先恐後也哉！是在爲上者有以鼓舞之，上以此求，下以此應。是在上有以振興之耳，上之所好，下必有甚焉者矣。我國家苟真能自強，不徒託之空談，而一切徵之於實事，吾知數十年之後，泰西諸國必且失其爲強，而悉俯首以聽命。

何以見之？蓋即見之於法事。法人志在越南，無端而稱兵於海疆，甘爲戎首，先發難端。其初意必謂欲踞沿疆片土，易如反掌，不料進攻臺灣，相持半載而未得建尺寸之功；雖取基隆、襲澎湖，仍不敢深入，時虞我兵之乘瑕蹈隙。馬江之役，不得謂之戰，其入口也，以詭詞誘我，形同偷竊；其得出也，行險以僥倖。逮後薄我甬江，屢攻而不得進，徘徊海上，技無所施，則彼水師之兵力亦可知矣。其他不過大言不慚，虛聲恫喝，虜截商船，逞其暴戾而已，烏得謂堂堂之陣、正正之旗哉！觀法人今日情形，僅能游弋往來於大洋，而不能深入內河；但能鬭於水，而不能橫於陸。是則彼之飛揚跋扈，固有時而窮矣。我之行軍制器，所以效彼者，不過得其一二，而較之於昔，則已大相懸絕。若使我一旦盡得其所長，豈有不能禦彼者哉！事惟於始則見其難，誠能與之一戰再戰，則膽氣已張，智勇必生，乘其銳而用之，何畏乎法人！宜法人之不得已而出於和也。

用兵之道，在乎審己料敵。語云："知彼知己，百戰百勝。"近年以來，我國家之所以整頓邊防、講求武備者，亦已反覆圖維，不遺餘力。惟長江則有水師，而大海則無戰士。所有巨艦戰舶皆不能衝涉波濤，所以不能邀截法船，而任其去來自如。此我之遜於法人者一。法人雖久在我中土通商，而船中水手舵工皆調自外洋，未習水道，欲進海口，必覓引水，浙海港汊紛歧，島嶼錯出，勢不能盡悉，若誘之入我内河，進我陸地，彼必至失其所恃，而我得以操夫勝券矣。此法之遜於我者一。況法現據越南全境，而又進擾閩、浙，處處需兵，其國内有亂黨，外有強鄰，境上之師不可調，外募之卒不可用，財殫力痡，外強中槁，再與我國久持，益形支絀，議和之説，必易行也。

惟我之所慮者，不難於和，而難於既和之後，勵精圖治，所以備敵於外，教民於内者，要不可不亟講也。法事之終，兵事之始，誠哉藥石之言也。前事之不忘，後事之師也；前車之既覆，後車之鑑也。不揣冒昧，敢貢所知，以爲芻蕘之獻，或當葑菲之采。請得而縷析條舉之：

  一曰練兵。我國家兵力之強，超越前古；兵制之美，前代莫之比倫。既有滿營，又有綠營；既有陸軍，又有水師，各省悉有駐防兵丁。歲中督撫巡閱，嚴定賞罰，以昭大典，甚盛舉也。今一旦而欲以西法練兵，恐駭聽聞。惟事必求夫實效，必也以實事呈實功，而兵乃可用。何則？近日行軍，專尚火器，則弓箭刀矛已爲無用之物，而營中排隊出師猶以此當前列，其將以之飾觀瞻、耀威武乎？抑或尚欲收夫實效乎？愚以爲陸路之兵，莫若分兩隊：一曰砲隊，一曰鎗隊。砲以擊遠，鎗以攻近。鎗也者，所以護砲，而兼濟夫礮之後者也。砲手、鎗手，俱必專於其事，命中及遠，身具絕技，練之於平日，斯能用之於臨時。否則所習非所用，所用非所長，欲求其勝，蓋亦難矣。陸兵之外，則練水師。水師宜分爲二：一曰長江，一曰大海。大海中第一爲司砲，此與陸路稍異。能於烟霧溟濛、波濤激蕩之中，而仍能膽定神閒、心靈手敏，縱擊敵船，百不爽一，斯爲高手。且也船在大海，顛簸不定，而仍能測以紀限鏡儀，遠近適合，變化無方，斯非熟於算法者不能，非由肄習有素，又安得哉？此其人當於平昔預爲儲用者也。

　　二曰造船。既有水師以戰於大海，則非艨艟巨艦，馳駛於洪洋巨浸中不爲功。所造之船有四等：一曰鐵甲戰舶，二曰火輪兵艦，三曰蚊子船，四曰砲艇。皆必設廠局，雇工匠，自行製造，而勿購置於外洋，假手於外人。其選材命料，必精好美善，則造之鞏固，不獨衝涉波濤，無虞失事，即偶經一二砲彈，亦不至遽沈。始造鐵甲，不妨稍小，則工料省，費用廉，駕駛亦易，設遇敵船，可以盡出環攻。惟行駛最宜迅捷，一遇不得利，亦易於逃避。俟小者用之既熟，然後造大者，以與敵相持於大洋。

　　三曰制器。既有水師，又有海舶；既有陸營，又有勁旅，則軍器不可不精。其用以火器爲先，一曰大小各砲，一曰遠近各鎗，皆宜設廠自制。鎗砲當悉以新法，鎗須連發數十響，管仍不熱，少頃即可持用；砲亦必一秒許發不絕聲，悉從後膛進藥彈，便捷非常。如此，可以收環攻迭擊之效。

器用既精，施放能準，軍士臨陣，自然有恃而無恐矣。

四曰選士。有船矣，須駕駛之人；有鎗砲矣，須施放之人。否則堅舶利器，亦同虛設耳。船上舵工水手，須選身體充實、年力強壯、心思靈敏者爲之。此其人，閩、粵、浙海舶之人俱可募用，蓋彼地瀕大海，歲必出洋數次。又漁船中人，日夜皆在水中，風濤猝至，亦無所畏，亦可以重價招徠。舵工水手既已得人，管駕之人，尤當首重。一船之內，上自管駕，以至大伙、二伙、司理機器者，皆由平時精選，缺一不可。船一出洋，與敵舶互相縱擊，全船性命，俱在其手，不獨勝負可以立見也。把舵之人，具有把握，能占據上風者，自可轉敗以爲勝。其人平日辨識風雲沙線，推量經緯度數，又能熟稔輿圖，然後其船乃有用也。施放鎗礮，具有定準，其人須在平時演習，斯臨陣乃能命中及遠，百不一爽。譬如一營之中，所用新式之鎗，盡行一例，每鑄一礮，即專立一司礮之人，如是熟極巧生，斷無誤事。

五曰儲材。天下豈無人才，患所以求之者未至耳。首重將才，其人必須深明韜畧，曉暢戎機，知地理之險要，審敵情之強弱。其次則爲藝術之才，必有奇巧異能之士出焉，其人能造舟艦，製鎗礮，建築營壘，仿作攻守戰陣之具，用以出奇制勝。於沿海通商口岸，設立三大書院：一曰武備院，所以收將才也，司理鎗礮，教習戰鬥，演試陣圖，胥在其中矣。一曰藝術院，所以收藝能之士也，制造一切工程，胥統諸此矣。一曰水師院，專收駕駛戰船、明習海道之人。預備於平日，方能用之於臨時。

六曰重藝術。今宜創設學院，專重藝術，教習成童。夫人之造端，貴乎始基。少成若天性，習慣如自然，所謂先入者爲之主也。幼學而壯行，家修而廷獻，其所繫於自少教習者，豈可緩也哉！西學所重，豈徒在語言文字之末，象緯輿圖，曆算格致，機器制造，以及化學、光學、電學、重學、醫學、律學，皆藝術也。於沿海各直省通商口岸，皆需設立學塾，選心性敏慧、身體充實之子弟，入而肄業。以重幣延聘各西人，爲之悉心教習，務使之專心致志，以底於有成。三年一加考核，列於前茅者，例有獎賞，以示鼓勵。技藝既成，則加錄用，因材器使，各當其長。將見不數十年間，各處廠局，皆我中國之人主理其事，不必假手於西人。凡有學成絕技，獨出意表，造成之器，可資實用者，得膺上賞，并許獲沾其利。如是，則人人自奮，而所學自不至徒襲其皮毛也。上以此求，下以此應，中國人心之巧，安見不如泰西？將見駕乎其上且不難，而何必葸葸焉退讓爲哉！

七曰開墾各礦，廣採五金。蓋以廠局之設，首重煤鐵。如必盡取諸西國，則其利悉歸於外。今沿海各處，雖皆創設廠局，製造舟船、鎗砲、藥彈、戰具，而一切機括精妙各物，非購求之於西匠，則不能成事；煤鐵偶有不足，亦皆來自外洋。有自製之名，無自製之實。不獨尺寸長短，悉由大匠之指揮；規矩模範，盡出工師之傳授，一旦離之，機巧盡矣。今請以實事程實功，實功求實效，先由開採各礦始。近日所設開礦公司，積弊已深，勢難整頓，當必一埽而空之，另議新章，或由官辦，或由商辦，專其責成，重其賞罰，嚴其條款，或有侵漁偷漏、疲軟貪黷、挪移奢濫、虧蝕虛冒、欺罔蒙蔽，於其中爲利藪者，立予重懲，法無徒赦。開墾之始，必先發帑金，由國家聘請誠實精敏之礦師，與之反覆訂明，必具有把握，然後施行，斷不可鹵莽以從事。國家借支之項，於開礦獲利後，遞年分繳。開礦既有實效，則船廠、砲局、機器所，何患鼓鑄之或絀，而富强之效在是矣。

八曰築路。近日我國既已創行電線，用以傳遞軍情，而電線之所達，又必有火輪鐵路以副之，二者蓋相助爲理者也。西國於電線所至之地，水則有輪舶，陸則有火車，相輔並行，一聞警信，調兵轉餉，頃刻可集。我國何不仿而行之？擇其尤要者，先行興築，其他各省通行要路，先築官道，務須廣闊平坦，此即古者司空以時平易道路之遺意也。又自蘇以達山東、直隸一帶，漕米河運不便者，改行陸運，可趕造火輪鐵路，以備有事之時，可由內地轉輸，無憂敵人之截取。此宜綢繆於未雨者也，辦善後事宜者，勿以爲不急而忽之。

九曰理財。有國家者，以財用爲第一，故富國強兵，二者不可偏廢。今所謂開源節流者，皆於釐稅二事殷殷致意，是不過取之於民而已。愚以爲取之於民，不如取之於天地自然之利。何謂自然之利？山含其輝，地蘊厥寶，開鑿五金煤鐵諸礦是也。開礦一事，近來其弊繁多，論者有鑒於此，不復置議，幾同因噎而廢食。今請一切罷之，另招礦師，隨地察視，據實陳明，無參以一毫私意。其費暫由帑發，經理此事者，須務實開消，一有侵漁蒙蔽、虛浮不實之處，立寘重典。一二處礦務興旺，則繼之而起者，自然接踵，又何患用之或匱哉！

十曰慎遣使臣。西國使臣，具有全權，其出也，睦鄰修好，一國之乖和，胥繫於是矣。西國使才之選，不綦重哉！使臣至其國中，豈特雍容於文告之詞，周旋於敦槃之會，揖讓於讌享之間哉！無事須默探其官民之向背，上下之從違，習俗之好尚，國勢之盛衰，兵力之強弱，民情之順逆，財用之贏絀，外鄰之乖和，而隨時以爲之備；有事則以一身折衝於樽俎，此使臣之所以可貴也。我國今與歐洲諸大國互相交際，所簡使臣，必極一時之選，或負老成碩望之重臣，或休戚相關親信之舊臣，又必平日深明洋務，洞悉外情，始可膺此重任，否則徒貽笑於鄰封耳，於國家初何裨益哉！

十一曰厚待外人。維楚有材，晉實用之。杞梓皮革，則知取之於異方，獨於賢才而昧之乎？今我國家所用西國之人，亦復不少，上自稅務司，教習繙譯，以至工匠，無一非西國之人相助為理。彼於泰西各國情形，豈不知之，平日議論所及，於我中國當行急行之事，亦已了然於胸中，言之實為明了，豈有一旦有事，而反昧之者？特彼不能與我國官吏質言之耳。今當於平日間與之深相結納，使其感我恩膏，盡言無隱，或有可設計代謀，亦可試之於實事。蓋我之待彼既已推心置腹，開誠布公，彼安有不感激知奮，自效於明時也哉！

十二曰固守邦交。今之與我通商立約者，不下十餘國，如其國不設領事者，則其權悉歸諸英，凡遇中外商民交涉之事，聽英領事為之審斷焉。顧中外之交，今昔情形，已有不同。英於中土商務最為繁盛，與國皆有陰相忌之者。昔者英與我疏，今者英與我密，英之意蓋欲以我為援，而併力以拒俄也。俄與我土壤相連，實為後日心腹之大患，特此時尚未露其端倪，則我亦惟與之固守夙好而已。總之，泰西諸國，其意不過通商為重，我亦以此羈縻之。或於使臣之外，另遣材幹之員，往來其國，饋問聘會，以通彼此之情，講信修睦，原古者之所不廢。誠如是，則一旦有事，彼自出而折衷，毋虞其窒碍而扞格矣。

以上十有二條，皆善後事宜所當亟行者也。而富國強兵，睦鄰備遠，亦不外乎是矣。他如儲人材，招賢士；材能者不次擢用，毋拘資格，毋狥私情；重操守之士，以尚氣節；表品學之儒，以敦風俗；取士務期於有用，用人不囿乎一長；端重士習，澄肅官方；闢礦取材，設局鑄錢；謹身而嗇用，開源以節流，則庶乎其可矣。愚昧之見，是否有當，惟冀采擇而施行之，不勝幸甚。

擬上當事書

爲敬陳管見以備采擇事：竊聞謀必出乎萬全，事必操夫勝算；謀成而後行，事定而後爲，則一舉一動，可無後悔。用兵之道，尤宜慎之又慎，非過爲老成持重，畏葸瞻顧也，必審我有以制之而有餘，然後可一發也。毋憚彼強，毋倖彼弱，毋虞其多難，毋患其肆橫，在我先有以自審而已。

今日者，法人之凌侮極矣！驕悍極矣！勢不得不出於戰，以彰天討，以奮天威，用伸薄海臣民之憤，理直者氣自壯，名正者言自順，法人雖狡，揆之天理人心，必不能逞也。然天下事固有不能盡以常理測度者也。張法人者，謂其船堅礮利，將猛兵精；輕法人者，謂其財殫力痡，民窮國蹙，強鄰峙於外，亂黨踞於中，他處兵事，已形棘手。

惟管見竊不謂然。法人之來擾中國，尚利害參半；獨我之禦法人，爲有害而無利。何則？我與法所爭者，空名而已，而其間所失者實大。戰而捷，法人必思報復，未必即肯甘心，俯受挫折，兵連禍結，靡有已時。法人今日首先開釁於中土，一戰於基隆，再戰於馬江，雖迭有勝負，而我國受虧已甚，統計兵輪、砲艇、船局、礮臺，已不下二千數百萬。始事已如此，後來尚難逆料。雖他省防堵完密，守禦謹嚴，法兵即來，不以力勝，可以計殲，然今日遣艨艟，明日調士卒，經費浩繁，何可勝計！他日欲令法人償我兵餉，勢恐不能。

今法人自初七日退兵之後，寂無動作，其意蓋有所待，將俟增兵既至，然後合而攻我。進攻福州之法兵，皆經劉團挫敗之餘衆，猶且猖獗如此；若從法國調來者，其銳氣當增一倍，亦可推矣。法人所注意者，閩則臺府，粵則瓊州，皆孤懸海外，可以鐵甲戰艦、火輪兵舶守之於大洋，而不虞陸路之追截。其擾臺灣，則必先踞澎湖，以爲泊舟駐兵之地。臺灣幅幀遼闊，物産富庶，且爲東西航海者之中道，泰西諸國皆所垂涎，法人要必以全力赴之，其情形固已灼然共見。

然則我所以禦之之道如何？當必以水師兵輪爲先。夫與法人交戰，擊之於大洋，不如守之於內河；拒之於水，不如持之於陸，此固人人知之矣。惟是我國海疆延袤萬三千里，備不勝備，防不勝防，況所有輪舶兵艦皆不能駛出大洋、衝涉波濤、測量沙線、辨識風雲，況乎與敵決戰而縱擊也哉！以此敵船來莫之遏，去莫之追，飄忽無定，往返自如，沿海礮臺苟不善守，勢必突遭糜爛，經營數十年，而毀之一旦，殊可惜也。夫礮臺原以制敵船而設，專爲守禦計，其建築悉準西法，宜若可恃。不知礮臺所重者，在司礮之人。苟司礮能資熟手，擊放遠近，自有定準，今倉猝從事，未經練習，砲皆虛發，敵船無所畏懼。且敵船在海中，旋轉無定，其中之也難；礮臺屹峙海濱，其中之也易。以不準之礮，攻無定之船，此所以爲敵船所乘也。

濱海居民即可遷入内地，空其地爲甌脫，亦是禦敵之一法。然商務壅阻，謀生路絕，小民蕩析離居，情殊堪憫；設使無所得食，肆行搶劫，或起與西人爲難，致費調停。南方民情浮躁，北方風氣剛勁，皆足以生亂而釀禍，與法人相持，一二年間，其變必生。今粵東兵事未興，而佛山鎮民已毀教堂兩所，此皆英、美兩國人所設，與法人無預；愚民何知，但知抒其積憤而已。釁啓自民，咎歸於官，保衛之術，至此朝廷必有所不及，而泰西各國之齟齬起矣。

俄人於西北一帶久眈虎視，特無間可乘耳。今許法人前來保衛，鐵甲戰艦不日東駛，法人寄居通商口岸，難保無通消息、行接濟，偵探我之虛實，盡爲彼所洞知。欲行驅逐，俄人當必有辭，苟處置不善，不免又樹一敵。俄人強悍無理，不亞於法人。彼若來華，事多掣肘，至我內地，民情亦可靜而不可動，各處齋匪、教匪、哥老會，時思蠢然爲患，倘與法相持日久，民之失業窮苦者必多，外憂既亟，內患堪虞，於此而圖消弭之，正非易事。

即曰遣發勁旅出關，收復東京，直搗西貢，此固圍魏救趙之法。使之還兵自援以相牽制，即以越南爲戰場，而中國海面可無法兵。不知法人固狡甚也，彼自知不長於陸戰，越南一隅暫時可以棄而弗爭，而專以水師輪艦擾我之沿海，復殘破之越南而喪我完固之海疆，孰得孰失，何待三思。況議和之時，彼仍必索還越南也哉！總之，法人一日不靖，和議一日不成，則海防一日不可撤。勞師縻餉，伊於胡底。法人可來而我不能往，法人本不以通商中土爲急務，今年不勝則明年可再舉，明年不勝則後年可重至；或二三年，或四五年，屢肆不已，亟肆以疲我，多方以誤我，而我所以禦之者窮矣。即曰待之以定力，而海防之費從何籌措？法人之性好急，急則其來也必驟；法人之俗喜鬥，鬥則其敗也不即止。中國無一事可以制法人之死命，而法人之擾中國可以從容肆應而有餘，此則不可不熟思審處而先爲之計慮者也。

中法交兵，民間義憤，當或可用。然極言之，民之義憤，究不可恃也。誠使普天率土敵愾同仇，富以財，貧以力，從戎致命，荷戈前驅，以與法人決一死生，豈不甚善？而今皆無聞焉，是不過徒有其說而已。況其中或有藉端以滋事、逞臆而妄行者，一旦不可制遏，反足爲患。

　　今者我國家水師未練也，兵輪未廣也，統領未得幹材也，駕駛未得能手也，鎗礮之施放未精也，器械之攻守未備也，必悉心講求，先事整頓，行之十年，始可與法人一戰，行之三十年，然後可縱橫於大洋之中，入法之境，而侵法之疆，此時似猶未可與之即出於戰也。

　　或曰中朝仿效西法，振興武備，籌辦邊防，製造鎗礮，建築礮臺，行之已二十餘年，何患不濟？且湘軍、淮軍夙稱勁旅，統兵大員皆身經百戰之名將，久嫺行陣，深諳韜鈐，以此臨敵，何患不摧？今日即以臨陣爲練兵，殺敵爲講武，一戰不已則再戰，再戰不已則三戰，以百敗不撓之精神，而持之以百戰不憚之志氣；不以小勝喜，不以小挫驚，經一創，增一智，堅忍不拔，百折不回；彼寡我衆，彼客我主，彼勞我逸，彼遠我近；彼敗則必濟師於其國，調師遣舶，計程則三萬餘里，計日則一月有半，計費則一卒之齎需五百圓，我則振臂一呼，雖驟集數十萬衆不難；時艱才出，必有豪傑之士羣起而助我者。由此言之，復何懼乎！法人且其勞師以襲遠，越國而轉鬥，貨糧、扉履、器械、藥彈，儲蓄必饒。輪船非煤不濟，而煤斤重滯，勢難多載，經歷數萬里之遙，不得不賴沿海口岸爲之接濟。既經示戰，按以萬國公法，泰西列邦皆不能應其所求。至内地姦民，則在乎嚴刑峻法以治之，地方官吏加意盤詰，自能絕其根株。各處漁船，亦必行連環保甲之法，以清其流弊，并招募其人，以充團丁。果能殺敵致功，自膺重賞；有能設法焚燒敵船者，立予破格恩施，高爵厚賚，在所不吝。我但守禦嚴密，雍容坐鎮；而彼自疲於奔命矣，所謂靜可以制動也。昔俄之未強也，瑞顛興師伐其國，俄戰屢敗，臣民皆主議和，獨俄主不可，謂國可亡，戰不可已，其後卒勝瑞顛，而國日以強盛。堂堂中國，詎不如俄？

不知以上所云應敵之謀、料敵之說，言之則易，而行之則難。語云：「知彼知己，百戰百勝。」今我之所短，彼已盡悉；彼之所長，我未能及。天下有先事圖維則有餘，而臨機應變則不足。一着遽誤，全盤俱空。辦內匪與辦外寇，其間不可以道里計。俄、瑞兩國，境壤相近，所爭者在併兼土地、侵割疆宇，關繫者大。今中、法所爭者，空名耳。爭空名而受實禍，竊以爲識時達勢之智者所不爲也。處今日之地，固萬不能言和，惟有速行整頓戰事而已。若彼知難而求退，我亦似可虛與之委蛇，曰暫忍以罷兵，待時而後戰。法事之終，正兵事之始，富國強兵，治中馭外，宣國威、張國體，請俟諸異日，未有不得之於操券者。否則，徒以一時之不忍，而舉一國之全力以相搏，獅虎忿爭，必有從旁冷眼以觀者，竊以爲非計之得也。

　　兵，凶器也；戰，危事也。徒恃一戰以自強，竭全力以從事，爲中國久遠計則可，爲我朝一時計，則不可；爲將來計則可，爲現在計則不可。凡事豫則立，惟有備乃無患。養精蓄銳，深識遠慮，天下何事不可爲，豈獨禦區區之法人也哉！鄙意即欲與法人戰，亦當謀定而後行，事成而後爲，不必汲汲於一時也。天下機會之來，豈有終極。忍之於今日，而報之於他時，天道循環，斷無或爽。或者謂今日再與法人羈縻而示之弱，則他國必有起而效尤者，我朝之患正未有已時，今日之害猶小，他日之害爲大也。不知苟能自強，彼必畏我，何敢相侮？今法人之誅求無厭、非理妄干，正以我海疆之備有懈可擊耳。富強之效已覩，馭外之權即基於此。愚以爲事至今日，要當實事求是，不必涉矜誇，獻頌譽，鋪張揚厲，專作美談。必令天下進說之士，直言無隱，以聞過爲喜，以攻短爲尚，而後天下可治。

　　韜蠢愚下士，罔識忌諱，特忠君愛國之念耿耿不忘，故敢盡其區區，伏垂亮察。不宣。

弢園尺牘續鈔卷四

長洲王韜仲弢甫

與劉嘉樹太史

　　法、越之事，卒至割地議和，終不出弟所料。然法人如是之急於求成者，其國非有外患，必有內憂，此猶吳王夫差與晉爭長黃池，而不虞越人之襲其後也。

　　法今者，拿破崙舊黨盤踞於國中，阿洲叛民，埃及爭地，復騷擾於國外。飛揚跋扈，招忌召戎，恐不免於用兵。法，歐洲虎狼之國也，素爲列邦之所憎嫉，兵釁一開，強鄰亂黨必有起而乘之者。此不宜與中朝戰者一也。

　　泰西列邦，皆以通商中土爲利藪，英、普、美所繫尤重。法人賈艦，雖沿海各埠無處不至，而通商之局未宏。一旦兵事突興，必非列邦之所甚願，居間調停，勢所必然，法於此能勿從乎！此不宜與中朝戰者二也。

　　通商，英爲急；傳教，法爲重。天主教流入中土，已三百餘年，十八省中習教傳徒，累千盈萬，近日民教已有齟齬，幸賴地方官時爲之保護，民特隱忍而無可如何耳。兵釁一啓，民憤尤深，此時教士教衆，當必有罹其毒者，我中朝不任受咎也。此不宜與中朝戰者三也。

法雖以西貢爲外府，然調兵遣舶，自其國捷駛而東，勢亦紆遠，費必不貲，資糧屝屨，非一時所易集。彼雖久旅我國，深知地勢，洞悉情形，易於進攻，然我於彼之形勢虛實，亦已瞭然，非如昔時。我但守內河，厚集其勢，誘其深入，彼豈能飛越哉！我與法戰，但當堅忍不拔。理直者氣自壯，名正者言自順。同仇敵愾，民盡爲兵，惟知一鼓以直前，雖經百敗而不撓。兵鋒一交，勇智生焉，豪傑出焉，能久持之，彼必沮喪。此不宜與中朝戰者四也。

法人早已知此，故始則純以虛聲恫喝，終則仍出於和。弟於中外交涉之事，每喜窮原而竟委，所言往往不幸而中。惟此日立約結盟，似嫌其太速。若以外患猝興，內憂方亟，又何妨舍而去之，不置一詞，事定而後再申前説，未晚也。又何必於珠槃玉敦之交，作此匆遽情形爲哉！其中恐或有陰謀也。雖然，我中朝大度包容，含宏罔外，開誠布公，不設城府，以柔道懷遠人，以直道待與國，彼欲和，斯與之和耳。至於他日再有變詐，非所逆覩也。質之足下，想以爲然。

今而後，夜眠貼席矣。明日當偕足下同登海天酒樓，左挹浮丘之袖，右拍洪崖之肩，而共浮一大白，何如？

與莫善徵直刺

法人啓釁，首發難端，一時未能窺其究竟，然亦非初意之所及料也。始以恫喝，終以慚怒，既驕且憤，兵必不祥。法人狃於中朝度量之恢宏，形勢之柔緩也，逆億索餉求償，我必俯首而聽命；初不謂天威赫怒，天討用彰，薄海臣民，群興義憤，而竟至不可復挽也。今者勢成騎虎，事類觸羊，法人當必效困獸之突圍，駭鯨之決網，橫踶狂奔，以覬覦我之邊島，騷擾我之疆圉，藉求一逞而饜其欲。

臺灣一隅，爲歐洲列國之所垂涎者久矣，蕃舶東來，實爲要道。且法與德人隱有要約，其事甚秘，外莫能知。法今者當必竭其全力，勢必不遑他顧。其揚言明春將圖北犯者，僞也。我今欲保臺，莫如重用臺民，任以守土之責。欲保沿海，莫如守內河，不必戰於外洋。若在內河處處設備，層層置伏，誘之深入，聚而殲旃，亦甚易也。既已兵戎從事而出於戰，宜明以示戰，告之列國，而斷其接濟。通商口岸，所駐法員法商，概令出境，絕其往來，庶彼不能偵探虛實，傳遞消息，所以截其應援，孤其黨羽，遏其聲氣。

若欲設謀行間，則閩、粵、浙之漁船亦可用，但當重賞厚貲，勿掣其肘，任其所爲，一切勿問。如能得手，即以舶中所有財賄畀之，器械鎗礮則歸於官；全船焚燬或擊沈，則由官賞以若干萬金，使彼能攻敵人之所不備，或投敵人之所甚好，而後其效可奏也。若由官辦，則亦具文而已。

竊謂法人敗盟入犯，我與之宜和而不宜戰；若出於戰，實無一利。何則？勝之則起各國之忌心，不勝則益張法人之驕志，所爭者不過空名耳。茲不必計勝負之數，但以沿海各直省，調舶遣師，籌防議堵，糜餉千百萬，積日曠時，勢必不支。法人今歲不戰，明年不和，但以師船戰艦出沒瀕海諸處，亟肆以疲我，多方以誤我，沿海居民其能晏然無恙乎？流離轉徙，託身無所，生計靡從，其變必生。

故我前者曾言，與法人戰，非計之出於萬全者也。而今則惟有俟其來，覆而敗之而已。所幸法人內亂未靖，外憂亦亟，兵單餉薄，支絀萬分，勤兵遠涉，必難久持。一旦戰而敗北，或戰而無所得，徘徊海上，情蹙勢沮，必自乞和，此則我可堅忍以持之者也。惟既和之後，我之練水師，製輪艦，整頓邊防，改紀軍政，當自此始。誠哉，張幼樵侍御所言：法事之終，正兵事之始也。嗚呼！知之匪艱，行之維艱，是在得人而已。馬江敗後，曾有擬上當事書，洋溢三千餘言，痛陳和戰利弊之所在。繼以主和者多得罪去，削楮不上，并不敢登諸日報，懼讒書謗牘由此而起也。

天氣炎燠，苦無逭暑之地，伏冀萬萬爲道自重。不宣。

與伍秩庸觀察

日前匆匆判襟，未得稍罄所懷，私衷歉仄，莫可名言。當今要務，在與法議和，重訂詳細條約。特其中自有主者，未能越俎。

法人驕悍性成，異常譎詐，意實欲和，而佯示之以戰；內實怯，而外示之以強。其言南趨臺嶠，北駛析津，皆虛聲恫喝之故智耳。不然哀的美敦，乃最後決絕之書，豈有自行展限，故緩其期者哉！其不欲戰也，已可曉然於言外。法人之崛強無狀，頑鈍鮮恥，實爲歐洲列邦所共笑。況孤拔與巴德意見不同，文武不和，留駐越南之兵，以憚劉義未能多調。又其興一旅之師，往征馬達加斯島，聞已敗績。蠆蠆有毒，匹夫不可狃，法人豈肯甘心，勢不得不增壘濟師，再與之角。埃及所議，未愜法心，法廷勢必與英重申前論，從則玉帛相將，違則干戈立見。設今日而再欲用兵於中朝，力必不支。此在外之難也。

法爲歐洲虎狼之國，素爲諸邦所不喜。昔者爲普所蹶，國削地蹙，元氣未甦，列邦環而伺之者久矣。此日之欲取越南，其勢駸駸乎與中朝甲兵從事，然非出其本意也。又以爭埃及新河與英齟齬，重反十數年前之成説，皆由普相俾思麥慁間其間，故法之膽張而意決也，然而墮其術中矣。夫普雖許以必不相圖，隱為之援，恐終不可恃也。法人素存釁於心，未必無所顧慮，則國中防兵，要不能撤，調師遣舶，所費不貲，一旦兵興，談何容易。法雖民主之國，而拿破崙舊黨盤踞於中，時思蠢動。設與中朝戰而勝，則足以招諸國之忌；一旦敗北，難保亂黨不乘機竊發，故法亦未敢輕於用兵也。此在內之難也。

法於越南，所求者四事：曰酬餉，曰割地，曰闢路，曰通商。今三者皆已遂其所願，獨酬餉一節，彼已不欲過索，明著於約章。然此約既成，頗為輿論所不許，故又有此一舉。前者猝然議和，弟已駭其過速；今者藉端敗盟，重勞當軸諸公籌畫，弟又不解其何以太遲。總之，法人狡獪百出，正如蒼狗白衣，多所變幻，然自明眼人觀之，早已洞垣一方也。

我中朝於此，但當始終持前説，毅然不搖，彼必氣沮。蓋惟能戰，然後能守；亦惟能戰，然後能和，必如是，則和乃可恃也。設不幸而出於戰，但守之於內河，而不必戰之於外洋。我國講求武備，整頓邊防，倣傚西法，已二十餘年矣，非出於一戰，則果可用與否，末由見之。今者薄海臣民，忠義奮發，設非一戰，則何以作士氣，何以振人心，何以興人才？一戰不勝則再戰，再戰不勝則三戰，但持之以堅忍不拔之志，則豪傑之士必聞風興起，豈獨能制法人而已哉，將見歐洲諸雄國胥畏之矣。

法事既平，我之所以勵精圖治者，尤不可緩。其大要曰富國，曰強兵，曰治中，曰馭外。富國之目，在開五礦，闢地利，鑄銀錢，行鈔幣，設官銀肆；強兵之目，在精造鐵甲，廣製輪船，駕駛海舶，施放鎗礮，儲人才，收勇士；治中在簡督撫，擇牧令，通民情，端士習，久任使，舉賢能；馭外在遣使臣，延律正，行日報，柔遠人，執公法，循和約。有此四者以總大綱，而政自無不舉矣。

聊放狂談，冀收一得。當此公事倥傯，伏維爲國自重。不宣。

與潘鏡如觀察

昨奉瑤華，下詢劉義顛末。前晤南官阮荷亭參知，言之最詳，一切日報所載、道路傳聞，悉不足憑。劉義爲廣東欽州人，九歲飄泊於外，旅居滇越之交。及長，行賈於越南，往來宣光、安平間，素性慷慨，散財結衆，得死力之士數百人。越境適有土匪蠭起，擾及興化之保勝，興化疆臣募義往平之，乃許其駐劄保勝。越王以義積前後功，命爲三宣副提督，畀以守土之責。

馮子材軍門至越，以義爲同鄉人，見其意氣慷慨，將携之歸國。馮曾授以五品頂戴。然已授官任事，倚畀方隆，遂不果。義年未踰五十，髭猶未苴。其爲人也，質弱而貌奇。法難既作，義憤勃興，出與之戰，每戰輒捷。計誘力攻，鹹其梟帥，於是義聲震於天下，義亦當今人傑矣哉！天下之人，無不想望丰采，願得一見。

聞某疆臣曾有密疏，欲詔令劉義并越南之地而自王，如昔日虯髯之入扶餘，近時吳元盛之據婆羅洲。既併之後，修國政，惜民隱，練兵講武，以藩南服。不知劉義之併越南，當在前時，而不能在今日；當在未與法戰之時，而不能在既勝法人之後。劉義今與法人相抗，越人雖疲懦，猶能隱爲之援，貲糧屝屨、器械鎗礮，未嘗不取資於越，而賴其接濟。今欲襲越，果能一鼓下之乎？若猶須用兵攻取，積日曠時，則內憂外患，其何能支！否則越民不服，更樹一敵，恐劉義無以善其後也。

或曰，南詔之事既不可爲，敗則爲法人所殲，成且爲中將所忌，進退狼狽，竊爲寒心。於是有代爲劉義謀者，謂將來如中、法搆兵，劉義宜併兵蓄力，據險固守，清野移糧，決紅河之水，多爲陂陼，以限彼軍。別用奇兵，時時抄襲其糧道，賄使土寇，縱火焚敵之屯聚。譯張洋文告示，揚法國行兵之無道、待士之殘忍，以惑其士卒之心。遣刺客狙擊其酋目，用間諜以疑沮其計謀。彼之所用，皆中國人，誠能出重賞厚貲以誘之，皆可爲我之耳目。俟盛夏酷暑，彼軍必病，然後奮軍併力，爲背城借一之圖，或可一戰以走敵也。否則禍至無日，其變有不可料者。

吾竊爲劉義危矣。嗚呼！劉義以一羈旅孤臣，獨張義幟，以攻法軍，以區區三四千烏合之衆，屢挫強敵，斬將搴旗，追奔逐北，使海內之人聞風興起，此西事以來所未有也。乃中朝貴臣，頗有不以爲然者，或謂其僥倖邀功，或謂其貪婪無厭，或謂傳言失實，徒涉誇張，致慮其難於安插。是劉義在今日固可勝而不可敗，能進而不能退者也。棄雄才而委之於虎口，坐視其亡，誠一咄咄大怪事，此可爲天下人才一大哭。前日法人與越議和之後，劉義仍襲法軍，覆而敗之，法人憾甚，增兵益戍，必欲得而甘心焉。倘劉義在越不能據守險要，敗北窮蹙之餘，勢必叩關而入內地。如中朝納之，法必謂受其讎人，有辭於我；不受，則義實有功於邊陲，似不可棄，棄之則何以勗忠義之士，而益以張敵威、墮衆志，誠有兩難者。吾竊以爲無難也，直告法人曰：來斯受之而已。且也來則受之，不來更將助之保之。義雖長於用兵，善於力擊，而帷幄中似少謀主，行陣間似少利器，中朝不妨陰爲之所，不必虞法人前來詰責也，亦義之所當爲而已。謹陳四事如下：

一、用兵首在火器。劉義久在越南營中，所用鎗礮必不能精利，以收功於行陣之間。前聞遣人在香港購買，今宜陰助以器械。復爲招募粵東西近地之民，以充壯勇，藉以厚其兵力，壯其膽志，鼓其銳氣，使之直前而無禦，以相牽制。則法雖垂涎於越南，而思通道於滇、蜀，一時必不能行也。不獨越患稍紓，即中朝邊境，亦藉以聊固我圉。

一、黑旗劉義之外，尚有黃旗葉成林，彼亦欲受招撫久矣。今宜密遣幹員，前往諭以機宜，曉以大義，俾助劉義合攻夾擊，以成大功。彼必激勵奮發，樂爲用命。尤要者，黑旗、黃旗，在越不妨獨樹一幟，一若不受約束於中朝，而仍不受越南之節制，自興義憤，與法爲難，法亦不得以此爲辭，致問中朝。

一、以後黑旗所擒法國兵弁，皆不必殺，解至越南，須令立誓後日不再預兵事。至則使越王格外善待，釋其傑繫，還之法國，以爲議和地。越南宜遣親信重臣爲祈請使，求法止兵，使之自存，則法雖屢爲黑旗所敗，亦可藉以自解；否則兵連禍結，尚未有艾，當亦法之所樂聞也。勿爲過甚，俾法越仍可言和，亦緩之之一策也。

一、我當遣發勁旅，陰爲之援。所有軍需一切，皆自供給，不必取之於越南，更不必索之黑旗。統兵大員，需擇公正廉明，而素著威望者。邇來軍政，惟事姑息，威令不行，遇有調遣，退縮不前，一出境外，更不堪問，此由爲統領者平日侵蝕剋扣，素不能得士心故也。聞中朝官弁之至越者，往往橫加勒索，待其民人，呵叱鞭笞，若馭犬馬，以至遠人離德離心。今欲拔越人於法酋水火之中，而先以苛虐臨之，其可哉？黑旗餉糈出自關稅，今若增以招募各勇，貲必不足，我亦宜陰爲撥解，必使其士飽馬騰，而後臨陣，始能踴躍百倍也。

與盛杏蓀觀察

日昨幸接光采，獲奉教言，崇論閎議，竟晷罔倦，紬繹再三，佩服無量。韜前作言和言戰兩篇，略見大意。誠欲戰也，擊之於大洋，不如守之於內河；拒之於水，不如持之於陸，此固人人知之矣。惟是中國海疆，延袤萬三千里，防不勝防；況所有輪舶兵艦，皆不能駛至大洋，衝涉波濤；敵船來莫之遏，去莫之追，飄忽無定，往返自如；沿海礮臺勢必糜爛，數十年經營毀之一旦，殊可惜也。

濱海居民，即可遷入內地，棄其地為甌脫，亦是禦敵之一法。然商務壅阻，小民蕩析離居，情殊堪憫；設使無所得食，肆行搶劫，或起與西人為難，致費調停。南方民情浮躁，北方風氣剛勁，皆足以生亂而釀禍，與法人相持，一二年間，其變必生。今粵東兵事未興，而佛山鎮民已毀教堂兩所，此皆英人之所設，與法人無預，愚民何知，但知抒其積憤而已。釁啓自民，咎歸於官，保衛之術，朝廷至此必有所不及，而泰西列國之齟齬起矣。

俄人於西北一帶久眈虎視，特無間可乘耳。今許法人前來保衛，鐵甲戰艦不日東來。法人寄居通商口岸，難保無通消息，行接濟，偵探我之虛實，盡為彼所洞知，欲行驅逐，俄人當必有辭，苟處置不善，不免又樹一敵。俄人之強悍無理，不亞於法，彼若來華，事多掣肘。各處齋匪、教匪、哥老會匪，時思蠢動，相持日久，民之失業窮苦者必多。外憂既亟，內患堪虞，於此而圖消弭之，正非易事。

即日遣發勁旅出關，收復東京，直搗西貢，此固圍魏救趙之法，使之還兵自援，以相牽制。即以越南作戰場，而中國海面可以無法兵。不知法人固狡甚也，彼自知不長於陸戰，而專以水師輪舶擾我之沿海，復殘破之越南，而喪我完固之海疆，孰得孰失，何待三思。況議和之時，彼仍必索還越南也哉！總之，法人一日不靖，則海防一日不可撤，勞師縻餉，伊於胡底。法人可來，而我不能往。法人本不以通商爲急務，今年不勝則明年可再舉，明年不勝則後年可重至，或二三年，或四五年，而中國海防之費將何從籌？中國無一事可制法人之死命，而法人之擾中國可以從容肆應而有餘。

夫民之義憤不可恃也，誠使普天率土敵愾同仇，富以財，貧以力，從戎致命，荷戈前驅，以與法人決死生，而今皆無聞焉，是不過徒有其說耳。今者我國水師未練，兵輪未廣，統領未有，幹材駕駛未盡能事，鎗礮之施放未精，器械之攻守未備，必悉心講求，行之十年，始可與法人一戰；行之三十年，然後可縱橫於大洋之中，入法之境而侵法之疆，此時似猶未可與之一戰也。

或曰中國傚倣西法，整頓武備，製造鎗礮，建築礮臺，行之已二十餘年，何患不濟？且湘軍、淮軍夙稱勁旅，統兵大員皆身經百戰之名將，以此臨敵，何患不摧？今日即以臨陣爲練兵，一戰不已則再戰，再戰不已則三戰，以百敗不撓之精神，而持之以百戰不懾之志氣。彼寡我衆，彼客我主，彼勞我逸，彼遠我近。彼敗則必濟師於其國中，我振臂一呼，雖驟集數十萬不難。時艱才出，必有豪傑之士群起而助我者。由此言之，復何懼乎法人！昔俄之未強，瑞顛興師伐其國，俄戰屢敗，臣民咸主議和，獨俄主不可，謂國可亡，戰不可已，其後卒勝瑞顛，而國日以強盛。堂堂中國，詎不如俄？

瑞所爭者，併兼土地，侵削疆宇，所繫者大；今中、法所爭者，空名耳。以空名而受實禍，不如暫忍之爲愈也。暫忍以言和，待時而後戰，法事之終，正兵事之始。富國強兵，治中馭外，宣國威，振國體，請俟異日。否則，徒以一時之不忍，而舉國之全力以相搏，獅虎忿爭，必有從旁冷眼以觀者，竊以爲非計之得也。夫兵，凶器也；戰，危事也。今徒恃一戰以自强，竭全力以從事，爲中國久遠計則可，爲我朝一時計則不可。

閣下深識遠慮，有與鄙見相同者，故敢盡其區區，伏惟亮察。不宣。

與潘鏡如觀察

馬江一役，法人以詭道行之，不得謂之戰，故倖勝之後，亟圖竄逸，防有自外入而邀攻、自内出而截擊者也。苟能於峽口淺狹之處沈石縋船、塞流絶濟，以斷其歸路，則可使法人隻輪不返，奈之何計不出此也。

今者法人轉而攻我臺灣，侵淡水，踞基隆，皆未能得手。但使其始終無所獲利，則和議之成可翹足而待也。論者特慮劉爵帥以孤軍駐臺，恐難久持。不知臺地天設之險，不患在外寇，而患在内變。苟不明地理，不稔民情，徒恃其船堅礮利，輕於一試，未必果操勝券也。惟劉爵帥之來臺，已在法人選事之後，其任事也淺，其設備也遲，其與内地官紳未能遍悉，外統師旅未及周知，恩惠未孚，威信未結，民情未附，物望未歸，倉卒應之，是以爲難。夫臺灣一隅，孤懸海外，延袤二千餘里，爲歐洲列國東來之要道，列國久已垂涎，俱眈虎視。十餘年前已爲當軸言之，使當時早爲之備，亦何至有今日之患哉！雖然，及今而經營之，猶未晚也。

中、法之事，竊難料其究竟。雖將來終歸於和，而此時遣兵調舶、籌餉設防，事事需關艱鉅，當其任者，非易仔肩，恐難措手。至於勝負之數，尚可置之勿論。法人之圖臺灣也，志在必踞，其用兵也，在全力以注之。今者南北洋海防，雖有水師兵輪，而駕駛船舶之迅捷、施放鎗礮之準速，似不如法。法若以鐵甲二巨艦橫截海面，而以大小輪舶游弋往來，遇我師船，必行阻截；若使我船縱擊於洪洋巨浸之中，其非法敵也明矣。

竊以爲與其外援，不如內守。臺地居民，皆泉、漳、潮三郡之人，好勇善鬥，積習使然，城廂內外土著，率多富戶，誠使鄉自爲團，人自爲練，廣爲招募，以成一軍，遴擇其中尤勇敢者，號爲選鋒，但得訓之以節制，教之以步伐，明之以忠信，激之以義憤，皆肯爲我所用。山中生熟諸番，履險如夷，善於伺隙狙擊，深林密箐，行走如飛，誠能以利害動之，亦肯致死效命。

法人欲踞地，勢不得不登岸。既登岸，不得不由漸而進。誠使誘之深入，層層設伏，處處張羅，聚而殲之，亦甚易也。臺郡土壤膏腴，物產富庶，栽植五穀，一歲而三熟。出其所有，以供軍需，亦足令士飽馬騰。硫磺煤鐵礦之所產，取之不竭，用之不窮。器械、鎗礮、藥彈，均可廣設廠局，自行製造。歐洲藝術之士，有願渡臺指授者，給以重值，載以至臺。臺境遼闊，接濟軍需者，可瞷法人疏懈之處，用至捷之船，黑夜飛渡。法人所至之地，攻之宜速，毋使其得延喘息。臺之南北，俱有電線傳遞信音，宜即激勵民兵，與官軍分攻夾擊，有能同仇敵愾、殺賊致果、保境衛民、守禦地方者，即令爲一邑之官、一方之長，朝廷但以撫、道、提、鎮四大員以總其成。如是，人人用命，與法相持十年之久，亦無不可。

雖然，吾料法人之用兵，亦漸餒矣。馬江得志，其氣甚銳，以爲法特不攻臺耳，片帆所指，即可全踞而有也。不意頓師於孤島之下，曠日踰時，無尺寸功。前在馬江，我國僅以一礮相加遺，而孤拔受傷，兵舶有輪毀而檣摧者。行掩襲之師，攻無備之衆，尚且所得不償所失如此，何則？一孤拔之死，足以抵七兵輪之沈沒也。臺島不下，恐及瓊、廉，不可不預爲之備。至於粵垣，通商所繫，當可無虞。守粵垣者最重門戶，當在虎門，彼船若來，即佯以修和結好爲言，亦毋使其過雷池一步。前車之鑒，後事之師，遇一創，增一智，今而後法人之術窮矣。再能以堅忍持之，乞和當不遠矣。

聊發狂談，藉資撫掌，此外惟萬萬爲國自愛。不宣。

與莫善徵直刺

懿範久暌，慈雲在望，寸心馳企，不盡瞻依。屢欲晉謁崇階，祇聆清誨，趨承於大君子之側，惟恐政躬煩劇，王事賢勞，而韜以野鶴閒雲，無事相恩，致勤吐握，有曠日時，揆之私衷，竊所未安。夫段、泄逸介，嵇、阮疏狂，以此鳴高，情同避世，例以鄙人，實相反矣。昔吾吳言子有取於澹臺滅明也，曰非公事不至其室，宣尼因其言而許以得人。可知數數於長吏之廷者，非以長奔競，即以啓竿牘，否則私且諂耳。閣下世族蟬嫣，隆名鵲起，金昆玉友，焜耀東南；所至政治，斐然可觀；況復愛才下士，略分言情，一時碩彥，承風而趨，辱以文字之間，有一材一技之長，謬加推獎，雅相契合，當必有以取之也。使韜徒能爲翕翕熱時獻其殷勤，以私且諂事閣下，復何足爲閣下所重？閣下且必陽禮而陰疎之矣。

伏念韜固吳國男子而甫里逸民也，寄跡遐陬，棲身絕島，二十有三年矣。鴻冥蟬蛻，物外天全，倦游歸來，小住春申浦上，息影冥心，謝跡卻埽，私幸得託宇下，受一廛而爲氓。雖亦欲以絃歌爲三徑之貲，而布衣蔬食，差堪自給。自春徂冬，獨處一室中，仰屋著書，閉門覓句，椀茗鑪香而外，了無一事。

承閣下不棄，惠然先施，賜以秘籍，頓增鄴架之觀，什襲珍藏，用誌厚惠。韜嘗聞之，士之所以事上，上之所以待士，不可妄予，亦不可妄受。妄予則濫，妄受則貪，交際之間，不可不慎。夫士得一知己，可以無憾，韜於閣下亦云然。今而後，去天南之遯窟，居滬北之寄廬，幸免風雨之飄搖，有賴雲天之覆幬，安處樂土，竊比賓萌。欲扶杖而觀德化，必先擊壤以聽謳歌。

蓋斯民性則至愚，心則至公，往往惠澤所及，身受者易忘，時過而生感。何則？習而安之者衆也。故舊令尹之賢，不於在位之時知之，而反於離任之日見之，以去思之彌永，即知前惠之在心。閣下銅符再挽，竹馬重來，平日政績，昭昭在人耳目間，固士民之所愛戴，中外之所仰望者也。視事之初，歡聲載道，以此可推。此非韜一人之私言也，前者不敢遽陳於左右，懼近於諛也；而不敢終閟者，誠欲閣下始終持之而弗懈也。

韜近將集二三同志創設書局，將生平著述盡付之欹劂氏，非敢曰出以問世也，深懼魂魄一去，將隨草木而同腐也。

聊作放言，以瀆聰聽。恃惠施之知我，而尚有待於鄭僑之相規也。陰雨浹旬，殊悶人意，伏冀爲道自重。不宣。

上郭筠仙侍郎

自違懿範，五六年於茲矣。暮雲遠樹，恒切懷思；霽月光風，常縈襟抱。每有相識自瀟湘雲夢間來者，輒問近況。稔知閣下愛國憂民，心存契稷；讀書懷古，上慕唐虞。以還山之慶雲，仍作濟時之霖雨。身居邱壑，志厓廟堂；碩畫訏謨，寄於箸饌，託之縑毫。遜聽之餘，彌深欽佩。韜自己卯、壬午、癸未三年，三度言旋，小住春申浦上。今歲三月，自粵還吳，卜築三椽，聊庋圖籍，庇雨風，蠖屈鷦栖，鴻冥蟬蛻，去天南之遯窟，築淞北之寄廬，自此或可伏而不出矣。

伏念韜吳國下士，甫里散人，爲盛世之罪民，作聖朝之棄物。薄植孤根，自甘淪廢。樗以不材壽，璞以無用全。承閣下賞識於儔人廣衆之中，拂拭於窮窟遐陬之地，謬加獎譽，許以通才。惟是三十年來，謀升斗之粟，爲風波之民，憂患乘之，才亦退矣。戀棧自悔，伏櫪長鳴。臨峻坂而不前，負鹽車而默泣。無志騰驤，不能供驅策矣。區區文字，尚足以自見。生平著述約略三十餘種，已付欹厥者尚未及半。近日閒居滬上，了無一事，閉門覓句，仰屋著書之外，寄情詩酒，聊以自娛，比之信陵君醇酒婦人，藉以耗心志，遣歲月而已。若思傳之千秋，冀之後世，則我豈敢！餬窻覆瓿，一聽之天。近擬集貲創設弢園書局，思以活字版排印，然尚未果也。

閣下爲一代偉人，經濟文章，海内宗仰。雖位躋卿貳，望重中外，而立朝日少，未竟厥用，每以天下蒼生之屬望，未嘗不期閣下之再出也。感恩知己，語皆由衷。惠風在遠，雖小草而靡遺；廣厦非遥，知容光之必照。今以曾君重伯回帆之便，敬脩尺一，上瀆聰聽。外呈拙著六種，敬塵鈞覽，伏冀惠存几案，進而教其弗逮，曷勝幸甚。

天氣嚴寒，惟冀爲道自重。

與魏盤仲直刺

不通音問二十有四年矣！遘罹巨禍，遯跡遐裔，此時已無復北還之想，豈敢以不祥名氏掛人齒頰間。己卯春，東游扶桑，道經滬瀆，始得重覯故里，山川城郭，雖則猶是，而昔時儔侶，雲散風流，親戚友朋，半化異物，乃心悲愴，恍若隔世。有自雲間來者，輒詢近況，緬述足下前後踪跡頗詳。即欲通一字於左右，繼思雲泥分隔，隱顯途分，深懼以垢累致玷盛德，故濡毫欲下而中止者屢矣。曩在香海，獲交令阮叔平，説劍談兵，弦詩鬥酒，昕夕相見。叔平應官聽鼓，需次粵垣，宦況蕭然，落落無所舒展，旋以憂去官，問訊遂絕。

弟自壬、癸、甲三年，三度言旋，小住春申浦上，茲歸來九閱月矣。擬去天南之遯窟，結淞北之寄廬，卜築三椽，藉庋圖籍，庇雨風，返故山，息塵躅，尋猿鶴而友鹿麋，鴻冥蟬蛻，蠖屈鷦棲，逍遙物外，自全其天，不復出而問世矣。滬上近多寓公，翰墨因緣，固不乏人，而詩文卓然可傳者，屈指可數。然較之寄居絕島，言無與聽，唱無與和者，相懸天壤矣。豫章萬君劍盟亦滬上詩人之一，往曾遇之於茗寮，述及足下相念意，聞之生感。竊謂雲間距此僅隔一衣帶水耳，勾當公事，朝發夕至，苟枉高軒過訪陋巷，則衡宇咫尺，自當埽逕以待。月初陳伯商太史由蘭陵來此，與曾重伯孝廉、易實甫中翰轟飲酒樓，銜盃話舊，曾作一夕之留；即欲同挐李元禮之舟，一訪戴安道之宅，適以咳嗽劇發，冰天雪窖中，未敢冒寒遽發，伯商當代致斯意。

近聞足下繡佛長齋，諷經學道，味禪悅，泯世緣，定已參上乘之禪，證無生之旨，若弟則謝未遑焉，抑病未能也。生平著述約三十餘種，曾以已刻數種託伯商攜呈，定塵清覽。文字障礙，猶不克擺脫一切，知不免爲法秀所呵。書去浹旬，好音寂然，豈忘之耶？率作此紙，聊訊動止，生能相見，老未忘情，言念良朋，屑然欲涕矣。天寒，爲道自重。

與方照軒軍門

日昨三肅手畢，付之郵筒，指陳形勢，規恢時局，首在防海，尤在練兵，抵掌狂談，亮邀荃鑒。竊以爲今日天下大勢，在治中與馭外而已。蓋必先安內，乃可以攘外，亦惟外寧乃可以消內憂。然二者亦有所偏重，不偏於內則偏於外。今日者，於外似有偏重之憂，國之強弱安危，在能治外而已，外治則內憂亦可不作。中外通商四十餘年，而所以馭外者，其局已屢變。英、法合則強，分則弱。自道光以來，英始跋扈。咸、同之間，因土以敵俄，於是英、法合矣，合則愈強。自普伐法，而英不能救，於是英、法始離。今通商中土者，英、法、德、美、俄五大國而已。貿易之多，英為上，德、美次之，法則不藉乎是也。俄之貿易多在北方，然其心不止為貨財，而在土地，真心腹之巨患也。其間英則持盈保泰，似少懦矣，然守信知禮，志在助我中土，特未明言耳，今我莫若結英以制俄。普則外似守禮，而內實叵測，其意欲割取一地，為東道之逆旅，特不能遂其所願耳，法之來亦彼有以基之也。美固民主之國，僅務自守，不勤外略，姑置勿論。

　　要之，今日之泰西，猶春秋時之列國也。和則為鄰好，變則為寇讎；和則為冠裳，變則為甲兵。玉帛干戈，待於二境，視我先有以制之而已。制之之道，莫如自強。非徒託之空言也，必實能振作有為，勵精圖治，而後彼自靡矣。蓋我之虛實，彼已盡知；我之舉動，彼日窺伺其旁，隱測而逆探之。我苟能實事求是，彼豈有不顧慮也哉！

　　今我所以治內而馭外者有八，一曰通商口岸督撫司牧宜得人也。泰西諸邦，通商所至之地，設立馬頭，簡遣領事，駐劄兵舶，隱然若待敵國。有事則文移逞還，強以必從。若得深明洋務之督撫，任用得人，執和約以與之周旋，何嘗不可挫其氣餒。惜乎柔懦者畏事，剛愎者僨事，持之未得其平，而彼益肆其欺凌矣。苟任事者公正廉明，折之以理，諭之以情，又何患之有？

　　一曰專設海軍以固邊防也。自來有水戰而無海戰，長江水師之設，已為整頓於格外。粵、閩、滬、津四處，均有輪船，只可巡緝海盜，而不能與歐洲各國縱橫馳騁於洪洋巨浸之中，故海軍尤不可緩也。海軍既設，必先廣造戰具，鐵甲戰艦、火輪兵舶、水雷魚雷、大礮排鎗，皆是也。既有戰之具，尤必有戰之人。船舶則重在駕駛，鎗礮則重在施放，而尤必熟識風雲沙線、經緯測量，雖經風濤顛簸、烟霧溟濛，而仍能操乎命中及遠之術，藉以制勝，是則藝術一科，斷不可少也。當於沿海各直省，設立兵政衙門水師學堂，以爲平日儲材之地。

一曰宜改營制而重武科也。海軍既有所專重，陸軍亦宜專重鎗礮，軍中但需兩隊：一曰礮隊，一曰鎗隊。礮以擊遠，鎗以擊近。武科考試之法，別立數門，廢弓刀石而不用。天算、輿圖、製造、建築、機器、格致，皆行軍之所不廢也。武科諸生，要宜肄習，則爲有用之學矣，又何至所習非所用，所用非所長，臨陣漫無所把握哉。

一曰宜造鐵路而爲內運地也。泰西鐵路之設，意美法良，可以通有無、濟緩急、調兵平亂、賑荒遞信，可取效於頃刻。今河運萬不能復，海運一有變故，即不能行，故築輪車鐵路者，以備他日不時之需。其事可衆力共舉，而其權則操之自上，何憚而不爲也哉！

一曰宜設洋文日報，以挽回歐土之人心也。近來西人在中土通商口岸創設日報館，其貲皆出自西人，其爲主筆者，類皆久居中土，稔悉內地情形，其所立論，往往抑中而揚外，甚至黑白混淆、是非倒置。泰西之人祇知洋文，信其所言，以爲確實；如遇中外交涉之事，則有先入之言以爲之主，而中國自難與之爭矣。今我自爲政，備述其顛末，而曲直自見，彼又何從再逞其鬼蜮哉！

一曰延西國律師以爲折衷也。每年中外交涉之事，均有案牘可稽。要當以中西文字，刊刻成書，頒示中外，他日即可援以爲例。我國既於交涉之事延請律師，則鞫問西人，即可參以西法。他日西人犯事，可以歸我辦理，彼自無所援爲口實矣。

一曰宜遣材幹之員游歷各國，以探消息而通聲氣也。泰西各國，通商中土，所有繙譯人員，無不通悉中土之語言文字。此外如牧師、神父，俱識方言，遍至各處，土風俗尚，城邑山川，悉皆了然於胸。衙署中所有文移案牘，有外未及知而彼先得耗，或則徑刊諸日報。察其從何而來，皆由中國莠民爲之耳目，良可嘆也。我國所遣之人，至其國中，要當與之聯絡，務得其情，則辦交涉事宜者，亦有所把握矣。

一曰宜厚待所用西人，使盡心力於我也。楚材晉用，自古有之。今自稅務司以至教習、繙譯、工匠，率皆任用西人，有至二十餘年之久者，是宜推心置腹，待之優厚，俾其知無不言，言無不盡，以西人測度西事，當必明於華人數倍，平日誘之使盡言無隱，善則采用之，以供一得之用。諺云："兼聽則明，偏聽則暗。"如是並收博采，遍訪廣諏，當必有效可覩，而彼亦必樂於殫心竭力矣。此外，宜保護朝鮮爲屏蔽，聯絡日本爲唇齒，俄則佯親而陰備之，英則隱相結好以爲我用。

要之，和不可恃，亦不可久，語曰："毋恃其不來，恃我有以待之。"能堅持於未和之先，斯能固好於既和之後，然後可久安長治而不變也。歐洲多事，則中國之福也。至於在我者，儲人才、招賢士。材能者不次擢用，毋拘資格，毋徇私情；重操守之士，以尚氣節；表品學之儒，以敦風俗；取士務期有用，用人不拘乎一長。端重士習，澄肅官方，開礦取材，設局鑄錢，謹身節用，以開源而節流，則庶乎其盡之矣。

天氣已寒，伏冀爲國自重。不宣。

與溫飈園觀察

甲申春間，將還滬瀆，適文旌小住香海，追陪游讌，殆無虛日。載酒旗亭，看花別墅，徵歌按曲，說劍談詩，其樂靡極。時施礪卿諸君子皆在座側，聆足下揮麈縱談，抵掌劇話，處仲唾壺幾欲擊碎，而不知遂有今日也。

今日者，雲散風流，渺不可接，翹首南天，輒增於邑，屢欲馳尺一於左右，奉訊動止，藉寫雲樹之遙思，抒箋繒之積愫，塵俗倥偬，病未能也。中、法和議已成，總不出弟所料，割地通商，舉越南之全境而畀之，從此越南之治亂安危、存亡成敗，無預於本朝，不必疲完土以耕石田矣，亦一法也。法而猶彊，二十年之外，越其沼乎！法於滇南築鐵道，將通巴蜀而窺緬甸也，雖非英人之利，而英固不能禁之也。英、法之交既離，法固不振，而英亦弱矣。持盈保泰，弱之始也；戢兵緩戰，弱之機也。所足恃者，尚能以信自持而已，所以泰西列邦猶推之爲盟主，執牛耳焉。至於屬地之多，通商之廣，久爲與國之所忌。印度無內變則已，一旦禍起蕭牆，變生肘腋，則俄將薄而乘之矣。天下事白衣蒼狗，變幻須臾。歐洲多事，固中國之福也。然中國宜乘歐洲無事之際，亟圖自強。否則形格勢禁，互相牽制，和戰之權，終操之於人，而不操之於己。善哉！張幼樵侍御所云：法事之終，正兵事之始。一語破的，單詞舉要，其人可廢，其言不可廢也。練海軍，造戰艦，製火器，選兵士，設藝院，重肄習，儲賢才，裕財賦，此八者尤爲當務之急。弟曾擬有條陳，綱舉目張，欲獻之當軸未果也。獻之而不用，不如卷而懷之之爲愈也。

近者淞濱小隱，老屋三椽，自杜門覓句、閉戶著書之外，了不欲問世上事。惟杖頭錢盡，無以供買酒之貲，往往望黃壚而思沽、過屠門而大嚼，未免爲之短氣耳。擬設弢園書局，將生平著述悉付手民，出以問世，而所費艱鉅，不得不呼將伯。今春正月，承方照軒軍門郵寄佛銀五百餅，謂裹剒劂費，匪恒寵貺，浹髓淪肌，弟曾寄《陸操新義》百部，聊酬厚惠。竊謂《陸操新義》與拙著《火器説略》兩書，皆行陳練習所不可少者。所創書局，邇謀先印數種，以求集事。苟有大力者助以刻貲，俾成斯舉，感且不朽。惠而好我，企予望之。

弟暫居滬上，猶作寓公，與諸詩人時相過從，互有倡酬。六七年後，當返吳鄉，依先人之邱壠，築五畝之廬，卜一廛之宅，讀書養氣，枕石漱流，以終餘生而已，當軸諸公即有聘我者，固不欲出雷池一步矣。若其洗杓而注廉泉，指囷而分仁粟，俾得聊參末議，藉借前籌，亦所不辭。惠風在遠而弗遺，小草向榮而自得，吳雲粵樹，引領良深。寒燠不常，諸維珍重。

弢園尺牘續鈔卷五

長洲王韜仲弢甫

與徐韻生大令

　　兩奉手畢，歡喜無量。屢欲裁書作復，輒爲塵事所嬲，中心歉仄，莫可名言。弟甫里一男子耳，少有遠志，長無宦情，以天地爲蘧廬，視纓紱如敝屣。遇世之歆羨寵榮、趨附勢利者，鄙之如夷，不屑與之周旋晉接也。獨於足下一見如舊，相識若沆瀣之一氣，似水乳之交融。惜合之太遲，離之太遽，誠爲宇宙間缺憾事。然終以彼此垂暮之年，而仍得一見於滬上，莫謂彼蒼之作合，絶無意於其間也。寄來數詩，情重兼金，珍逾拱璧，推獎溢分，初何敢當，主臣，主臣。古風一篇，長歌當哭，字字從心坎中流出，生平知己之感，浹淪肌髓，銘刻心脾，雖古之管、鮑、莊、惠，何多讓焉。

　　馬君澹泉，浙之海寧人，自號海曲竹中叟，見客箸溪，與弟從未識面，忽以詩筒見投，開緘雒誦，斐然成章，其拳拳於足下也，可謂至矣。弟已刊諸日報，俾得遠近傳觀；或足下見之，一簡遥頒，用代萱蘇，藉通縑素，未可知也。

霍山爲五嶽之一，烟巒雲壑，競秀爭奇，當有可觀。何日能追陪杖履，作此遠游，一豁襟抱也。天氣寒燠不常，諸維珍重。

再與韻生大令

判襼以來，倏已夏首春餘，吳雲皖樹，夢寐時縈，特以塵事倥傯，無片晷閒，未遑修箋問候，歉仄之懷，良不可任。日前三奉瑤翰，歡喜無量，臨風展誦，語重情長。承贈古風一篇，激昂慷慨，迥異時流，鄙人得此一詩，足以不朽，每讀一過，攝具三拜。當今執騷壇牛耳者，非足下其誰！惜以山川迥阻，會晤殊艱，惟此詩筒往來，聊以代面，敬已裝潢成册，俾得隨時展覽，花底尊前，藉作消遣，亦詞翰中佳話也。

仲春爲金閶之游，昨始返櫂，雪泥鴻爪，小作勾留。鎦園顧墅，虎阜獅林，皆爲游展之所至。旗亭載酒，畫舫徵歌，所呼侑觴者，爲金姬瑞卿校書，固此中翹楚。深宵燈火，一路笙簫，居然有早日昇平氣象。自弟去後，當事者打鴨驚鴛，各園中無復衣香鬢影矣。然則此行也，亦不可謂孤負焉已。月秒回舟甫里，即唐陸天隨所隱地，弟童時釣游之所也。

弟西窮歐土，東邁扶桑，極宇宙汗漫大觀，然猶戀戀於彈丸之舊里，拳拳於先人之敝廬，固人之常情也。卅年羈客，萬里歸人，而今而後，可以伏而不出矣。生平著述，擬乞鈔胥繕寫清本，授諸手民，待足下來一一鳌正之，亦一快事。商搉文字，端藉良朋，惟冀珍衛適時，爲道自重。

致殷紫房茂才

重返里門，墜歡再拾，辱承雅意殷拳，煮酒論文，銜盃話舊，佳肴絡繹，得飽老饕，損惠良深，銘肌載切。判襟江頭，開帆淞尾，黯然魂銷，惟別而已。二十七日，安抵春申浦上，招飲循環，迄無暇晷。然異鄉雖樂，終不如故里情深，廚具雞黍，門對桑麻，娛親朋之情話，抒騷雅之寓言，覺此中自有真樂。弟雖西窮歐土、東邁扶桑，極宇宙汗漫之游，而猶戀戀於釣遊之舊地、彈丸之片土，固人之常情也。若得歸耕隴畝，高臥林泉，償茲素願，豈不快哉！卅年羈客，萬里歸人，而今而後，庶幾伏而不出矣。承賜法繪箑面，活色生香，宛見紙上，遠追北苑，近埒南田，自此出入懷袖，奉揚仁風，恒懷雅貺。日東畫譜，聊佐蕪函，并留棐几。昔者東坡置陽羨之田，終成虛想；元亮種彭澤之秫，總屬空談。何則？無先爲之地者也。能遂吾志，當在足下。請以斯言，即爲息壤。

清和時節，寒煖不勻，惟冀爲道自重。

呈邵筱邨觀察

震鑠隆名，廿年於茲。壬午季春，由粵旋滬，去天南之遯窟，築淞北之寄廬，習靜養疴，了無一事，終日惟仰屋著書、閉門覓句而已。平日欽挹芳徽，亟思作黃河泰山之見，以極生平大觀，顧無位小民，不敢輕於進謁，非惟開躁競之風，抑亦懼瀆也。

旅粵二十餘年來，鍵户劬書，不交一客。啁啾獶雜之中，言無與聽，唱無與和，惟與古人相對，聊以自娛。中間曾爲泰西汗漫之游，遍歷英、法各國，讀其史官所紀載，上下數千年，縱橫幾萬里，亦足以豪矣。昔在英土，曾譯《詩》《書》《春秋左氏傳》三經，已付剞劂，彼都人士，今皆誦讀，宣聖之道，居然自東土而至西方，將來《中庸》所言，當可應之如操券。航海歸來，杜門息影，以三吳先壟所在，狐死枕邱首，仁也。萬里北旋，勞薪永息，自此與故山猿鶴爲侶，麋鹿爲群，託居宇下，寄一廛而爲氓，而恒在乎栟櫋覆幬之中，俾得寄興詩歌，安心著述，感激之私，淪肌浹髓。近以滬上中西董事公舉，承乏格致書院，忝居掌院。擬廣招生童前來肄業，延請中西教讀，訓以西國語言文字，學業有成，則視其質性所近，授以格致、機器、象緯、輿圖、製造、建築、電氣、化學，務期有益於時，有用於世，爲國家預儲人才，以備將來驅策。

韜生平述撰約略三十餘種，刊行者僅八九種，邇以木質活版創設弢園書局，擬將所著盡付手民，雖世有以之餬窓覆瓿者，弗顧也。今先呈數種，留置台端，竊不自揣，求賜訓言，俾作指南，不勝幸甚。

天氣已寒，伏冀順時攝衛，萬萬爲國自重。

與伍秩庸觀察

寄跡滬江，杜門罕出。藏修之暇，略事游覽。有牽率至花天酒地者，聊一問津，即迷向往。閒雲出岫，本自無心；秋蝶聞香，非娛晚景。雪泥鴻爪，事過即忘。近亦疏懶，不復問此中人矣。

端居無俚，從事著述，寄情烟墨，肆志縹緗。曾以木質活字板排印書籍，拙著數種，亦藉以刊行。惟經費浩繁，待呼將伯。前日所商，可則行，不可則止。弟生平不好干人，四十年來，大抵恃三寸之管，爲全家之活命，於友朋間素嚴一介不取之義，況乎當世之名公鉅卿哉！雙魚遭後，亦自悔之，無怪足下久無報章也，請以一笑置之可也。

日本曾根嘯雲茲來析津，仰慕盛名，亟欲一見，託弟一言爲介。嘯雲具文武材幹，於其國官海軍大尉，請假出外游歷。曾欲請於傅相，願割琉球南島以畀中朝，彼實爲之謀主，説雖未成，而義形於色。竊謂我國家如欲索還琉球，誠大不易，夫豈文告之詞所能爲功。受南島以居琉王，俾千餘年自立之國存其空名，而我國與日本從此可釋嫌修好，泯厥疑猜，同聯脣齒輔車之誼，亦一亞洲强盛之機也。特言之在人，而事之成否，自有數在。

弟老矣，樗以棄材壽，璞以抱質完，鴻冥蟬蜕，物外逍遥，韋布之安，榮於黻冕。而今而後，去天南之遯窟，結滬北之寄廬；葺岡西之故園，尋牆東之舊隱。優游自得，以終餘年，視軟紅塵中作蠻觸之鬥兵、效雞鶩之争食，曾不足值一噱也。嘯雲曾著《法越交兵記》，意在强中而抑法，亦世之有心人也。弟曾爲之作序，非譽之也，慨世之同志者少也。嗟乎！生前寂寞，甘鄧禹之笑人；身後流傳，恃揚雲之知我。生平述撰多未授梓，若以買文之貨付之手民，出以問世，雖爲世人拉雜摧燒，亦罔所悔。不然者，魂魄一去，同歸秋草，弟所悲者在此而不在彼也。

天氣漸寒，景物殊非。北方物候如何？伏冀爲道珍重。

與易實甫中翰①

夏秋間，文斾兩過滬江，僅得一見。別後思以尺書問訊，慮不得達。耗劬大令從吳門回，出示紀游之詩，因悉近況。吳門近日繁華迥不逮昔，然得足下以主持槃敦，旗亭畫壁，畫舫徵歌，庾公於此，興當不淺。吳會諸文人久經疎逖，酒國詩壇，亦甚寥落；足下以湘水之名流、達官之貴公子來作寓公，高執牛耳，一旦振興之，亦復何難！

---

① 此函開頭一段文字亦見於《弢園日記》稿本，約撰於光緒十二年（1886）。

弟近日所知者，如秦君膚雨、潘君麔生、汪君燕庭，皆其矯矯者也，並長於詩，具有述作，壽諸棗梨。滬上雖爲冠蓋之所往來，然風雅道衰，金銀氣盛，自芋仙化去，此調益孤。蒲生至粵，耘劬適閩，風流雲散，天各一方。萬君劍盟雖在此間，而不數數見。猶憶甲申冬，仲弟偕芋仙小飲酒樓，日東詩人岡鹿門、寺田望南皆在座，而足下適從吳門拏舟至此，與曾重伯孝廉同來，一揖之後，入座縱談，圍爐賞雪，曲記小紅，翦燭裁詩，栖浮大白，是夕獨芋仙無詩，以弟作獨探驪珠，遂至擱筆。今姚家姊妹花並得所歸，十五盈盈之廣寒仙子，亦頎然而長矣。回想當時，已同夙夢。念懽塲之易散，痛良友之云亡。書至此，淚不覺涔涔墮也。

弟自粵旋吳，寄居滬瀆，雖非遣客，仍作賓萌。幸緗素之隨身，笑烟雲之過眼。覓屋於丁卯橋邊，敝廬甫借；著書在癸辛巷裏，雜識無多。年來述撰，約略三十餘種，已付手民者未及其半。曾以木質活字排印一二，貲絀中止。弟平生與朋友交，絕口不言阿堵，敢以文字因緣，遽呼將伯，蹈近時名士積習，而爲有識者所哂哉！惟芋仙有言：貧士刻書，良非易事，受之者似亦宜少酬之。此語亦從閱歷而來，輓近後生小子知之者尠矣，此世道之所以日下也。屢罹多病，日事藥鑪，近讀《楞嚴蒙鈔》，頗有領會，豈前身爲峨眉山上頭陀歟？然欲絕欲冥心，屏除俗緣，則謝未能也。

天氣釀寒，諸維珍重。

與伍秩庸觀察

昨晤鍾君靄堂，謂足下將妙選花枝，籌迎桃葉，求之於津門，津門不得，求之於香海，香海亦無；仍以數百金，購之於五羊城中。嬰婉其齒，窈窕其姿。駕彼雙輪，載以南來；駛厥一舸，逆之北上。自量珠而作聘，幸種玉之有期。明月之旁，一星遂耀；玉臺既下，金屋遂藏。緬燕趙之佳人，終遜滄瀛之仙子。聞登岸之時，能持大體，頗肅閨儀。必須迓以魚軒，乃肯移夫鳳履。名花所過，匝市為傾。古者一禮偶愆，一物未備，則女子不行，固禮之常也，亦情之正也。於是戲呼曼倩之小妻，突過康成之詩婢。高識無殊於絡秀，慧心可媲乎清娛。足下之願酬，亦足下之心慰矣。將見調別院之偏絃，珠徽耀色；搴曲房之翠縷，緯帳生春。此即漢武之溫柔鄉，想能令足下於此中真箇銷魂也。異日者，劉家妙侍，能誦《靈光》；阮氏清門，定生遙集。可必自如操券，不爽有若合符。

惜弟遠在數千里外，相隔云遙，奮飛無自。不然者，登堂授爵，入室牽帷。貽來彤管，慚無僧綽之新詞；婉彼紅粧，願學劉楨之平視。弟因之羨極而妒生，聆此談言，頓興嘅唷。弟固亦嘗有妾矣，已納十年，未占一索。顧此猶未足以介吾意也，所恨者，世上不乏旦孀，而閨中惟餘鹽嫫。位雖虛而猶設，琴在御而不彈。偶以餘閒，偕二三同志，載酒看花，不過聊作消遣，而約束已隨其後。跬步暫蹈，荊棘便生。一刻之歡，不敵千言之詈；寸天尺地，俱有拘攣。此真塵海中苦惱眾生也。偶思及此，不禁停觴而太息，投箸以欷歔也。

時已入夏，輕寒中人，諸維珍重不既。

與盛杏蓀觀察

前夕蜺旌將發，驪曲初歌，得預寵招，獲抒離緒。於時淺斟低唱，酒綠燈紅，左擁蓮花，右招明月，酒傾一石，詩詠雙聲，瞻顧徘徊，此樂靡極。蓋惟樂其常相聚首，而幾忘其握別於臨歧也。判襟以來，倐經旬日。甫臨析津，事必紛繁，韜不敢以野鶴閒雲，輕寄一字，以相竽牘。今者公務摒擋，想已小有就緒，案牘餘閒，或亦涉獵文字，藉以消憂而排悶。續選《經世文編》，何時斷手？其中新增者，爲洋務、藝術兩門。談洋務者，尚易言之有物；講求藝術，務使人人共曉，非熟讀《周官・考工》之篇，深悉疇人制器之理，不能詳哉其言之也。近日別創海軍，規模甫具。自古但有水師而無海軍，有水戰而無海戰，爲兵家言者，必有新説，專設一門，附於論兵之後，似不可廢。《增訂普法戰紀》重付剞劂，兹已藏事，增壬、癸、甲三年事實，釐爲二十卷，較原本約多十之二三。謹以一部，奉塵清覽。

韜久居滬上，日惟閉門覓句，仰屋著書而已。看花載酒之貲，了無所出，所設木質活字之弢園書局，亦以無貲暫撤。生平著述三十餘種，皆未刊行，恐一旦先犬馬填溝壑，必爲他人投諸溷廁，不第遭餬窻覆瓿之劫而已也。曩所排印書籍，已同山積，惟少倉儲，重幾壓夫牛腰，利難謀乎蝸角。其中如《戰紀》等書，或可不脛而走。因思津門素爲往來要衝，冠蓋之所臨，裙屐之所萃，士大夫之觀光皇都者，必取道於此；閣下太邱道廣，元禮名高，大無不包，遠無不遍，可使拙箸附驥尾以並馳，登龍門而一快乎？韜當以百部寄奉台端，分致之各顯宦，當可不崇朝而盡也。即以鬻書佐刻書，不亦可乎？乞爲圖之，感無涯涘。

鴻鵠摩霄，應惜啼鶯棲谷；驊騮當道，儘容駑馬追塵。祈惠好音，服之無斁。

與姚子梁太守

判襟旗亭，分襟曲院，自冬徂夏，鑪笲已更。歲月不居，山川迴隔，言念良友，我勞如何！一昨令弟叔甘來，袖出琅函，臨風展讀，歡喜無量。既慰積思，并悉近況。江都爲弟舊游之地，看花載酒，選勝探幽，奇境名區，遊展殆遍。別來荏苒七年矣，往跡已陳，墜歡莫拾，聞諸故人皆無恙在，羈鱗滯羽，時有往還。常發重遊之想，慮無東道主，行李之往來，誰供其乏困者？以是未果。孫騏星使素未識面，蜺旌將發。曾應日本安藤領事招，與之有尊酒之雅。如弟來游來歌，肯爲授餐適館，設舊交之位，漉新釀之篘，許杜牧之尋春，爲穆生而置醴否也？委序大著，殊不敢當。人非元晏，文非昌黎，妄欲著糞佛頭，盜名驥尾，毋乃爲識者所哂哉！然以知己所索，未敢藏拙，稍閒當必有以報命。

大著已令鈔胥者繕寫副本，儲之秘笈，永以爲寶。將來行役東瀛者，藉作兵鑑。覽山川而知其險要，按輿圖而審其虛實，俾行軍航海之流，問俗采風之使，奉爲南針，未始非足下先路之導也。竊以爲此等有用之書，總署皆應爲之刊刻，傳播藝林；他日史官即可據以采入四裔志中。

弟去年以木質活字創行弢園書局，所印書籍頗夥，《普法戰紀》已重刊訂，增爲二十卷。此書東瀛已有鋟版，然與弟今所釐改者實少十之二三，如有東瀛文士索觀者，乞爲留意。

弟久居海上，了無一事，閉戶日多，罕與世接，從未敢以野鶴閒雲妄干當道。踏破芒鞋，知音何處？撥殘鐵撥，顧曲伊誰？欲營新壘，當遷喬出谷之間；難索解人，在流水高山以外。有時滔踪跡於花天酒地，寄性情於秋月春風，亦惟聊以自娛，藉供消遣而已。江都夙稱繁華淵藪，足下於此定多涉歷。覘王圖之新創，緬霸業之已非；入招魂之社而弔國殤，披臨陣之圖而思壯士，當有爲之歔欷不置者。旅中篇什必多，定足以增皇華之色也。哲甫參贊曾勾當公事，道出此間，今往都門矣。天氣驟熱，尤宜順時珍攝，伏冀萬萬爲道自重。不宣。

與伍秩庸觀察

前奉環雲，五色繽紛，自絳霄而飛下，雒誦臨風，歡喜無量。弟作滬上寓公，倏忽五年，長夏無聊，杜門罕出，日惟在北窻高卧，竹牀石几，境地清涼，自科頭讀畫、跂脚看書之外，了無一事。去秋承滬上中西董事公舉弟爲格致書院掌院。薄植菲材，謬膺是任，深懼弗克負荷。自惟才譾學陋，於格致一道，初未入門，乃妄爲提唱，謬擁臯比，毋乃不自量歟？

滬上一隅，爲南北往來要衝，冠蓋之所薈萃，裙屐之所經遊，貴官顯宦，墨客騷人，無日不接於目中，即欲息慮寡營，不交一客，所弗能也。旅居既久，酬應益紛。近日爲亡友蔣劍人謀刻其詩文，欿厥之費至二百餘金，皆弟所獨任，摒擋之餘，幾無從出；又以木質活字創設弢園書局，許君壬瓠所著《珊瑚舌雕談》亦付手民，代爲排印；弟之《普法戰紀》已加增訂，益以壬、癸、甲三年事實，六月中旬可以蕆事；後即擬將書局暫撤，蓋刻貲已罄，勢處於不得已也。所謀知難如願，此亦近日人情之常，風雅好事，世其誰哉！弟久邀山林，甘居泉石，讀書稽古，聊以自娛。世既無能用我，我亦無所求於世，惟思追踪巢、許，慨慕黃、虞，自保其天，爵亦何歆乎！世榮本不應非分妄干，自貶節操。雙魚遺後，心竊悔之；曩所云云，付之一笑可也。生平著述三十餘種，後世倘有桓譚，不虞寂寂。視簪紱爲敝屣，等富貴於浮雲，雖隱士之矯情，亦達人之素悟也。承示將書寄津代售，此固弟所樂聞，藉鬻書之貲，以佐刻書之費，弟分内事也。足下肯爲居間，足徵垂愛逾恒，感泐靡暨。寄呈拙著八種，其詳另具別紙。

時維重午，節屆端陽，酒券書逋，幾如山積。雖不至獨上九成臺爲避債計，而解語有花，向玉容而索笑；含情待柳，穿金縷以輸貲，皆非阿堵物不足以言歡也。析津風景如何？有足供游覽者否？弟明年花甲一周矣！塵事頗閒，屢軀尚健，意欲航海北上，藉作壯游。觀上國之輝光，覽皇都之壯麗。并欲上謁傅相，作黃河泰岱之見，以極生平大觀。蓋不讀奇書、不見偉人，亦徒生於斯世耳！杏蓀觀察來津，大抵昕夕相晤，聞將實授津海關道，剔弊興利，理財節用，開源以疏流，甄繁而治劇，斯才克當其任，弟爲國家慶得人矣。足下年華彈指，嗣續關心，聞已量珠作聘，佇看種玉有時，定可操券而得者也，預賀，預賀！滬上雖乏山林之勝，而環馬塲邊，綠陰如幄，芳草成茵，西人別墅參差點綴其間，夕陽未下，香車寶馬颷飛電邁而過，亦足以騁豪情、抒綺思矣！申園一隅，尤爲群花之所萃。張氏味蒓園中，樓臺池館，亦擅一時勝景。園前曠地，草淺沙平，一望空闊；而小橋斜渡，曲徑通幽，怳若別一境界；創斯園者，胸中具有丘壑，殊不墮西人窠臼。園主叔和觀察，豪爽好客，今之顧阿瑛一流也。天氣驟熱，伏冀爲道自重。

與盛杏蓀觀察

前在滬江，獲聆塵論；今睽津地，迭聽鴻音。每逢北雁初飛，南雲在望，未嘗不引領而致懷思，染翰以達悃款也。聞閣下將續選《經世文編》，尚未斷手，此經國之鉅文，不朽之盛業，期其速成，企予望之。所設電線，施行殊遠，皆由閣下一人爲之總理。竊聞創始者難爲功，繼起者易爲力，今知此語，亦復不然。閣下以旋乾轉坤之略，施颷飛電邁之功，濫觴方始，而奏效孔捷，曾不十年，自南朔而迄東西，由近畿而至遠徼，水陸畢通，郵傳無滯，其機之行，抑何神速若是哉！蓋非閣下不能當此重任,亦非閣下不能成此偉勳也!遐邇仰德,中外傾心。

弟承乏格致書院,尸位素餐,自慚鳩拙。近設學塾,肄業生童,已得二十有一人,自西國語言文字之外,教以格致諸端。惟是經費不敷,待呼將伯。前日中西諸董事集會議事之時,言及去歲閣下曾許歲助千金,以資膏火,想見閣下造就子弟、樂育人才,庇廣廈者千間,溥慈雲者九種,凡預聞者,無不合掌贊歎。今望者孔殷,而施者有待,特令弟裁書奉詢。是日弟亦預議事之列,曾謂閣下設塾之本意,首重電學,苟習之有成,可備他日之用,則即出貲相助,當亦非難。今我塾中所教導,似尚少電學一門。若自今日始,由大北公司霍洛師至塾教習,工夫既熟,即由各處電報局員挑選備用,此或可以仰副閣下用意之所在耳。是否有當,殷祈教我。期勸學之有成,知出言之必踐。至於傅相之前,尚乞代為進詞,庶使格致之學行之益遠,或未必無裨於國是,而可藉以立富強之基也。

聊貢蕪詞,敬抒微悃,此外惟萬萬為國自重。

呈鄭玉軒星使

日前三肅手畢,附遞郵筒,以抒雲樹之思,聊當萱蘇之寄,亮登記室,檢入典籤。當今中、法無事,海寓宴安,正宜練習海軍,整頓邊備,勵精圖治,嘗膽臥薪,以法軍之終,為兵事之始。

竊謂中國現在軍營所有,但有鎗隊而無礮隊。礮有戰、攻、守三器,缺一不可。攻敵之礮,貴輕而遠,德國所以行鋼礮者,原欲遠攻以制敵也。吾軍於大砲施放一法,素未講求,向多從歐洲購置,往往以窳物受重值,倉猝用之,於行軍必致僨事。所幸者未嘗與勁敵交鋒耳,否則其弊立見也。至於精求製造,亦未能明。今宜設局鑄砲爲先，繼即學習擊放。砲既精利，加以施放有準，制勝之道，即在是矣。海軍固爲今日之急務，然所重雖與陸兵分途，而利在鎗砲則一也。施放鎗砲之外，則重在駕駛船舶，尤貴辨識風雲沙綫、經緯度數，能占上風，以與敵人縱擊於大洋之中，雖經風濤顚簸、烟霧溟濛，亦無所懾，而仍可操必勝之權，斯爲上矣。至設海軍，先在儲材，此非閩、粵、浙三省之人不可。蓋三省地皆瀕海，其人多在海舶，自幼爲舵工水手，習駕駛，狎風濤，漁船丁壯能赤身出入波浪中，晝夜伏水底，泅行數里。今就其内精加遴選，擇其壯健充實、聰敏巧捷者，以供航海船舶之用。果具殊尤之姿，出類拔萃者，立予升擢，獎以頭銜，毋徇私情，毋拘資格，破除成例，務得眞才，如是則人人自奮矣。此外於沿海各直省創設水師學堂、兵政衙門，收羅人才，搜求英俊，如可任用，則撥入海軍。至於訓導之人，則必延聘西國名師，重其脩幣，使彼悉心啓迪。每歲必加考校，優者則予獎賞，以示鼓勵。行之二十年，當必有奇材異能之士出乎其間矣。蓋上之所重，下必趨之。海軍一途，視與科甲保舉並重，則功名勳業、富貴利達均繫於是，安有不聞風興起，如水赴壑也哉！

我中國將來四境之憂，不止越南已也。索還琉球，至今尚無成説，徒貽笑於東瀛，增其口實。暹羅、緬甸，皆爲英所割據，後日事未可料。今緬甸又見告矣！朝鮮雖屬石田，然俄與日本眈眈虎視其旁，内亂未已，再加外患，其能久持乎？故我朝一志自強，尤不可緩。否則四隅日蹙，屏翰盡失，將何以自守乎？每思及此，輒爲扼腕。今者張樵野星使已承簡命，不日出都，將臨滬上，屈指明春三月，旌節東還，韜當敬迓江干，親挹芳徽，恭聆絜訓。

韜以木質活字版創設弢園書局，擬將生平著述盡付手民，出以問世。惟集貲頗不易，恐難繼（易）也。

此間天氣已寒，朔風凜冽，未稔何若。伏冀順時珍攝，爲國自重。不宣。

再呈鄭玉軒星使

瀚濤忽欲作粵東之行，先至石岐，上謁旌節，并見張香帥，作黃河、泰岱之觀，以冀有所遇合否。瀚濤才大而志遠，當今朝廷欲遣游歷人員，遍至各國，此其選也。聞周玉珊都轉有奉命出洋之說，未知其審，若然，當爲德、法欽使。法最跋扈，未免外強而中槁；德自負爲知禮之邦，雖於東土未有屬地，時眈虎視，妄冀鯨吞，然決不敢爲無端之舉動。但得一識微知著之星使，主持其間，可以消患於未萌，弭釁於將發。今日中外交涉所係，俄爲大，英、俄相距甚遙，以一人而持兩節，似難兼顧。鄙意以爲宜遣專使，而於亞洲貿易處所多設領事，於新疆、遼瀋交界之地尤宜急。俄國地大而民衆，所不足者財耳。幅幀遼闊，幾有鞭長莫及之勢。自聖彼得羅堡以至伯特利，劃分歐、亞兩洲。而俄人種類有三，國家政事各不相統，文檄往來往往不相聯屬。其立國究以歐洲爲主，倘吾國遣人駐其國都，辦交涉事，專使則易，兼使則難，故於俄一國精神，宜有所專注。接壤之區，當立學校，習其語言文字，以通其性情，以悉其形勢。行之三十年，庶幾有濟。今奈何度外置之，視爲不急之務哉？游歷人員章程，經總署所擬定，曾以管見妄爲論說，今特鈔塵鈞覽。其餘涉於洋務者，凡十餘篇，一併附呈，以博一笑。

韶壯不如人，老之已至，凡百世情，一切灰冷，日惟仰屋檢書、杜門覓句，此外了無一事。思欲於湄水之濱卜築三椽，蒔魚種竹，枕石漱流，聊以自娛，畢此餘生，是亦足矣。刈麥風光，熟梅天氣，陰晴不定，寒暖不勻，伏冀珍護維時，萬萬爲道自重。

與盛杏蓀觀察

　　兩肅手畢，并書百部，亮登記室，檢入典籤。恭讀邸報，敬悉閣下觀察登、萊、青三郡。地介邊隅，勢當衝要，膺海疆之管鑰，爲山左之膏腴。吾鄉潘偉如中丞曾任斯職，彈琴詠歌，雍容政治，雖當雕敝之餘，仍不改昇平之樂。惟是今昔異情，張弛異宜，緩急異揆，寬嚴異用。值此創設海軍之際，正當整頓海防，變易軍政。開武備學堂以收羅人材，駕駛船艦，施放鎗礮，訓練士卒，均出其中，則賢智有用之士，不患其不來。設機器廠局以儲蓄軍裝，凡鐵甲火輪、魚雷水攻、鎗礮藥彈，悉取給於此焉，則器械不患其不精。大綱既立，而後用人理材，稅章礦務，可以徐議其後也。

　　竊以爲立法未有不善，而行法未嘗無弊，首在乎得人而已，則擇吏要不可不嚴也。伊古以來，得人則事舉，失人則事糸。非不求治維殷，圖治甚切，而事功無赫赫之觀者，則任用非其人也。得奔走承奉之人百，不如得盡心民事之人一也。諂諛之士進，則骨鯁之士退矣。誠能以勤惰爲黜陟，貪廉爲激揚，培胺爲舉廢，撫字勞拙爲用舍，先己以及人，整躬以率物，而官方有不澄叙，吏治有不整肅者，我弗信也。知人則哲，惟帝其難，大禹之所以告虞舜也。閣下明足以燭遠，智足以察微，前日所舉電局諸人，類皆克副其任，毋忝厥職。祁奚舉無所避，管仲取當其才，閣下有焉。而猶以爲言者，以薦知交與察屬吏固有不同。屬吏之賢否，一時未能即知，不過在一接納、一進謁之間，未必遽能覘其底蘊也，況復掩覆彌縫之術，又特工也哉！閣下慧鑑高懸，智珠在握，又何慮此！而不能不告者，恃惠子之知我也。天暑，伏冀爲國自重。

與陳衷哉方伯

久未通尺一,停雲在望,遠樹興思,無日不縈於夢寐中。今年正二月間,已過人日,未逮花朝,忽爾兩奉瑤華,歡喜無量。覓草堂之句,吟渭北之詩,如見先生含毫一笑時也。曩在香海,已相隔絕;今來滬江,益復遠暌。然面未晤而情親,地雖遙而心近,弟與先生蓋有交淺而言深者。何哉?誠以文字之交,雖萬里而相通;精神之契,經百年而不變。託尺素以抒寸悃,雖一字而可抵兼金,自來良友無不皆然,從古文人尤稱獨至。

弟自北還,益復疏嬾,日惟杜門卻埽,仰屋繙書,聊以自娛,不復問户外事。北窓攤飯,□□□□筆,作《淞隱漫録》二三篇,以游戲之詞,寫憤悱之志。或擬以詼諧玩世,作鎦四之罵人,則吾豈敢。總之,嘲諷則有之,詆諆則未也。是録埘刊畫報已久矣,諒亦傳至巴城,先生曾見之否?後擬寄呈數册,藉博軒渠。滬上諸厲公以弟歸來,了無一事,中西董事特公舉弟爲格致書院監院。惟是院中經費無多,無從籌措,擬請於南北洋大臣,并海關備兵使者,歲欽二千五百金,聊興西學,冀臻富强。想當事者以造就俊彥、樂育人才爲心,或能見許也。弟曾以木質活字創設弢園書局,排印書籍,重訂《普法戰紀》,幸已竣事,補入壬、癸、甲三年事實,釐爲二十卷,裝訂十册,卷帙較贏於舊,而價不加,郵筒如便,當埘呈十分,謹塵清鑒。弟生平著述約略三十餘種,未刻者尚餘强半,書局近以貲絀暫撤,已印之書亦復艱於消售,以是欹厥之想不復措意,總思他日集腋成裘,藉擎舉鼎,呼將伯以求助耳。刻成,當書姓名於卷首,用誌勿諼。此古人之雅誼,亦儒者之宅心,先生倘有意乎?感且不朽。《古今圖書集成》聞排印已得三之一,六月中裝訂之後,持單領取,曾有其說，今恐月中未能舉行也。至時必刊告白，當速寄呈，以慰懸望。

委購各書，茲已覓得，下次當付之郵筒。南鴻良便，乞惠好音。天暑，伏祈珍重。

復楊古醖司馬

弟本吳人也，弱冠賣文滬上，於雲間僅一水隔，華亭之鶴，其唳可聞。所交雲間諸君子，如嘯山、篠峰、友松、公壽、研農、約軒父子，皆通縞紵，今並化爲異物；惟友松巋然僅存，年亦七十矣。旅滬十有四年，中遭口禍，遯跡天南，興浮海乘桴之想，作泰西汗漫之游，縱橫七萬里，經歷十數國，亦足豪矣。海外歸來，仍復嶺嶠棲遲，杜門卻埽。

生平著述約略三十餘種，已付手民，殆未及半。覆瓿餬窗之物，要不足存，近且欲拉雜摧燒，免貽口實；乃重蒙大君子遠道寄書，殷勤垂詢，豈媒母炫容，而見者亦忘其醜耶？抑初未寓目，而但聽之道路傳聞耶？弟恐閣下聞所聞而求之維殷者，將見所見而去之惟恐不速也！今先以拙著四種寄塵清覽，求賜筆削。

伏讀大著，無體不工，道腴充其內，寶光騰乎外。每讀一篇，不禁頫首至地，而惟恐其盡。方今海內人才，屈指可數，然能文者未必工詩，長於詩者或眛於詞，兼之者其惟執事乎！

江浙雖接境，而道塗相左，帶水限之。閣下爲一官所羈，弟亦爲塵事所阻，一見因緣，尚有所待；然異地神交，同心相印，尺書往復，亦足代面。他日文旌以勾當公事道出歇浦，當必過我淞北寄廬，爲平原十日之飲，雪泥鴻爪，小作勾留，有可必也，甚所望也。

梅雨淋浪，殊悶人意，伏冀順護眠餐，萬萬爲道自重。不宣。

復姚子梁太守

兩奉瑤翰，并蒙賜以秘籍，歡喜無量，感謝良深。此書以活字板排印，體式甚佳，字尤明晰，勝於閩刻多矣。弟時思重游東瀛，惟年已老矣，恐不耐風濤之險。日光瀑布爲最妙，幸爲弟游屐所經，得以飽看。聞琵琶湖風景絕勝，則未身歷也。游湖必往神户，弟有老友朱君季方可爲導師，又有水越畊南者，神交久矣，曾結文字緣，弟至當可爲東道主，作平原十日之飲。若游東京，相識者多，頗不寂寞。頑石道人既無所遇，何不早賦歸與？成齋既欲留之爲道地，其事當易，蓋成齋爲彼國風雅之領袖，提倡其間，自易爲力。鹿門游紀已來，中有觸犯忌諱處，遂於棧雲峽雨多矣。筆墨之事，其佳與否，固爲千人所共見，不容爲作者掩也。

弟偶覽日報，述及東瀛星使已當瓜代之期，李勉林觀察已蒙簡放，其代法使者洪文卿閣學也。雖屬傳言，當非虛語，數日之後，當有明文。閣學吳人，吳中人士憚於遠出，想此番膺皇華之選者，當有數人，吾吳自此於洋務一門亦能稍得塗逕矣。足下思精而慮遠，識高而學博，年力強富，正大有可爲之時，何不再至歐洲一行，規恢其形勢，稔察其情形，略習其文字語言，以深窺其國政民情、土風俗尚，而瞭然於古今盛衰強弱之故，輯爲成書，必有可觀，其有裨於國家，豈淺鮮哉！想足下亦必樂爲之也。

喆甫無恙否？頑石來，曾致一字，郵筒至日，乞代問訊。此外惟萬萬自愛。

致陳衷哉方伯

　　久不通書問矣。雲樹之思，常縈於夢寐；蒹葭之想，弗隔乎滄波。雖千里而神交，猶一堂之面晤。遙稔執事以海國之鉅公，爲詩壇之宗匠。高執牛耳，專主皋比。開百代之風騷，持一方之月旦，非執事而誰哉！以是遐邇人士，奔走颷臻，趨承雲集，爭以閭閻利弊，官吏賢愚，政事之措施，見聞之得失，舉其所知，爲執事告。博采旁諮，獻可替否，擇善而從，務得其當，此其犖犖大者也。治民之暇，乃及乎風詩。蓋文教之宣，亦化民成俗之一端也。逖聽之餘，服膺無量。執事曩者創行詩社，凡夫羈人旅士、墨客雅流，皆得預焉。曾集其倡酬之什，彙爲一編，意欲付之手民，頒示遠近，傳之不朽，以事不果，尚有待也。

　　方今商務盛興，光氣益開，皇華之使，布於遠徼，絡繹乎道途；文章華國之彥，應時迭出，彬彬郁郁，遠軼前時。王錦堂軍門、余元眉太守馳驛南來，遍臨各島，執事曾見之乎？余君以名孝廉久使東瀛，夙稱風雅，問俗采風，必有所作，想與執事修士相見禮，當必如沆瀣之交融、苔岑之相契也。弟惜不獲偕來，慰十載之相思，成千秋之佳話。弟雖與執事未謀一面，然深知執事慷慨誠實之君子也。年來屢讀賜書，字裏行間，英姿颯爽，臨風雒誦，語重心長，比之鄭子美之縞帶、戴宏正之蘭簿，有過之無不及焉。

　　《古今圖書集成》明春可竣事，即當傳之郵筒，寄塵清覽，俾供鄴架中雅玩，想見左圖右史，顧盼自娛，收藏之富，自可獨步一時矣。

　　梅雨淋浪，殊悶人意。弟不出戶庭，已浹旬日，載酒看花，了無意興，率作此紙，藉以消遣。惟祈順時攝衛，萬萬自重。

代呈某方伯

日前旌節賁臨，襜帷暫駐，得瞻懿範，彌愜鄙懷。所幸追陪杖履，如坐春風；最慚進奉杯盤，自嫌草具。悚惶倍切，輶褻殊多。敬維閣下和光在抱，謙德遠聞。以海涵地負之才，行秋肅春溫之政。爲國屏藩，爲民父母，海內士庶，無不仰若山斗，奉如神明。今也報績功成，思歸念摯。久馳驅夫山海，忽瞻戀乎枌榆。因是陳情丹陛，許以傳驛言旋。惟帝曰俞，將大簡用。爰以濟時之霖雨，暫作還山之慶雲。一時閭閈歡騰，親知望久。兼以今年八月爲六十壽辰。南極星輝，群瞻遠曜；北辰座近，專厪丹誠。衍大撓之甲子，六秩初周；轉一氣之洪鈞，三秋始半。某本擬附輪同發，摳衣登堂。捧上壽之觴，預祝嘏之列。惟以事覉，未能如願。敬具微儀，寄呈鈞覽；聊竭悃忱，即求鑒納。如荷哂存，曷勝榮幸。

某竊聞之：藏山事業，不如壽世經綸；頤養林泉，不如勤勞廊廟。故萬間大廈，有廣庇之歡；九種慈雲，得遍霑之樂。望旌麾者，不間於遠近；迎節鉞者，無論乎親疎。咸願閣下出而爲國宣猷，佐一代以成郅治，代天子而撫兆民。斯則赤緊懷功，住神明者五百年；蒼生感德，算齡齒者八千歲，某可操券而卜之者也。持觚欣躍，勸駕維殷，蕭泖蕪詞，藉抒積愫。

皓月將圓，秋風未厲，伏冀萬萬爲國自重。不宣。

與程蒲生孝廉

一病兩月，今始少瘥。爛漫黃花，都是愁中過去；簾前月色，枕畔秋聲，何心領略，祇攪離悰。廣寒仙子亦復一臥兼旬，憔悴花枝，似經攀折。自古紅顏罕逢白首，斯惟愈見其美耳。粵中風土惡劣，食物粗糲，初歌戾止，日以爲憂；久而安之，視若固然。韓江風月、珠浦烟花，聆厭豔談，輒爲神往；逮乎目覩，靡不齒冷。留連既深，溺於所蔽，如薰百和之香，題九迷之詩，譽庸姿爲姝麗，而眩鹽嫫爲旦嬙，未嘗不與之俱化矣。此弟二十年來所啞然自笑者也，願閣下勿以摩醯首、羅頂眼觀之，則得矣。

拜讀瑤華，展觀鉅製，珠玉琳琅，雲霞絢麗。其間追維影事，觸撥前塵，文以感生，情因鬱著；既回腸而盪氣，彌引恨以言愁；斯仙佛之存心，亦英雄之本色。敬當貯之錦篋，裝以綈函。翹企南天，寄聲北里，將見二十四花史、三十六蕊宮仙子一齊頫首，《淞隱漫錄》又添一段佳話矣。《滄海遺珠錄》弟處有之，敬先贈一本，付之郵筒。閣下覽之，不啻身歷其境，聊作卧游。十二時中，五千里外，同此心即同此夢。酒闌月墮，燭炧更深，珊珊其來遲者，逸卿耶？婉卿耶？抑蘭隱耶？吾不得而知也，請還問之閣下。珍重，珍重。

呈胡雲楣觀察①

曩在滬濱，獲覘懿範，覺和氣內含，謙光外著，滂沛洋溢於大宅間，欽挹之私，非可言喻。自此一別，荏苒三年。閣下繡衣奉使，虎節分符。德惠之溥，被及遠方；政績之隆，昭著衆目。逖聽之餘，距踊三百。將來豐功垂於竹帛，偉烈銘於旂常，夫豈異人任哉！

韜自粵旋滬，五載於兹。仰屋杜門，了無一事。笑悲鳴之樏

---

① 此函亦見《弢園日記》光緒十二年十二月十八日（1887年1月11日）。《弢園日記》，國家圖書館藏稿本。

驥，徒局促如轅駒，蠖屈鷦栖，自甘汶没。芋仙老友又於乙酉秋間化去，踽涼之況，益復無聊。因之對月言愁，銜盃墮淚，悲歡塲之不再，痛逝者之如斯，而輒不自知其一往情深也。韜歇浦之賓萌，而甫里之逋客也。才不動乎公卿，名不出乎里巷。即有著述，亦不過供世覆瓿糊窻之用耳。乃蒙閣下紆尊降貴，略分言情，輒譽之弗容口。溯自甲子夏間規復金陵，仲冬之月舉行賓興盛典，韜以閔跡炎荒，未遑預試。聞閣下告人云：是年平閣學以榜無韜名，致搜落卷，仍不可得，閣下入謁，猶蒙垂詢。此韜生平文字知己也！馬逢伯樂而長嘶，桐遇蔡邕而遽爇，使當時得閣學一流爲之拂拭於風塵潦倒之中，雖不獲奮迅天衢，翱翔雲路，亦何至蓬蒿坐廢、蕭艾沈埋，甘作棄材以終老哉！

　　韜今者老病頹唐，於塵世浮榮，如飄風之吹馬耳。纓紱無心，山林有志，雖蘇張其舌，不復出雷池一步矣。少囿偏隅，長游四方，結翰墨之因緣，與友朋爲性命。每遇海内名流，投縞贈紵，託雲萍之末契，訂苔石之同心。長沙獻策，痛哭時艱；樊川著書，喜言兵事。時與二三知己聚首一堂，不作鄒衍之談天，即效馬援之畫地，往往盱衡時局，熟刺外情，爲亟謀自强計。生平誠樸自矢，悃幅無華，顓頊婉篤，無一日不懷人心世道之憂。人或目爲傷時之狷士、遺世之狂夫，雖不敢當，抑庶幾也。閣下聞之，得毋疑其交淺而言深哉！然於大君子之前，不敢終悶也。

　　韜自去秋承滬上中西董事公舉爲格致書院山長，兼監院事，自慚才譾學陋，於格致一道僅涉藩籬，未窺堂奧，而遽欲侈口論述，妄爲人師，不徒貽譏於大雅也哉！韜實深自惡已。所幸朗鑒自空而畢照，惠風在遠而弗遺。求於政事餘間，進院中肄業諸士子而提撕教誨之，詔之以實學，課之以宏文，獨具品評，嚴加甄别，則枯木朽株以裁成而可用，魚珠燕石藉磨礱而生光。將見四海承風之彦莫不競勗光采，争自濯磨，翔集奔赴，求一顧以爲榮。龍門既登，驥足自展。閣下之栽培後進、陶鑄群英，蓋未有艾，而實大有造於我書院也。敢以爲請，想不固卻。誠以人才者國家之命脈，文章者天下之公器，夫豈有南北之分，存畛域之見哉！況乎閣下平日以樂育賢豪爲己任者哉！

候雁北飛，慈雲南睞，側身瞻望，不盡依回。

弢園尺牘續鈔卷六

長洲王韜仲弢甫

與洪蔭之大令①

去冬一別，冉冉至今，雲萍海角，自此遠矣。臺島入版圖僅二百載，生番潛匿深山中，久阻王化，非勦殺不爲功，然非仁者之用心也。《文獻通考》所紀毘舍耶國，恣睢裸袒，殆非人類，其即今之生番歟？器械文字，歌謠言語，俱有荷蘭之遺，殊足異也。荷蘭在明季據臺地，不過十數年而已，濡染若此，則非不可教者也。法當畫井建廬，計口授田，教之種藝，教之蠶織，以倫常培其性天，以詩書消其戾氣，勿令客民虐待之，數十年之後，其民始可用也。曩見豐順丁中丞謂所赦生番畏威懷德，馴擾無異於良民，使有良二千石治之，化醇俗美，何不可之有？至於幅員之廣、物產之庶，殆可甲東南數省，講求富強之術者，尤當於此

---

① 《弢園日記》稿本於光緒十三年二月初一（1887年2月23日）有曰："倪耘劬尚未去臺島，爲作一書致洪引之。引之名熙，常州人"。當即指此。洪熙，洪述祖原名。

留意焉。開諸礦，築鐵路，創機器，設廠局，凡可以西法行之者，無不可舉而措之，生聚教訓，不必二十年，已可坐收其利，而成效大有可觀矣。是在得人哉！

弟繼室娶於林，臺島爲堉鄉，婦兄數人咸列膠庠，掌四城管鑰，今盡凋謝矣；游臺之興，以此中阻。弟友倪君耘劬，桂林一枝，久挺厥秀，今之詩人，亦古之循吏也。少游粵東，名儒耆宿，皆折節與交。逮乎調官閩嶠，聲譽卓然。生平足跡幾半天下，其詩早選入《國朝正雅集》中。臺島是其舊游之地，擬上謁劉爵帥，一展其胸中所蘊蓄。在臺相識頗寡，仰慕盛名，特乞一言爲介，於數千里外修士相見禮，伏求進而叩其所藏，抵掌劇話，揮麈縱談，當有契若苔岑，而融如沆瀣者。

此間無新事足供解頤，省斾於冬初來此，至今未返豫章，載酒看花，殆無虛日。所曬者雲芝一人而已，以書卷光陰，作摴蒱消遣，竊爲此才惜也。蔡君寶臣隸籍江右，筮仕臺南，其人頗講經濟有用之學，曾聞其名，見其人否？叔和觀察經營任重，擘畫才高，不知瘁幾許心力矣。於其返也，船忽陷溺，緣桅而免，入險出險，聽者幾爲舌撟不下，而觀察丰采愈都，膽志愈豪，曾無幾微懼意見於詞色，真一時人傑哉！此間船事一了，即欲乘風破浪而來矣！天下事皆有數存乎其間，知乎此，可以平心息慮，無強求矣。

春寒尚厲，尚冀順護眠餐，爲道自重。

復盛杏蓀觀察

毘陵畢君來，獲奉瑤華，歡喜無量。十讀三復，語重心長，外又賜以佛餅百枚，云以助刻書之貲，而不取其書，隆情厚誼，冠越古今，感恩知己，兼而有之矣。顧匪恒寵貺，拜領爲慚；桃李瓊琚，愧無以報。

韜寄跡滬江，杜門罕出，藏脩之暇，略事游覽。有牽率至花天酒地者，聊一問津，即迷向往。惟廣寒仙子畫舫中雪泥鴻爪，蹔作勾留，近亦疏懶矣。一朵青蓮花，本非淤泥中物，當時始布春風，曾蒙噓拂，心香一瓣，早篆眉梢，似宜預計量珠，以祈種玉，貯阿嬌於金屋中，不然聊訂短緣，藉作後圖。乃因循自誤，棄置何辭，竟使北里難藏，東風無主，出水登陸，向日傾葵。終紆嫁杏之期，虛作聘棠之想，完全璧以遺牧豎，失計未有過於此者。竊思曩者香君之許朝宗，小宛之歸辟疆，月上之隨樊榭，曼殊之侍西河，皆於一見之頃，心心相印，叩叩相通，宛轉撮合，終成連理。今彼姝之貌寧遜四姬，而令名花遺恨，嘉話終虛，果誰之咎哉？蛾眉謠諑，自古所傷。彼姝亦被疑似之毀，曾力爲辨之，然忌者弗許也。

端居無俚，從事著述，寄情烟墨，肆志縹緗。篋中所撰，有《四溟補乘》一書，即《瀛環志略》之後史，《海國圖誌》之續編也，網羅泰西之近聞，採取歐洲之實事，四十年來耳目所及，靡及大小咸登，精麤畢貫。凡欲稔知洋務者，一展卷間，即可瞭如指掌。此韜生平精力所萃，或謂爲投時之利器，談今之要帙，雖謝不敏，或庶幾焉。久欲付之手民，出以問世，俾世知徐松龕中丞、魏默深司馬之外，復有識塗之老馬，以欹劂之費無從出，尚有所待。方今印書牟利者紛然，苟有大力者肯爲醵貲合印，決不虞其折閱，名利兼收，操券可卜。韜曾創設木質活字版一副，約略十數萬字，排印諸書，咸可取給。明春如有可籌，當以此書爲嚆矢。

格致書院山長徒有其名，雖皋比坐擁，而阿堵空呼。惟是長安米貴，居大不易，荷蒙嘉惠，俾得月支鶴俸，以供杖頭所需、黃壚買醉之外，兼可看花曲里，不獨免家食之憂，且可遂閒居之樂矣。誼切於惠莊，而情深於管鮑，感泐之私，謹銘心版；引領北望，無任瞻依。入冬暄暖，節候殊乖，伏冀萬萬爲國自重。

上許星臺方伯

前奉瑤華，歡喜無量，正如一朵絳雲，從九天而飛下，臨風雒誦，銘鏤奚言！韜江南一老部民耳，心棲山澤，而跡溷市廛；才不足爲世用，行不足爲世稱；技愧雕蟲，詞同刻鵠，棲遲不出，淪廢自甘。乃蒙閣下略分言情，紆尊降貴，進而假之以顏色，勖之以訓詞，獎勵逾恒，感淪肌骨。頒賜秘籍，寶若琅書，什襲珍藏，期勿失墜。欽承知遇，出自真肫，爲夙昔所難逢，乃生平所僅見。既上極黃河泰岱之觀，復仰窺月露風雲之思。約期即日同泛西湖，觥船載酒，吟鉢催詩，謬叨文字之因緣，許測詞章之淵海。此蓋伏遇閣下厚德如山，虛衷若谷，愛才下士，虛己從人，以致有此也。

格致書院春季課藝，前承命題，藉覘多士之蘊蓄，茲謹將各卷彙寄郵筒，敬塵鈞覽。伏祈釐定甲乙，遍加品評，俾得知所矜式，奉爲圭臬。將見登龍門者聲價倍增，附驥尾者姓名遠播，提唱所及，海內榮之。以閣下説士若甘、求賢如渴，裕名山之盛業，扶大雅之宏輪，月旦儒林，風行文苑，凡在士流，無不同聲景仰。書院成例，列前茅者，正獎之外，別有加獎。注廉泉之一勺，沾溉無窮；分仁粟之半稊，侏儒皆飽。其爲國家培植人才，教育後進，夫豈有涯哉！敢援前例，敬告台端，想閣下所聞而樂許者也。瞻睇慈雲，曷勝翹企。

秋暑甚酷，益不可耐，韜惟有息影杜門，不見一客，科頭跣脚，逭暑乘涼，石几竹牀，北窗高卧，作羲皇上人而已。伏冀慎護起居，萬萬爲國自重。

與陸儷笙醝尹

　　文旌駐滬，小作盤桓，得以暢挹鴻儀，快聆麈教。餘閒偶賦，雅興遄飛。繫金鈴以護花，開瓊筵而坐月。雪泥鴻爪，聊為流連，亦足以消遣羈愁，展舒旅況矣。夫豈真跌宕於風月塲中，愉快於綺羅叢裏哉！判襟以來，自春徂夏，寸陰若歲，尺素猶虛。今者候近迎秋，時鄰乞巧。憚驕陽之尚烈，恨酷吏之未除。讀《雲漢》之詩，幾至無陰以憩，欲於何處招涼逭暑，殊令人想像於十洲三島間也。至於沈李浮瓜，調冰餐玉，左歌白雪，右對紅粧，享此豔福，有數存焉，而弟非其人也。廣寒宮中久已絕跡，所謂璧月麗姝，畫舫仙子者，緣盡則止，即以彼所答閏正月一語，為懸崖撒手之券證焉可也。昔也安冀蓮能結果，懷苦志而猶憐；故而藕尚牽絲，斫鋼刀而不斷。今則借此慧劍，斬我情魔。渠本無心，儂空有意，三年繾綣，一旦棄捐，能不悲哉！吁其戚矣！

　　足下所賞識者，如善和坊裏楊柳千條，護世城中芙蓉萬朵。婉茲弱質，具有貞心。俱已早訂香盟，曾聯綺約。而問所為生平尤屬意者，則笑而不言。吾家蘭花一枝，堪紉為佩，生非空谷，來自甬江。猶憶其始至也，二愛仙人首為提唱。可知明珠美玉，光氣難藏；瓊樹瑤花，寶芬外溢。其時在姊妹花中，髮初覆額，步僅隨肩也。曾不幾時，芳譽蜚而豔名噪矣。竊以為選材曲里，徵美勾欄，即有品題，難為準則。譽之則升雪嶺，毀之便入墨池。年來花榜之開，孰不阿私所好者！惟因緣前定，則鑒賞自真，不然但有看花而無折花者矣。邇日此中尤物，多為大力者搜羅以去，一時無不慶得所歸。然既脫樊籠，而仍墮藩溷者，亦復不少，弟聞之，未嘗不為之咨嗟太息也。夫天之生美人，非偶然也；美人之能自擇人，尤非偶然也。大造無私，藉娛賢者；名花有主，必待東皇。惟王者之香能入善人之室，故每遇殊姿，未嘗不始終愛護之也。足下聞之，將以此爲至語耶？抑讕言耶？足下翩翩自好，皎然如玉樹臨風，此中人願爲夫子妾者，當不乏人。叔寶羊車，恐致看殺，宜足下之俯視凡近，高自位置，而屬意之人不肯一傾吐也！一笑，一笑。

炎熇如蒸，殊不可耐，即以此作一服清涼散何如？

與梁志芸孝廉

"小饕居士足下"，此十七年前在香海寄廬中書，僅此六字，以下從無一語，豈比之"滿城風雨近重陽"，爲催租吏所敗興耶？嗟乎！小饕昔年詩酒徵逐，跋扈飛揚，猶有狂奴故態。曾幾何時，我已衰邁，君亦頹唐，滬上重逢，酒邊話舊，偶訪朋儔，半爲異物。君年四十，我已六旬，再隔數年，不知天壤間尚有我否？此真可爲一大痛哭者也。

衆生栖塵，總有窮盡，觸鬥蠻爭於名韁利鎖中，不知休息，誠極苦事。我安得先衆生而息焉？解脫之日，當作偈示小饕，同領妙境，共證菩提。韜白。

與甦補別駕

醒道人：

今年消息殊稀，匆匆夏已逾半。到吳祇見兩面，作一日留園之游，君猶困於文字禪，與三五少年爭時世粧。知交難得，良會不常，殊可嗿也。君年六十有四，弟年亦六十矣，以後能得幾回見耶！閣下證道日深，遇世事以空字了之，世間一切有情物遇之俱化，從不粘滯，此已造到菩提薩埵境地，弟不能也。弟好貨好色，歆勢利，趨富貴，無異於世上一切衆生。於生死關頭，亦未勘透，大抵哀境多，樂境少，偶讀書一二葉，静言思之，凄然淚下，此殆趨死路近也。

燈唇書此，不禁作一大哭。道人其有以廣我？遯叟再拜。

與日本水越耕南_{耕南名成章，爲神户裁判官。能詩，與余初未一面，前年朱君季方回滬，曾以詩集就正。}

楊君硯池返櫂，得拜嘉惠。瑰籍新鎸，雲糕佳製，貺我良多，感荷無量。夙昔三神山在海上，可望而不可即，今則一葦可杭，雖滄波間阻，相隔數千里之遥，刻期可至。弟向亦勾留旬日，雪泥鴻爪，具有因緣，瀚濤《劍華堂集》中唱和詩可證也，其時惜不得與足下一見也。

今者遠地神交，筆札詩筒，迭還絡繹，杜陵所云"文章有神交有道"者，其謂是與！前寄赫蹏，潦草塗鴉，殊堪發噱。頑石道人來，曾奉一書，聞在神山停帆僅半日，不及相見，豈友朋一見之緣，亦有數存乎其間耶？弟老矣，不復作重游之想，湊川山色、瀧嶺泉聲，時時入於夢寐。文旆如來此間，當敬迓江干，爲平原十日飲。

天暑，伏冀順時珍攝，爲道自重。

與日本佐田白茅_{白茅字藉卿，武世家也。寄居東京，操選政，然不甚爲東京文士所許可。久疏筆札，特致一書。}

久不通書翰矣！鴻消鯉息，音問久乖。前日岡鹿門、小牧櫻泉來游此間，咸蒙過訪，栖酒流連，亟詢足下近況，言邇日但清貧耳，殊乏興會。曩弟在東京，昕夕過從，意誼尤渥。惟記足下喜操選政，刊刻詩文，最後寄來體例獨異，竊以爲未當也。貴國與敝邦，雖文字相同，而所趨門徑各別，惜無韓昌黎、歐陽永叔爲之提倡其間，振衰起弊，以歸於一道同風耳。

弟眼中所見，以重野成齋爲巨擘；湖山小野雖爲詩壇領袖，微嫌家數太小；巖谷誠卿詩長於言情，長篇鉅製，猶有所歉；能兼衆長者，其惟龜谷省軒乎！惜弟不能久在日東，俾得從容從事於壇坫，以操選政，當可回一時之風氣。

弟老矣，重游之説，不敢作此妄想。柳橋、向島之風景，忍岡、墨川之游觀，時時入於夢寐，惜乎不能再得矣。足下移居於墨水之上，左酒樓而右妓室，絃歌之音與讀書之聲相間，荷露朝馥，蘋風夕涼，時於此間消受佳趣，興當不淺。味奇女史想無恙在，然則足下雖貧亦樂矣。

率作此紙，問訊起居，此外萬萬自愛。

與岡鹿門

別後屢賜手書，爰悉近況。北鴻振翼，而東鯉揚鬐，知兩地有同心也。昨岸田吟香枉過，承惠瑶翰，并寄大著，所有《觀光》《紀游》卅部，當爲代售。辱蒙嘉貺，感何可言！臨風展讀，語重心長，披誦再三，歡喜無量。游記所見者大，議論縱橫，上下時事，目光如炬，憂民愛國，有慨乎其言之者，誠傑作也。惟詞太徑直，時觸忌諱；攷訂輿地，舛謬亦多，惜未先寄弟處代爲校勘。

弟近日杜門謝迹，自仰屋著書、巡簷覓句之外，了無一事。或焚香埽地，静對名花，聊自消遣。天氣驟熱，苦無逭暑之所足以消夏。尚記前游晁山，曠觀瀑布，行竹樹中，天日蔽虧，雖盛夏而忘酷暑，真仙境也。今欲再續前游，復尋此樂，杳不可得，爲之悵然。弟今年已六十矣，犬馬之齒日增，足下年亦逾五十，精神意興，日非一日。天涯良友，再得聚首談心，亦非易事。想重來江户，逍遥於墨川、忍岡之間，其可得乎？徒作虛言，豈償夙願，此所以臨觴而太息，投筆而欷歔者也。弟近日將創設書局，集衆釀貲，將世間有用之書并弟生平著述，盡付手民，出以問世。特所費浩繁，思以鬻書所入，爲之補苴。貴國近崇西學，於自漢以來一切書籍束之高閣，未識弟所撰講求洋務諸書，尚能不脛而走否？弟友姚君子梁書來，勸弟將所著書寄至日東代爲出鬻，欲乞足下爲將伯。因子梁在使署已六年，今後瓜期將屆，如其言旋，當代料理，鴻消鯉息，時遞郵筒，想無不可。

舊時諸友俱無恙在，惜皆不得一見。天下事白衣蒼狗，變幻須臾，數年後，不知弟尚在人間世乎！此外惟萬萬自愛。

與西尾鹿峰_{鹿峯名爲忠，一字叔謀，西京人，家於東京，爲王府教授，書法遒媚。久未通問，特作一書。}

己卯游東京，作百日之勾留，弦詩鬥酒，臨水登山，時與文從相周旋。猶憶臨別之時，足下盛設祖帳，餞余於蕭齋中，特鼓西京曲調，悠揚宛轉，令人之意也消，弟顧而樂之，欲紀以詩。此時亦忽忽過之，而不知遂有今日也。自別以來，倏已九年。人生歲月，其不足把玩也如此！弟今年已六十歲矣，齒髮漸衰，意興則尚如舊時。

自癸未春間載全家於一舸，由兩粤而返三吴，卜築三椽，廁居春申浦上，天南遯窟從此長辭，淞北寄廬聊容小住。日惟埽地焚香，杜門謝跡，自仰屋著書、巡簷索句之外，了無一事。其爲消遣法者，亦惟載酒旗亭，看花曲里而已。近則益復疎孏，踪跡稀矣。昔白樂天憶妓詩多於憶民詩，人以爲病，弟則好友良朋時時入於夢寐，彼絮薄花浮者，直烟雲過眼視之而已。前日王府所獲名人墨跡，將刊之石，弟曾作跋，可印有副本否？何以絶未之見也？或言閣下已辭王府教授之職，優游泉石，嘯傲山林，頗得隱居之樂。《易》曰："高尚其志，不事王侯"，足下即其人與？遥企清風，彌深欽羨。大暑如蒸，小年正永，伏冀萬萬爲道自愛。

與龜谷省軒龜谷行字子臧，一字省軒，日本詩人也。別九年矣，作書訊之。

　　一別冉冉九年矣！歲月之不足把玩也如是！此三年中，弟三次自粵還吴，雪泥鴻爪，聊作勾留。甲申春間，始定居春申浦上，自此去天南之遯窟，就淞北之寄廬，仍作吴下之編氓，而爲海陬之廇客。辛未之冬，香海印局不戒於火，所印著述盡爲祖龍攫去，文字之劫，言之可慨。

　　貴國時有文人來游此間，鴻消鯉信，恒得遞之郵筒。每值與足下相識者，輒問近況，雖暌面晤，藉證心期。稔知足下研田逢豐歲，詩囊頗有所蓄，然則詩能窮人之説不足信矣。足下詩益工，境益裕。前日寄來諸篇章，鯨鏗日麗，洵足爲詞壇中巨擘，每讀一過，頫首至地。若弟者廢棄筆墨久矣，終日惟掃地焚香，翛然静坐，絶不問户外事。盛夏日長，驕陽當空，如張火繖，杜門謝跡，益不敢出，科頭跣足，散髮乘涼，辭賓客之往來，而傲王侯之貴倨，亦足以優游自適矣。弟肆志縹緗，怡情泉石，願長作老農以没世。自愧無才，非閱擯斥，世乃有以用世之言爲予勸駕者，夫豈初心？付之一笑而已。

　　波路雖遥，颿輪甚迅，惠而好我，乞賜回翰。蓬山非遠，企予望之。

與寺田望南_{望南名宏，字士弧。}

井上子德回國，曾布尺一，亮達聰聽。此行環地球一周，亦足豪矣。足下從貴國黑田大臣後，列於記室，才調翩翩，能操西國方言，勳猷卓著，勞瘁不辭，當事者自當薦之朝廷，俾脫僧籍，重登仕版，有可必也，是所望也。前閣下在滬時，匆促捧檄，遽唱驪歌，弟亦不及作咄嗟筵，公設祖帳，以壯行色，悵也何如！

閣下向假大版《日知錄》以備讐校，文旆臨行，未及完璧，想仍在几案間。此本爲徐紫珊老友舊藏最初印本，故不忍割棄，郵筒如便，尚祈寄我。弟案頭有歙石硏一枚，君物也，當時乞弟作銘，置諸弟所，石質頑劣，殊不堪用。此物僅値百錢，閣下何爲而寶之耶？尚記銘曰："此吾友寺田之硏田。剮山骨，取其硏。嗇我神，寶我墨，壽千年。"如尚欲之，可倩名手鐫之，馳寄君所。

天暑，惟冀努力加餐，勿多飮酒，爲道自重。

與王惕齋上舍

前日文旌遄返滬江，猥蒙高軒枉過，獲聆塵談，歡喜無量。頑石道人前與足下偕行，妙甚。東京之游，頗有所獲，重野成齋欲爲之道地，惟月止六十金，未足敷衍，然足見故人情重也。頑石返櫂，得奉瑤函，并承賜以煉金印，色紅赤爛，然其光耀目，匪恆寵貺，拜領爲慚。嗣後位置於筆牀硏匣間，永世寶藏勿替，用誌盛惠。第古人獻縞帶者，貽之以紵衣，投桃報李，友朋贈畣之禮應爾，非欷僑札爲然也，弟愧無以爲酬也。

東京風景絕佳，墨川、忍岡、柳橋、向島，皆昔年遊屐之所經，今猶時時入於夢寐。惜弟老矣，重游之想，已絕不能。摳衣登堂，作平原十日之飲，惟待足下回來，翦燭弦詩，開樽讀畫，傾吐胸中積愫，亦一快事也。

天氣炎蒸，逭暑無地，伏冀萬萬爲道自重。

與繆少初大令

足下十九載宰治伊陽，而弟亦廿三年棲遲嶺嶠，雖踪跡之隱顯不同，而其爲久留異地則一也。一旦先後歸來，得以修士相見禮，覿面若舊識，結異地之苔岑，投同心之縞紵，生平快事，此爲最矣。金閶泛櫂，小住高齋，中間追陪游屐，涉歷名園。看花載酒，預畫舫之雅游；畫壁徵歌，繼旅亭之韻事。飽飫珍錯，至今齒頰猶香。

自別以來，已浹兩月，既經辭友西泠，又復送人南浦，偶感新寒，觸發舊疾，雨枕風簾，因茲小劇，藥爐經卷，益覺無聊。閏月上旬，吳、孫、張、汪四君子來，弟病不覺爲之霍然脱體。亟詢近況，藉慰渴思，知桃葉已迎，柳枝入選。薛瑶英未許平視，劉碧玉早擅專房。裙釵瑣瑣，料妮子未解溫存；夫婿毿毿，想老奴久經消受。此所以羡極而生妒者也。聞文斾琴川之行尚未束裝，想爲溫柔鄉所羈與！久雨新晴，天氣驟熱，闔閭城畔，苦無逭暑之所，足供消遣，銷夏灣頭，西施響屧之廊尚在，能共往乎？倘覓清游，定踐成約。

大著留置案頭，日夕把玩，鈔得副本，即當奉繳。此外惟萬萬爲道自愛。

與許竹士上舍

甫里開帆，玉峰小住，雪泥鴻爪，聊作勾留，獲識長劍倚天生，豪邁不群，恨相見晚。玉峰山畔，殊覺寂寥，山石雖佳，苦無泉脈，故山色枯而不潤，自一隱士三鉅官以來，人物渺然。他日弟如賦歸歟，卜居之所，要當在莫釐、鄧尉間。

讀玉峰舊志，池臺亭榭點綴猶存，緬遺跡而興思，弔古賢之不返，未嘗不愴然以悲。新志聞已修刊，乞購一部，閱之起滄桑之感。弟昔年所有投縞贈紵者，強半入之志乘，當時見其品詣學問落落無足重輕，而今乃以人物稱，亦可見一斑已。大抵情既狥私，事多粉飾，一部《十七史》，皆當作如是觀。輓近人情多好諛而惡直，不獨媚人，并且媚鬼，以致請建專祠者紛然上瀆，殊可嗤也。

重陽節後，長劍倚天生曾來此間，塵事蝟集，未得追陪游屐，同乘飇車，一覽西園風景。足下何時命駕來遊來歌，作平原十日之飲，企予望之。

近日擅影像絕技者，爲東瀛鈴木，價廉而形肖，鬚眉如生，意態胥活。弟思此藝之佳，在濃淡得宜，明晰若畫。或恐其不能藏之久遠，則四五十年其跡可留也。兵燹以後，鹿城想少藏書家收羅舊帙，弟既好異書，復喜奇石，如有瘦秀縐透、足供山齋清玩者，乞爲留意。弟今年六十矣，老病頹唐，亟圖退步，終思買田淞水、築室吳門，幸萬卷之隨身，搆三椽而駐足，令叔壬瓠有懸壺吳市之約，弟有伴矣。

天氣嚴寒，似欲釀雪，伏冀順護眠餐，萬萬爲道自愛。

上方照軒軍門

連日追陪譾集，備聆教言，千載一時，欣慰靡既。韜獲識閣下二十年，熟聞閣下所行，勳業在國家，功德在民生，此百粵之人所共見共知，衆喙同聲，無異辭焉。要宜銘之鼎鐘，傳之竹帛，垂之著撰，永之縹緗，用以留示後世之人，此固史官紀載者所有事，而亦韜之素志也。曩時曾刻《珊瑚舌筆談》，所紀閣下之事凡七則，要不足以盡萬一。

念自閣下服官以來，出統戎行，入親民事，鋤奸誅暴，濟弱扶傾，恩威浹於衆心，惠信孚乎輿望。綜核閣下生平行事，如行軍、勦賊、治民、除莠、濬河、築堤、辦海防、建礮臺、設義學、創書院，武功文教，彪炳耳目，一一筆之，輯爲成書，如《曾文正大事記》之類，潮州一郡之治，雍容媲美於鄒魯，化頑梗爲馴良，轉椎魯爲誠樸，戶多絃誦，家有詩書，皆出閣下一人之所賜也，功當不在韓昌黎下。閣下德澤被民，近今之人皆知之，恐千百世後，代遠年湮，或有未及深悉者。如是，則閣下愛民愛國之心，湮没而弗彰，不誠大可惜哉！韜也不才，忝以文字知名，而獲交閣下，附於縞紵之末，乃不能珥筆以紀閣下之豐功偉烈、盛德厚施，良用愧惡。

韜年來著述未刻者尚三十餘種，意欲授諸手民，出以問世，而貲用未集，尚有所待。前年曾以《陸操新義》百函奉獻左右，蒙賜刻貲，感且不朽，已深拜賜之心，敢作發棠之請。今又有所瀆者，欲以韜歷年所存書籍，饋之於潮郡各書院，其書皆經史子集，爲書院士子肄業所必需，價亦較書肆爲廉，先行繕呈目錄，用備覽觀，以俟決擇。池北千箱，偕青氊爲舊物；河東三篋，悉紅簡之新編。蓋韜所藏之書，原非所鬻之書也。藉鬻書以佐刻書，而後生平述撰可盡供剞劂矣。然則閣下之所以玉成韜者，豈有涯哉！報稱之懷，惟力是視。他時操管以紀事實，即其一也。

滬上遊觀之地，北有張園，南有徐墅，並有亭榭樓臺之勝、花木泉石之娛。相距十許里，則爲靜安古寺，建自赤烏，旁有沸井，遺跡猶存。西園、申園，群姝之所薈萃也。碧螺試茗，青鳥傳書；眉語以來，目成而去。每至夕陽欲下，馬四蹄而風輕，車雙輪而電邁；流水游龍，見之蕩魄；衣香鬢影，聞而醉心。此亦極馳騁之大觀，而盡風流之能事矣。士君子於此，輒患風俗之浮侈；而思有以裁抑之，恐未能也。天氣漸寒，西風殊厲，伏冀爲國自重不宣。

答沈茀之大令

仰盛名久矣。前時文旌道出滬江，一見之於曲院，再見之於申園。朱筱卿、王翠芬兩詞史皆早扇芳聲，久標豔幟；筱卿并以嫺於翰墨名，畫蘭娟媚，詩句清新，足徵執事賞識之不謬。惟以行程匆遽，未得觀覽南部之烟花、領略北里之風月，與執事傾觴痛飲，醉倒於紅裙翠袖之側，獲抒鴻抱，暢聆塵談，爲闕典、爲憾事耳。別來隔歲，忽奉瑤華。正對月而興懷，乃停雲之在望，繽紛藻采，爛然先施。

伏念鄙人年甫弱冠，即客海陬，橐筆賣文，徜徉市上。我既不好干人，人亦莫有知我者。旋以喜談時事，爲忌者所中，乃遠至粵東，栖身絕島，言無與聽，唱無與和，終日閉門，自甘寂寞。中間曾作泰西汗漫之游，倏忽三年，有如一旦，思鄉念切，遽賦歸歟。己卯返故里，游東瀛。倦游知還，爰謀歸計。甲申春間，卜築始定。悲淞南之老屋，一炬無存；僦城北之敝廬，三椽可借。藉庋圖籍，庇雨風。春申浦上，仍作寓公，舊好新知，聊數晨夕，以爲自此可伏而不出矣。乃蒙朗公大中丞謬采虛聲，馳書相召，聞命自天，懷惶無地。

側聞中丞用兵二十年，轉戰數千里，於時風塵澒洞，戎馬倥張，被命即行，不憚勞瘁。於伊洛瀍澗，則竭其馳驅；於關隴秦黔，則覘其經略。豪情雲上，壯志風生。勳業著兩間，經綸該六合。又復愛才下士，禮賢任能，近今大臣中實所罕見，固巋然一代之偉人，千秋之名世也！即使異地異時，猶將越國過都而往見，百世之下，聞風興起，況乎其爲並地並時也哉！謹如來書所約，明年二月，徑由芝罘而達濟南，伏祈轉告中丞。《上中丞書》一通，亦乞代塵霽鑒。

此間節近長至，而氣候殊暖，北方未知如何？伏冀順時珍攝，爲道自重。

答孫少襄軍門

曩在江鄉，早震隆名。二十餘年，南北僻左，未得一見。前者謝君綏之自芝罘回，偶數當世英豪，謂如少襄軍門者，斯可當之矣！中興人才，於吾吳當首屈一指焉。并言"顯則爲軍門，隱則爲吾子"，夫鄙人何人斯，乃敢與軍門相提並論哉！此言者之過也。韜方以不得一見我軍門爲生平一大闕典，初不意今日海外雲霞，爛然先賁，雒誦臨風，歡喜無量。猥蒙推獎過情，矜寵逾分，非所敢承，主臣，主臣。

韜生平著述約略三十餘種，已付手民者，未及其半。《四溟補乘》與《經學三書》卷帙最爲繁重，今春擬以所藏木質活版盡行排印，非敢出以問世，藉空文以自見也，誠不甘以嘔盡心血者隨草木而同腐耳。雖世有以之餬窗櫺、覆醬瓿、投溷厠者，亦所弗顧。韜行年六十有一歲矣，璞以無用全，樗以不材壽，作聖朝之棄物，爲盛世之罪民，老病頹唐，分甘淪廢，豈復有用世行道之念哉！私冀他日一二述撰得傳於後，後之人因其言而原其志，則雖死之日，猶生之年。韜非敢交淺而言深也，誠以閣下與韜一面猶睽，十行相訊，而即以著述爲言，可知其中自有文字因緣心心相印者。"文章有神交有道"，豈虛語哉！

昔年韜橫被語禍，窮竄遐裔，言無與聽，唱無與和，日惟杜門謝客，仰屋劬書，淡然與世相忘，不復問戶外事。中間結筏浮瀛，乘槎航海，周行五萬里，經歷數十國，見所未見，聞所未聞。旅居英土者三年，擲身滄波，渺焉一粟，徒見夫洪濤撼地、濁浪接天，雖足以豪心滋戚矣，倦而思返，仍局促於一隅。己卯，始作東瀛之游，停驂滬瀆，倚櫂金閶，爲之盤桓者涣月。正如丁令威化鶴歸來，光景頓異，自憐身在，深感人非，惆悵之懷，良不可任。壬、癸、甲三年，三度還鄉，憚萬里之程，作六月之息。甲申始定歸計，去遯窟於天南，結寄廬於淞北，自此伏而不出，將與世長辭矣。去冬十月，乃蒙朗公大中丞謬采虛聲，遠加徵辟，自問何能，彌深悚惕。本擬仲春束裝就道，以除夕感冒風寒，喘疾劇發，夜不能寐，危坐達旦，日夕在藥爐火邊作生活，即欲其問水陸而遄征，恐未能也。韜來必取道於芝罘，定當暫停行躅，晉謁崇階，敬聆緒言，藉抒襟抱。訪縈纜之舊石，尋紀功之巨碑，雪泥鴻爪，小作勾留，平原十日之飲，所不辭也。

芳序甫回，春寒尚勁，伏冀爲國自重。不宣。

與許壬瓠主政

弟離鄉四十年矣，屢欲作歸計，奈食無半畝之田，居少一椽之屋，兼以甫里僻處一隅，絕無山水勝境堪以娛杖履、豁襟抱，以此思卜居吳門，一櫂出城，即可遍游諸山，鄧尉、支硎、西脊、銅井，皆相距不遠。春花既開，遊興斯發，船不必大，足供坐臥，兩旁滿貯書畫，茶鑪酒甕，載以自隨，船中得一二知己，便不寂寞。或留六七日，或十餘日，游必有詩，友人或喜倡和與否，悉隨其意之所好，不必強也。斯亦足以怡悅晚境，頤養天年，較之馳逐名利，膠膠擾擾於塵俗中，相去何如哉！惜今尚未能也。

　　前約金閶之行，病作不果。藥鑪茗碗之旁，仍留意筆墨，聊以自娛。一窗晴日，閒寫《黃庭》；半壁寒燈，靜思紅豆。長宵不寐，側耳聽風葉戰聲，輒爲淒然淚下。人生不過數十寒暑，垂暮之年，殊覺悲多樂少。昔歲所交里中人物，凋喪殆盡，存者惟足下及補道人耳，而又相隔於二百里外，不獲時親色笑，常聆話言，即此尺素往還，亦復累數月而不得一達。補道人悟釋氏無生之旨，存老聃無欲之心，以有情爲壞道，以寄想爲玩物，特不知其於一切名利果能放下否也？邇來消息殊稀，望雲對月，輒發遐思，以補道人言之，又坐一重障礙。弟於文字友朋有如性命，正未能免此也。

　　近擬將生平著述三十餘種盡付手民，出以問世，深恐魂魄一去，同歸秋草，每思劉孝標所言，輒爲數日不快。承示倡和近作，攬景既超，言情彌旨。詞章一道，弟久束諸高閣，觀此不禁根觸前塵，并欲追尋昔夢也。徐調之孝廉近在此間，約以東崦草堂爲弟游息所，安頓琴書，優游泉石，繼昔賢之高蹤，呼老友以清談，昕夕盤桓，聊以卒歲，云何不樂？

　　息壤在彼，終必踐也。書去之日，便盼回翰。引領江天，必不虛望。

復蔡寶臣司馬①

　　久耳鴻名，未聆麈教。勞八行之遠訊，致兩地之相思，藻采繽紛，爛然先貴。弟局促海濱，杜門謝跡。四壁空存，甘同蠖屈。一枝雖借，有類鷦栖。曩客粵東香海二十有三年，滯踪跡於

---

① 此函開頭數句亦見於《弢園日記》稿本，約撰於光緒十三年（1887）二月。

夷蠻，役心神於鉛槧，世雖不我用，而猶思垂空文以自見。知希我貴，竊自慰已。蓋深有鑒於世之炫耀求售者，終至湮没而弗彰，蘭以當門鋤，金以躍冶棄，則何如玉以在沙終完其璞，珠以沈淵常閟其光之爲愈哉！顧弟方畏人知，而足下遠道書來，殷勤垂詢，何所見聞，推獎溢分，喋不能辭，主臣而已。

心交已訂，面晤終暌，遥企南槎，彌深引領。約雲萍於滄海，有俟長風；聚異苔於同岑，期之異日。今以倪耘劬司馬赴臺之便，率作一書，藉以作答，寫我寸丹，傳之尺素。耘老爲昔之詩人，今之循吏也。桂林一枝，挺秀於孤嶺；崑山片玉，見賞於當途。需次閩中，應官聽鼓，亦與足下爲同僚。兹託其爲寄書郵正，不妨於一見也。拙著數種，前曾付之郵筒，不識蹈殷洪喬故事否？如有北鴻，乞賜良訊。

與方照軒軍門

旌節南旋，獲奉尺一。開緘盥誦，詞旨瑰麗，情意纏綿，想見輕裘緩帶，文采風流，不讓當年羊叔子也。聞惠州一帶陡發水災，近日其勢當必漸退，民獲安居。自此築隄障水，從事民功；恤難周饑，留心荒政，又費當軸諸公一番賑撫矣。恭聞節鉞將往惠州辦理善後事宜，想當暫駐襜帷，略停榮軑。將見驅猛虎於境外，奠哀鴻於澤中；梟獍潛踪，萑蒲絕跡；良善聞風而景慕，强梁知罪以歸誠，懷德畏威，沾恩向化者，不知凡幾，豈徒一路福星，萬家生佛而已哉！委購典籍，爲潮郡各書院、各社學弦誦之資，化行俗美，必自此始。是以治比龔張，學追鄒魯，皆由公一人爲之創也，功豈出昌黎下哉！竊以今日之治惠，亦莫如仿治潮之法而行之。戶有絃歌，則俗鮮澆競。以詩書消其戾氣，以德澤革其邪心，悍厲既平，鬥爭自息。創書院，設社學，多購經史子集，以爲之訓導。聆閣下向者之言，蓋早已胸具成竹矣。如有所諮，不敢不對。

滬上群花，争相問訊。麗芙蓉於初日，戲翡翠於叢蘭。眼明湘水之波，眉奪君山之黛。至於月中畫舫，雲外芳林，咸所關心，彌深引領。會當以小象一册，寄塵座右，既可顧影以驚鴻，亦無難按圖而索驥也。南魚待躍，北雁將翔，翹企爾音，想無金玉。

與蔡和甫觀察

芳序甫回，瑤緘遠貺，開函快讀，如覯異書。想見圍爐賞雪，曲記小紅；剪燭裁詩，杯浮大白，其樂爲何如也！

弟羈旅香海二十有三年，巖栖谷飲，自分與世長絕，亦不復有用世之志，遐陬異域之中，言無與聽，倡無與和，甘同雞鶩競餐，常共鷺鷗爭席，蓋幾儕於化外人矣。自甲申歸來，原欲於淞水之濱，結廬小隱，不意瀛壖暫駐，遂滯行踪。卜築三椽，藉以安頓琴書，聊庇風雨，於是粵江之逋客，轉爲申浦之賓萌。此間距吴鄉僅二百里，有事往還，一櫂可至。索居無俚，惟藉筆墨以自遣。日惟跂脚看書、科頭讀畫，閉關卻埽，絕不問户外事；雖名公鉅卿謬采虛聲，未嘗無束帛之徵、懸旌之召，而酬知無具，野性難馴，婉辭謝之，不敢出雷池一步也。夫吾黨薦賢，自媲美乎羊舌；使君愛士，敢致累以猪肝。況乎競好鱗甲，安別真龍；但賞羽毛，何殊凡鳥。既自慚於側陋，恐有玷於甄收。以此徬徨，寧甘幽寂。比者朗齋中丞折簡來招，詞意懇摯。中丞一代偉人，千秋名世。經綸兼文武，威望震邇遐。用兵如神，有戰必克。掛弓龍沙之嶺，銘勳燕然之碑。績陋乎班超，謀逾乎延壽。疏勒私渠，悉是建功之地；關雲隴水，盡爲紀德之場。甫從西域而言旋，即指北山以招隱。比之古人角巾歸里，口不言兵，拂袖還家，心惟戀主，又何多讓焉！此古今來絕無而僅見者也。備聆傳述，無任欽遲。恭聞中丞之撫茲山左也，側席以求士，開館以延英，幕府中不乏奇材異能，遠近名流翔集奔赴，求一顧以爲榮；龍門既登，驥足自展。韜何人斯，得預斯列！故感知遇之恩，亟思力疾而東邁。茲以嚴寒尚劇，病骨未甦，擬於三月中旬偕徐丞而同發，遵大道以遄征，上謁中丞，以作黃河泰岱之觀，景星慶雲之覿。先以書往，即乞代達悃忱。

近日清興何似？奚以消遣？惟冀餐衛適時，萬萬爲道自愛。

與李林桂參戎

去冬文旌蒞滬，相見歡然。握手道故，重訴生平，以廿年之老友，十載遠暌，而重得見於春申浦上，跌宕於花天酒地間，溯別況，述離悰，作康騈之劇談，爲劉伶之痛飲，其樂爲何如哉！欣慰良深，距踊三百。判袂之夕，群花作屏，明月代燭，歌聲雲遏，酒酸潮傾。長鯨吸川，無此豪情；渴驥奔井，方斯逸興。自酉入座，達於昧爽，亦可謂暢叙矣！時弟已霑醉，但覺頭岑岑然，不復能送登輪舶矣。別後正切懷思，忽奉朵雲，歡喜無量。適當獻歲發春，而牘中吉語駢蕃，連綴春字如貫珠。想見春風之噓拂，即遠道而靡遺；春澤之涵濡，雖窮谷而廣被。茲者清和將近，氣候漸更，粵中丹荔黃蕉，又是一番風景。酒旗歌板之場，桂棹蘭槳之地，珠江風月，穀埠烟波，別有娛情遣興者，惜不得與足下共之也。

弟惟願照軒軍門移節北來，或開府吳中，或駐旌白下，俾弟得以老部民扶杖而觀德政，與足下常相聚首。斯時留園載酒，畫舫徵歌，當與滬濱、穗郡所見不同也。

翹矚南雲，企予望之。如逢便羽，乞惠回翰。此外惟冀珍重。不宣。

與許壬瓠主政

昨塵緘札，託之郵筒，亮入典籤，得邀荃鑒。頃有甫里人來，言及文旌已赴金閶，仍懸長房之壺而賣韓康之藥，起居何如？伏計曼福。

弟喘病未痊，肝疾劇發，山左之行，以此中阻。行年六十有一，多病乘之，恐不久於人世矣。夫死生旦暮耳，弟於世初無所依戀，惟生平著述，強半未授手民，不及生前手自編纂，出以問世，後世誰復相知，定我文者？揚雄集中不少誤收，桓譚世上於今罕見。弟少時所好，載酒看花，今雖老矣，興尚未衰。無奈閨中時有勃豀。跬步纔蹈，荆棘便生；尺地寸天，俱加束縛。囚鸞桎鳳，如處牢籠；生人之趣，泯然盡矣。不謂暮年罹此苦況，弟所以急欲遠至吳門者，為逃婦難計也。暫賃高齋半弓，為下榻地。既聯孺子之牀，何分上下；更覓士衡之屋，不計東西。弟所謀居，不求甚解，但得小有邱壑，不必別敞園林。祇欲闢三徑以栽菊松，乞一廛以庇風雨，一枝聊借，四顧無虞。所志如是而已，豈有奢望哉！

弟近日杜門卻埽，習靜養疴，自焚香讀畫之外，了無一事。日惟屛人，枯坐斗室中，呼吸烟雲，驅使筆墨，聊以自娛。若得卜居吳下，小築三椽，暇則偕二三良友泛舟於莫釐、鄧尉之間，一櫂烟波，聽其所至而休焉，如是亦足以優游泉石，頤養性天，終我餘生矣。

甫里近況如何？讀書之士，足不出里巷，目不越几席，帖括而外，盡束高閣，諸子同於掛壁，百家任其迷塗，昔日皮、陸高風，邈不可接，千餘年來風流闃寂，爲可歎也。

時交夏令，猶滯春寒，伏冀慎護眠餐，爲道自重。

與日本源桂閣侯

足下卜居墨水之上，園亭幽敞，花木蕭疏。新廬結構之雅，尤覺別開妙境，占湖山之勝，擅烟水之奇。陰晴變態，一日萬狀。蓼花菱葉，互鬥秋聲；荷露蘋香，時送涼夕。足下享此清福，藉以遣性情，娛神志，洵足傲人矣。弟雖別來六七載，猶不禁神往於其間也。

足下尚知墨水之東有佐田白茅其人乎？白茅來書，自誇其近築精舍，面水背岡，八百樓、植半樓距其居僅咫尺，客來呼肴，咄嗟立辦。三圍社在其南，長命寺在其北，近與牛島學校爲鄰，書聲琴韻，入耳堪娛。櫻堤之下，所蟬聯而櫛比者，皆藝妓粧閣也。眼波與近水以同明，眉黛偕遙山而鬥綠。鬢影衣香，髣髴可接。大文、柏屋兩酒樓，則在南北兩隅，畫檻橫排，疏櫺四敞，與白茅之中樓夾峙，嘉讌既開，絃歌如沸，柔聲蕩魄，清響悅心，白茅偕其小妻味奇女士側耳而聆之，各按節而和焉。和畢，共浮一大白，謂非神仙中人哉！足下與白茅雖貧富貴賤之不同，其爲樂則一也。

漆園、琴仙兩昆仲尚在君處教授否？弟所相識，如黃公度參贊、沈梅史州守、吳瀚濤大令，均已言旋，雲散風流，良可慨嘆。足下文酒之歡，得毋少寂寞否？前日惠寄送別序文，鴻篇鉅製，情文相生，且又寫於赤綈，裝以錦函，其爲鄭重可知。鄙人何幸，而得足下之殷勤懇摯若斯也！嗣後東瀛之雲樹萬重，南浦之烟波千疊，盡是相思之路，彌深遠別之情。息壤之盟雖在，何日重游；灞橋之約空存，幾時再見？明年春至，乞寄語櫻花，遠客不復來矣！

　　臨書悵仄，不盡欲言。此外惟努力加餐，爲道自重。

與英國傅蘭雅學士[①]

　　韜與執事爲海外文字交，曩旅香海，景仰盛名，時欲修士相見禮，以人事覊緤不果。恒偕執事高足弟子游，稔知執事文章經濟、學問德業爲舉世所欽慕。往歲執事同郭侍郎回中土，獲一見顏色，覺和靄之氣，溢於大宅間。時讀大著《格致彙編》，未嘗不歎執事用心之細、命意之深，而誘迪後學無窮也。韜居粤二十有三年矣，壬、癸、甲三年，三度言旋。鵬飛思息，鳥倦知還，寄跡淞南，結廬滬北。日惟閉門覓句，仰屋劬書，絕不問户外事。猥蒙執事不棄，偕景星觀察高軒枉顧，惠然先施。辱承中西董事公舉韜爲格致書院山長一席，此何敢當！向日於泰西一切實學雖講求有素，而僅涉藩籬。能知其略，而不能言其詳；能明其淺，而不能達其深，恐猶不足以爲人師。

　　受命以來，時虞隕越。然近自滬上長官，遠至海外星使，知韜謬膺斯任，折簡相投，輒加獎譽，而爲書院慶得人，聲聞過情，實深愧恧。惟竊自幸者，登諸薦剡，實由執事，始以此時交口所稱，可不累執事知人之明，故敢爲執事告，非自譽也。特慮執事既知韜之所長，而猶未知韜之所短也。韜生平所好，在馳馬春郊，徵歌別墅，看花曲院，載酒旗亭。此固騁一時之樂事，快平日之豪情，踪跡多在張園、徐墅間。竊以爲此特風流游戲之事，本無庸諱之於人前，深恐執事不察，或有以小節進言者，則韜固不任受也。

[①] 此函亦見王韜稿本《寄生山館隨筆》，題《致傅蘭雅》（附後）文字多有不同，可見刊行本有較多潤色痕迹。

泰西主道，究亦與中土儒理殊塗而同歸，況乎道統與學術分門，文苑與儒林異趣。彼迂腐者流，韜方欲避道而趨，當亦非執事之所喜也。山左之行，病尚未能，姑待徐丞先發，黃花開後，當著祖生之鞭。夏首春餘，薄寒猶勁，伏冀餐衛維宜，爲道自愛。

致傅蘭雅①

韜與先生爲海外交，曩旅香海，景仰盛名，時欲修士相見禮，以人事覊緤未果。時偕閣下高足弟子游，稔知先生文章經濟、學問德業，爲舉世所欽慕。往歲先生同郭侍郎回中國，獲一見顔色，覺和靄之氣，溢於大宅間。韜居粵二十有三年矣，壬、癸、甲三年，三度言旋。於是去天南之遯窟，就淞北之寄廬，閉門覓句，仰屋著書，了無一事。承先生不棄，諸董事公舉，俾居格致書院掌院一席，厚誼隆情，淪浹肌髓。自媿菲材薄植，不足以仰副期望，兼以才譾學陋，於格致一道，尚未入門，又安能侈口論述，貽譏於大雅哉？

受任以來，時虞隕越，然近自滬上長官、遠至海外星使，知韜謬膺斯任，折簡相投，頗加獎譽，而爲書院慶得人，聲聞過情，實深惡焉。惟竊有所幸者，登諸薦剡，實由閣下始，以此時交口所稱，可不累閣下知人之明。乃不謂閣下始舉之而終棄之也！古者友朋相規，原所不廢，韜如有過失，閣下何妨明爲勸誡，又何必面譽而背暴？閣下告人之言，而人轉述之於韜者，曰"喜嗜片芥"，曰"馳馬行樂"，曰"載酒看花"。此三者，無論爲

---

① 此函見上海圖書館藏稿本《寄生山館隨筆》（爲王韜《弢園述撰》之一種），稿本中置於《追錄昔年與左孟星書》之前。與上文所錄係同一信函，但因文字多有不同，爲便於參閱，特附錄於此。

韜之所曾犯，而律□院事，初不相關。蓋教堂與書院，文苑與儒林異趣，任書院之職者，亦惟聲名文字而已。苟無礙於立品，無損於講道，皆所謂小節也。況乎韜自未臨書院以來，所謂出自風流遊戲者，同黨行之，本無庸諱之於人前矣。

閣下因素守西國聖道，況亦與中國儒者之理殊途而同歸，韜於此固不必深辨，惟在教言教，在院言院，兩者毋相牽涉也。苟以爲可任則任之，不可任則終之，□□□□不惟命。駑馬戀棧，雞鶩爭食，韜非其人也。干冒尊嚴，不勝惕悚，此外惟爲道自重。

答王漆園茂才

十年久別，萬里相暌，而一旦傾蓋重逢於黃歇浦邊、袁崧壘畔，翦燭開樽，催花擊鼓，其樂何如也！弟今年犬馬之齒六十有一，精神意氣，迥非昔時。惟齒髮猶存，鬚眉無恙，見者猶謂如四十許歲人。不知馬援據鞍，徒形矍鑠；廉頗善飯，不免頽唐。寂處海陬，了無一事，日惟杜門卻埽，習靜養疴，或跂脚繙書，或科頭讀畫，稍倦則焚香瀹茗，倚石看雲，聊自消遣。偶聞柴扉剝啄聲，便懼有生客至。既投刺，入問姓名後，一經周旋揖讓，即茫然不復記憶，衰狀可知已。惟載酒看花，尚有狂奴故態，然於哀絲豪竹中，已消磨幾許痛淚矣。夫豈同三五少年，歡塲角逐，絕無心肝者哉！

喆甫參贊已回東瀛，尚無書至，思之甚殷。渠索題《蓬島采芝圖》，尚未搦管爲之。邇來詩興既減，詩思亦枯，苟無根觸，絕不能成一字，又不欲假手於捉刀人，故倉卒間未能報命，豈敢諉曰能事不受相促廹哉！

菡齋星使時有書來，招我東行，且肯先爲之道地，江都朋好亦無不引領以望，曰庶幾再踐曩盟，復申前約，惠然肯來乎？顧弟老矣，重遊之想，只好託之空談。惟拳拳不忘者，山水之勝，友朋之樂，猶時時入於夢寐。角松校書聞尚在人間，往歲客來，傳其已死，瘞玉埋香，曷勝沈痛！今知其嫁一達官作小星，亦爲得所矣。司馬青衫，舊痕難浣，正可重增一段嘉話耳。所云商訂文字，俟文旆來此，面加斟酌。此舉爲城北公聊一吐氣耳，其實事有同於蛇足，狀誰辨夫鼠肝。世上一切等若浮雲，蒼狗白衣，付之一笑而已。源桂閣侯聞已怛化，觀其英姿颯爽，宜享永年，初不虞遽爾短命，竟赴修文之召也。芳蘭竟刈，玉樹長埋，曷禁惋痛！

天氣涼燠不時，水國先寒，伏冀萬萬爲道自重。

弢園尺牘補遺

弢園鴻魚譜

與重野成齋編修

成齋先生吾兄大人閣下：

一別十有二年①，一星終矣。天象運於上，人事變於下。弟由粵東而返江南，重還故里，栖息淞濱，閉門日多，罕與人接，以粵中之遯叟，作滬上之寓萌，端居無俚，輒以著述自譴。近日所刊者，爲《經學輯存》四種、《西學輯存》六種、《弢園尺牘續鈔》、《重訂法國志略》，俱已蔵事，可以寄塵清覽。其餘尚俟集貲，以授手民。弟犬馬之齒六十有三矣②，向稔閣下與弟爲同歲生，聞康彊猶昔，興會殊旺，上之足以宣力於國家，下之亦足以掉鞅詞壇，馳騁藝苑，與諸名流爭一日之長，高執牛耳，爲之領袖，若弟則謝未遑焉。鉛槧之暇，日惟痼癖烟霞，怡情緗素，偶有所得，聊誌於篇。若欲構思力索，輒慮時不我待，以故生平述撰殊少心得，此弟自知之明，雅不

---

① 王韜 1879 年東渡扶桑，距此十二年，則此函當撰於 1890 年。
② 據此知此函撰於 1890 年。

欲於閣下前諱言之也。

江都諸故人知皆無恙，翹企雲天，竊深欣慰。思作重游之計，渡海東來，復續前盟，再尋昔夢，藉以少抒憶念之私，無奈老境頹唐，日非一日。忍岡樓頭，徒虛月色；墨川堤畔，空老櫻花。即欲重結再來之緣，知不能矣，言之可涕。貴國近日舉行博物大會，羅五洲之珍寶，萃六合之瓌奇，極天下大觀，甚盛事也。鯫生在遠，惜不得躬逢其盛，爲呼荷荷。

拙著醵貲助刊，知賴閣下鼎力糾成十股，感助之私，銘諸心版。前日新舊刻十三種，託秋山儉爲帶呈，茲以黃君夢畹來觀盛典，亦攜新刻至，乞即代爲分致。夢畹仰慕盛名，欲作黃河泰岱之覘，以極生平快事，祈延接之，一觀其底蘊，當必如沆瀣之交融也。此外伏冀萬萬爲道自重。不宣。

致岸田吟香

吟香老先生仁兄大人閣下：

一別月又十餘度圓矣。遠樹暮雲，時勞夢寐。懷思縈切，瞻望殊深。有友自東瀛至者，輒轉達盛意，招作扶桑之游。海洲之神山，本弟舊游之所至，屢思重續前盟，再尋昔夢。彼都人士固多相識，往日刻燭聯詩，剪燈鬥酒，西窗話雨，東閣看花，猶髣髴如在目前。惜其間存者固無恙，而亡者已化爲異物，不可復作矣。如鷲津宣光、森春濤、藤野海南先後並逝，老成凋謝，爲可痛也。貴國舉行博物大會，羅五洲之珍寶，萃六合之瓌奇，極天下大觀，甚盛事也。鯫生在遠，惜不得躬逢其盛，爲呼荷荷。弟老境頹唐，秉性益復疏懶，雖滄波相阻僅三千餘里，輪舶往還，其捷如馹，乘風跛浪，固無所憚；惟呼噏煙霞，已成痼癖，猝欲除之，反恐戕生，所躊躇滿志者此耳。雅意殷拳，愧多相負，惟有永矢勿諼，銘諸心版而已。

拙著近又刻得《西學輯存》六種，茲塵清覽，乞賜削正。外附十股，亦乞代爲一一轉致成齋編修處，另有函致，并望協力同等，襄成此舉，尤深感也。玉蘭吟社寂寞久矣，惟冀文旆速旋，爲之主持壇坫，焜耀敦槃，高樹東南一幟，他日書之志乘，不第爲海隅一邑光也。茶磨山人於去歲春間化去①，社中少一詩伯，良可悼惜。滬上名流俱欲前來一觀盛典，或以事羈，或以貧累；如弟者，實一野鶴閒雲耳，徒以慮干關吏之譏察不果。可見人生一舉一動，俱有分定，不可強也。託購各書，夢畹回時託其攜歸，目錄具別紙，乞瞽及。

天氣暄暖，伏冀爲道自重。不宣。

致岡鹿門

鹿門先生仁兄大人閣下：

昔年文旆來游，得以接席銜杯，臨窗剪燭；聯詩別墅，畫壁旗亭。寺田望南並在此間，俱有酬倡之篇，不少紀游之作。曾幾何時，望南北去，閣下南行，卧病香海，曠難復面。以後雖滄波無阻，緘札時通，然十行之訊，不如一見之真也。弟今歲犬馬之齒六十有三矣②，老境頹唐，益復疏懶，幾不知詩文爲何物，視筆墨爲畏途，文字因緣概已屏棄。惟念吾良友，輒寄遐思，憶遠懷人，時縈夢寐。聞起居暢適，興致瀟灑，不減曩疇，獨阮囊中少阿堵物耳，此不足爲病也。閣下剛毅樸訥，秉性崛強，既不屑爲好官，又奴隸庸俗子輒加白眼，宜其窮也。雖然，窮亦何害！飯蔬飲水，樂在其中，彼齷齪富貴正不值一盼耳。前聞佐田白茅

---

① 此函撰寫時間當同上一函（即1890年），故知茶磨山人汪芑卒於1889年春。
② 據此可知此札撰於1890年。

以窮歸田里，弟頗惜之，何則？東京爲人才淵藪，欲以文章名世，爭千秋之業，舍此將安適哉？故願閣下且住爲佳也。仙臺故居無恙，草史亭遺構猶存，他日蓄有買山錢，庶可歸隱耳，此時則尚未也。天下通人能有幾哉！閣下著述必傳於後無疑，雖窮於一時，必富於千秋，定可卜之操券也。拙著幸哂留，此外萬萬爲道自重。不宣。

與陳喆甫參贊

喆甫參贊仁兄大人閣下：

入春以來，以張香帥委綜譯事，幾無片刻晷暇，兼以酬應紛繁，酒食徵逐，不出則人謂我孤介，出則於筆墨之事益復荒落。今年犬馬之齒六十有三[①]，猶不得少息，真所謂孽海中苦惱衆生也。委題《神山采芝圖》尚未落筆，心中抱歉萬分，時見鄭雲芝詞史於席上，必思及閣下而呼荷荷。雲中芝草本具仙根，堂上萱花普見壽相，一俟稍撥俗冗，即當償此宿諾。滬濱風月仍如往時，此中迎桃嫁杏者，去歲以來殊爲絡繹。朝取一人焉，拔其尤；暮索一人焉，羅其魁。雖未免爲之減色，然廣寒仙子、芙蓉城主尚在也。老夫聊以此自娛，無奪我好者，亦晚年一樂也。巖芝僧太史近刻《懷人詩》百二十絶，中列大名，推許甚至，想已郵寄台端。拙著近又得《西學輯存》六種，特先奉塵清覽，乞賜削正。

兹者黃君式權來作東瀛之游，將一覘博物大會而擴其眼界。黃君見主《申報》館筆政，即所稱夢畹生者也，詩文小品極爲擅長，祈一切代爲照拂，感甚。

---

① 據此可知此札撰於 1890 年。

入夏浹旬，天氣漸熱，伏冀萬萬爲道自重。不宣。

與孫君異別駕

君異仁兄大人閣下：

屢奉手翰，俾得聞所未聞，崇論閎議，深識遠慮，當今佔畢之士得未曾有，欽佩奚似！扶桑一隅，自古豔稱爲神仙窟宅。蓬萊三島，縹緲雲外，當時稱爲可望而不可即，今一葦可杭，相違不過咫尺間耳。東西之通如此，將來全地球亦當作如是觀。人事日新，世變方亟，而我國猶墨守故常，即所稱效西法、尚西學者，亦復徒襲皮毛而已。此有志者所由蒿目時艱，扼腕而長太息者也。

弟邇來筆墨之役紛如蝟集，竟無片晷暇，亦自不解其何故。屢思復作東瀛之游，再尋昔夢，重覓前蹤，竟不可得，坐使博覽大會弗獲躬逢其盛，爲之闕然。拙著十有三種，前以秋山儉爲回國，託其攜來，想已檢入典籤。蔣劍人所著《嘯古堂詩》《芬陀利詞》及《詞話》，皆弟爲之刊板行世，以擬價略昂，竟無有心人過而問焉，竊爲之三歎。今各奉上一種，乞賜披覽。拙著近刻又得《西學輯存》六種，特先寄塵台端，望爲削正。《重訂法國志略》月杪亦將蕆事矣。黃君式權平日想與相識，渠主《申報》館筆政有年，即所稱爲夢畹生者也，詩文小品頗爲擅長，茲者掉臂東游，將一覘博物之大觀，而藉以擴其眼界，拓其胸襟，與彼都人士倡酬詩詞，爭雄壇坫。仰慕盛名，特乞一言爲介。渠在東京想不過作平原十日之留，東道主人自有岸田吟香在。東京多名勝所，足供瀏覽，游屐所至，伏求爲之先容，曷勝感泐。

江都書肆中可有新刊書史詩文否？乞代購之，朱提若干，即當繳呈。入夏浹旬，天氣漸熱，伏冀萬萬爲道自重。不宣。

與胡芸楣運憲

芸楣運憲先生大人閣下：

自陸韻樵貳尹稅駕津門，曾肅寸楮，託其代呈，亮邀荃鑒。外坿《格致書院春季課卷》，求賜覽閱，評定甲乙，俾多士奉爲金科玉律，垂示模範，永作矜式。一經品評，身價自倍，將見龍門既登，驥足自展，得坿青雲之上，而其名益顯，豈不信哉！至如韜者，窮巷陋室中一病叟也，生無裨於時，名不傳於世，乃猶蒙閣下噓枯振槁，加意惜憐，屢損廉泉，時膺曠典；私衷感激，浹髓淪肌。

近日抱采薪之憂，已匝月矣。空齋偃卧，意趣蕭寥，日惟在藥鑪火邊作生活，自以書史自娛外，了無一事堪攖吾慮者。生平著述亟欲盡出，以授諸手民，懼一旦先犬馬填壑，不爲人拉雜摧燒，即供世糊窗覆瓿，甚且投之溷廁。伏念行年六十有三，日月逝於上，體貌衰於下，悲修名之未立，痛没世而無聞。惟此區區文字，吐自胸臆，使於千百載後猶得以一二議論爲人所指摘，願亦差慰已。各書中以《春秋左氏傳集釋》《四溟補乘》卷帙最爲繁重，經學近將廢棄，原非所急。《補乘》實爲洋務之嚆矢，上下數千載、縱橫五大洲，備陳西事，可作南鍼，挈領提綱，詳今據古，紀遠域之紛更，抉異方之情僞，比之禹鼎温犀，窮幽燭隱。若得此書剞劂告成，當請元宴作序，爲之弁首，想閣下亦所弗辭也。前日承賜兼金百餅，而所寄書僅得一分，今謹補三分，附之郵筒。新刻《西學輯存》六種，并塵清覽，乞加訓正。《法國志略》大抵五月杪可以蕆事，因張香帥命以總理譯事，故筆墨之役益复蝟集，遂稍遲耳。

日來熟梅天氣，寒暖不勻，伏冀萬萬爲國自重。不宣。

　　　　　　　　　晚生王韜頓首上

　　　　　　　　　庚寅①四月朔

補呈三分謹次其目如左：
《重訂普法戰紀》三部，每部十本
《甕牖餘談》三部，每部四本
《重訂弢園尺牘》三部，每部四本
《弢園尺牘續鈔》三部，每部二本
石印《淞隱漫錄》三部，每部四本
《春秋朔閏至日考》三部
《弢園文錄外編》三部，每部六本
《春秋日食辯正附春秋朔至表》三部，每部合四本
《火器略説》三部，每部一本
《西學輯存六種》四部，每部二本
《瀛壖雜誌》大板三部，每部二本
《蘅華館詩錄》四部，每部二本
《重訂遯窟讕言》三部，每部四本
以上凡十有八種

與龔仰蘧廉訪

仰蘧大公祖廉訪先生大人閣下：

　　聞節鉞自金陵回，不勝雀躍。即欲進敏崇階，恭聆榘訓，無如抱病空齋已匝月矣，閉關卻埽，習静養疴，日惟在藥鑪火邊作

----
①　庚寅爲1890年，下同。

生活。仲宣體弱，長卿病多，暮齒衰齡，益復困憊。自念生無補於時，死無傳於世，惟此區區文字，吐自胸臆，急欲盡出而授之手民，庶幾百歲之後，或有過而問者。恐一旦先犬馬填溝壑，不爲人拉雜摧燒，即爲人糊窗覆瓿，甚且投之溷廁。劉孝標所云魂魄一去，同歸秋草，念之殊足悲也。書中惟《春秋左氏傳集釋》《四溟補乘》卷帙最爲繁重。經學廢棄已久，非時所急，《補乘》則專載西事，實爲洋務之嚆矢，上下數千載、縱橫五大洲，詳今據古，挈領提綱，紀全歐之掌故，揭異俗之情僞，禹鼎温犀，窮燭幽隱。他日剞劂告成，當求元宰作序，以爲弁首，感且不朽。

連日天氣寒暖不勻，伏冀餐衛適時，萬萬爲國自重。不宣。

治晚生王韜頓首上
四月杪

與陸存齋觀察

存齋觀察先生大人閣下：

一別將三十年矣，此時韜猶未作歐洲之行也。倦游歸來，仍旅粵嶠，復游扶桑。壬午、癸未，往還於吴波粤海間。甲申始定歸計，思欲卜築三椽，聊占五畝，坿郭結構一小園，即名曰弢園，未果也。今行年六十有三矣①，日月逝於上，體貌衰於下，長卿多病，平子工愁，日惟在藥爐火邊作生活。杜門卻埽，習静養痾，載酒看花而外，衹以書史自娛。生平著述不下四十種，前後付梓者未及其半，舊歲擬以醵貲集事，盡出所有，以授之手民，深恐一旦先犬馬填溝壑，非爲人拉雜摧燒，即供世糊窗覆瓿，甚且投之溷廁，魂魄一去，草木同腐，言之殊堪悲也。新刻

---

① 據此知此札撰於 1890 年。

十種，曾以舍外甥錢孟勤應試之便，坿呈台端，亮塵清覽。舊刻九種，代刻五種，特託蔡二源太守轉寄郵筒，藉登記室。

側聞閣下藏書之富冠於海內，即名家巨族素負盛名者，亦莫能抗衡。每讀皕宋齋藏書志，不禁傾倒，頫首至地，捾具三拜。惜韜老矣，不能一至苕霅，得盡窺嫏嬛秘籍也。

滬上繁華殊勝於昔，張園、徐墅，花木蔚然；申園十里而遥，寶馬香車，絡繹不絶，誠遊覽之勝境。選花載酒，當於此間得少佳趣。未識閣下能來游乎？當令廣寒仙子捧一觴爲壽。

梅雨淋浪，殊悶人意，伏冀萬萬爲道自重。不宣。
　　　　　　　　　　愚小弟王韜頓首上
　　　　　　　　　　五月一日

與張少蓮明府

少蓮仁兄大人閣下：

丙戌四月間，文旆從楚南來，得挹芝宇，獲罄塵談，披豁襟期，歡喜無量。自別以來，倏忽五年，歲月之不足把玩也如此。丙秋曾寄一函，附有叢書兩種、胡公壽山水十二幅，餘翠玉數事，託之郵筒，未稔得達台端否？自此盼望回翰，魚沈雁杳，韜亦未敢再寄書函，蹈殷洪喬故事。荏苒至今，懷思縈切，暮雲遠樹，時廑寸心。昨令友來，始得知閣下消息，爲之狂喜。知三湘七澤之間尚有素心人垂念此窮簷陋巷中一病叟也。韜邇來體衰多病，老境頹唐，懼不久將爲泉下人矣。惟是生平著述多未付梓，設使魂魄一去，同歸秋草，胸中所耿耿者此耳。去冬始得醵貲集事，擬盡出而授諸手民。今謹將新刻十種寄塵清鑒。尚有《法國志略》卷帙繁多，必至月杪始了藏事，嗣後書札往還，當從何處郵遞，乞爲明示。聞明歲春間驂從有東游之説，想非虛語，敬當掃徑以待。前所納姬人賦性淑婉，必能善侍色笑。聞近已弄珠，將期種玉，有可必也，殊足賀也。倘能挈以俱來，途中庶不寂莫。

此間梅雨淋浪，殊悶人意。攤箋濡墨，聊寄相思。伏冀順時納福，慎護眠餐，萬萬爲道自重。不宣。

小弟王韜頓首上
庚寅夏五

與姚念嘉州守

念嘉先生仁兄大人閣下：

去歲承文旌兩枉厝廬，匆匆數語，即爾分襟，抑何速也！別後又蟾魄六圓矣！承許三月中來此，將作暢遊，乃久之而足音寂然，徒令人想望於雲山縹緲間。弟向從袁浦言旋，小駐京江，曾登瀨江一樓，江波浩淼，眼界空濶，金焦兩山對峙左右，攬其風景，誠足以豪矣！惟韜邇來體中不慊，不能出門作遠遊，否則泛鄂渚，溯洞庭，三湘七澤之間，多有東道主人，既謁香帥，復訪筠老，爲平原十日之飲，豈不快哉！然病未能也。即此長江咫尺，一葦可杭，雙輪迅駛，不過一夕之淹，猶憚其難。懶廢頹唐，益可知已。三十餘年，所交老友，寥落如晨星，其巋然爲魯靈光者，屈指可數，閣下即其一也。猶憶庚申夏至，蘭陵諸故人以避難泊舟東門城外，於時小集茗樓，聊遣愁緒。閣下偕方君幼靜、馮君艮庭、周君公執俱來合幷，縱論時事，談辨鋒起，而以博綜宏通、智慮深沈，推幼靜；以學識優長、議論精闢，推韜；公執謂閣下能兼此二者。今諸人皆不可作矣，獨韜與閣下在耳。此景猶怳在目前，言之眞堪腹痛。生平著述，擬盡出而授之手民，藉以問世。客冬得以醵貲集事，辱承雅復，感何可言！新刻又得《西學輯存》六種，謹以一分奉塵清覽。新舊刻都十有九種，併付郵筒，乞賜教正。

邇來梅雨淋浪，殊悶人意，伏冀萬萬爲道自重。不宣。

小弟王韜頓首上

五月朔日

與魏槃仲直刺

槃仲直刺仁兄大人閣下：

甲申春間，自粵還吳，乃定卜居於滬北，小築三椽，聊庋圖籍。曾肅寸楮，并拙著數種，託伯商太史致之左右，不謂竟作殷洪喬故事，咄咄堪怪爾。後獲奉尺一，歡喜無量。往復纏綿，語盈數紙，至今猶珍藏篋笥。歲月不居，因循至今，渺爾一隅，音問寂然。思欲聊假赫蹏，略寫衷曲；人事羈蝶，久之未果。噫嘻吾友，人生能有幾十寒暑哉！迴首前塵，真如夢幻。欲求昔年團聚之懽，渺不可得。韜與閣下雖同處吳中，而一水迢遙，數年睽隔，一面之緣，尚有所阻，況其他哉！前日途過吳君蘭森，謂閣下近況頗佳，已可於宦海中出一頭地，聞之竊喜。然韜所屬望者，惟願閣下有得於身心性命之學，而不在此區區之庸福庸祿。當此衰齡暮齒，所能消受幾何？即使得之，初何足樂？韜衣食麤足自給，而精神意興迥不如前，雖時能於曲里中載酒看花，追隨諸少年後，而病枝菱花，無復狂奴故態。當時一經堂中諸友，惟韜與閣下及惠甫在耳。惠甫少時刻志實學，讀《史記》《漢書》俱有札記，斜行細字，至於再三。逮一試易州，遽爾掛冠，宜可以歸耕之餘閒潛心著述，出其生平所蘊，庶幾有以表見於世。乃聞皈依禪宗，研究內典，將與衲子一流爭勝，竊所未解。即閣下邇來亦惟以一卷金經消磨歲月，豈自古慧業文人，都從彼教中來耶？果其能經案繩牀、鑪香甌茗，享受清凈福，亦是一得。而或謂惠甫尚欲問舍求田，未能免俗，嘻，亦異已。

韜於一切世事，率以一空字了之，静以待盡，惟文字因緣，尚未能屛棄耳。新舊刻拙著約略得二十種，今謹以一分寄諸郵筒，奉塵清覽。如以爲可，存之案頭，不則拉雜摧燒之可也。嚱！吾老友天各一方，海上雲萍，聚散無定，大千世界中無非寄寓而已。數十年來，所與交游者，歷歷在目，一息尚存，此心不死。安知後之視今，不猶今之視昔乎哉！古人有言：名者造物之所忌。顧造物能厄吾身而不能厄吾名，百歲之後，名之在天壤間，或傳或不傳，聽之而已，此中蓋自有數在。

梅雨既歇，溽暑逼人，伏冀萬萬爲道自重。不宣。

小弟王韜頓首上
庚寅夏五十日

與姚子梁太守

子梁太守仁兄大人閣下：

一別冉冉四五年矣！尚憶招飲酒樓，與二三遊歷君子接席銜盃，縱談海外掌故。爾時群花環座，明月照筵，弦管迭乘，觥籌交錯，亦一樂也。歇浦開帆，柏林駐節，軺軒珥筆，問俗采風，作四萬里之遠行，紀五千年之軼事，亦足以豪矣！

前月中旬，一朵絳雲自九天而飛下，捧函遽發，銘鏤奚言！旨宣環中，情溢詞外。猥蒙賜以東瀛所刻《資治通鑑》，匪恒寵貺，拜領爲慚。伏念鄙人自納交於左右，初未嘗有戔戔之敬，修士相見禮，執贄周旋，爲羔雁之先。昔者贈縞獻紵，君子所稱；報李投桃，風人所詠。韜獨於此闕然，心滋愧矣！生平著述略得三四十種，已付手民者未及其半。前時所刊，諒皆爲閣下所曾睹，去歲擬釀貲集事，禍棗災梨，復得新刻十種，今特坿以《格致書院課藝》三冊，即託昂青先生代付郵筒，當必能直達台端。喜言問之相通，越滄波而無阻，閣下見之，當必以此十行之遠訊，而知兩地之有同心也。雒誦來翰，所云歲暮使事將竣，定可鼓輪東邁，錦旋河鄉，良覿非遙，私心竊慰已。

黃公度參贊奉使美洲，想必來游歐土。渠著有《日本國志》，搜羅繁富，體例謹嚴，紀日事者，當奉以爲圭臬。尊撰《地理兵要》可與後先媲美，一代傳作，可無疑也。

日來驕昜當空，如張火繖，未稔彼處何如？伏冀慎護眠餐，爲道自重。

小弟王韜頓首上
庚寅五月望日

與蔡毅若觀察

毅若觀察仁兄大人閣下：

老病頽唐，兼以疏懶，杜門謝跡，壹意書史。《法志》幸已斷手，月中當可寄塵清覽也。茲月布茂林所譯爲"職官"，傅蘭雅所譯仍是"工作"；惟"職官"尚未刪削，"刑律"猶未膽竟，先呈兩本，祈爲察收，轉呈鈞座。前日許仲韜廉訪來，抵掌劇談，備言元妙，方謂其抑何悟道之速，曾不五日，遽爾逝世。人生危若朝露，言之可慨。讀宣聖朝聞夕死之言，則又何所憾！

弟日來精神疲薾，迥不如前。前時自晨至暮，可以危坐不移，夜間常至漏轉三下無倦態，今則昏然思睡，病之能厄人也如是。生平著述已付鈔胥者尚有七種，可即授之手民。無如刻貲已罄，只得且俟將來。深恐魂魄一去，同歸秋草，其早已刻成者，非爲世人覆瓿糊窗，拉雜摧燒，甚且爲人投諸溷廁耳。每一念及，輒爲氣索。

日本町田柳園從漢皋來，枉顧敝廬，三年睽隔，一旦遭逢，揮麈縱談，竟晷忘倦。出所往還尺牘示弟，而閣下佳札亦在其中，已付裝潢，珍同琪璧，於以知柳園待友之誠，固一往而情深者也。日本多佳山水，閣下當必飽經遊覽。惜弟老矣，不復作重游之想矣。昨有福州人來，姓鄭，字澹如，云是上舍生。擬設實學館，條陳十有二款，專尚西法，節目繁多，非數十名西師不能盡行教導也。實學館中主其事者爲章伯和，湖南人。向在劉蘭洲幕中，今游東瀛，因病足，聊旅於此。弟觀二人志雖大，恐不能成事，以經費無從出也。邇來洋務盛行，人人思以西學進，且有指爲終南山捷徑者。不知都門中大人先生殊不以此事爲重，即有見及者，亦徒隔膜耳。長樂初將軍謂余曰：真知洋務人，當軸每不肯用，彼所信用者，其識終隔數重簾幕，何則？具有真知灼見者，不屑爲誑言以媚之也；其爲夸張語者，正其內有所不足也。聊作狂談，以資拊掌。

入冬以來，久晴不雨，寒乖常，伏冀爲道自重。不宣。

小弟王韜頓首
庚寅十月九日

與曾根嘯雲

曾根嘯雲仁兄大人閣下：

別後時有書牘往還，顧十年情誼，千里懷思，終非尺幅之所能盡。有相識自東瀛來者，輒詢近況，知邇無妄之災，蠻語塞門，謗書盈篋，談虎足以驚市人，飛蠅足以玷白璧。鄒陽辨誣，書徒上於獄中；公冶銜冤，疑偏來乎境外。弟聞之深爲扼腕，每聽歌以慢悒，臨食而咨嗟。路遥事阻，無能爲力。而閣下亦雁絶魚沈，郵筒久斷，豈以弟非患難交，不足告語耶？繼知事已得白，罷官歸隱，從事貨殖，擬師端木，僕僕於海北一隅，以逐什一之利，鄙懷因以稍慰。

今年春夏之間，黃式權茂才薄游江戶，晤兄於墨川席上，英姿颯爽非若前時，豈禍害顛連，足以磨礪英雄而消沮其志氣耶！弟聞之為閣下幸而又為閣下悲也。幸者得遠禍機，仍還素業；悲者豈將廢棄終身，以有用之才而竟使其坐老歲月耶？然事既湔雪，將來當軸者必憐閣下屈抑，而仍復擢用，未可知也，閣下其勉之！藏器待時，學成自晦，即使世不我用，亦無悶焉。嗚呼！世豈無知之者哉，視閣下之自待何如耳。令先君詩文集尚存弟處，俟鈔副本，當將原書寄還。加以刪潤處頗多。墓誌一通，已為刊之日報，閣下曾見之否耶？

波路迢遞，消息茫昧，不獨見一面難，即通一字亦難。茲以柳園領事歸國之便，聊塵蕪札，以寫鄙懷。惠風在遠，幸勿遺我。

王韜頓首
庚寅十月九日

與蔡毅若觀察

毅若觀察仁兄大人閣下：

兩奉琅函，歡喜無量。樹雲遙望，聊慰相思。弟年來多病，疏懶頹唐，了無樂趣。自杜門著書之外，不交一客，不問户以外事。一俟明歲香帥譯書事畢，當南至武林，北至鍾阜，上溯漢皋，一覽山水之勝；並可偕閣下同飲於黃鶴樓邊，藉豁襟抱，畫粉壁以徵詞，撥銀箏而顧曲，亦足以消憂起疾矣。

滬上近況無可言者，但一味熱鬧耳。曲院中人既乏殊姿瑰質，而作冶游者率皆僧父紈袴，誰能爲之提倡風雅？思之真堪齒冷。年來諸貨滯銷，貿易場中亦不免外強中槁，即西人素稱長袖善舞者，亦幾望而卻走。局面如此，爲可歎也。

此間久晴不雨，農民望澤孔殷。天氣寒燠不常，維爲道自重。不宣。

小弟王韜頓首
庚寅十月十日

與重野成齋編修

成齋先生老兄大人閣下：

自己卯年薄游江户，獲識荆州，作十旬之留，講千秋之業。下榻高齋，得聆教益，雖非晨夕繼見，亦已旦暮相親，文酒之讌，無會不預，靡役不從。君固遠勝乎徐孺，弟殊有愧夫陳蕃。江户數十里内，名勝之所皆爲弟笠屐之所經，登山臨水，殊豁襟懷，而尤足快意者，爲日光山之行，迄今相距僅十有二年，一追憶之，恍如夢寐。然山水之奇，友朋之樂，固顯顯在耳目間也。

自别以來，雖尺素時得往還，而此面終難一見。弟老矣，重游之約非所敢言，邇日老境頹唐，益復無俚。疾病因循，繼以疏懶，精神意興，迥不如前。生平著述約略四十種，去歲釀貲排印，僅得十有一種。幸卷帙稍多，如《重訂法國志略》，今月中可得斷手。此外鈔胥已成副本，可即授諸手民者，尚有七種，以刻貲已罄，且俟將來；深恐魂魄一去，同歸秋草，即排印已成者，亦祇爲世人糊窗覆瓿，拉雜摧燒，甚且投之溷厠耳。言念及此，爲之氣索。然七種之書，當及我身之未死也，必先刊以問世，俾得於我生親見之。前日岸田吟香與我國孫君異隨使俱有書來，謂承閣下極力周旋，已得十股，登高而呼，萬山皆響，感泐之私，非可言喻。但不知十股朱提何時可至？能隨郵筒以俱來，以濟此時急需，曷勝銘鏤！

天寒，諸維爲道自重。

小弟王韜頓首

庚寅十月十日

與岸田吟香

吟香先生仁兄大人閣下：

別兩年矣，無日不思。有相識自東瀛來者，輒詢近況。有傳文斾即欲言旋者，不禁狂喜。乃久之而寂然，睽違已久，企想徒勞。前日黃夢畹茂才薄游江户，承閣下爲東道主，待以上賓之禮，歸而夸述其所見聞，殊覺耳目爲之一新。何閣下待友朋之誠且篤而自不覺其一往情深也！玉蘭吟社久廢不舉，風流闃寂，未免減色。此社惟賴閣下主持壇坫，高執牛耳，文斾不來，誰爲繼其後者？於以見世間風雅好事者少也。

弟醵貲刻書，僅得十有一種。《法志》今幸斷手，大抵月中可塵清覽。此書卷帙稍繁，剞劂之費亦不貲。前承閣下與成齋先生居間説項，謂東瀛諸君子願預其列者計有十股，所有阿堵物俟閣下遄返滬上之時攜之俱來，乃不意自春而夏，自夏而秋，魚沈雁杳，幾令人望眼欲穿矣。如已集有成數，可即付之郵筒，以濟急需。因刻書經費已罄，而待刊者尚有七種，勢不得不作將伯之呼也。至於諸君子雅意周旋，咸出自閣下及成齋所賜，玉成此舉，銘鏤奚言！

天寒，諸維爲道自重。不宣。

小弟王韜頓首

庚寅十月十日

與沈子枚觀察

子枚觀察仁兄大人閣下：

　　久不見休文，每想八詠吟成，未必腰圍帶減。弟老病頹唐，兼以疏懶，杜門罕出，日在藥鐺火邊作生活。生平著述約略得三四十種，已災梨棗者未及其半。去年醵貲付刻，僅至十有二種，而貲已告罄。其中《法國志略》卷帙稍繁，幸已斷手，敬塵澄鑒，乞指瑕疵。拙著已寫副本可以即授手民者尚有七八種，惜阿堵告盡，將伯無從，只好俟諸異日，姑作緩圖。弟醵貲之例以二十五圓爲一股，新舊刻可得二十種，此後續刊，尚可源源奉上，遠者付之郵筒。不識閣下亦有意乎？然不敢強也。竊以爲文章著述，何預人事，而必爲此僕僕干人，不亦自貶其節哉？況後世之傳不傳，自有公論，果其足傳，身後豈無人代爲之付剞劂哉！此時竭蹶丐貸，汲汲出以問世，正恐身後被人拉雜摧燒，甚者投諸溷厠，求爲糊窗覆瓿且不可得，矧其他哉！顧弟之苦心別有所在。行年六十有三，冥路已近，兼以無子，一旦魂魄一去，同歸秋草。文之美惡世人且不得見，何有乎毀譽之來？故急於爲此者，乃懼其没世而無聞也。嗚鳥遺音，聽殊愴惻，倘亦憐而許之，而不訾其亟於自炫也。

　　邇來亢暘不雨，寒燠乖常，伏冀萬萬爲道自重。不宣。

小弟王韜頓首
十月十有六日

與馬眉叔觀察

眉叔觀察老兄大人閣下：

老病頹唐，兼以疏懶，久不趨聆雅教，未識絳帷絲竹別有新聲否？外間傳聞：漢宮春光不帶昭陽日影，謂必另簡妙人。獨弟決其不然，何則？以閣下之一往情深久而彌摯也。

　　弟杜門罕出，日以書史自娛。新刻拙著自去秋至今，僅得十二種，而刻貲罄矣。今先以一分上塵澄鑒。《法志》卷帙稍繁，茲幸斷手，閣下親歷其境，問俗采風，必有所心得，獨具卓見，求爲指疵摘瑕，糾謬繩愆，俾成完璧，不勝幸甚。弟已寫副本可以即授手民者尚有七種，特阿堵已盡，將伯無人，徒喚奈何而已。即欲設法以籌，非知己不敢啓齒。閣下倘肯挹注廉泉，量爲欲助，使獲流傳於世間，感且不朽；然不必以弟言之而有所躊躇於其際也，十餘年道義交，豈尚拘拘於是哉。

　　近日亢暘不雨，寒燠失常，伏冀萬萬爲道自重。不宣。

小弟王韜頓首
十月十五日

與孫君異別駕

君異仁兄大人閣下：

　　聞瓜代有期，言旋伊邇。東瀛爲同文之國，此行究屬快意，東西景文士臭味當不差池。弟昔年旅居江戶凡四閱月，長酡亭詩社、米花堂文會，靡不懷鉛握槧，隨諸名流後。或擊鉢催詩，頃刻間成古風、律體各數章，惟意所適，詩思坌湧，幾於鋒發泉流。文每會必成四五篇，當時俱歎爲捷才。弟謂之曰：中土對客揮毫者，速而且工，其才之捷，十倍於弟，如弟者，車載斗量，不足當其一哂。彼土文人聞弟言，爲之舌撟不下。龜谷省軒，彼國之健於詩者也；重野成齋，彼國之工於文者也，咸刮目相待，謂生平從未之見。蓋東瀛詩文不難於工，而難於速，弟則遲速均無可取，故與其巧遲，不如拙速也。迄今此景此情，恍然如在目前。而疏懶頹唐，重游之約，斷不能踐，只好付之一嘆而已。《重訂法國圖志》幸已斷手，今先寄上十分，乞即分給日東諸君子，並求面見成齋編修，託其催取十分股銀，匯寄前來，以濟要需。蓋刻貲早罄，非此不足以爲續也。弟受欽使之惠極厚，無以爲報。欽使憐才愛士，出自一片真誠，非如近日大員，徒博宏獎風流之虛名，而無愛惜提撕之實意，所以拂拭而揄揚之者，亦視其人之分量輕重而施之耳。

此間亢暘不雨，寒燠乖常，伏冀萬萬愼護眠餐，爲道自愛。不宣。

小弟王韜頓首
十月十有五日

與岸田吟香

吟香先生老兄大人閣下：

黃夢畹茂才來，曾肅手翰致候起居，亮邀荃鑒。嗣奉到照像，鬚眉生動，見於紙上，真不啻晤對於一堂也。町田柳園從漢皋回國，道經滬上，弟餞之於滬江海天酒樓，一時名妓如月舫、靜芳、佩香、黛玉、瘦紅，皆曲院之翹楚也。名優如丁蘭笙、徐介玉，俱梨園之妙選也。一時同聲合奏，響遏行雲。柳園顧而樂之，擊節歎賞，亦可稱盛集已。弟當作送別柳園序，刊之日報。柳園攜來一緘，想已披拂臨風，如聆弟之謦欬矣。《重訂法國志略》茲已斷手，謹以十部託孫君君異轉呈，乞爲分致諸同人。所有十分股銀，催之速付，匯寄前來，以濟急需。蓋剞劂之貲，弟處早已告罄矣。生平著述三四十種，已行刊出者未及其半，其有已寫副本可授手民者，以經費之絀而止。如幸頒賜，尚可從事於此也，不然者將如神龍見首不見其尾矣。玉蘭詩社中人皆日引領閣下之至，幾於望眼欲穿，不識文斾何時可旋？經年未見，有約屢乖，不知明歲玉蘭花時尚可重集庽樓中，仍開詩社否也？天下好事，當前易忽，過去易思，往往如是。

此間亢暘不雨，寒燠乖常，伏冀萬萬爲道自重。不宣。

小弟王韜頓首
陽秋十一月廿六日

與裴伯謙比部

伯謙太史仁兄大人閣下：

兩奉手翰，未蒙惠答，豈俱作殷洪喬故事，沈浮於石頭城下哉？竊以爲交游之例，有道義交，有文字交。爭持氣節，砥礪廉隅，此道義交也；揚搉古今，鑽研典籍，此文字交也。至於廣聲氣、盛酬應，以幣帛爲交歡，以金貲爲要結，亦視乎其人耳，原未可概論也。若其投桃報李、贈紵獻縞，禮尚往來，交道之常。其有無因而至前，或疑其有所挾而求，則摽之門外可也，還物毀書以卻之，亦可也。如以著述就正於有道，又當別論。曾有尊酒之歡，仰慕丰彩，欽佩言論，藉尺素以通欵曲，亦不得謂之冒昧。弟以閣下所言有與弟之所言默相印證者，用敢盡其區區，竊比於芹曝之獻，願效野人之一得。倘以爲不可，拉雜摧燒之可也，或投之溷厠亦可也。如以爲得其書必償其值，則偷於市道交矣。如以爲釀貲刻書，例當伙助，則弟本無成心，來否聽之其人，不敢有所强也。弟忝擁格致書院皋比，並非供日報筆墨之役，亮所審悉。

邇來亢暘不雨，寒燠乖常，千萬爲道自重。

小弟王韜頓首
十月十有六

與水越耕南

水越耕南仁兄大人閣下：

弟於閣下並未一見，一水迢遥，緘札時通，此所謂隔千里以相思，曠一生而未面者也。文章有神交有道，杜少陵所云，抑何幸而遇之於今日哉！更何幸而邁之於海外哉！弟視域中與海外等耳，無區乎畦畛也。性情所契，異苔而同岑。蓋友朋以道合，不以地限，故氣誼潛通，精神［相］感，雖睽異域，而如在同堂也。弟與閣下念念不忘，猶閣下與弟心心相印也。前以弟所著新舊刻十數種寄塵台覽，想已檢入典籤。此次醵貲刻書，原屬萬不得已之舉，倘友朋中有欣助者，固深銘感，即或不然，亦毋相強，此之謂道義交而非市道交也。矧乎助貲之多寡，亦視其力量之所至而已，非特不敢奢望，亦不欲強人出阿堵物也。弟《重訂法國志略》今已斷手，卷帙稍繁，計二十有四，談法國掌故者當以此爲嚆矢。閣下笈中如欲聊備一說，弟當奉貽。神戶山水冠於各處，己卯年來，僅作九日之勾留，領略未盡。今欲再續前游，恐不可得矣。季方老友，二十年舊交也，如有惠函，託渠良便。

此間亢暘不雨，寒燠乖常，伏冀萬萬爲道自重。不宣。

小弟王韜頓首
庚寅十月十六日

與朱季方上舍

季方仁兄大人閣下：

三日不見，知已揚帆去矣。古人所云黯然銷魂者，別而已矣。有情人恰有此景況，非在箇中，不能領會也。虛甫之書已送至尊處，虛甫之信仍未捉筆一寫，嵇生性懶，以此可知已。神戶風景絕勝於前，惜不得再續昔游，一豁懷抱。老境頹唐，兼以疏懶，殊令人欲喚奈何。如見虛甫領事，乞爲道達鄙意，並鳴謝悃。附書一緘，亦求代致水越耕南，可相晤否？其人風雅好事，亮有同心，不必定作一股，盈廿五圓之數也；即居其半，或三之一，或四之一，均無不可；即使不願出阿堵物，或貽書籍，或餽土宜。弟於日東之物，所愛者有四種：一銅器，一箋紙，一布疋，一海苔。以此相貽，亦屬文人雅流之勝事。不然漫不作答書，得毋蹈殷洪喬故轍耶。弟於耕南處亦作寸楮，統希轉達，苟相見時，不妨以此札示之，或徑以遺之，庶知弟於耕南之一往情深也。

弟老而且病，於供養煙霞外，了無一事。晴窗兀坐，翻閱書史，倦則隱几而臥，殊不願見俗客，以擾吾清慮。所苦者，此身在世，不能不與世周旋，否則摽諸門外，乃大快吾意耳。

滬上絕無可述處，吳佩香、金靜芳頗可爲此中翹楚，俟閣下再來，當呼之侑觴耳。

亢暘不雨，寒燠乖常，伏冀萬萬爲道自重。不宣。

小弟王韜頓首上
十月十有六日

與蹇虛甫大令

虛甫先生仁兄大人閣下：

黃夢畹茂才旋滬來訪，亟詢東瀛近況，袖出閣下瑤函，並承賜珍物四事，光怪陸離，不可逼視。銅壺則古樸有致，珊箸則奇麗無倫，像架製造工巧，翰筒樣式精妙，俱爲上品，可供雅玩。

鄙人得此，不禁狂喜，敬爲之攝具三拜，是何愛我之深而惠我之厚也！瓊琚之報，何時獲償斯願哉！

朱季方至神户，曾託其攜帶書籍，籍塵清覽，想此時早已檢入典籖矣。弟所刻蔣劍人詩詞極佳，竊以爲大江南北，近時罕與抗手。當其生前雖有詩名而未盛傳，身後幾有聲名翳如之歎。弟爲授手民之後，竟無顧而問焉者，殊可詫也。由此觀之，人生文字其幸而得傳乎後世，亦有命存其間，初不係於工拙也。世間王侯將相所取一切功名富貴，皆當作如是觀。

比聞皇華之選業已有人，其充行人之列者，弟都不相識，惟星使李君伯行曾於滬上有尊酒之雅。瓜代有期，錦旋匪遠，想於冬杪春初，當在春申酒樓銜杯共話也。黎蒓齋星使憐才愛士，出自真誠，當今大員中罕有其匹，其待弟也懇摯周詳，恩深惠渥，自愧老矣，疏懶頹唐，無以爲報，然未嘗一日去諸懷也。

邇來寒燠失常，伏冀爲道自重。不宣。

小弟王韜頓首
十月十有六日

與陳喆甫參贊

喆甫仁兄參贊大人閣下：

久不修楮致候起居，然雲樹之思，無日不往來於胸中，跡雖疏而情親，地雖遠而心近；且聞新使將來，瓜期已屆，梅花開後，當可銜酒梧於申浦廣樓耳。所惜者，靈芝一朵，已爲餐霞餌玉人所得，亦屬畢生憾事。此外則花天酒地中頗多變態，蓉城仙史已嫁東風，廣寒名姝獨立門户，後起之秀則爲林桂芬、金靜芳，固箇中之翹楚也。他如姚紫、吳紅，悉已隨人去矣，章臺爲之減色，想閣下聞之輒喚奈何也。

日東諸君子於弟醵貲刻書之舉願來十股，轉託成齋、吟香屢次催之，並無一音，豈其貲猶未集耶？弟意以爲得一分即寄一分，庶爲省力，不必一齊滙寄也。日東文人未必多有餘貲，弟所素知，特以前日所許，當必克踐其言，想成齋、吟香諸君子當非輕信寡諾，徒託之空言者。矧新舊刻俱已分致，今又益以《法國志略》，當易進言，閣下與君異其力圖之。自去秋醵貲刻書，謀盡以拙著付剞劂，至今日共得新刻十有二種，惟《法志》卷帙稍繁，然刻貲已告罄矣。已寫副本可授手民者尚有七八種，苟東人之貲不來，將伯無人爲續，只好俟諸異日，姑作緩圖，特未免孤負黎星使一片玉成雅意耳。所刻書從未售出，幾於汗牛充棟，終當刊諸日報，以冀有顧而問者，聊盡人事而已。

邇來亢暘不雨，寒燠失常，伏冀萬萬爲道自重。不宣。

小弟王韜頓首上
十月十有六日

與蔡二源太守

二源太守大公祖大人閣下：

弟滬曲賓萌也，於長吏之庭未敢數數進見，懼瀆也。日來稔知玉體康豫，出而酬應。前日租界失火，聞躬自督率中西衆役竭力救援，賢太守之關心民瘼，不於此可見哉！《法國志略》卷帙稍繁，兹已斷手，謹以兩部上塵台覽，藉以就正於有道，伏乞進而教之，不勝幸甚。簡妮子弟爲之拔於黑海，貯之金屋，擬將來爲之別締良緣，俾其得所，不謂竟爾負心，殊出意料之外。近聞偕畫師遠去，畫師爲周畹秋女史，琴川人。昨往吳下，即適琴川，稍緩須臾，必仍至此間作倚門生活，特欲故諱其往來蹤跡耳。花月其容，虺蜴其性，狡獪伎倆，不可捉摸，令人爲之三歎。

日來亢暘恒燠，物候殊乖，伏冀萬萬慎護眠餐，爲道自愛。

治小弟王韜頓首上

十月十有九日

與廖蜀樵大令

蜀樵先生仁兄大人閣下：

晚霞生來粵，曾肅寸楮并新舊刻拙著十三種，亮登記室。晚霞回颿滬瀆，初不一言及閣下，未奉環雲，良深馳企。迺逾數月，鴻雁南來，一朵絳霞從九霄飛下，開緘朗誦，語重心長，所以規勸晚霞者，藹乎君子之言，粹然儒者之論。所謂愛人以德者，要當如是，古有諍友，斯近之矣。晚霞溺情風月，役志煙花，其心不紛，其念縈切，人多嘉其專且篤，以弟觀之，則殊不然。始戀琴娥，而琴娥疏矣；繼愛鳳琹，而鳳琹離矣；近又溺於桂林，逮桂林爲母所訟，意尚欲舍之而去，有從中爲之說合者，乃始納爲小星。今則貯之金屋，殆有終專之志，章臺曲院間似已絕跡。然南樓小飲，北里開尊，輒飛綠章，仍招紅袖，恐將來終不免別有所屬意。嗚呼！擲黃金於虛牝，古今同歎；完白玉以自寶，身世空嗟。士爲知己者用，女爲悅己者容，名士美人，曠古難並。此中自有心心相印者，阿堵物不足言也，然要不能求之於秦樓楚館中也。矧今之爲倚門生活者，風斯下矣，奈何晚霞生之不悟也！顧以三易所歡觀，要可憬然自省矣。竊謂情生欲、欲不能生情，故男歡女愛，有時而窮，即有時而止，緣法既盡，則由愛生憎。琴娥、鳳琹，何前後愛憎之迥異，此即可爲殷鑒。欲海翻覆，情天變幻，晚霞隱爲造化小兒所播弄而不自知，而今而後吾冀其幡然改轍矣。納妾而得桂林，作官而爲觀察，此亦人生之快事，惟於性分中事，實無分毫得也。晚霞心地光明，性情伉爽，當必有進乎此者。再閱三十年，憂慮困其心，患難厄其境，晚霞於道當有所得，至此功名富貴一切皆空，妻孥身體一切皆贅，悲歡離合一切皆幻，閣下於斯時視晚霞生，未知何如？桂林雖爲青樓女子，然聞其於九歲時，爲母病曾刲臂肉以進，是有至性存焉，謂之孝女可也。不幸沈淪孽海，今得晚霞生拔之出火坑，冥冥中自有天意。弟意擬爲之作小傳，附於《淞隱漫録》，俾得傳諸後世，藉以風厲閨閣，似於世道人心不無所補。

弟生平著述約略三四十種，已付剞劂者未及其半。去秋擬醵貲排印，盡出之以問世，迄今僅得十有二種，而刻貲告罄矣。其中《法國志略》卷帙稍繁，幸已斷手，兹特遞之郵筒，寄塵清覽。其餘已寫副本可即授之手民者，尚有七八種。惟是將伯無人，只好俟諸異日，藉作緩圖。至於集貲之例，每分佛餅二十五枚，原無奢望，倘蒙閣下許可，聊爲欨助，感且不朽。

粵中可有風雅好事者乎？苟得廣長舌爲之説法，俾業不至於中輟，尤所引領，然不敢強也。朋友相交之道，貴乎純任自然，方可處之恒久，待之愈厚，望之愈深，愛之彌摯，責之彌切，偶或不及，嫌隙遂自此生。故君子贈縞獻紵，報李投桃，物來斯應，而絶無成心於其間，即所以全交也。晏平仲久而能敬，孔子許之，知此事之殊非易也。

近日滬中風景殊無可言，夙好如文道希、程蒲蓀、梁志芸，都掇巍科以去，既已位置於天禄、石渠，將來文章事業必有可觀。吾嘗云士原不以區區科第爲榮，惟既已進身之堦，即當有立功之地，否則無所建樹，不將負此科名也哉！亦非天所以玉成付畀之意也，閣下以爲然否？此外惟萬萬自愛。

弟王韜頓首
庚寅十月二十日

與盛杏蓀觀察[①]

杏蓀方伯先生大人閣下：

兩肅手翰，遞之郵筒，齊煙吳樹，藉此尺素，以達寸丹，此時亮塵台端，已登記室矣。自秋入冬，人事羈緤，無片晷閒。醵貲刻書，已得十有二種。《法國志略》卷帙稍繁，茲幸斷手，先以八部奉上，敬以就正於有道。倘得元宴賜以序文，俾得流傳世間，感且不朽。拙著已寫副本可即授諸手民者，尚有八九種，惟刻貲已罄，將伯無人，只好俟諸異日，姑作緩圖。獨新譯之《南北美洲戰紀》，必欲災之梨棗，及於吾身親見之。此書與《普法戰紀》可相表裏，合之《法英助土攻俄紀》，所謂泰西三大戰也，統觀並閱，而於泰西之情僞變幻、戰功戰具、陣法兵律，思過半矣。自英攻俄而創根砵，小砲船。自美洲之戰而創鐵甲，自普法之戰而創新礮，戰具愈精，殺人愈衆，至一日而殞十萬人，歐洲自此不敢輕言兵事矣！

東瀛人中邨雄助精於電氣之學，善製電碗，價廉而物美，前曾效力於左右，今復來芝罘，屬韜一言為介，務望有以驅策之，不勝感泐。中邨製作實不減於泰西，且過之無不及也。

日來亢暘恒燠，物候乖常，伏冀萬萬為國自重。不備。

鄉小弟王韜頓首上
庚寅十月二十日

[①] 此函亦見王爾敏、陳善偉編《近代名人手札真跡——盛宣懷珍藏書牘初編》之二十九，該編於此函下附有藤田重遠致王韜函，曰："紫詮王大人閣下大安。弟藤田重遠頓首敬具：中村君雄輔屬弟知故，不日將去煙臺。君與盛觀察相知，大人倘有託紙託物之件，此行甚為便宜，即為紹介。此佈。"

與王雁臣明府

雁臣老公祖先生大人閣下：

久不聆塵教矣，胸中俗塵十萬斛，頓覺壘湧。何時筆墨稍閒，散步園林，放浪形骸，消遣世慮，非在張墅，即在徐園，領葭渡之晚風，挹柳堤之曉露，顧病未能也。閉戶劬書，絕少酬對，俗物不到目，差覺快意。滬上紛雜之場，名士雖多於鯽，然皆提綾文刺三百，僕僕求知門之買聲者流耳，韜固不欲見之也。至其詩文學問，韜殊不能望其項背。然人各有能有不能，韜惟知緘默自安，湮沒無聞而已。靜坐一室中，將生平著述增損刪修，討論纂輯，俾少瑕疵，庶幾返之寸衷，無所遺憾耳，顧亦病未能也。

北方沈災未瘥，時縈杞憂，書生力薄，愛莫能助，賑務在今日，已如強弩之末。韜前後所刻之書，與平日所易者，充積鄴架，幾可汗牛充棟，思以書籍助賑，亦屬末策。如一時慮無售主，不如行彩票之法，較爲徑捷。俟商諸同人，能臻妥協，然後奉聞。

近日公事之暇，作何消遣？想不止一甌茗、一爐香以消搖於物外也！日來物候乖常，冬令失司，天閉降而亢易，時應寒而恒燠，必至體中不慊，疾癘滋生，醫家將謂必發冬溫之症，不可不慮也。昨過別院，見木芙蓉盛開，燦爛若錦屏，轉念芙蓉城主已得所歸，金屋深藏，不得再見，爲之悵然者久之。既念去者，而惜後起之無人也。此外惟萬萬爲道自重。

治小弟王韜頓首
庚寅十月二十日

與趙竹君大令

竹君先生仁兄大人閣下：

　　自去冬一別，忽忽又一年矣。馳企之私，匪遑言喻。惜駒光之易邁，懼馬齒之徒增，殊令人輒喚奈何。今春弟屢奉手函，致候起居，未荷環雲，慮不得達，曾附塵拙著數種，亮不至於浮沈。不謂閣下邅遭大故，銜哀歸里，惟以路遙事阻，不得躬致生芻，一申鄙悃，其爲歉仄，如何可言！

　　生平著述擬欲盡付剞劂，而自去秋稽至今，僅得十有二種，而刻貲已告罄矣。《法國志略》卷帙稍繁，幸已斷手，茲塵清覽，乞爲指疵。其餘已寫副本可授手民者，尚有七八種，顧將伯無人，只好俟諸異日，姑作緩圖。至於集貲之例，每分佛餠二十五枚，原無奢望，楚中可有風雅好事者乎？苟得廣長舌爲之説法，俾業不至於中輟，尤所引領，感且不朽。弟自去秋至今，所刊各書並前時之所積，幾於汗牛充棟，擬將以之充賑舉，特恐無售主，不如行彩票之法，最爲捷徑，俟與同人商酌既妥，再行奉聞。

　　滬上歡塲頗多變態，芙蓉城主近已從人而去，東風有主，不知可能不再動搖否也。後起之秀尚無替人，以弟所知，惟桂林芬差強人意耳。北里風月、南部煙花，亦須有英絶領袖之者，庶不寂莫耳。

　　此間亢暘恒燠，物候乖常，伏冀萬萬爲道自重。不宣。

　　　　　　　　　　　　　　　　　弟王韜頓首

與曾根嘯雲

嘯雲仁兄大人閣下：

　　別來三載，未通一字，暮雲春樹，靡日不思。春已將盡，薄寒中人，見桃李之芬芳，彌念芝蘭之臭。岸君吟香回國，定當覿面，弟之近況，渠可代述。然懷思之切、繫望之殷，非語言口舌之所能傳，所謂胸鬲間物，不能掬以相示也。

滬上風景依然，別無可言。青樓中人物特鮮翹楚，姚蓉初、徐蕙珍輩，俱已隨人。東風有主，風流雲散，爲可慨也。聞近師端木氏習貿遷術，往來北海道中，於俄事之端倪、俄人之情狀當有所知。外陽以結其歡心，內陰以刺其秘計，閣下膽略素優，能乘此時建奇功於境外，而藉以報效國家乎哉！

岡鹿門、寺田望南久無書至，思之甚切。寺田已脫僧衣而返初服，鹿門之詩窮而益工，白茆佐田、西尾鹿峰俱旋其鄉，不復再出，當時壇坫詩友在米花堂文會、長䣏亭詩社者，俱鬱鬱不得志，惟重野成齋蜚聲譽於史館，小枚櫻泉竭志慮於朝端，文章勛業，粲然可觀，爲足羨耳。

弟邇來老病頹唐，益形衰邁，深懼一旦先犬馬填溝壑，因擬將生平著述略加裒輯，盡付手民，出以問世。自去秋至今，已得十有二種。顧刻貲亦將告罄矣，即欲作將伯之呼，顧而無繼，亦惟有聽其自然而已。

前承重野成齋、岸田吟香許糾十股，少爲欸助，然書已去而貲未來，不禁企望維殷，翹首爲勞矣。如晤兩君，乞代一催，想書已受，則言無不踐耳。近來貴國漢學日微，洋學日盛，後生小子都喜佶盧之文字、侏僑之語言，幾不知六經爲何物。昔者吾宣聖之道遠播乎海外，今則近厄於域中，教化之盛衰、道德之隆汙，閱數千年而一變，豈不信然哉！夫治術與政體相表裏，邇來求所以富國強兵、睦鄰柔遠、化民成俗、除弊興利，非參以泰西之新法，實屬無從下手。弟嘗有言，"辦天下事，自歐洲始；通古人書，從時務來"。曾以揭之座右，見者或許爲達論，或加以訾警，不知教隨地爲設施，道因時而變通，詎能律之以一例？孔子聖之時也，生今之世，必不反古之道。近今所行西法，當必用其所長，舍其所短，斷不至於膠柱鼓瑟、刻舟求劍也。

相見尚遠，伏冀慎護起居，萬萬爲道自重。不宣。

小弟王韜頓首
庚寅閏月二十九日

與魏槃仲直刺

槃仲仁兄大人閣下：

前肅手翰并拙著十餘種，附遞郵筒，亮塵台覽。静俟浹旬，未睹環雲，瞻望玉峰，徒深引領，豈已付浮沉作殷洪喬故事耶？或不屑作答以一笑置之耶？

弟自己卯歸來，東游日本，勾留滬上，蟾魄兩圓。中間倚權金閶，停舟甫里，故鄉風景，聊一領略，華亭鶴唳，咫尺可聞。每逢相識從雲間來者，必詢近况。壬午、癸未言旋，始遂卜居之願。城北三椽，僅堪容膝，携書數萬卷，幾無可位置。往還吴門，思買一宅爲歸隱計，塵躅羈栖，未償厥志。擬與閣下一見，蹉跎八九年，仍未覿面。蓋一見之緣，此中亦有定數，況弟猶已死而重生，奚啻再世交哉！荀息有言：使死者復［生］，生者不愧乎其言，乃可謂之信矣。静味斯言，幾欲隕涕。前托陳伯商太史所呈各書知未得達，故四月間再行續寄，亦欲閣下知弟三十年在外，惟以著述自娛，既不見用於世，則托空言以自見。天既靳之以富貴功名，當不靳之以文章書史；至於後世之傳不傳，自有命在，毋强求，亦毋妄冀。

近來老友存者，寥落如晨星，張君少渠又復委化。前歲閣下曾約耿老思泉探梅鄧尉，不謂至於八月有凶，怛焉長逝。載酒看花，又弱一个。總之，噩耗頻驚，良朋益寡，既悲逝者，行自念也。一昨遇羅伯嶧從楚中來，自述爲孟星女倩，言論恢奇，丰姿颯爽，誠不愧爲冰清玉潔。孟星僅有一子，身弱多病，惟硜硜自守，尚能不墮家風。仲敏之子殊有遺憾，人事紛更，世態變幻，僅此區區數十年中，已不禁感慨繫之，況又身閱滄桑者哉！靜觀身世，默驗天人，覺厠於衆生中，有無量苦惱，無限恐怖，何日能歸於清净法界，以一空字了之哉！

紙短情長，覼縷不盡，惟願爲道自重。不宣。

小弟王韜頓首

十月二十五日燈唇

與陳藹廷太守

藹廷仁八兄大人閣下：

溯自去春話別春申浦上，一刹那間，已閱兩［歲］，歲月之不足把玩也如此！惜駒光之易邁，歎馬齒之徒增。弟今年已六十有三①，老病頹唐，杜門罕出，日惟以書史爲性命，翰墨爲因緣。有時藥鑪火邊，抽豪命筆，間有所作，然不足爲外人道也。邇來載酒看花，意興亦復漸衰，非若曩時之跌宕風月、徵逐交游矣。

閣下錦旋珂里一年有餘，未識閒中作何消遣？宦囊中想不止陸賈千金裝，將來買山營屋，可爲歸隱計，即不復出仕，亦可自給，以嘯傲於林泉，逍遥於園圃，詎不樂哉？抑弟更有進者，作海外之游者已三十年，登涉山川，閱歷名勝，所經之處，當必有記述。古人問俗采風，模山範水，亦輶軒使者之所有事也，況古巴一區，地僻民頑，敦厖未化，爲自古文人學士足跡之所未至，即西國史編亦復語焉而不詳，殊爲憾事。閣下既熟悉其情形，又

---

① 可見此函撰於 1890 年。

復稔知其風俗，何不瑣屑記載，勒成一書，以備他日職方志之采擇、四裔志之編摩，名盛當時，譽流後世，庶幾不負此行也乎！閣下其有意哉？弟可伸紙珥筆，以與周旋。弟自去秋醵貲刻書，至今僅得十有二種，而貲已告罄，未刻者尚有數十種，乃將伯無人，顧鮮後繼，只好俟諸異日，姑作緩圖。閣下爲粵中物望所歸，倘得廣長舌代爲吹噓，則香海一隅，當必有風雅好事者爲之繼起，藉以襄此美舉。今謹以新刻寄塵台覽，内中《法國志略》卷帙稍繁，采取頗廣，近今數十年中事實摭拾靡遺，談海外掌故者，或可取資焉。弟今年已六十有三，又復無子，深懼一旦先犬馬填溝壑，生平著述不將拉雜摧燒，甚且爲人投諸溷厠。劉孝標所謂魂魄一去，同歸秋草，不甚可悲哉！閣下倘肯假以一言，俾得重於九鼎，則此數十種之書，得以盡授手民，出而問世，豈不大快於厥心！率作蕪楮，略陳鄙悃。北鴻待翔，南鯉將躍，惠我好音，服之無斁。

聞文旆於明年二月將來此間，弟當敬迓江干，傾襟共話，非平原十日之飲，不能罄此離惊別緒也！

邇日天氣嚴寒，伏冀慎護眠餐，萬萬爲道自重。不宣。

小弟王韜頓首上
十月二十有六日

與伍秩庸觀察

秩庸仁三兄大人閣下：

去冬一別，倏忽期年，歲月之不足把玩也如是。弟老病頹唐，杜門罕出，惟以書史自娛。藥鑪火邊，抽毫命牘，時有所作，然不足爲外人道也。邇來載酒看花，意興亦復漸衰，非若曩時之跌宕風月、徵逐交游矣。

閣下錦旋珂里，已越一載，淡於榮利，伏而不出，真可謂泥塗軒冕、屣視功名矣。聞仍理舊業，為人主持訟事，自此雄峙一方，不復寄人籬下，仰顯者之眉睫，其為真樂，直足快然自得。夫世之所謂好宦者，不過多得錢耳！然此種阿堵物，以造孽得來，初何足貴！不若自食厥力，以勞得酬，取之無愧於人，受之無愁於己。昔魯仲連為人排難解紛，戰國稱為義士，名盛當時，譽流後世，閣下庶幾近之。

　　弟自去秋醵貲刻書，至今僅得十有二種，而刻貲告罄，手民環集以待，而將伯無人，顧鮮後繼，只好俟諸異日，姑作緩圖。前托閣下以廣長舌代為吹噓，未知香海一隅，可有風雅好事者乎？今謹以新刻寄塵台覽，內中《法國志略》卷帙稍繁，采取頗廣，近今數十年中事實摭拾靡遺，談海外掌故者，或可取資焉。倘得假閣下之一言重於九鼎，俾生平著述盡授手民，出以問世，豈不大快於厥心！惠我好音，服之無斁。

　　此間天氣嚴寒，伏冀萬萬為道自重。不宣。

小弟王韜頓首
十月二十六日

與唐芝田大令

芝田仁兄大人閣下：

　　前肅寸楮，附諸郵筒，亮登記室。邇來起居何如？伏計曼福。弟老病頹唐，日益疏懶，杜門罕出，惟以書史為性命，翰墨為因緣，載酒看花，意興亦復漸衰，非若曩時之跌宕矣。閣下薄游析津，挾其所長，以馳騁於花天酒地、秦樓楚館中，人無不逢迎恐後，聞願為夫子妾媵、捧盤匜而供箕帚者無數，天生艷福，妒甚羨甚！顧北地胭脂，總不若南朝金粉。弟向游齊魯間，聞所謂彼美淑姬號稱姬姜弋媚者，率皆蓬頭齲齒，殊無足觀。然門前車馬，仍復絡繹，飛紅箋而召侑綠觴者，踵趾相錯。豈北人愛醜固有癖哉？蓋以居嫫母之邦，庸姿姝麗；入無鹽之室，殘媼超群，可一笑也。

弟自去秋醵貲刻書，至今得十有二種，而刻貲已罄。其已寫副本可即授諸手民者，尚有八九種，將伯無人，顧鮮後繼，只好俟諸異日，姑作緩圖。所惜者，弟年已六十有三，又復無子，深懼一旦先犬馬填溝壑，生平著述，不得拉雜摧燒。劉孝標所謂魂魄一去，同歸秋草，不大可悲哉！承閣下前詢書值，意將有所補苴，真世之有心人也。燕中旅居之士可有風雅好事者乎？不妨略陳鄙悃，苟得廣長舌爲之吹噓，感且不朽。南鯉待躍，北鴻將翔，惠以好音，實所引領。拙著新刻以《重訂法國志略》爲最，卷帙稍繁，采取亦廣，近今數十年中事實，摭拾靡遺，談海外掌故者，似可取資。茲謹以一函奉塵台覽，乞爲指疵糾繆，不勝感泐。

滬江風景別無可言，芙蓉城主已隨人去，東風有主，諒可不再動搖。姚家阿紫已作唐花供養，金屋深藏，然則君家阿大已占花魁，可以傲於乃弟矣。

天氣驟寒，伏冀萬萬爲道自重。不宣。

小弟王韜頓首
十月二十七日

與羅少耕直刺①

少畊老公祖先生大人閣下：

日前曾敬肅寸箋，附之郵筒，亮登記室，撿入典籤。比維起

---

① 羅少耕，名嘉傑，福建上杭人，貢生。曾充出使日本大臣，官至江蘇督糧道。

居曼福，政績日隆，遜聽之餘，曷禁忭舞。我國通商於日本，以橫濱一隅貿易爲最盛。前時北海道物產販運者，獲利取贏，有若操券；近則稍衰矣。橫濱埠中，富商巨賈，尚足稱豪，惟甚囂塵上，無好山水之足以娛情適性，此則遜於崎陽、神戶耳。日本文人學士多聚於東京，頗似西漢太學之風，氣節經濟之流亦時有傑出者，惜乎近來漢學日微，洋學日盛，後生小子多舍舊而從新，此亦時勢之趨於不得不然。所可異者，蕞爾小邦，物產亦非繁庶，而製造日精，奇技淫巧，竟足以奪西人之利。物雖未極堅緻，而價頗廉，西人轉販之，以逐什一。將來與西人爭利權者，其惟日本乎？至論製作仿造，則我中國瞠乎後矣！其次則開礦，亦未有善法，徒爲西國礦師所播弄。總之，中國事事不如日本，而反笑日人之愚，此正所謂東向而望，不見西墻者也。日人狂妄獷悍，久有輕中國之心，今尚有二三漢學老成之人支持講求其間，爲稍戢其肆志。若一旦老成凋謝，浮浪之徒專竊政柄，恐不爲中國之福，而轉爲中國之禍。日本距中國最近，設欲爲變，防之亦宜最急，其線索之靈捷，全在使臣領事而已。平時視於無形，聽於無聲，能默消其悍戾，隱遏其萌芽者爲上；或有齟齬，能面折廷諍，使之不敢借端托故者爲次。故皇華之選，關係於國家者爲重於他邦，非若英、法、德、比、墺、荷可以臥治者也。

弟去年醵貲刻書，至今僅得十有二種，就中《法國志略》卷帙稍繁，采摭亦廣，或可爲談海外掌故者之一助。今謹以一部先塵清覽，藉以就正於有道。倘其繩訛糾繆、補闕拾遺，以匡所弗逮，俾成完書，不勝幸甚。

新簡星使已來滬上，想延至歲杪，可以徑抵三神山矣。閣下於此可即錦旋申浦，重睹此鄉風景。韜當敬迓江干，負弩前驅，爲竹馬諸兒童先。海天酒樓頗有佳味，敬奉觴爲閣下壽。邇來各處告災，北方河患頻仍，居民幾不聊生，咸抱其魚之歎；而滬上繁華不減，南部煙花、北里風月，更勝於前，亦一咄咄怪事。

入冬以來，天氣恒燠而不寒，殊乖節候，伏冀萬萬慎護眠餐，爲道自重。

治小弟王韜頓首上
嘉平望日

呈龔仰蘧廉訪

仰蘧大公祖廉訪先生大人閣下：

日前旌節由析津旋滬，未及迎迓江干，恭瞻懿範，私衷歉仄，莫可名言。夫以閣下仁被羣生，澤及庶物，民之仰之，有如景星慶雲。春風化雨，即八百孤寒之士，孰不在帡幪之下、覆幬之中，欣廣厦之萬間，頌大裘之千丈，得以普施而遠被也哉！江左鯫生即其一也。聆頌聲之載道，知兆姓之臚歡，逖聽之餘，曷禁忭舞。

韜邇來老病頽唐，日益疏懶，杜門卻掃，惟以書史自娛，絕不問户外事。有俗客至，則辭以他出。有時藥鑪火邊，伸紙命筆，間有所作，然殊不足爲外人道也。去年醵貲刻書，至今僅得十有二種，就中惟《法國志略》卷帙稍繁，采取亦廣，或可爲談海外掌故者之一助。今先以八部每部十册，作一函。付之郵筒，上塵鈞覽，藉以就正於有道。倘得以政事餘閒俯賜披閱，鴨鑪春暖，燕寢香凝，朱墨從心，槧鉛在手，爲之糾繆繩訛，摭遺補闕，俾成完書，傳之後世，不勝幸甚。西湖明山媚水甲於江浙，明春當歌蒞止，重續前游。

此間恒燠不寒，殊乖冬令，伏冀萬萬爲國自重。不宣。

治晚生王韜頓首上
嘉平望燈唇肅泐

與龔景張郎中

景張仁兄大人閣下：

前奉瑤華，歡喜無量。十讀三復，語重情長。閣下蜚聲藝苑，射策京華，暫阻青雲，誰知《白雪》。然讀書得《陰符》而始進，習術至《飛鉗》而乃成，道不厄則不高，學不礪則不至。後歲拔戟，以冠一軍，有可卜也。

辱承盛意，邀作西湖之游，並欲爲開北海之樽，下南州之榻，翦西窗之燭，看東閣之梅，厚誼隆情，感何可言！西湖明山媚水甲於兩浙，固爲向時笠屐之所經，每與朋儔述及，神往者久矣，況東道得賢主人如閣下者哉！惟聞古人云，西湖變態萬狀，四時皆宜，然秋不如春，晴不如雨。明年上巳尋芳之候，如有餘閒，當乘一葉畫舸，挾廣寒仙子以俱來。俞樓彭庵之間，乞覓一椽，以位置之，但得以庋書卷，安衾具，鑪香甌茗，可供消搖，足矣。

弟刻書僅得十有二種，而貲告罄，雅不欲再呼將伯，以取人憎。近年新舊所鋟之書俱未出售，積而不散，幾至汗牛充棟。即如《法國志略》，自分貽股分諸君外，尚餘千部，他可知矣。若得大力者或取數百部，或取數十部，分惠欲知洋務諸人，即可以鬻書之貲供剞劂之費。閣下祈爲代下一籌，可乎？

滬上歡場近復一變，芙蓉城主已得所歸，從瘦腰郎去。廣寒仙子自立門户，然顲頷東風，帶圍略減，門前冷落車馬稀矣。蘭笙、黛玉、蕙珍、新卿諸姬，並已再出，雖不至重抱琵琶，亦復仍理粉黛；後起之秀，則林姬桂芬其選也，雖止盈盈十三齡，而一種妖嬈態度，殊覺可取。北方河患頻仍，民有其魚之嘆，告災勸賑，書不一書；而此間南部煙花、北里風月，仍復繁盛如此。

當其酒綠鐙紅，絃么管脆，徵歌顧曲，買笑追歡，爾時傾釀若江河，擘脯如陵阜，列群花作屏幛，抬明月代爉燈。逮乎綺筵既撤，駕車出游，流水游龍，薾雲躡電，張園徐墅，任其所之，一日之間，揮手千金，曾無吝色。以彼較此，抑何天道豐歉之不齊，人生苦樂之大異哉！誠有所不解也。把酒問天，拔劍斫地，王郎抑塞磊落之態，略見於此矣。知我如閣下，當不呵之爲狂也。但自覽觀，勿出示人。此外惟萬萬爲道自重。不宣。

小弟王韜頓首上

嘉平望日

與許壬瓠主政

壬瓠仁二兄世大人閣下：

三肅書而未蒙一答，懸盼爲勞矣。前寄諸種尺牘，專以奉貽，藉供采取之資；次寄拙著《法國志略》十冊，又不見答；兩次皆從全盛信局寄至蘇州鐵佛寺內。三次寄許詢同格致書院獎洋六元從永義昶寄至甪直，因恐文斾不在蘇城也。信去至今杳然，殊不可解。魏槃仲已有信來，述及閣下，言前曾在墨海館中相見，茲朱京兆有書推薦，惟署中人浮於事，多飽食高臥，或辭而他之，其無需別延贊助者可知云云。然則閣下所求事不諧矣。近來衙門書啓一席，視同贅疣，薪水亦極菲薄，反致寄人籬下，仰其眉睫，非賢者之所屑爲也。不若懸壺市上，時運一至，人來求我，可以蔑富貴、傲王侯，豈不樂哉！

弟甲申春間言旋歌浦，即欲於莫釐、鄧尉之間結廬小飲，否則在金閶買宅一椽，安皮圖籍，位置琴書，優游卒歲，盡此餘生，亦足以了吾素願矣。甫里雖爲弟生長之地、釣游之鄉，而人情儇薄，文士貪鄙，絕少英絕特出之才，爲素心人共數昕夕。附近亦無佳山水可供游玩，況乎老友云亡，良朋凋謝，每過其地，輒爲腹痛，不歸之念愈決矣。前日諸同人曾爲勸駕，而閣下代作前箸之籌，決意阻之，實非無見。惟此數根老骨，必將返葬於故鄉，尚未有牛眠之地，他日若有明山媚水之區可購一弓，以妥此七尺者，祈爲留意。

冬令不寒，殊失所司，伏冀萬萬爲道自愛。不宣。

世小弟王韜頓首

嘉平望後一日

與黃公度參贊

公度先生仁兄大人閣下：

前年於炎雲烈日中薜苫文旌，得瞻道範，溯十年之遠別，慰一旦之相思。及睹丰采，依然如昨，惟鬖鬖微有鬚矣。人生能幾回別哉！一回相見一回蒼老矣。自己卯至今，已十有二年[①]，弟辭天南，返淞北，結廬滬上，仍作賓萌，而閣下亦去江戶，就美洲，今且遠至歐西，參贊帷幄，屈指計之，一星終矣。歷來所見所聞，當必迥異乎尋常，而默收夫心得。東方之纖麗，有殊西土之恢奇。至於山川之險易，習俗之醇漓，民情之向背，邊防之疏密，物產之盈虛，製作之精粗，政治之美惡，使車所蒞，博采旁咨，考古證今，明其沿革，采風問俗，紀以篇章，亦輶軒之所有事也。前者閣下出駐東瀛，曾著《日本雜事詩》，精詳賅備，一時盛傳於都下，懸諸國門，莫能增損一字。美邦三載，述作未聞，抑由弟未及知之乎？若至歐西，事簡而時暇，英京倫敦、法京巴黎，爲天下繁華之淵藪，風會所趨，競尚豪侈。然人才亦薈

---

① 由此可知此函撰於 1890 年。

萃於此，欲窺學術之本原，極工作之巧妙，四方遯聽之士，於是乎觀法焉。弟曾居英土三載，頗稔其風土俗尚。此邦人情亦頗不惡，其待中國人禮意殷勤，猶敦古道，獨行千里，未失一物，沿途皆有人爲之照拂，互相傳語，至一處必謂余曰："此某之所諄囑也。"導遊各處，殊不憚煩，登降之間，尤爲留意，竊謂中國所弗能逮也。法國雖亦善待遠人，然略經指點，便索阿堵物矣。風俗淫靡，亦遜於英。即以製造一端言之，奇技淫巧，則法爲長；若戰艦巨礮，英勝於法。文學亦然，法人著書多嗜說部，淫辭艷說，或足壞人心術，英人所弗取焉，所著多經濟家言，雖托空談，無愧於學術之正。法人勇於六戰，然遇普則蹶，近無雄才大略之主爲之先導，故尚安於民主，否則安能如是之鎮靜哉！法無英君，歐洲之福，不然普當先受其災。何則？報復之志未嘗一刻忘也。爲上者苟能收拾人心，一出勝普，即可復王政矣。歐洲風景當可快意，屈指瓜代之期，尚盈兩載，如有便鴻，殷祈復我。

　　旅中伏冀慎護眠餐，爲道自重。

弟王韜頓首上
嘉平望後三日

與陸存齋觀察

存齋觀察先生大人閣下：

　　前日蜺旌小駐此間，得以瞻鴻範，聆麈談，欣一旦之相逢，慰十年之積想。又復開樽命酒，接席看花，一曲未終，四座稱善；以懷古傷今之客，而入絃么管脆之場，宜其蕩氣迴腸，別有根觸也。秋光正麗，明月初圓，即已言離歇浦，遄返珂鄉，抑何遽也！承約重陽前後當復來此。於是籬角黃花，迎風而索笑；甕頭白墮，隔店以飛香。乃久之而望眼穿、足音寂矣。豈以且作近游，未遑遠涉耶？

別後瑤華下逮，歡喜無量，開緘雒誦，語重心長。承賜以所刻《十萬卷樓叢書》三集以及零種，匪恒寵貺，拜領爲慚。富勝三篋，珍逾連城，得窺謨觴之琅函，如讀瑯嬛之秘笈。韜將何以圖報哉？惟有敬謹庋藏，永以爲寶，傳之子孫，恒志勿諼而已。江浙爲藏書淵藪，如范氏之天一閣，鮑氏之知不足齋，黃蕘圃之瓶花館，張金吾之愛日廬，搜羅百代，卓犖一時，而以閣下所藏絜之，瞠乎後矣。不獨方今宇內無與抗衡，上下千載，誰可媲者？且藏書尤貴乎讀書，以上數家，雖小有著述，而未有窮源泝流、旁徵博引、繩訛糾繆、補闕摭遺，若閣下考覈之精、采輯之富者也。亭林、竹垞而外，鼎足而三。亭林、竹垞開其先尚易，而閣下繼其後爲尤難。譬諸積薪，譬諸掃葉，進而益上，幾於絕後空前。斯世類多耳食者流，絕少潛心沉酣於此中者，故知閣下尚淺，千百年後，其書必傳不朽，可操券也。

韜今遁而談洋務、輯西書，冀成一家言，恐未能也。去年醵貲刻書，至今僅得十有二種，就中惟《法國志略》卷帙稍繁，采取亦廣，或可爲考海外掌故者之一助，今謹以四部奉麈台覽，藉以就正於有道，伏祈進而教之，曷勝幸甚。

朔風其厲，天氣驟寒，惟冀萬萬爲道自重。不宣。

小弟王韜頓首上
嘉平冬至後三日

與許薌庭廉訪

息菴大公祖先生大人閣下：

一自酒樓小聚，獲聆麈談，惜以別有他約，匆促遽去。越一日，韜以馬車約仲弢廉訪往游愚園，以首疾辭；再翌日，而噩耗聞矣。人命脆弱，抑至於此！石火電光、塵露泡影，作如是觀。雖修短之數，由於前定，而盈虛之理，要在靜參而默會。惟人生鮮止足之境，無論世路仕途，俱不肯作退一步想，富貴利達，膠擾於胸中，百憂感其心，萬事勞其形，一旦溘然，回頭已晚。昔賢云：人生忙迫一場便休。靜味此語，為之大悲。

韜生平了無勝人處，惟一切隨遇而安，心無紛役，念無營競，利害不足以動我，憂樂不足以擾我，患難不足以喪我，四十年來，食貧處淡，差有所得；倦游北歸，不欲再出，栖遲滬上，仍作賓萌。託跡軟紅塵裏，六十有三①，邇來老病頹唐，日益疏懶，杜門卻掃，惟以書史自娛。上友古人，有如晤對於一室；有俗客至，辭以不在。藥爐火邊，伸紙命筆，間有所作，殊不足為外人道也。所刻拙著僅得十有二種，就中惟《法國志略》卷帙稍繁，采取亦廣，或可為談海外掌故者之一助，敬以四部奉塵台覽，藉以就正於有道，尚祈有以糾繆繩訛、撼遺補闕，俾成完書，傳之後世，不勝幸甚。

少時亦嘗有志於學問矣，以為道學、儒林本歸一致，文章、經濟並不分途。當此之時，謂取青紫如拾芥耳。一擊不中，幡然改轍，視世間富貴功名曾不足以當一盼，一切浮榮，如飄風過耳，必求有益於身心之實學，然後從事。亦嘗誦金經、索梵旨，亦嘗讀道書、習內視，不過遁而至虛無寂滅，仍不能得以實證。亦嘗問之泰西儒士，彼所奉之天主耶穌，必歸本於造天地人物之上帝，似有真諦，然觀其書，荒誕支離，絕少微言奧義，尚不足與釋道抗衡。惟西士格致之學，愈造愈精，而究其實理之可推者，不外乎製器。夫形而上者謂之道，形而下者謂之器。器以載

---

① 據此可知此函撰於 1890 年。

道，乃其跡象之粗者耳，道之精蘊不在於是也。韜求之數十年，終未能窺其奧突。今不得已，乃遁而談洋務，輯西書，冀成一家言，恐未能也。冉冉至今，頭顱老矣，不值一錢，精神疲苶，不可驅策。學佛學仙，兩無所就，惟此區區文字因緣，聊自怡悅，不過藉此排遣牢愁、消磨歲月，以送餘年而已，豈真以著述自鳴哉！辱蒙知我，敢有所隱？聊發狂言，亦各言爾志之義。

天寒珍重，萬萬爲道自愛。不宣。

治晚生王韜頓首上
嘉平十有九日

上張朗齋宮保

朗齋宮保先生大人知己閣下：

前肅寸楮，並拙著新刻四分，託王子詵大令覓便寄呈濟南，亮邀鈞鑒。旋以寄書之人尚未啓行，又以日本所刻書三種並拙著新刻八分再付郵筒，其人取道於袁浦，計程當在季冬上澣可達濟矣。前乎此者，有蔡寶臣司馬、吳瀚濤大令，皆欲專誠取道濟南，上謁崇階，以作黃河泰岱之觀、景星慶雲之睹。韜皆作尺一書代爲介紹，並付微物爲芹曝之獻。後以事羈，俱未得至。惟徐子聲別駕，名鄂。攜顯者札前來山左，意欲效力河工，曾託其攜上拙著十有二種，每種二分。及茶葉詩牋，想已得達。自滬上至山左，雖止三千餘里，而陸路崎嶇，行殊不易，每寄一緘，往還須一月以外，即述近聞、譯西事，至彼已成舊談，殊不足供一噱。故韜每舉筆而躊躇、裁牋而疏懶也。山左一隅，於洋務無所關涉，第一爲能治河患，第二在能整頓鹺綱。至於講求貿易，亦非所急；製造之法，如釀葡萄酒，尚未試行；繅繭絲則不適於用；草帽則爲日本奪其利；氈帽近且不行於南方，販者頓少；徵錢票之税，所入亦甚微，而論者猶謂其足以病民。鴉片則多土產，而少洋藥，如仿榷酤之法而徵膏稅，雖足以少助維正之供，而利亦甚薄。論者多謂山東一隅，地瘠民貧，其實由於多惰民，小民苟得一日之需足以糊口，則多飽食而嬉，無復力作。水利之不具，溝洫之不修，耕植之不講，雖有善者，亦如之何！試觀往來通衢，尚多巉巉之巨石，一似開闢以來未經開掘者。此等頑石，原非斧鑿之所能加，而經西人治之，則早爲康莊坦道矣。古者司空以時平易道路，固有官守者之責也。今之牧令能講及此者誰哉？濟水伏流，當引其源而利導之，隨其所至，而爲之浚溝洫，墾阡陌，畫井分田，以授之民，教之以播種，小試其方，可則行，不可則止。爲上者必以此爲迂圖，且慮其有過無功，不願爲之倡，坐使西北之民多仰食於東南，旱則赤地千里，潦則便成澤國。然則春秋之時，齊國富強甲於天下，果操何術哉？今雖不能復古，亦能追尋其蹤跡，延訪其情形，誠能求得其故，治之亦不難。惟牧令三年一易，每視官如傳舍，賢而愛民者，輒不能久於其任，即欲有所作爲，上下牽制，不得率行己意，以故無成功。督撫撫有一省，任大責重，豈能事事躬親？在寄耳目於牧令而已。牧令而得其人，地方未有不治者。督撫之權，首在黜陟公平。勤愼廉明者進，則惰肆貪昏者退矣；正直骨鯁者進，則阿諛逢迎者退矣。所舉在惜民隱，達民瘼，知民之疾苦疴癢；所廢在昧民情，浚民膏，任民之流離轉徙。如是，則牧令知督撫意旨之所在，自無不盡心於民事矣。毋具文，毋徇情，毋始勤而終怠，行之三年，而民不治、地不闢者，未之有也。凡此所言，皆閣下所稔知；而猶以爲言者，亦若齊桓於九九之數猶且見收也。

天寒，爲國自重。不宣。

辱知門下士王韜頓首上
嘉平二十有一日

呈薛叔耘星使[①]

叔耘星使先生大人閣下：

前者旌節暫駐申江，盤桓匝月，兩謁崇階，過蒙優禮。韜羊公不舞之鶴耳，自甘湮没，淪落遐裔，倦遊北歸，不思再出。羈棲滬曲，仍作賓萌，惟以詩書排遣牢愁，著述消磨歲月，送此餘生而已。去年醵貲刻書，至今僅得十有二種，而貲已告罄。就中惟《法國志略》卷帙稍繁，采取亦廣，或可爲談海外掌故者之一助，謹以一部付之郵筒，亮邀荃鑒。竊以此地固星軺之所往來駐扎者也，問俗采風，輶軒之所有事，目之所見，耳之所聞，當必有遠過乎此者，披覽之餘，定可爲之繩訛糾繆，補闕摭遺，俾成完書，傳之後世，感且不朽。

夫法固歐洲之雄國也，自爲普所蹶，割其二省之地，力稍弱矣。雖報復之志未嘗一日忘，而究未敢逞。至於英，亦持盈保泰，未若前時之跋扈飛揚。英自失法之援，至俄改黑海之盟，亦不敢問，中餒可知。誠以英法合則强，離則弱，此歐洲變局之所自始。顧俄人得志於歐洲，固非英之所樂聞；即得志於亞洲，亦豈英之福哉？英之藩屬，以印度爲重鎮，俄人垂涎，已非一日，特無間可乘耳。俄人近於亞洲極意經營，將圖封豕長蛇之薦食。鐵路既成，難端將發，首及於朝鮮。朝鮮爲我共球貢獻之邦，久列屏藩，豈容坐視？論者謂莫如結英以拒俄，特未知英政府之意何如耳。其樞機之所在，全係於使臣。察微知著，修好結歡，能與之内則默相聯絡，外則互爲保衛，隱立密約，共存朝鮮，此則策之善者也，特慮英不肯爲我所用耳。今者泰西各國胥聚於我一中國之中，幸有通商大局以羈縻之，各國亦互相猜忌，惟恐彼厚

---

① 此函亦見於吴嶺嵐校點《薛福成藏札》，載《東南文化》1986 年第 2 期。

而此薄。獨俄爲我心腹之患，肘腋之慮。中國苟無釁焉，俄亦無辭以藉口；若我能聯英以拒俄，則彼有所憚，必不敢驟焉輕發。外則陽與之親，內則陰爲之備，固結朝鮮之心志，俾自知其國勢危在旦夕，一切舉不足恃，惟我可爲奧援，以聯輔車脣齒之誼。蓋自泰西通商以來，四鄰藩屬，都有輕我中國之心。近日朝鮮未嘗不爲日俄所煽惑，故我欲保之也愈難。夫物必先腐而後蟲生，人必先疑而後讒入，日俄雖狡，安能間無疑之朝鮮哉！固結其心志，使之專一歸向於我，要無難也。此外惟爲國自重。不宣。

鄉晚生王韜頓首上
嘉平二十有一日

與黃雋民教授書_{雋民名鍾英，閩人，世居葛羅巴。}

鍾英尊兄仁大人閣下：

　　久挹隆名，恒深歆慕。衹以滄波迢遞，末由修士相見禮，藉甚清徽，徒懷虛眷。往者荷蒙大君子不棄寙鄙，尺一之書，爛然先賁，又承賜以詩章，詞致斐然，臨風展誦，歡喜無量。惟推獎逾分，非所敢當。弟三吳之逋客，百粵之賓萌耳。香海一隅，蠖屈鶴栖，二十有一年矣①。當世士大夫雖欲羅致幕下者，而自問生平挾持無具，不如息影潛蹤於長林豐草間，汶汶以没世也。晚境頹唐，端居多病，每歲秋冬之交，嗽疾劇發，往往徹夜不寐，藥爐經卷，獨遣良宵。默思海外萬里尚有故人，雖虛面晤，不隔神交，遠道郵筒，稠疊惠寄，如此風義，豈後古人？設無一字及之，將所謂氣誼聯以文章，友朋等於性命之謂何？弟略有著述流落人間，謬爲四方所推許，此直謥癡符耳，糊窗覆瓿，一任之他年。邇來杜門

---

① 此函未署年月。王韜遁隱香港，在1862年閏8月，此處謂棲居香港二十一年，則此函當撰於1882年。

謝跡，習靜養疴，擬刻舊稿，盡付手民。久欲言歸故鄉，以正丘首，而粵東剞劂殊賤，因是忽忽以待歲月，特不知天公所以待我者如何也。閣下旅處南洋，其地多燠而少寒，游息之地或有名勝，但得林木翁鬱、水泉清澈，即會心處，不在遠耳。教育英材，必多造就，作詩文之領袖，爲風雅之扶輪，海陬物望，非閣下其誰與歸！

病中捉管，不盡覼縷，伏冀慎護眠餐，萬萬爲道自重。不宣。

愚小弟王韜頓首

與吳福茨觀察

久未通尺一之書奉訊起居，浙水吳雲，倍深瞻眺。閣下學問冠等倫，才德邁群衆，布之政事，見於措施，中外傾心，遐邇咸仰。又復愛才下士，出自性生，凡在儒林，同聲感頌，逖聽之餘，曷禁忭舞。韜才無可采，技少一長，不自衡量，妄思著述，區區糊窗覆瓿之物，何足爲世重輕，乃閣下猶假以顏色，謬加獎譽，承命弗遑，主臣，主臣。格致書院夏季課卷①，其題爲閣下所命，今謹彙齊各卷，付之郵筒，敬塵鈞覽。伏冀甄別優劣，評定甲乙，一經品題，聲價十倍。閣下取士維公，愛才念切，懸金鑑以別流品，操玉尺而量人才，龍門獲登，驥足自展，海内名流，孰不望出大君子之門下哉！②

致薛叔耘星使

叔耘星使先生大人閣下：

前奉環雲，歡喜無量。再三雒誦，如挹芳徽。今歲夏間炎燸

---

① 王韜任格致書院山長始於1885年秋，則此函當撰於1885年後。
② 此後原稿有十五行空白。

如蒸，雖不至於鑠石流金，真覺無蔭以憩。冬間雪窖冰天，朔風凜冽，幾至圍爐不暖，挾纊無温。庾子山賦云：龜言此地之寒，鶴訝今年之雪。光景仿佛似之。暑則極其暑，寒則極其寒，天道較之於前，略變矣。聞倫敦去年殊冷，至有僵斃者，未稔今歲何如？

張叔和所設報館至今未開，館中主筆似少名流，至於彰善癉惡，須秉至公，勿參私見，則尤難矣。總之，主持日報，勿以利誘，勿以私淆，勿偏愛憎，勿逞報復，尤在能轉移風氣，維持清議。竊恐中國尚無其人也，此日報之所以不能盛行也。

英國近因阿爾蘭人心不靖，聚訟盈廷，卒無成議，議張爲幻，殊費圖維，一二十年中，其有變乎！威行於寰宇之中，而釁起於蕭墻之内，四方聞者，誰不解體？孰不效尤？如印度，如澳大利，如加那他，苟有豪傑乘間崛興，譬敵又從而憖之，土崩瓦裂，可立而待。盛極而衰，其勢然也。自古無常彊之國，英今日之持盈保泰，亦有深意存其間乎！

英、法、美、日、秘，兩處瓜期已屆，而簡放未聞。前傳爲胡芸楣廉訪、志伯愚侍講，悉屬風聞。屈指旌節東旋①，當在榴花照眼時矣。滬上近事無足述者，貿易場中大抵外彊中槁耳；建築鐵路南北相通，是乃要著。今欲先聚六州之鐵，然後從事，是則工役之興，正未知在何日。近時礦物動形掣肘，無論官辦商辦，利少害多，終致折閱，豈貲本不敷，靡費太盛，未能得人，未有善法歟？抑或風會之尚未開也？所慮者，地室蘊藏已久，將惕他人之我先耳。竹賓星使駐節德國，消息時通。德人儉樸性成，講求問學，時有新義。聞其國學校中特延華人爲教授，留心時局，正未可量，此英、法所弗逮也。

---

① 薛福成出使法、英在1890年2月，歸國在1894年7月1日，則此函或撰於1893年年底。

相睽已久，相晤匪遥，敬迓江干，曷勝引領。天氣嚴寒，伏冀珍攝咸宜，萬萬爲國自重。不宣。

鄉晚生王韜頓首上
十二月二十有二日

致趙静涵孝廉

静涵仁大兄世大人閣下：

久未通尺一之書奉詢起居，遠樹暮雲，彌增思慕。今年夏則酷暑，冬則奇寒，殊不可耐，然孱軀幸健，惟七月下旬偶感新涼，喘嗽劇發，纏綿匝月。病起，籬畔黄花開矣。眷念良朋，在天之涯，海山蒼蒼，海波渺渺，愛莫能見，我勞如何！弟向者旅居英土三年，杜拉邨中小山叢樹、幽壑流泉，上有諸侯古宫室，頗足瀏覽，惜一至（今）冬日，枯木寒鴉，凄戾萬狀，頓興故鄉之思。倫敦爲英國都城，肩轂摩擊，金氣熏爍，夙稱繁華淵藪。居是邦者，亦可開拓心胸，豁舒眼界，特以長安米貴，居大不易，然在節轅，當無慮此。閣下自公退食，甌茗爐香，必多暇晷，想亦惟藉筆墨以自遣。長吉錦囊中，當有即景之詩、紀游之作，他日東旋，定可飽讀，抵徐霞客之重至，作宗少文之卧游，何快如之！前傳英、法、美、日、秘，兩處瓜期已届，特簡放胡芸楣廉訪、志伯愚侍講爲出使大臣，久之寂然，知其風聞未確。然則迎迓江干，當在榴花照眼時矣。

弟爲香帥翻譯《洋務叢書》，項已蕆事，此身如釋重負。三年之中①，共成兩書，一爲十二門《洋務輯要》，一爲《瀛環輿地志》，皆數十册，論其詳備，邇來談海外掌故者，莫之或先也。

---

① 張之洞命譯《洋務叢書》始於光緒十六年正月，三年當指畢於光緒十八年（1892）。從內容看，此函與上一函撰作時間相近。

弟僅司草創，至於潤色，尚有所待。滬上近事無足述者，貿易場中終不免外彊中槁。惟此二三朋儔，風流雲散，天各一方。鍾君鶴笙，久滯鄂垣，專司校勘；華君若汀，膺兩湖書院之聘，甄別算學；瞿君鶴汀，遠至南洋，去後魚書久絕，未稔其近況若何。近日以書成，尚須刪繁就簡，香帥遍徵諸名士往，如華若汀茂才、楊範甫明經、仁山孝廉，皆預其選。弟明歲當作近游，由京江、白下而上泝漢皋，探奇攬勝，一擴襟懷。回騶則徑指武林，觀錢江之潮，泛櫂桐廬，以盡登臨之興，亦足以豪矣。聶仲芳觀察留任一年，雖未見明文，而所傳如是，諒不謬也。礮局翻譯，僅傅蘭雅一人而已，久未獲睹新書，殊屬憾事。

天氣尚寒，旅居何似？伏冀慎護眠餐，萬萬爲道自重。不宣。

世小弟王韜頓首上
十二月二十二日燈唇拜泐

致蔡毅若觀察

毅若觀察先生大人閣下：

獻歲發春，定多佳興。福祿臻駢，休嘉信至，敬賀敬賀。自元旦至人日，杜門不出，題草堂之詩句，想官閣之梅花，一水迢遙，如在天上。今年譯事畢後，擬作近游，消搖林泉，嘯傲風月，於浙則言訪西湖，浪跡於六橋三竺間，且可渡錢塘江，而取道西興，直探禹穴，遍覽山陰，一窮其所至。至於吾鄉，則鄧尉、支硎、西脊、銅井，近在咫尺，皆屐齒之所宜經也。今月二十日，擬偕陳喆甫觀察同至金閶，倚櫂閶閶城外，小作盤桓。隨往光福探梅，須於香雪海中小住三日，領略閒趣。西崦草堂，固潘偉如中丞之別業也，平泉綠野，髣髴似之。惟近日又將爲出山之霖雨，溥被蒼生，此固天下之所屬望也。顧值此中外多故，民窮財匱，百凡棘手，正恐爲之殊不易耳。韜近論歐洲近日情形，自謂頗能窺微抉隱，祇以尚有所顧忌，未敢盡言，然大致略具於此矣。英雖能持盈保泰，顧衰幾已兆，正復可虞。其尚能執牛耳者，則在乎秉正立信、仗義執言而已。天下逐之，未知伊於胡底，雖有智者，正難逆睹也。

春寒尚勁，伏冀愼護起居，萬萬爲道自重。不宣。

小弟王韜頓首上

新正初十日燈唇

與李子木觀察 時子木署理登萊青兵備道。

子木方伯先生大人閣下：

兩奉華翰，歡喜無量，眞如一朵絳雲從九霄飛下。承賜以兼金，感愧交並，辭受均難，正不知將以圖報也。古人之所謂感恩知己，兼而有之矣。獻歲發春，定多如意，茀祿駢臻，休嘉信至，可預賀也。吳岫千重，齊煙九點，倍深瞻眺，靡刻去懷。夫以閣下學問冠等倫，才識邁群衆，布之政事，見於措施，中外傾心，遐邇咸仰。又復愛才下士，出自性生，凡在儒林，同聲感頌。逖聽之餘，曷禁忭舞。韜才無可采，技少一長，不自衡量，妄思著述。區區糊窗覆瓿之物，何足爲世重輕。乃閣下猶假以顔色，謬加獎譽，承命弗遑，主臣，主臣。今謹以拙著新舊刻各二分，上塵鈞覽，藉以就正於有道，惟祈進而教其所弗逮，曷勝幸甚。去歲冬季格致書院課題出自閣下所命，一俟各卷彙齊，敬呈鑒閱。前承台諭，擬以年前出案，優給獎銀，俾寒士得供辛槃之需，仰見大君子體恤之心無微不至。惟是敝書院定例與局門考試者有別，深恐爲時暫則遠者弗及知，不免滄海遺珠、珊瑚漏網，有向隅之戚。然雅意殷拳，慈恩周浹，聞斯語者，無不感切銘肌，温同挾纊。以閣下之厚貌深情、隆文實惠，海内名流，孰不望出大君子門下哉！

芝罘爲燕齊門户，表海雄風，稱爲重鎮。韜向嘗一遊，遠眺蓬壺方丈，可望而不可即。言訪秦皇繫纜之石，無有存焉者矣。曾聽西洋之女子彈琴詠歌，諷之盈耳，雖爲異方之樂，亦殊足移情也。

春寒尚勁，伏冀慎護起居，萬萬爲國自重。不宣。

晚生王韜頓首上
癸巳①正月十有一日

與陳宇山軍門宇山原名美仁，後改名基湘。

宇山大軍門統領大人閣下：

捐别以來，兩更裘葛，春雲遠樹，靡日不思，瞻企慈暉，如在天上。比維獻歲發春以來，苇禄駢臻，休佳萃集，一切皆如臆頌。自旌節移駐京江，滬城近在咫尺，保障東南，實深引領，爲屏爲翰，如干如城，緩帶輕裘，雍容静鎮，以閣下德威遍播，遐邇咸欽，迤聽之餘，不禁忭舞。弟屢思前來一遊，攬金焦兩山之勝，以人事牽率不果。

弟生平惟以書史自娱，終日伏案，從事鉛槧，敝精勞神，良復自苦。羇栖一隅，局促如轅下駒。今幸張香帥命譯之書，已於去歲之杪厥功告竣，從此得釋仔肩，寸衷爲之一快。今月下旬，擬作近遊，先至金閶，倚櫂闔閭城外，鄧尉、莫釐，俱邇在眉睫，西脊、銅井，指顧即是，並皆一葦可杭，不勞屐齒。然後言訪西泠，消摇容與於六橋、三竺間，且將渡錢塘，經西興，遍歷

---

① 癸巳即1893年，下同。

山陰，窮探禹穴，流觴曲水，修禊蘭亭，遠追盛集，亦足以豪矣。既回滬上，亦將泝漢臯，泛鄂渚，解佩洛浦，飛蓋君山。迨乎回舟，飽看金、焦兩峰，爾時與閣下正可圖良晤也。

春風尚勁，餘寒猶厲，伏冀萬萬爲國自重。不宣。

小弟王韜頓首上
癸巳元宵後三日

與許竹士上舍

久未通尺一之書，春樹暮雲，良深憶念。入春以來，題草堂人日之詩，勷官閣梅花之興，料想酒釃茗甌，別有消遣。頃奉手翰，正如絳雲之下九霄，開緘盥讀，恍挹芝輝。委購《西藥大成》，敬以一部奉貽，伏乞哂留几案，藉供披覽，不勝幸甚。弟譯《洋務叢書》兹已蕆事，從此驅使筆墨，得以稍閒，將致力於目錄之學矣。家中藏書不下七十櫃，散置小樓，尚未編次，擬以三餘之暇，略讀一過，掇其菁英，著爲論說，以繼愛日精廬、皕宋藏書志之後。雖插架所儲，絕無宋版，而讐定各本，精審可傳，亦足貴也。來書云及長劍倚天生將來此間，乃久之而足音寂然，豈過我門而不入我室歟？前日曾爲鄧尉之游，梅花爛漫，殊爲大觀。第所稱爲香雪海者，風景迥不如前。鄉人牟利，動斫梅以植桑，梅日見其少，桑日見其多，再數十年，定有滄桑之感矣。主持名勝，點綴湖山，此賢有司之責也。

春光澹沱，韶景融和，伏冀爲道。不宣。

與張月階郎中

昔仰隆名，今瞻懿範，得歌同調，獲訂知心。聞名十年，而觀面於一旦，其快何如也！補園泉石清幽，花木繁綺，何殊洞天福地。而閣下昕夕以詩書琴畫觴詠其中，真神仙中人也，健羨奚似！弟意欲卜居吳郡，作杞菊比鄰之想，如有小築精勝者，乞留意焉。鄧尉之游，既訪梅花之清友，而又得閣下之快友，此行爲不虛矣！聞潘中丞得病五日，今時當已勿藥有喜。游山雅事也，冒雨登穹窿，抑何勇往，惟以爲弟之故，深抱不安。夫以年臻大耋而意興之旺如此，定可享期頤之壽。昔沈文愨公壽至百有四齡，中丞當可與後先輝映。七日畫舫小集，座無車公不樂。弟目中所見諸姝，聞皆翹楚，金閶衆艷，盡於此矣。玉卿詞史花姿玉貌，照耀一時，自當爲後起之秀。此間可與玉卿頡頏者，大抵可得十許人，花國多材，近推滬上，誠繁華之淵藪、花月之作坊也。

弟生平別無嗜好，惟知耽玩書史，跌宕風月。少時友人贈詩題靉靆鏡囊云"兩事關心忘不得，美人顏色古人書"，亦可謂能寫弟之胸襟者矣。自壯至老，壹志著述，得四十餘種，已授手民者未及其半，今謹以排印尚存者十數種，彙寄郵筒，奉麈台覽，藉以就正於有道。區區述撰，糊窗覆瓿物耳，曾何足重輕，藏璞知貴，享帚自珍，亦屬文人結習，當不滿先生一笑耳。茲值春光明媚，韶景暄妍，正當及時行樂，文旆何不來滬一游？張園徐墅之間，飛輪迅馭，躡電追風，髩影衣香，魂銷心醉，誠亦足以豪矣！弟當敬迓江干，同登海天酒樓，以一斛醇醪，爲閣下洗塵。此外伏冀萬萬爲道自重。不宣。

與許壬釜主政

鄧尉歸來已一十五日矣，倦鳥知還，勞薪暫息，且俟三月再至金閶，此行小住，必當勾留浹旬周月，雪泥鴻爪，聊作槃桓。

既可與閣下昕夕相見，亦可游覽坿近山水，遍經屐齒，長吉囊中，可添幾葉詩篇矣。滬上繁華，吳中清靜，各有佳處，皆可以豁襟懷，供游歷。弟少時多居甫里，僻處一方，跬步不出閭巷；及長，僑寓滬瀆一十有四年，僅聞鶴唳於華亭，訪古碑於袁壘而已。逮乎遠離淞北，遯跡天南，久與故山相隔絕，中間作數萬里之行，乘長風，破巨浪，雖足以豪，然去親愛而狎波濤，遠故鄉而入異俗，孤身作客，誰與爲歡？淒然以思，未免悲從中來矣。自我之去粵而旋吳也，彈指之間，亦已十有二載①，執友醒道人又化異物，墓草宿矣。親知凋喪，人事變遷，人生能幾刹那？每一念及，不禁腹痛。鄧尉之約，始於少壯，及今克踐斯言，以近在咫尺者猶且如此，況乎他哉！瞻觀世人，於友朋聚散離合之故，若以爲無足繫懷，漠然不動於心，蓋閱歷久則機械深，嗜欲盛則性真汩，勢利熏灼，面目旋非，本根之地，不復顧矣。乃猶以厚貌深心沽譽於衆前，是亦不可以已乎！甫里爲弟童年釣游之地，魂夢時或擾之，惜以風俗澆漓，人士夸鄙，無特立獨行者出其間，兼以排闥無疊巘峙青，環村無流泉送碧，所謂山水之緣、友朋之樂，皆不足言，所以弟竟浩然一往而不顧也。任猿鶴之笑人，友麋鹿而自適。存真趣於生前，惟知一醉；擲浮名於身後，安問千秋。優游書史，消遣餘年，如是而已。

春光澹沱，韶景喧妍，惟冀爲道自重。不宣。

致聶仲芳觀察書

仲芳大公祖先生大人閣下：

久未上敏崇轅，拜謁台慈，挹鴻範而聆塵談矣。然繫念之

---

① 王韜自港返滬養疴在1882年，則此函或撰於1893年。

殷，味同茗荈；睽懷之切，道契苔岑，無一日不神馳於左右也。韜自鄧尉探梅返櫂，日惟杜門讀書，以著述自娛。彈指之間，倏已榴花照眼，蓮蕊凌風矣。日月如馳，衡宇在望，瞻仰慈雲，如在天上。日來天氣炎燠，赤日當空，若張火繖，雖不至於爍石流金，而讀《雲漢》之詩，已覺無陰以憩矣。因思閣下公餘之暇，作何消遣？浮瓜沈李，雪藕調冰，蕩滌暑氛，蠲除煩慮，亦是一番樂事。一昨一雨涼生，涼氣拂拂從襟袖出，十丈炎威頓不知消歸何所，未嘗不歎天公之善變也。

　　節麾聞至吳門，自當小作槃桓。金閶城外，舊頗冷落，今得留園點綴其間，舣船鐙火，畫舫笙歌，尚稱熱鬧。雖不及昔日之繁華，然亦足見昇平氣象矣。今春韜曾於此作平原十日之飲，雪泥鴻爪，聊寄因緣。然一轉瞬間，已成陳跡。前塵如夢，影事難尋，一切皆當作如是觀。拙政園旁別闢一園，爲張月堦部郎之別業，泉石清曠，竹木蕭疏，閣下曾往游否？池中以千金裝飾一船，位置於方塘如鑑之中，絕不能容與溯洄，是則何取乎船也？此正與滬上味蒓園中之船作對，天下事無獨有偶如此，真堪一噱。逭暑之餘，頗多暇晷，已檢拙著三四種授之手民，藏周璞以自炫，詝癡符而求售，想不值大君子一軒渠也。

　　裁書代面，詞不宣心，伏冀崇護維時，萬萬爲國自重。不宣。

　　　　　　　　　　治晚生王韜頓首上
　　　　　　　　　　六月初五日拜泐

與志仲魯觀察

仲魯觀察先生閣下：

　　前日魯介朋少尹回滬，得奉瑤函，雒誦臨風，歡喜無量。抑何情詞之稠疊、雅意之纏綿也！金陵爲韜所舊游之地，今屈指計之，睽別四十有八年矣①。猶憶丙午之秋應試白門，僦屋秦淮龔家水閣，紅檻與綠波相映，河光偕髩影爭妍，畫舫笙歌，舺船燈火，尚足見昇平氣象。雪泥鴻爪，聊寄因緣，迄今思之，恍如夢寐。聞近日繁華，迥不逮昔，問珠簾玉桁中尚有昔時任素琴、繆愛香其人乎？如有之，當來作平原十日飲也。

韜久不作徵逐之游矣，載酒看花，味同嚼蠟。所眷如姚蓉初、陸月舫、吳佩香、林桂芬，皆已束風有主，陌路蕭郎，徒增慨想。"佳人已歸沙吒利，義士今無古押衙"，爲之三嘆。近日秋風淒至，天氣漸涼。自五月以來，溽暑如蒸，殊不可耐，雖不至於鑠石銷金，而讀《雲漢》之詩，已覺無陰以憩。想閣下此時浮瓜沈李，調冰雪藕，逭暑招涼，定饒一番樂趣。韜望七頹齡，鐘漏並歇，精神日憊，意興日非，日惟杜門卻埽，以著述自娛。香帥譯書事畢，擬將生平所撰悉授手民，今年先刻《漫遊隨筆》《臺事竊憤錄》《淞濱瑣話》《扶桑游記》《老饕贅語》五種，但不知能如我願否也。

吳淞水碧，鍾阜山青，相思渺渺，如隔天涯。率作此紙，不盡覼縷。新秋雖屆，餘暑未消，伏冀萬萬爲道自重。不宣。

治小弟王韜頓首上
六月二十七日

與龔星使書

仰蓮方伯大公祖先生大人閣下：

六月六日連肅雙緘，並付郵筒，計程須七月中旬抵蜀。此時

---

① 王韜道光丙午（1846）應試白門，至此48年，則該函撰於1893年。

想旌節已行，或有參差矣。翹企慈雲，彌深瞻戀。今歲五月中炎熇如蒸，殊不可耐，雖不至鑠石流金，而讀《雲漢》之詩，已覺無陰以憩。今者溽暑將消，清飇徐奏，涼氣拂拂從襟袖出，十丈炎威頓不知消歸何所，未嘗不歎天公之善變也。節麾遄發，當在雙星渡河之後。從陸而行，必取道於綿州、梓潼；而出劍門，由蜀入陝，必徑七盤嶺。自此循漾水東行，兩岸皆山，而沔陽則武侯墓在焉，黎蒓老曾爲文以弔之，讀之望古遙集，慨慕頓生。乃由褒斜趨陳倉，由武功望太白，而馬嵬坡近在咫尺。逮至咸陽，地勢雄壯，其地多古帝王陵，自西安行，可直達保定。所經驪山，有華清溫泉在焉。至華陰三十里，皆傍華嶽而行，其峰峻拔雄秀，遠望若蓮華。渡潼關而路狹，既渡黃河而北，所經多晉國古名城遺跡，山則太岳，水則汾澮，晉之富户多居於介休、平遙。出故關，則入直隸井陘縣界。余謂自來用兵，未有如淮陰侯之神速者也。自蜀至燕，幾四五千里，古時名賢遺跡未有若諸葛忠武及淮陰侯之多者，英謨偉略，冠絕古今，殊令人景仰不置。由保定至天津，僅三日程耳，經歷凡四省。想節麾蒞至柝津，當在菊花將放時矣，相迓春申浦上，當在芙蓉絢爛時矣。雖瞻謁匪遙，而懷思益切。幕府所有調遣隨員，未知遴選何人？鄙意所難者在翻譯人員，需西文精熟，西語清晰，而尤必品詣端方，性情純粹。所至購定船艦房屋，據實報銷，並無弊竇，於譯事無分毫苟且，斯可謂無忝厥職矣。西國雖有名醫，而中外秉體既異，治法亦不同，必攜有醫員一人，閒時使兼別職，或有時可備諮詢。此二者在所當要，特薦二人，敬俟卓裁。

　　新秋雖屆，餘暑猶存，伏冀萬萬爲國自重。不宣。

　　　　　　　　　　治晚生辱知門下王韜頓首上
　　　　　　　　　　　　　　七月朔日

與鄭玉軒京卿書

玉軒光禄先生大人閣下：

　　自違懿範，彈指兩年，瞻仰慈雲，如在天上。曩住粵東二十有三年，幾視作故鄉。今雖辭天南之遯窟，仍作滬北之賓萌，然齒亦垂垂老矣。滬上氛濁之場，南北往來，久爲要道，冠蓋送迎，酬應頗繁。韜日惟杜門卻掃，静坐斗室中，以著述自娱，絶不聞户外事。今歲香帥譯書事畢，擬將生平所撰盡授手民，出以問世。雖世有以之糊窗覆瓿，甚且有投之溷廁者，弗顧也。生平所撰四十餘種，惟《四溟補乘》篇帙最爲浩繁，約略三百餘卷，非大有力者不能從事於棗梨，擬商諸書局，出貲排印，彼享其利，韜受其名。韜志非圖温飽，所争者虚名耳。韜前後荷蒙寵貺，不可紀極，隆恩厚德，銜戢殊深，每一思維，感愧交並。惟念韜老矣，即從圖報，何途之從？惟有心香一瓣，敬祝南豐收録之於門牆，侍列函丈，執槃盂爲諸弟子長，其許之否？

　　閣下辭榮軒冕，歸卧山林，諷佛誦經，頤神養性，未識與長安諸故人猶通問訊否？身在江湖，而心乎魏闕，今日南天之一老，即往時北闕之重臣，所託以消遣者，或逍遥物外，或嘯傲寰中，必有睠懷家國，念念弗忘者。美洲聯邦之苛待華民，甚於昔日，辦理甚爲棘手。雖設領事，事權不屬，徒供其欺侮玩弄而已。且英屬澳大利亞亦將仿行身税，意存逐客。英國持盈保泰，近亦少懦矣。法攻暹羅而不問阿爾蘭，患生肘腋，憂在蕭牆，勢且岌岌。印度雖爲英之嚴疆，等諸外府，設有内亂，能不啓俄人覬覦哉？近日俄、法兩國並思增兵製艦，於軍務、商務二端均欲與英角勝，恐一旦作難，英不能支，亦當圖變計矣。且也，法思修怨，德亟防戎，釁若潛生，禍未有艾。顧歐洲有事，正中國之福，特患其不在歐洲，而群將注意於我也。①

與日本寺田望南

　　一別八九年矣！雖尺一之書未得時通，而寸心彌結，無一日不神馳於左右。前在江都，文字之飲、花月之緣，墨江、忍岡之間，常爲游屐所至，買醉黃壚，輒招閣下。迄今追憶及之，恍如昨日事，而當時每忽忽過之。昔人云："佳景一失，如追亡逋。"洵然。

　　新刻拙著又得十數種，曾托成齋、吟香轉致，未稔曾否得達？相距數千里，每難得眞消息，寄書郵多作殷洪喬故事，殊可慨歎。辛卯秋間，瑤華飛逮，臨風展覽，語重情長。小勝詞史玉照寄自遠方，珍逾拱璧，丰采煥發，益復艷麗。彼美人兮尚復念我，遙睇蓬瀛，彌增悽戀。溯自己卯至辛卯，睽違十有三年②，路紆時隔，而憶念良殷，亦可謂多情種子矣。他日相逢，乞代致珍重。承寄還《日知録》，僅有其説，信既未來，書亦不見，可稱咄咄怪事。一書之微，尚不可託，毋怪弟所寄各種屢不得達也。

　　前年弟糾貲刻書③，吟香曾有書來，謂願預十分，可以力任其事；成齋亦有成言，當時黎蒓齋星使爲之居間，孫君異隨員爲之致意，寄後杳無復音，屢行寄札往催，則言近日西學盛行，漢學將廢，來者殊少，甚難爲力。然何不將書寄還，否則與書肆以書易書，再不然痛爲決絶，此本無容一毫勉强於其間也。今請仗閣下一言重於九鼎，悉將前書返璧，以了一重公案。排雲深知此事曲折，面晤時乞詳詢之，自知餘事。未盡覼縷，此外惟萬萬爲道自重。

---

①　此下原稿有三空行。
②　據此可知此函撰於 1891 年。
③　王韜撰《弢園醵貲刻書啓》在 1889 年，則此函撰於 1891 年。

寄龔仰蘧星使

去歲旌節遥臨，襜帷暫駐，滿擬摳衣晉謁崇轅，藉抒積愫，祇以屢軀疲薾，不可以風，故乃未果。咫尺慈雲，彌增依戀。

敝門生江文燿，滬上世家，海邦望族，品端[尚]行飭。客冬曾三詣行臺，未蒙延見，想閽者未及達意歟？論其才幹，頗爲優長，足供驅策。倘隨員中尚可需人，或堪附壇坫之末，執槃盂而從事，俾效指臂之用，收折衝之效，惟求憲意栽培，不勝企望。至如韜者，碌碌無所短長，回憶英法之游，虛指計之，已二十有五年矣①。山水之歡，友朋之樂，迄今猶顯顯在目。前日所呈《漫游隨録》三卷，排日計程，登山臨水，舊跡可尋；問俗采風，前情如昨。大人一展覽間，亦可聊見一斑。老友中如哈斯佛山長理君雅各，尚康健如常；醫士錐頡、前任公使威君妥瑪、牧司丹拿，尚無恙在。其餘曾旅遊中知者，嘗不乏人。公事之暇，或可從容延詢，集思廣益，得其情狀。韜去歲所薦之顏誌慶，其人已來滬上。韜詢其曾否投書上謁，渠云書已上呈，並未進見。韜觀其人年少而性傲，似不足以當大任，蓋其才既未經磨練，其境地亦未深閲歷，或俟將來老其才而用之，其庶幾乎！

惜韜老矣，晚境頹唐，精神銷鑠，不得追隨旄仗，重游英京，聊竭涓埃，略獻芹曝，惟有時貢所知，以效愚者之一得，是則與日侍於左右者，又何殊焉！倘蒙賜以一席地，俾得附於獻替之微，不致素餐之誚，於願斯足。若此，韜生平著述或得以餘力盡授手民，皆出自大人之所賜也。他日大人秉節兼圻，韜得以老部民扶杖而觀德化，刻畫金石、編輯歌謠，垂之永久，俾浹洽於

---

① 王韜1867年底旅英，1870年春返港。

人心、流傳於遐邇，固韜之所優爲也，亦韜之所深望也。

邇日天氣晴朗，春意盎然，發榮滋長，正在斯時。伏冀順時攝衛，珍護眠餐，萬萬爲國自重。不宣。

與志仲魯觀察

去臘曾肅尺書，藉抒寸悃，郵筒寄遞，想達典籤。弟屢思作白下之游，重尋舊跡，再續前情，青豀白版之間，可有李香、葛嫩其人乎？憶昔道光丙午之秋，弟曾以應試過江，勾留匝月。其時秦淮水閣，尚稱無恙，綠波紅檻，繡幔珠簾，此中有人，呼之欲出，如任素琴、繆愛香，皆翹楚也。酒醱茗甌，流連情話，往往月斜不去。迄今思之，恍同隔世，低徊往事，蓋已四十有八年矣①。弟老矣，司空見慣，漫詡風流；杜牧重來，徒傳薄倖。斯世率皆絮蕩花浮，竊恐有心繫戀，孰有如王百穀之於馬香蘭，傳爲千古佳話哉！乞閣下爲我物色之，或庶幾其一遇乎！

弟生平著述未付剞劂者強半，今先以四種奉麈台覽。若《淞濱瑣話》，則遊戲筆墨也，所記名優艷娼，皆屬近人近事，可供喝噱，藉發詼諧。其餘妖狐紗鬼，木客山魈，無非作張騫鑿空之想，增《齊諧》志怪之書，所謂以將毋同之特筆，聊寫莫須有之實事而已。排遣雄心，消摇暮齒，賴有此耳。閣下閱之應奚也？入春倏忽已過元宵，彈指光陰，催人老邁。

舊歲探梅鄧尉，頗有佳趣；邇來春意盎然，百物爭媚，桃李芳菲，轉瞬即是，容將放櫂吳門，一窺園圃，當異於滬上之甚嚣塵上也。此外惟萬萬爲道自重。不宣。

---

① 王韜道光丙午（1846）秋至金陵鄉試，至此逾48年，則此函當撰於1893年。

與鄭陶齋觀察

陶齋仁兄觀察大人閣下：

十日不見，倍切懷思。陰雨春寒，彌深繫戀。頃奉環雲，謹悉壹是，明日當刊登報章矣。想有志時務者，必以先睹爲快也。

前時文旆遄往析津，弟曾以一緘，求以鄙臆轉達督辦杏翁：弟去歲香帥譯書事畢，研田了無所入，著述數十種，皆須繕寫清本，擇其中之尤要者，急欲付之剞劂。即如《四溟補乘》一書，日有所裒，月有所益，搜采事實，廣集見聞，幾至五百卷；香帥所譯十有二門，亦二三百卷。拙著卷帙之繁重，未有如二書者。杏翁近日之留心於時務者也，弟擬鈔呈一分，藉爲芹曝之獻。顧自鈔胥之人以至箋紙筆墨，均需阿堵，且著書尤必先養其身心，不役於外務，不擾於家累，斯能體腴神充，專力致志於是，而後學乃可成。弟老矣，炳燭餘光，爲時有限，然不敢少自暇逸，務欲成一家言，以傳於世。人生至可悲者，身死名滅，與草木同腐。弟生平無他嗜好，惟以書史自娛，雖遊戲徵逐，未嘗一日廢書不觀，故能積至等身，今之授於手民者，不過片鱗半甲耳。自粵旋吳，拜叨杏翁之嘉惠者至優且渥，雖結草銜環，難圖報稱，惟望始終玉成，位置一席地，得以讀書養性，安其餘年。寫書之外，可以餘貲略刻零星小種，其巨者當與書局謀之，惟冀書之能成，名之克成，不敢雜以牟利之見也。伏乞廣長舌代爲言之，祈有以復我。此外惟萬萬爲道自愛。不宣。

與馮明珊書

頃奉環雲，並寄來燕窩二斤，拜領之下，歡喜無量。弟之著述，糊窗覆瓿物耳，本何足存，乃蒙推獎逾分，欲預釀貲助刻之列，此何敢當！感泐五中，銘肌鏤骨。伏念弟老矣，報稱無從，彌深慚恧。生平著述四十餘種，授諸手民者不過片鱗半甲耳。前以香帥命，譯《洋務叢書》，遂乏暇晷，刻書之役遽爾中止。今歲始得重理舊業，俱當躬自校閱，繕寫真本。自思炳燭餘光，爲時有限，不得不早自料理。即使不災梨棗，亦當分儲書院及藏書公所，恐他年鼠齧蟲殘，同於草亡木卒，爲可悲耳。各種中如《四溟補乘》，日有所裒，月有所益，搜采事實，廣集見聞，幾至五百卷。香帥命譯之書，博稽旁攷，亦不下二三百卷。拙著卷帙之繁重，未有如二書者也，皆先當從事鈔胥，勒成定本，然後繡梓，庶無遺憾。以後一付剞劂，即當寄塵台覽。

去冬弟一病幾殆，猶幸藥石有靈，得邀無恙。春來腰腳尚健，然臨水登山，非復昔時興趣矣。滬上風景如常，熱鬧倍於往日，女閭成市，脂夜爲妖，愚園張墅之間，車流水，馬游龍，飈飛電邁，其去若駛，髩影衣香，絡繹如織，誠賞心之樂事，快意之勝游也，閣下何不重來此間一豁襟抱？弟當追陪游屐，作平原十日之飲。外坿呈小影一幅，較之昔年英土所寄者①，容貌老少者何如？二十六年不過一刹那間耳，想面目已非故我，彈指光陰，催人老邁，石火電光，鏡花水月，一切事皆當作如是觀。寄來玉照豐腴勝昔，敬懸之座右，昕夕晤對。細玩丰神意態，較之昔年迥爾有別，往時覺氣骨清寒，今則圓滿豐厚，後福靡涯。相隨心轉，亦逐境更，洵然。

此間天氣尚寒，惟冀爲道自重。不宣。

---

① 倫敦畫館爲王韜攝影在1868年王韜旅英時，距此26年，則此函當撰於1893年。

與聶仲芳廉訪①

仲芳大公祖大人閣下：

前日躬詣崇轅，得親懿範。幸片時之晤談，慰半載之睽違。值此東風律協，仁澤宏施，瞻南極星明，慈暉在望。□□□□□，□□□□□。閣下以衡岳之偉人，爲江南之慈父。以四十之年華，創大千之事業。蒞任四年，吏治民風，蒸蒸日上，仁聲之所布，德政之所敷，彌不衆口一詞，頌言載道。因是上邀宸眷，下恰輿情。伏讀恩綸，指任浙江按察使司，倚畀方隆，勳猷丕著。韜惟願常依愛日，永戴慈雲，黍膏棠甘，恒深繫戀。雖浙水吳波僅如衣帶，而葭蒼露白祇託箋縑。此日得叨樾蔭，優遊南浦，春光化時，移駐德旌，管領西湖風月……

［與殷芝露］②

兩奉朵雲，歡喜無量。臨風展讀，語重心長，抑何愛我之深而貺我之厚也。前後共得鸎書鷹餅十圓，較之蘇學士之換羊書、顏魯公之《乞米帖》，取之似易，然非鼎力不能至此，感甚謝甚！上巳後即擬返欋甫里，省視先人丘壟，並以領略故鄉風景。竊以爲滬上繁華，雖遠勝吳中寥闃，而吳中環郭水碧，繞郭山青，柳暗花明，別饒幽趣。田塍間菜花豆莢時有香來，偶欲出游，煙波畫舫，任其所之，茶爐酒醆，畫卷詩篇，藉供閒中消遣。若滬上，則遠水遙岑，須在百里以外。韜不知何時得以歸臥里門，購

---

① 此函似未完。聶緝槼，字仲芳，生於1855年，因知此函撰於1894年。
② 此函無標題，因見函首天頭處有"殷芝露"三字，故擬題如此。殷芝露，名之輅。

田二頃，佔地五畝，成杜陵之小築，構庾信之荒園，頤養林泉，嘯依風月，亦可終老於斯矣。吳門歸來，或將至金陵一游，輕煙淡粉，重入歡場，布襪青鞵，復尋故跡，此中有人，呼之欲出，珠簾玉桁間，無數名花，必有英絶領袖之者，斷不可孤負斯行也。

　　春光漸老，已過清明。馬齒衰殘，駒光迅速，百年一彈指頃耳。每念及此，不禁憮然。此面雖睽，此心如接。相見匪遥，歡喜何極！惟萬萬自重。不宣。①

---

① 此函後原稿接續多種書目，如《尺牘一種彙存》《花雨樓叢書》《讀畫齋叢書零本》《紀行各種》書目，以及《粵雅堂叢書三編目録》《奇晉齋叢書目録》《正續資治通鑑》《著易擬購書目》《在小箱中書》《申報館所購書》等。又有關於許香君等女性的幾則筆記。又有《張香帥所擬輯洋務叢書分十有二門》細目，《盛杏蓀觀察所擬撰懷柔圖略》類目。另有"甲午年正月作書與諸友"名單。大體情形在本書《前言》中已言及，此處皆從略。

其他散見尺牘

王韜日記所附信札

致紅蕤閣女史第一札①

舊歲秋風乍起，遽尔分襟，江邊雲樹，迥隔人天。腸一日以九迴，神惝恍而若失。溯自初見以來，即復傾心，願聯知己。不謂閨中巨眼，深鑒微忱，出示新詩，命予刪削。盥讀之下，神飛色奪，又復謬許知心，引爲同調。笑談之際，不避猜嫌。鯫生不才，何幸得此！誰料訛言蜂起，遂作離群之鳥耶！自別以後，及至於今，此心耿耿，終弗能忘。午夜夢醒，淚痕常濕枕角，酒闌燈灺，愴然於懷。平生志願，多不能遂，情重緣慳，何以教我！

---

① 此函見臺灣中研院史語所傅斯年圖書館藏《蘅華館雜錄》第一冊，原標題爲"甲寅（1854）剛午後六日致紅蕤第一札"，此處標題爲編者所改，以其撰寫時間非一日，且未見此後有"第二札"之稱也。紅蕤閣女史，即孫韻卿，乃鹿城（今江蘇昆山）鄉紳孫正齋啓棨（又號笠舫）之女。王韜與孫笠舫乃忘年交。孫韻卿通書史，工詩詞，富才情，甲寅（1854）夏曾與王韜"有囓臂之盟，願居媵妾列"。

想吾賢妹，襁褓失恃，備歷艱辛，庶母寵媵，多所謠諑，家庭之間，有難以自處者。今茲僻居鄉曲，絕無伴侶，花晨月夕，誰與爲歡？嗟芳事之已非，恨流光之甚速，有不自歎寂寞乎！猶幸吾賢妹，風雅性成，刺繡之餘，留心吟詠，研朱弄墨，聊以遣懷。名花剛謝，燕子初來；幽恨方深，離愁轉結。乃復伸紙命筆，寄書遠道，有"回首申江，常形夢寐"之語，深情如許，愛我良多矣！中旬返櫂，得覯玉容，深慰渴思，實諧素願。蒙綺懷之眷注，感雅意之殷拳，爰投詩句，更極清新。知賢妹力研典籍，志切縹緗，不慚咏絮名流，洵是掃眉才子。

承惠金錢一枚、椒球一顆，敬藏篋笥，不敢示人。況球自常圓，適符佳讖；椒香不歇，歷久彌芳。球以瓜子五十九粒結成，不啻同心之結。賢妹慧心妙想，於此可見。是以敬贈佩玉一方，略獻葵忱。玉質溫潤堅貞，不改素節，竊以比賢妹之德。懸諸下體，如見予面。是雖小物，手澤存焉。聚首未幾，又復相離。暫爲數日之留，彌虞三秋之想。是有夙因，諒非虛語。

十有八日，予即束裝就道，弭櫂吳門。雖風景依然，而市廛冷落。昔日繁華，不堪重憶矣。囑購牙嘴，長逾徑尺，未免不適於用，然自謂晨夕相伴，呼吸可通。外附宮粉一盝、澡豆五籨，足供賢妹香奩之用。湘管六枝、吟箋百幅，藉以驅使煙雲，咳吐珠玉。潤澤香膏，堪以沐首；團圞明鏡，可以畫眉。敬以貽奉，毋或見却。

予與賢妹，雖聚首無常，而結契有素，自在無言之表。雲母窗前，小名曾記；棗花簾下，舊約未刪。既作合於異地，復相見於故鄉，此其中不可謂非緣也。然予之褊心更有進焉者，願以質諸賢妹。從來佳人才士，曠古難并；絕代名媛，多嗟不偶。近如少芬、慧英，略嫺翰墨，擘箋題句，競相唱和，吾里中傳爲美談。而慧英之婿，僅識之無，不免有彩鳳隨鴉之恨。少芬之倩，不能成文，又復早殤。至吾賢妹，才思綺麗，抽祕騁妍，偶一落筆，便是斐然。而生小解愁，詩多感慨，其中不無難言之隱。予非敢放言，亦因賢妹之才，爲賢妹惜之耳。即如吾兩人者，雖爲交淺情深，無奈離多會少，天故限之，詎非恨事！予居甫里，妹住鹿城，盈盈一水，無由覿面。況予作客海上，一懸帆影，便爾天涯。今玆一別，相見不知何時。言念及此，雖生猶死，豈特江文通所云黯然魂銷哉？是以予欲購田百畝，鄰賢妹所居之地，賃茅廬三椽，釀秫酒數斛，以供嘯傲。庶幾他年歸耕隴畝，猶得與賢妹相往還。悠悠此心，未知能踐約否？倘如此願不遂，則賢妹或可來舍，如姻婭相通，亦無不可。苟兩人之心自堅，則三生之約可訂，是否總在賢妹耳。予於三載之後，定欲旋歸，不復作出山之想矣。敬以奉告，願毋相忘。請以斯言，即爲息壤。現在熟梅天氣，驟暖驟寒，玉體千萬珍重。臨箋涕泣，不知所云。

五月二十三日在吳門汪舍鬥酒賞雨，爰於燈下爛醉，作此未竟。翌日在舟中，既夜，秉燭獨飲，忽憶及吾妹，悄對銀釭，淒然不寐，念此況味，不覺魂銷。因抽筆補成之，共計九百六十字。有心人見之，不知是淚是血也。

不與閨人鬥畫眉，謝家書格筆雙枝。蠶眠細字挑燈寫，定有簪花絕妙詞。

廿幅蠻箋分外明，迷離五色筆花生。新詩倘有應須寄，不要題詩寄不成。

棗花簾外雨如絲，苦憶妝臺臨鏡時。別後容光銷瘦甚，想應不慣畫雙眉。

團圞小鏡製偏工，百樣蛾眉畫不同。惟願此身相倚傍，一生常在鏡鸞中。

學寫《黃庭》悄掩門，然脂弄筆度晨昏。借得王勃三升墨，灑上蠻箋似淚痕。

致紅蕤閣女史札①

　　四月十有六日，弭櫂鹿城，小憩茗寮。忽見蕙亭于于而來，留之坐不肯。頃之，持手翰至。臨風展讀，情傷意慘，淚痕浪浪，下墮襟袖，何我兩人情之深而緣之薄耶？前日下榻高齋，僅能獲覯芳姿，不得一親薌澤。慈母在前，悍姬在後，無從看月私盟，背燈密誓，抑鬱無聊，憂愁孰語。相思百里，空懸海上之帆；不見經年，莫訴心中之怨。

　　書中云，志在一死，以報知己，此大不可。吾兩人情長意重，相契實深，不在形跡而在文字也。妹聯杜氏之姻，乃在夙昔；予矢花前之約，乃在今秋。即登香車而遠適，要非棄鈿盒而負盟也。且身在而事尚可圖，身死而情難復遂。妹有死之心，則予無生之望。請隨地下，永結同心；敢在人間，猶偷餘息。維願我妹，稍解愁懷，自有良策。但求志固如金，自必事圓於月。況予與賢妹，年齡相若，初非少長之懸殊；門第相同，初非貴賤之迥別。妹居生邨，予住甫里，初非雲樹千重，烟波萬疊。桃花人面，定容崔護重尋；楊柳樓臺，已許阮劉再宿。設使此願難諧，飛來沙吒；前盟難棄，竟適杜郎。則侯門雖入，終非海樣深沉；而驛使可通，豈慮信音迢遞。或間關無阻，得聽卓女之琴；草舸可登，竟上范蠡之艇。則青山偕隱，白首同歸，避人逃世，匿彩韜光，豈無不可！將見蘆簾紙閣，惟對孟光；鬥酒聯詩，乃有道韞。苟懷此心，定償所願，請以

---

① 見《蘅華館雜錄》第一冊，臺灣中研院史語所傅斯年圖書館藏稿本，日記稿中此函附於上一函之後，題"附致紅蕤閣女史札"。上一函王韜與紅蕤訂"三生之約"，謂"予於三載之後，定欲旋歸"，此函謂"予矢花前之約，乃在今秋"，則此函當撰於咸豐七年（1857）。

斯言，以爲他日佳券也。

致汪月舫①

久雨不止，街衢泥濘，阮孚之屐，齒爲盡折。小价從城中來，飛到朵雲，迴環雒誦，不覺距踴三百。玉趾苟降茅廬，則金錢必盈敝篋，得季子一諾，可無憂矣。從此沽酒有錢，山荆頭上之釵，可以無庸再拔。是以昨夜燈花報喜，室人青芬，謹合掌朗聲念阿彌陀佛。燈下塗鴉，寄此以作文斾先聲。

致泰對札②

春寒多雨，花事闌珊，三月韶光，匆匆過半。兀坐小窗，焚香習靜，正不欲負此好春也。屢欲奉訪，以雨師敗興而止。昨日威君來舍，談及近從蛟川購得《二十四史》，中多脫簡，思欲讎校，而苦無別册可觀。因思閣下家素藏此書，可否借來一校，俾成全璧，想荆州亦易借，不必一瓻之饋也。

致孫道南札③

晨詣史君寓齋，知閣下已移榻公署矣。潘氏山石給價一事，乞廣長舌爲我說之。秋雨蕭疏，漸有涼意；宵來燈火，差覺可

---

① 此札撰於咸豐五年乙卯（1855）4月27日（農曆三月十二日），見《蘅華館雜錄》第六册，題目爲整理者所擬。
② 此札撰於咸豐五年乙卯（1855）5月1日（農曆三月十六日），見《蘅華館雜錄》第六册，題目爲整理者所擬。郁泰對（1799—1866），名松年，字萬枝，號泰峰。
③ 此札撰於咸豐五年乙卯（1855）8月21日（農曆七月九日），原附於《蘅華館日記》，原稿已毀於火，此據《新聲》雜誌1921年第1—3期所載《天南遁叟日記》整理。

親。時於此間，得少佳趣。世間焚香静坐之樂，勝於馳逐在外者百倍，不敢獨享，用告閣下。一笑。

覆吳老札[①]

僕與君游，七年於兹矣。曩者居同室，作杞菊比鄰；出與偕，爲詩酒逸侣。嗣後風流雲散，蹤跡闊絶，以萋菲之譖，遂來餘耳之嫌，交情中替，藥石成仇，良可嘆也。惟君之報復，亦太甚矣！控僕於英署者二，窘僕於道途者一，僕法顔子犯而不校之意，置之不問。非有所畏而不敢也，以君老矣，僕又非鬱鬱久居此者，人生百年，等歸於盡，如水花泡影，露電塵夢，千古英豪，同作一丘之貉，又何苦與人争此閒氣。僕負不羈才，非終身丐食海濱者，今日之栖栖不已，徒以有老母在耳。行將買半頃之田於淞水之側，爲歸耕計。故鄉可樂，蔬食亦甘，未始非吾人之退步也。如君者，滬瀆羈棲，有王仲宣之感慨；鄉關迢遞，有庾子山之悲哀。苟一念及，能勿傷心？又何苦與人争雄競勝哉！

僕比來栖心静謐，留意詞章，暇惟偕二三友人，啜茗東園，作盧仝、陸羽之飲，以漱滌塵襟。斷斷然與人角口舌，非雅人所爲，僕不屑也。君如得暇，可在荷廳作茗戰。若欲揮老拳，則敢謝不敏，惟有走避而已。君家所寄儲箱篋，遣价來取，無不立與。僕所居在廉讓之間，嚴一介不取之義，所負阿堵物，亦當漸次清償，僕豈九成臺上逃債者耶？詩逋酒券，乃爲韻事，此種錢物，斷弗久假不歸，使藉口者罵我王戎爲齷齪也。

更有啓者：君揚言於外，云將上控道憲，俾僕授首北城。此

---

① 此札撰於咸豐五年乙卯（1855）10月9日（農曆八月二十九日），亦據《新聲》雜誌1921年第1—3期所載《天南遯叟日記》整理。

甚無妨,吾戴吾頭,刀鋸斧鉞,僕請受之。僕頸固甚癢,嘗攬鏡自照,笑謂"好頭顱,誰斫我",不意乃得君利斧以劈之也。噫!國家鋤奸誅暴,自有常刑,非爲小民快其私忿也。君姑已矣,無擾我慮。西風已起,珍重裝棉,飲食起居,尤宜自玉。處心積慮,徒自損壽,戒之慎之!

寄江韻樓①

解纜之夕,風雨黯然,獨坐挑燈,已有別離況味,想閣下與壬叔蓬窗相對,反不寂寞也。研香處一項,竟成畫餅,恂如飛尊札去催,僅得百錢。弟知渠食言而肥,有王戎阿堵之癖,慳吝不與,是其本色。閣下以此佳畫付於鄉里小兒之手,竊爲不取。棣香以銅臭之故,求詩求畫,尚且吝之,然以彼較此,其得失爲何如耶!旅齋近況如何,想乞筆墨者户外屨滿。何時返櫂滬城,復與持螯賞菊也。

致陶星垣②

舊雨久闊,故人不來,酒醆茶甌,無可與談,殊爲悢悢。前索片芥,久不賜我,寄語彭澤先生,白衣童子,久候東籬,延頸爲勞矣!

---

① 見王韜咸豐五年九月二十九日日記,據田曉春《王韜日記新編》,上海古籍出版社 2020 年版。
② 見王韜咸豐五年十月二十七日日記,札前有曰:"予乞片芥於星垣,久未蒙賜,作札催之。"據田曉春《王韜日記新編》,上海古籍出版社 2020 年版。

致龔孝拱[①]

霪霖浹月，閉門愁坐，絕不知武林之陷沒也。得復書，如迅霆震聰。嘻！果如此，則越人悲而吳人亦將泣也。書生無謀，不能爲國殺賊，局促一隅，投筆三歎。夫官軍始奮而終却，陽光乍睹而旋匿，天心人事，俱可知矣！矧千年古刹，盡付劫灰，碎首糜骨，不足蔽辜。此間居民，紛駭遷避，不知其然，或以爲西人修怨，或以爲兵警日迫，訛識浪傳，徒亂人意耳。以鄙人所聞，攻守相持，尚可無患，且近幸得捷，頓挫兇鋒，此雖矜耀之詞，要可稍舒執事之焦惶也。敢以爲告，願勿過憂。

附孝拱覆云：

杭城實於廿七大早失陷。聞官兵雲集，皆袖手不戰，賊梯城而入耳。弟雖早知今日，而亦不能在鄉展一籌，亦復奚言！此間民心思亂，借外國拉人爲詞，恐亦未能免禍，如何？夜來狗噪徹旦，此最不祥也。即復不莊。

致西儒湛君[②]

韜弇鄙小材，羈棲下旅。王粲之托荆州，已嗟得所；敬仲之

[①] 見王韜咸豐十年三月初二日日記，據田曉春《王韜日記新編》，上海古籍出版社2020年版。
[②] 此札見錄於同治癸亥（1863）十月日記，見《蘅花館日記》後所附《悔餘隨筆》，上海圖書館藏稿本。西儒湛君，即英國傳教士湛約翰（John Chalmers, 1825—1899），湛氏于1852年6月28日至香港主持倫敦會香港分會及英華書院事務，1859年赴廣州設立會堂，在廣州居十年有餘，1897年返回香港。著有《英粵字典》《康熙字典撮要》《中華源流》等，譯有《道德經》《聖經》等。此函亦見收於《弢園尺牘》卷六，題《寄穗園寓公》，內容較此篇爲詳，可以參閱。

奔他國，能勿傷懷。屢欲一游省垣，以擴眼界，重訴心期，緬吳漢之舊疆，覽尉佗之遺跡。講學則仲衍、甘泉其人也，談詩則梁、屈、陳三家，固嶺南之大宗也。經白沙之村，而想其高風；讀《赤雅》之編，而悲其身世之與我同也。及游羊城，一無所遇，靈氣不鍾，流風邈絕，豈翁山、海雪輩求諸今日而已難耶！

致胡芸臺觀察①

寄跡滬江，杜門罕出，藏修之暇，略事游覽。有牽率至酒地花天者，聊一問津，即迷向往。惟廣寒仙子畫舫中，雪泥鴻爪，暫作勾留，近亦疏懶矣！端居無俚，從事著述，寄情煙墨，肆志縹緗，曾以木質活字板排印書籍五種，重訂《普法戰紀》十冊，妄冀其不脛而走海内。所撰有《四溟補乘》一書，即《瀛環志略》之後史、《海國圖誌》之續編也。網羅泰西之近聞，採取歐洲之實事，四十年來耳目所及，靡不大小咸登，精粗畢貫。凡欲深知洋務者，一展卷間，即可瞭如指掌，此韜生平精力所萃，或謂爲投時之利器、談今之要帙，雖謝不敏，或庶幾焉。久欲付之手民，出以問世，俾世知徐松龕中丞、魏默深司馬之外，復有識塗之老馬，以剞劂之費無從出，故爾中止。方今印書牟利者紛然，苟有大力者肯爲醵貲合印，決不虞其折閱，名利兼收，操券可卜，閣下豈無意於此哉？前日虞君漁坪持朱提二十笏見惠，云出自盛賜，匪恒寵貺，拜領爲慚。桃李瓊琚，愧無以報。兹先奉上《普法戰紀》《弢園文錄外編》兩種，敬塵清覽，伏乞留置案

---

① 此函見國圖藏《弢園日記》光緒十二年十二月十八日（公曆1887年1月11日）。光緒十二年八月一日日記曰："與胡芸臺觀察信，并擬饋以《普法戰紀》《弢園文錄外編》。胡公館在拋球場雲南礦務局。"可參看。

頭，加以筆削，不勝榮幸。

吾家蘭花一枝，堪紉爲佩。生非空谷，來自甬江。猶憶其始至也，二愛仙人與淞北玉觥生實爲提唱，可知明珠美玉，光氣難藏，瓊樹瑤花，寶芬外溢，鑒賞之自有真，因緣之有前定。佛語仙心，互相印證。大造無私，藉娛賢者；名花有主，必待東君。惟王者之香，能入善人之室，韜輒爲之羨極而生妒也。惟願十萬金鈴始終愛護之，將來如香君之許朝宗，小宛之歸辟疆，月上之隨樊樹，曼殊之侍西河，俾海陬傳爲嘉話，不亦可歟？

韜雖爲格致書院山長，承乏其間，實則了無一事，終日伏案詠吟，聊自消遣。讀書西塾者，得肄業子弟二十餘人，明春尚擬擴充。西國之學，必先以語言文字始，近今日盛一日，上好之而下從之，感應之機，捷於桴鼓。

入冬暄暖，節候殊乖，伏冀慎護眠餐，萬萬爲國自重。

上鎮浙將軍長善書①

震鑠隆名二十餘年矣，即挹清徽、親懿范，亦已六七年於茲，而從未通一書於左右，非懶也，懼瀆也。

前者將軍自粵旋京師，得見於滬上，追陪文酒之讌，同領園林之趣，一別三年，慈雲在望。旋聞特簡鎮浙將軍之命，喜節鉞

---

① 見國家圖書館藏《弢園日記》第二冊《東游日記》，題名代擬。長善，字樂初。《申報》光緒十四年戊子五月初五日（1888年6月14日）刊載《津沽雜錄》："新簡鎮浙將軍長軍憲善持節出都，於上月廿四日過津，當於廿五夜乘海晏輪船赴申入浙履任。"《申報》光緒十四年戊子十二月二十三日（1889年1月24日）刊登《將星遽隕》："浙江將軍長樂初軍憲，龍馬精神，異常矍鑠，本月十八日未刻忽患痰逆，竟致騎箕。"光緒十四年五月，長善出任浙江將軍，同年十二月十八日（公曆1889年1月19日）卒於杭州，此札當撰於光緒十四年戊子（1888）十一月二十日王韜抵淮安清江浦之後。

之遥臨，幸襜帷之暫駐，又得從容侍杖履、陪游讌，獲聆訓言，是有因緣，要非浮寄。韜前年曾作西湖之游，攬勝探幽，頗悅襟抱，惜爲東道主者雖有人而以官事羈身，未能暢所經歷，兼以行貨將罄，匆邊而歸。猶記許星臺方伯欲偕韜泛櫂游湖，作竟日談，并借此尋詩，以聯唱和之歡，韜翼日即行，託言逃詩債，其實長吉錦囊尚存千首而嗣宗貧橐不名一錢。自將軍爲西湖主，管領風月，韜來當不寂莫，不禁額手交慶。適欲束裝，而得山左張中丞書，屢促登程，九月朔日，摒擋就道，先至芝罘，觀秦始皇石碑，相傳祖龍訪求徐福入海處，至今繫纜石尚存。韜嘗登小蓬萊閣，遥望海天，煙波縹緲，令人頓興身世之感。自此遵海，由陸而行千二百里，乃抵濟南境，朗帥已遣官遠迓於三十里，輿馬備於十五里外，使命絡繹於道，好賢下士，可謂誠矣！

余與朗帥，並無一面之雅，徒以謬采虛聲，遠加徵辟。上謁後，恨相見晚，延入署中，數預讌集，待以上賓之禮，謂斷不敢以幕府相屈。凡居濟一月有半，登千佛山，陟歷下亭，泛舟大明湖，觀趵突泉，附郭名勝之區，游展皆至焉。節署爲明季德藩故宫，頗有泉石樹木之勝，亭榭紆迴，樓臺高下，亦自可取，其餘風景無足言。一路所見，黃土築墻，白茅蓋屋，蘆簾紙閣，土炕瓦甖，荒陋之象，不足以供一笑。九日回轅，道經泰山之麓，重霧溟濛，勢將作雨，山容爲之不開，惆悵久之，驅車竟過，豈以韜爲塵俗中人，故山靈羞見我面耶？行十有一日，始抵袁浦，計程亦千二百里而遥。前則由南而北，兹則自北而南，三閱月行五千里，亦足豪矣！

韜明歲犬馬之齒六十有二①，生平著述三十餘種，意欲細加

---

① 由此可知此函撰於光緒十四年（1888）。

校勘，繕寫清本，付之手民，俾得以空言傳之後世，不至於草亡木卒，斯願足矣！能成之者，其在閣下。拙著已災梨棗者僅三之一，幸不爲海內所訾議。春間擬來西湖，上謁崇階，藉覩懿範，恭聆訓言，將藉閣下鼎力，遍謁當道名流，以此爲羔雁之投，冀或薄有所得，即作剞劂之資。順風而呼，聲當加捷。枯木折株，得大雅爲之先容，或不至視作棄材。此舉是否可行，當不至揮之於門外也。佇望回翰，以定行止，然西湖之游，行已決矣。至西湖略得游賞，將重游扶桑。黎蒓齋星使屢次折簡來招①，愿作東道主，似不可負其雅意也。

上張朗齋帥書②

拜別後，翌日即行，驅車就道，總有惘惘別離之色，從此瞻仰慈雲，益深依戀。十一月十四日詣青駝寺，李三尹小占來見，則爲是處巡檢者也，以老秀才出登仕版，能詩文，居青駝寺十有八年，是賢而隱於下位者也，云爲大人所賞識，力爲保舉，一片憐才之念，無微不至，於此嘆卑官末吏中何嘗無才，惟無留心物色如大人者耳！十五日夕，宿於沂州南關外，舉頭望月，頗有離鄉之思。幼亦司馬、翰飛茂才同吟杜陵"香霧雲鬟""清輝玉臂"之句，旅舍中聯吟覓句，頗不寂寞。歌頌大人之功德，三人皆同此心。幼亦司馬，豪氣風生，逸情雲上，出《禦夷》觀之，其所言若有與韜暗合者，深嘆其用心之精，真有心於時事者也。閣下延攬人才，網羅賢士，隱顯大小，罔或見遺，推其休休有容之

---

① 黎庶昌，號蒓齋，光緒七年（1881）被派任駐日本國大臣。三年後，丁母憂回國。光緒十三年服闋，再度派駐日本。光緒十六年，任滿歸國。
② 此札題名代擬，時爲光緒十四年戊子（1888）十一月二十一日，該日日記有"致朗帥書一函"的記載。

度，即他日居宰相之列，佐天子以治天下，何以易此！中興名臣中，非以閣下爲巨擘哉？一代偉人，千秋名世，非韜一人之私言也。

韜老矣！齒髮已衰，精神日疲，惟此晚歲，獲遇明公，一切非恃妄干，惟心有所私，不敢不告：歸家後，將生平著述三十餘種盡行繕寫，付之手民，藉傳空言於後世，能成此志，惟閣下而已。護送差官錢曉堂①，人甚樸誠可靠。

月當頭夕，人生所難得者，因久坐待之。三人抵掌劇談，咸盛稱大人愛士求賢之雅意，感恩知己，銘鏤同心。惟惜此行，未得蠟屐一登泰岱，以瞻其巖巖氣象，恐不免爲山靈所騰笑。韜獨謂此行得見一代偉人，千秋名世，復何所憾！蓋如大人者，即當今之泰岱也，得一已足矣！幼亦司馬……所議若與韜暗合者，觀其所擬《禦夷制勝策》，洸瀁萬餘言，竊嘆其用意之精，真有心於時事者也。此才當入閣下夾袋中矣……

致王心如書②

弟自今年春夏以來，無日不在病中，杜門養疴，習靜怡神，久不聞户外事，日惟以茗碗藥鑪爲消遣。邇來抱病刻書，恐一旦先犬馬填溝壑，一生著述，隨化煙雲而消滅，爲可惜也。

老懶衰殘，方以知希爲貴，乃不謂香帥謬采虛聲，遠煩徵

---

① 稿本"錢曉堂"旁注"萬順"。
② 見國家圖書館藏《弢園日記》第二册《東游日記》，題名代擬。王韜致盛宣懷札有云："九月初旬，兩粵制軍張香帥從粵東兩次電報到滬，擬延韜翻譯新得西書，謂赴粵面行商訂後即可攜回滬上，韜以病不能往，婉詞謝之。今月下旬又發極長電報來，約二百餘字……"據《盛宣懷年譜長編》第316頁：光緒十五年"11月15日（十月二十三日），張之洞赴鄂督任途經上海，致電盛宣懷：'閣下能來滬面商鐵事，甚好……'"函中謂"香帥節麾赴鄂，當必取道申江"，據此可推知王韜此函寫於光緒十五年十月張氏到滬前。

辟，承命翻譯西書，此固平生之所好。惟是久病不瘥，文字因緣，早經屏棄，鼠鬚側理，視作畏途，安東之招，敬謝不敏。抑弟有請者：香帥節麾赴鄂，當必取道申江，屢覯稍健，或可執贄往謁。若非粵中書局中書，隨地可譯，或以譯本，或以原書，授弟刪述，自能報命，又何必跋涉長途，再勞往返。曩者豐順丁中丞命弟改削《地球圖說》，亦於牖下閒居，執鉛槧以從事。蓋在家則心志不紛，出外則酬應必廣也。如能以此意婉達之香帥之前，感荷靡量。特復電音，可否以公務爲請！

呈黎蒓齋星使書①

蒓齋星使：

　　中秋月圓以後，韜即作山左之行，先至芝罘，聊豁襟抱，小住盛觀察衙齋者浹旬。取道於陸，遵海而北，途中所見，土墻茅屋，童山伏流，荒陋之象，徒增歎息。計程千三百里，閱時十有一日，始抵濟境，朗齋中丞已差官迎於三十里外。濟南風景無足言，惟朗齋中丞愛才下士，好客禮賢，誠爲曠代之所無。撫署爲明季德藩故宮，頗有泉石樹木之勝，閒居散步，聊以自娛。玩月亭前，觀魚湖畔，殊饒生趣，輒寄遐思。

　　忽奉朵雲，歡喜無量。臨風雒誦，感佩彌襟。大著《芋仙先生墓誌》，文既高妙，字亦挺秀。淵明壙中之自傳，代作於生前；子瞻海外之傳聞，彌傷乎死後。既爲創格，益篆深情。無愧郭有道之碑，更增范巨卿之淚。韜每讀一過，輒爲涕墮垂膺也。香海歸來，良朋凋謝，睇言曩昔，益愴余懷。此來山左，本不作久

---

① 此札見國家圖書館藏《弢園日記》第二冊《東游日記》，題名代擬。此札前日記記有"九月二十二日。進撫署，上謁中丞"及"西風初屬"諸語，則此札當作於光緒十四年戊子（1888）九、十月間。

計，邇日天氣漸寒，急欲早著歸鞭，乃承朗齋中丞殷勤款留，謂待其武闈事畢，尚欲作劉伶之痛飲，爲康駢之劇談。一夕之話，足抵十年；平原之淹，須盈十日。大抵言旋里門，當在東閣梅花開後矣！

韜昔東游之歲，在光緒己卯五年，明歲又值己丑，屈指幹甲一周，而韜年亦已六十有二矣①。頑軀尚健，頗興重游之思。此願若遂，當與閣下相見於墨江之上、忍岡之前，握管哦詩，銜杯話舊，爾時楊柳正碧，櫻花初紅，睹景物之移情，覺風懷之善感，定教一二小蠻當筵進酒，歌宛轉而舞婆娑也。異方之樂，亦殊足以消憂破寂耳！

拙著未刻者尚有二十餘種，糊窗覆瓿之物，何足重輕，乃承雅意，欲惠以剞劂之貲，感何可言！一俟山左回來，當先以韜木字活版排印二三種，上塵清覽。《甕牖餘談》八卷，《申報》館印者殊無足觀，近已重訂，卷帙較贏於舊，亦待付之手民。回至滬上，當盡搜印本，附遞郵筒，閣下覽觀之後，勿付之一笑焉可也。

齊煙九點，東日一輪，相望渺然，彌殷渴想。西風初厲，水國寒深，伏冀慎護眠餐，萬萬爲道自重。不宣。

致伍秩庸書②

秩庸三兄：

春間文斾道出滬瀆，襜帷暫住，得以傾蓋言歡，銜杯話舊。

---

① 亦證此札撰於光緒十四年戊子（1888）初冬。張志春《王韜年譜》將王韜山左之行繫于1889年，誤。
② 此札見國家圖書館藏《弢園日記》第二冊《東游日記》，題名代擬。據函中所述山左行程及"寒氣已深，北風其厲"諸語，此札當作於光緒十四年戊子（1888）初冬。

剪西窗之燭，開北海之樽，觀南部之煙花，聽東山之絲竹，亦足以紀勝概、見豪情矣！別來倏已半載，何歲月之逼人如是其速也！前奉朵雲，歡喜無量。覺翰墨之多情，十行遠訊；喜樹雲之在望，千里相思。爾時匆匆捉管，裁答數言，托之郵傳，亮塵荃覽。滬中近況，當所欲聞。碧月依然，素雲無恙，寄聲問候，心近地遠。藹堂諸君，仍如疇昔。

弟於九月朔日往游山左，先至芝罘，此固徐福求神仙入海處也，始皇繫纜石尚存。黃君子元款余於西人寓舍，其地瀕水，花木蕭疏，頗饒秋意，有兩西媛彈風琴，唱西謳，泠泠然殊有海山雲水之思。小住盛觀察衙齋者浹旬。取道陸行，遵海而北，途中所見，黃土築牆，白茅蓋屋，荒陋之象，不堪入目。濟南風景，百不足言，惟大明湖清，歷下亭古，差有意致。朗帥意度豁達，愛才之殷，待士之厚，誠爲曠古之所無。初擬上溯析木之津，并欲仰窺宸垣，識其閎遠規模，氣象當異尋常。覽皇居之壯麗，觀魏闕之崇隆，儒生至此，氣爲之壯。且於天有景星慶雲，於地有黃河泰岱，於人有皋夔稷契，合肥爵相，爲當今一代偉人，不可不見，以極生平快事，更與閣下吟官閣之梅花，把京江之酒盞，庾樓雅興，當復不淺。惟以天氣漸寒，河冰將合，竟未果也。斯願之償，待諸異日。此來山左，本不作久計，木芙蓉放後，即欲早著歸鞭。承朗帥殷勤款留，謂武闈事畢，尚欲煮酒論心，一罄襟抱，然則言旋滬上，當在雪花飛舞時矣！

鐵路創行，近地見聞者，未識輿論以爲何如？至於利弊所在，當以泰西爲鑒，無俟贅言。彼行之而有利，此乃謂行之而有弊，是非無泰西之法而無泰西行法之人也。竊以爲創始者難爲功，繼起者易爲力，數十年之後，風氣一開，頓然丕變，此時當無俟上之激勸耳。

寒氣已深，北風其厲，伏冀珍重！

致沈葆之大令書①

韜以鄉曲廢材，海陬棄物，薄植孤根，久無意於爲世用矣，乃猥蒙中丞所賞拔，羅而致之幕府，一日應聘，即終身委贄，況乎感恩知己，如此其深且至哉！古者幕府徵辟之加，情誼最重，雖分爲賓主，實義等君臣，在幕中無殊於居門下，雖經數世，猶執此禮，後世風義日薄，不復講此，然志士仁人於此猶三致意焉。韜於晚歲，獲遇中丞，感激馳驅，豈敢暇逸。自來濟南，一月有半，親見夫中丞竭力從公，盡心爲國，夙興夜寐，晷刻弗遑，一片丹誠，直可上格蒼昊而下對黔黎，又復愛才下士，好客禮賢，誠爲曠代之所無，迄今所未有。

濟南風景無足言，所幸者，於天有景星慶雲，於地有黃河泰岱，於人有皋夔稷契，而韜得親炙中丞訓言，出其幕下，誠生平一快事也。非不欲久留，以備垂問，無如韜之所言者，俱爲中丞所已知，孰利孰弊，久已了了於胸中，物來畢照，垣洞一方，又何俟衛賜之多辭、豐干之饒舌哉！雖然，一知半解固無裨於高深，而撮壤亦足崇山，涓流亦足以益海，其惟偵探洋務一門乎？洋務當以上海爲樞紐，見聞較近，或有時中外交涉之端，亦必旁及他事。韜則知無不言，言無不盡，所以待中丞者，以誠字爲先，而其次曰不欺，苟有驅策，惟力是視，上欲以圖報中丞，下即以自見夫所學，寸心耿耿，永久弗諼。以後韜雖言旋淞北，然地遠情親，路殊心浹，他日中丞移旌吳會，

---

① 此札見國家圖書館藏《弢園日記》第二冊《東游日記》，題名代擬。據函中所述"自來濟南，一月有半"及光緒戊子十一月朔日日記所記"作書致沈葆之大令"諸語，則此函當作於光緒十四年戊子（1888）十一月初一。

节制两江，韬当负弩先驱，敬迓节旄於江上也。武闱事至此已毕，韬拟於初六、七、八三日内束装就道，若使再迟，则朔风凛冽，雨雪载塗，行旅所弗堪也，况以韬孱躯多病之身哉！且残冬逼岁，宵小必多，胠箧伎俩，不可不虑。至於卒岁之需，亦必俟韬归为摒擋，区区私衷，如是而已，即祈代为述之，敬聆德音，服之无斁。

寒气已深，北风其厉，伏冀慎护眠餐，万万为道自重。不宣。

上吴清卿河帅书[1]

震铄隆名，廿年於兹。少同里闬，及长而南北，僻左末由，而隐显途殊，云泥分隔，不能自通於左右，修士见礼。韬自束髮受书，即喜为有用之学。乙巳年十有八，受知於张文毅公，以第一入邑庠，许以文有奇气。甫弱冠，先君子见背，饥驱四方，即弃帖括而弗事。庚辛之间，运丁阳九，江浙沦陷，妄欲投笔从戎，磨盾飞檄，以杀贼自效。横被口语，避谗旅粤，閟跡炎荒，如逃世外。中间作泰西汗漫之游，纵横四万里，经历十数国，居夷三年而五经译其四，吾道西行，其庶几乎！海外归来，益深悲愤，不得已，以所见托之空言。生平著述三十馀种，已付剞劂者仅十馀种。经学四书外，卷帙最繁者为《四溟补乘》，泰西四十年来近事悉载焉，或可少裨於洋务，无力镌板，尚秘箧衍，而韬亦垂垂老矣，今年犬马之齿六十有一[2]，返櫂天南，结庐淞北，伏处蓬藋中，读书自娱。本不欲出与世接，乃承张大中丞爱士情

---

[1] 日记作《致吴清帅书》。此函当撰於光绪十四年（1888）十一月七日，将离济南回沪时。
[2] 此可证《上吴清卿河帅书》撰於光绪十四年（1888）。

殷，好賢念切，招游泰岱明湖，極一世之大觀，故以季秋，遂來山左。今將返滬上，忽得蔣蔣山大令書，備陳圖説，外附條陳。鄙性樗昧，因念閣下玉檢金泥，夙有秘授，曩在里門，夙聞閣下文章豪氣，才幹逸情雲上；經濟瞻仰，慶雲如在天上。無事不能自通於左右，孤詣苦心，不欲其湮没，故作芹曝之獻語云。閉門造軌，出而合轍，此爲巧匠言之也。亦有見之於言則但可聽，施之於事室而難行。如以船底鐵齒行疏沙之法，終不能行，徒貽笑柄。儒生每有一知半解，輒妄論時事，則出而試之於一官一邑，則不可行，然其所措施，不如人遠甚，故非以一身親歷其境不知也。識途老馬，倒綳嬰孩。

王瀚呈吴煦禀[①]

一[②]

平望鎮賊約四萬餘，其中裹脅者居十之六七。丹、常、無錫、蘇州之民，逃生無路，勉强跟從，且經流離之後，困頓脆弱，皆不堪用，賊惟令其背包擔物，戰時助威而已。駐紮賊目珮天燕蕭三發、臨天燕雷元興，皆廣東人，年僅三十餘歲，係長髮積賊，勇悍善戰，屬嘉興陳賊所統。有何信義者，自嘉興塘率賊數百至平望，云爲陳賊所遣，本系大營兵目，四月間投賊，頗識

---

① 所録爲王韜1860年7至9月間上吴煦禀，原件藏南京太平天國歷史博物館。此據太平天國歷史博物館編《吴煦檔案選編》第一輯録入，江蘇人民出版社1983年版。吴煦（1809—1872），字曉帆，號春池，晚號荔影，别號秦望山民或秦望山樵，浙江錢塘人。1860年，吴煦以欽命鹽運使署蘇松太道，又署江蘇布政使，協助江蘇巡撫薛焕鎮壓太平軍。

② 此禀《吴煦檔案選編》第一輯題爲"1860年7月上書吴煦略論賊情"。

我軍情事，其謂蘇州之降，由無主將故至此，非出得已。手中有致蕭賊移文，中言平望房屋，必得相度形勢，將礙路者燒毀，固守勿去。現平望鎮兩市梢，皆築土城，意在負隅抗拒。按平望爲由嘉興趨蘇之要道，勢在必爭，豈容其久據。今官軍佯欲攻嘉興，使陳賊不敢遽離巢穴，而徑由蘆墟進兵平望，此聲東擊西、離實搗虛之法也。況平望一帶，村落連結，民團甚爲固密，日夜望官軍之至，誠得先委幹員開諭大義，聯絡聲勢，同日進勦，唾手可破。賊雖有糧，而米少賊多，久必不繼。食物無處可得，賊皆用小船出往近鄉擄掠，多得者其下皆飽，少得者皆有饑色，各不相顧。賊目與賊目多不相識，彼營與此營多不相統，真可謂漫無紀律者。敢戰賊目如仿天福廖柏鴻、偽王親戀天安蕭朝興，皆吸嗜洋煙。此物賊中甚少，倘一日不至，即難臨陣，故官軍能築長圍而坐困之，必不戰而自潰。

　　賊不能馭衆，而頗能招致衆人。大營散後，兩廣兵勇從賊者不少。已爲賊者，仍裝作逃兵往各處勾結，如平望之何冠侯、李寬雄、歐才，皆前在都司梁麾下者，招羅尤多。何宮保之焦湖船，曾往嘉興陳賊處投降。陳賊疑其偽，逐去之，現又設法固結其心，恐爲害非淺。

　　賊無火器，即有亦不能用。今蘇州城中所有精炮，有似西洋制度，若有善用者，運以攻取，誠爲巨害。賊守城所長，城外深掘土坑，城上密排竹籤，備禦木石亦足。吾軍擊其短而避其長，則可制勝。

　　吳江城中，賊與民約有十萬餘。賊目甯天安賴世就，係廣西人，年三十一歲，身材適中，面白微鬚，乃十餘年積賊。城外守者甚少，城門不閉，賊館外戈矛森耀，而無一炮一槍。城內外焚毀房屋，略有數處。

　　真長髮皆系兩廣兩湖之人爲多，亡命敢戰，願出死力。其江寧之在城者，亦多年積賊，其心已變，且多授僞官，樂爲醜類。此等皆在殺無赦之列。

僞忠王李受（秀）成，廣西人，年三十七歲，面白微鬚，江蘇攻陷皆其主謀。聞其于破蘇之後，志在上海，即欲直驅而前。有逢天安劉姓賊目上言，天下未定，不可多增一敵，乃止。故于嘉定失守時即揚言於賊曰，外國人已來貢獻，即可班師，不必前去矣。

有湖北人僞丞相白賊、僞丞宣伍賊，頗有歸順之意。他賊皆張大其勢，伍賊獨以爲蘇州城單糧少，現已將年老男婦盡行釋放，約有二萬餘，可見其中之不足。蘇城上竹簽遍插森密，爬城者殊難下手。其法須待天晴燥時，用火箭、火藥包、噴筒諸器擲上。城旁瓦礫堆積，人得一袋，即可梯城而入。

賊于數里外並無偵探。現以爲官軍不至，膽大已極。每朝出劫掠，暮歸賊舍，我軍誠能於午時乘其人衆單薄疏懈不備之時，未有不得者。

嘉興、平望一帶之賊，意將招焦湖船入夥，而設法固結其心，又欲羅致兩廣兵勇。此亦可將計就計，選廣勇之有忠義膽智、有親戚貨物之可以維繫其心者，令其佯爲投從，以作內應，密約日期。焦湖船前去投款，多帶藥包、火罐，但得登岸，即將房屋焚燒，以壯軍勢，以亂賊心。此法亦可行之於蘇城，並諭太湖民團同時合攻，未有不建殊勳者也。

賊於日間漫無紀律，至夜，更鼓之聲徹旦不絕。蘇州葑、婁二門，賊館不知凡幾，僞忠王亦在其間。閶、胥二門多爲瓦礫場，賊甚稀少，防守疏懈。我軍欲避堅而擊瑕，當以此進。

二①

一、兩廣逃勇之必宜招回也。廣勇素稱猛悍，我不用必爲賊用，一爲賊用，則不可復制，將盡力與我角矣。且我不招之來，賊必招之去。現在所至各處，皆有逃勇爲之先聲，爲之壯膽，即平望之賊，如何冠侯、李邦雄、歐才，皆屬都司梁麾下者，已授僞官，甘心作賊，遣人四面招羅，勾結邀致，其害不可勝言。且逃勇之心已變，即不作賊，亦無家可歸，勢必劫奪良民，飽颺遠去。必須密遣精敏委員或精細幹役，見有兩廣逃勇，勸令歸營，隨機審察，或遞賊暗號，誘之前來，心變者即殺之，非過於酷也，殺之即所以殺賊也。但機事宜密，爲之宜速。

一、賊所脅聚之衆，必當設法解散也。丹、常、蘇州等處，新裹之民求生無路，其心日夜求出。我軍誠能於接仗之時，以白旗大書丹、常各處地名，從賊百姓倒戈來歸者，免死。又必緝聽到處領兵之賊目，如嘉興則求天義陳坤書爲主，平望則珮天燕蕭三發爲主，吳江則甯天安賴世就爲主，蘇州則僞忠王李受（秀）成爲主。當于兩軍酣戰之時，以竿挑人首，以白旗大書賊目某已梟首在此，降者免死。此亦散衆之一法也。在附城各鄉鎭，亦可

---

① 此稟《吳煦檔案選編》第一輯收錄，題"（1860年7月）王瀚上書吳煦略陳管見"。《弢園尺牘》卷五亦收有此稟，附於《與某當事書》後，題《略陳管見十條》《續陳管見十條》，文字多有異同，一則疑今人整理本有脫略訛誤，二則疑王韜在刊版時有修改潤色。今並存之，以資參照。又張志春編著《王韜年譜》認爲此"某當事"指"統轄八府二州四十一縣之江蘇巡撫薛煥"，故此二十條"管見"也是王韜上陳薛煥的。筆者按：《與某當事書》末尾曰："所有條陳管見，另繕別紙，即希裁鑒施行。"此語後面附《略陳管見十條》《續陳管見十條》，語意連貫。而這二十條"管見"置於"上吳煦稟"首函之後，頗爲突兀。然而參看王韜上吳煦稟之第十三函末尾，明白要求將"前六月中有所呈請立鄉團書稿四紙，尚留鈞案，今需閱者甚衆，乞即賜下以爲存稿。"如此，則所陳"管見"另有備份供傳閱，摻入吳煦檔案中亦屬可以理解。

立旗招致。至於兩廣、兩湖、江西、江寧之民，從賊已久，一時不肯回心，則當設法以餌之，或責成於兵勇，各以其所稔以招致其鄉之人，得一人者，賞若干，十十百人不次賞擢，則羽翼必日寡矣。

一、焦湖船之散在外者，宜招回以爲我用也。賊今僅能由旱路進，所少者船耳。幸其待焦湖船未有善法，而又殺其船長，以致心懷仇怨。此時我正當急用之，以收其死力，否則遲遲日久，賊必以計籠絡，而水道亦復可虞。當急招徠，無以資賊。招徠之後，或助防太湖，或隨堵吳淞，自能善爲處置耳。

一、江寧難民，宜安置妥密也。自癸丑以來，江寧難民之在蘇、松各處者實繁有徒。地方紳士捐資給養，雜處城廂內外，令其無事而食，以至於今，本非善策。聞蘇城當焚燒閶門時，難民亦隨從搶劫；松江之破，難民爲前驅。且城將破之時，必先有難民群集，非賊先聲，即賊偵探，其中豈無良善者？而一時賢愚不分，況爲難民，詎有七八年之久者。今地方皆遭蹂躪，民力不堪，當思變通，選難民之壯強可用者以爲兵勇，操演火器，隨同官軍打仗，其家眷則在官給養，以羈縻其心，如此則不至坐食矣。

一、民團與官軍宜分，用以責其成效也。自古戰守不同，而能守必先于戰，未有坐待其來者。民團與官軍必互爲犄角，如民團在東，則官軍在西，何路有虞，則惟何路之官是問。官軍恥爲民團所笑，必竭力抵禦；民團欲先官軍建功，亦必踴躍從事。然後惕之以威刑，優之以賞賚，自然人盡爲用。若其合在一處，必至互相推諉，欺凌詐虞，其弊疊生，故分用則各見所長也。

一、團長宜簡有膽智之士，使固結民心，賊至勿卻也。近來蘇、常一帶趕辦團練，晝夜巡邏，非不認真，而一到賊兵壓境，民情渙散，團長以舟爲家，志在一走。誠能激發大義，明告以無處可避，賊來田荒屋焚，豈能卒歲！是鬥賊死，避賊亦死，幸鬥而勝，尚有生計，苟暫避賊鋒以延殘喘，則必無一生。愚民平日習聞此說，則臨陣自然勇氣百倍，而一團中之富者，亦宜思以此財物糧食委而資賊，弗如與民共之。如此則同仇敵愾，有不固結者乎！且鄉村非賊所必争之地，見民善自保衛，必不敢犯。不犯則各村可全，而賊野無所掠，官軍亦易以奏功矣。

一、領兵員弁須用外國武官，藉以鉗制也。今官軍驕悍者不可用，萎靡者不自振，或欲養賊以挾制上官，從未交鋒，紛然駭竄，刑不畏威，賞不感恩。兩廣、兩湖、四川、江西之兵，皆老于行伍，積習尤壞。中國之法，將在後而兵在先；外國之法，將在先而兵在後。茲以外國武官一員，領兵或數十人或數百人，其上則領數千人數萬人，而配以中國官一員，通事一名。每戰則外國官首先衝鋒，而我軍隨後奮進，有退縮不前者，立置軍法，中國官亦臨陣彈壓，計其功過，如是則借兵少而收功廣矣。

一、假冒賊之旗幟衣飾，混殺並戰，以乘其不備也。賊之裝束，惟以紅黃綢裹首纏腰，其旗方長尖角者皆有，胸前有以白布書太平天國後軍主將麾下、丞相、檢點、指揮麾下者。查賊所授偽官，有吏、户、禮、兵、刑、工六部正副官。蘇州一帶，不論何偽官，率以九門禦林真忠報國八字爲冠。其偽官自偽王外，如義、安、福、燕、豫、侯六等，皆稱大人。今亦假冒其名，入彼巢穴，官軍即時進攻，賊目與賊目各不相識，當其盤詰哄亂之時，官軍乘機奮剿，必然措手不及。若接仗之時，亦可混入，使彼目迷五色矣。

一、餉不可不預籌，勇不可不廣募也。上海本財富之地，而今各路壅阻，貨物艱滯，各捐局盡皆閉歇，進款之缺乏可知。紳士富户逃至鄉村，皆有草間求活之意，不復有遠大之慮。然善守者，本在四鄉而不在城之一隅也。今查邑中著名富户，遷往何處，當遣人激之以忠義，惕之以利害，謂城不保則鄉村更不可保，毋寧毀家紓難，勿藉寇兵而賚盜糧也。苟其家力能養若干勇者，即責令養若干，設立土城於要害處，以阻賊之來路，事後給予優賞，以示鼓勵，此保鄉以保城也。廣東、山東、寧波人之居滬者，多有孑然一身，無室家之患，募之爲勇，可免滋事意外之變，然宜處置近鄉與外國兵相聯絡，此亦一舉兩得之計也。

一、閑民客民之新來者，當清其源，或安集，或驅逐，以綏靖地方也。洋涇浜一帶，近日逃至者不知凡幾。所有江寧難民，既已安置各鄉，而尚有設攤賣骨董、賣皮衣者，當留心細察，果其久居在此者，則勿禁止以阻其謀生之路，若其形跡可疑，急宜嚴逐。其逃來之民，無論有無家眷，須責各鋪户連環相保，大小東門外之各船，亦宜一體稽查。當此全省皆遭蹂躪，而上海以彈丸一隅，獨爲安土，固宜來者之衆，然魚龍混雜，辨之不可不早。英、法二國，其妻孥貨財房屋皆在於此，固通商之重地，理宜自衛，凡有奸究自可會同究詰。内奸不生，外亂不起，加以西兵守城，鄉勇捍外，自可措此地于磐石之安。夫善爲守者不在城之大小，而系乎人之輕重。山有虎豹，水有蛟龍，伏乎其中，威乎其外，樵叟漁夫猶敢狎至者，未之有也。

諸生王瀚謹再拜上曉帆大公祖觀察大人閣下。

三①

一、民團必須官爲主張，擇統帶以一事權也。用兵擇帥，募勇擇目，勢殊而理一者也。今各圖保勇既團矣，而尚乏一督率訓練之人，雖衆奚恃？或謂鄉董所司者何事？殊不知軍興以來，募勇

---

① 此禀《吴煦檔案選編》第一輯收録，題爲"（1860年7月）王瀚上書吴煦續陳管見十條"。《弢園尺牘》卷五亦收有此禀，題《續陳管見十條》，文字多有異同，一則疑今人整理本有脱略訛誤，二則疑王韜在刊版時有修改潤色。今並存之，以資參照。

不爲不多，帶勇頭目，大小不勝枚舉，而養之數年，收功一戰者，有幾人哉！將才本不易得，有其人而無其權，有其權而不專其責，厥弊惟均。故欲用烏合之衆以殺賊保境，必以擇人統帶爲第一。

一、發火器須擇膽勇訓練之士，以挫賊前鋒也。軍中最重火器，而發火非人，反爲賊先，臨敵不發，委而去之，反爲賊用。官軍一聞賊至，每遥爲轟擊，及賊至前，藥彈已盡，勢必懼而遠逃。今一隊之中，須擇精壯膽猛者四百人，給以獨門槍二百管，力足發猛。二門槍二百管取其再發甚捷，平時令人細加訓練，用藥若干，遠及何處，立竿爲準。以地平高弧爲準，西人每用紀限鏡儀測敵遠近，而用藥多少有一定之法可算。平日能得心應手，臨時自然有恃無恐。遇賊已近，四百人一字排列，同時齊發，賊雖猛敢，未有不受傷急退者，前鋒既挫，後隊奪氣矣。

一、用短刀、利鐮、鈎索、竹排，以截賊馬隊也。賊之衝鋒陷陣、攻城取勝者，皆以馬隊居前，每當鉛丸如雨之際，能冒死怒馳，深入官軍，回顧猝見，誤認後隊，悉敗，遂至棄槍而逃。今於槍隊之後，專用刀鐮鈎索以及竹排，用長圓木一條，裝柄可持，上密釘鋭利竹簽，不獨可戳馬眼，兼可作軍器。截倒馬足，賊目旗幟一亂，則後至脅從之衆，可以不擊而走。

一、誘賊深入，而設計殲之也。賊未攻城，往往先搜鄉。鄉民無知，徒能鳴鑼持鋤亂相哄擊，偶傷一二人，已紛駭竄走，此由平時不加訓練，而團長無出群之才足以固結其心，故爲義而集者，亦見害而散，不知不能力勝則以智取。現今稻田多水，賊之馬隊安能飛渡。鄉僻小路，農民必能熟悉，伏機設陷隨在可施。須偵探得實，賊逼近然後佈置，而尤必搜盡内奸。度賊必由之路，當道多掘深坑，坑中用板密排鐵釘，或削尖竹簽，或炮石火雷，賊至，四面聲喊，以誘其結隊來追，陷坑必多。俟入坑中，然後突出擊之。近河之鄉，港汊必多，鄉民僅知斷橋，不知賊衆投石可渡，不如決水以淹之，使平地盡爲淤泥，暗中密排竹刺、鐵釘，或布蒺藜絆索，此天然大陷坑也。鄉民須遙隔痛罵，或呐喊縱火，以逼之使入。又作溝渠，亦如此法。須當要衝，不必太闊，使人馬皆可涉。於是佯北以誘之，多方以誤之，遺棄器械以餌之，而賊不墮我術中者鮮矣。

一、偵賊出没之時，而擊其無備，乘其疲乏也。賊每以丑正，飽飯出隊，抵團防時僅及黎明，兵勇尚在酣睡，素無準備，必致措手不及，各鄉鎮遭其焚掠，無一人抵禦者，率以此故。今早賊一時出隊，每人帶火藥包一個，遇賊屋及空房即便縱火，須悄然深入賊巢，分敢死士於兩市梢及中段三處縱火，恐賊館有守更之人，則多於空房拋擲火包。待賊冒火而出，則迎頭截擊。若有膽勇之士，假賊裝束混入賊巢焚殺。賊初出時，其隊必整，其氣必銳，兵勇猝攖其鋒，力難取勝，可以不戰爲戰，鳴鑼縱火，以亂其耳目，多設旗幟，以疑其心，或用各種阱陷暗擊之法，説已見上一條。以逸待勞，或聲東擊西，一擊即入，使首尾不能相顧。或避實擊虛，突出攻之，斬馘三人即入。俟天晚賊有歸意，然後大衆齊出奮擊。民衆賊寡，可更幫迭出以誘之，其戰士可飽飯靜坐，以養其氣。賊敗而走，不必窮追，其歸路亦可處處匿伏，以暗擊明。弱者不必與賊遇，但虛張聲勢而已。此事易而效神，力省而功倍。

一、設空房以焚賊也。賊所至之處，凡鄉村與之抗拒者，必肆意焚掠。今偵賊必到之地，令鄉民鳴鑼聲喊，力爲抵禦狀，俟賊發槍，則佯奔四散，能殺去賊三四人尤妙。預備當道空房數間，以待其燒，房中實以火藥鉛彈炮石火機，近房四面之地密埋地雷，火炮藥線即通於空房中，房焚藥發，賊無有不殲也。火藥等物即藏於地板下柴堆中，使賊不覺。空房中須置物以爲餌，則賊入必多，空房地板下預設機械，實以火藥引火諸物，人衆踐踏則機發，機發則各處藥線皆著。尤須引賊在一處。

一、焚燒賊舟或誘賊至舟而殺之也。小賊多走陸路，而賊目每用舟行，須擇水面寬闊處，設備火船，賊從蘇州來，如澱三湖、泖湖等處，每多白蕩，此間正好設計。實以茅草油柴引火諸物，望見賊旗由上風撞入，焚燒其舟。賊舟並不多，每行不過四五艘。遇賊船時，詐稱商販之舟，至傍近時，即速發火，兼拋擲火罐、藥包，另用兵船潛伏蘆葦內，準備殺賊。至鄉之賊並不備舟，多沿途要結網快鹽船，捉魚賣私鹽之人，間有貪賊利而私載者。官軍若緝獲後，即可假其船，仍至原處，渡賊行至靜僻處，設計殺之，或醉以酒之類。或預伏民團，同心擒獲。民團亦可買通網快等船，至賊近處以誘之，臨機應變，事非一端。但機事宜密，則可收功。

一、杜截接濟，以斷賊來路也。赭寇之罪，上通於天，人神共憤，中國商民斷無前去接濟之理。今青浦、嘉定與此地毗連，蘇州亦屬密邇，賊所短者火器，而此事西人最精，賊方不惜重價以購求，〔難〕保毋有不法貪利之西人前往販售者。風聞已有瑞典國、花旗國無賴之惡商，將洋槍藥彈至蘇射利，此大干中外兩國法紀。西國於前年定議，有以火器兵船出售於敵者，重則按以殺人之律，定例置獄二年，罰銀五千圓爲率。而西官置若罔聞，不即懲辦者，以無華人告發也。西國律法最重證據，槍彈都已售去，真贓無從而得，舟子畏罪，口供必致反復，若拿獲解送西官，必徇情面，久而釋放，如前吳道普觀察拿送鎮江奸商之事可見。今可密發劄諭于各團長，使日夜用心稽查，見有外國旗號之船即行截住，通匪之船不過奸商，並無本領，一捉便倒。上船細搜，果有槍彈犯禁物件，則將奸商砍死，並盡殺舟子以絕口。此等舟子甘爲奸商所用，毫無人心。其舟中所有槍彈，即發團局應用，銀、土等物即賞歸查拿之人。密查第一，擒拿次之。若其教門講書者，則用好言理諭勸回。教門中不過爲道起見，並無別心，然賊匪不過借耶穌教以煽動愚民，安有行教而殺人放火者，此乃上帝之亂民，耶穌之逆子而已，烏足與講理。至西人所至之處，蘇州爲多，其所由之路不一，從南黃浦出，則閔港、莘塔、金澤、同里、黎里一帶，或由崑山，則唯亭、黃天蕩，過鎮必加稽查，鄉村則令農民鳴鑼報信。南潯、平望，往來亦不少，現尚系買絲正經商人，然豈無奸商雜出其間，查得有違禁物件者，即照前法懲辦，如舟系西國式樣者，即焚去以滅跡。嚴查立辦，其弊自杜，而出自民團公憤，西人安能起釁。名正言順，方當含愧自禁之不暇。

一、佯作村民投賊，誘之使來，而殺賊以堅民志也。近來賊每假仁義以結民，各處遍張僞示，揚稱前來貢獻，即可相安無犯。有等不法無知愚民，誤信其言，以豬、羊、銀物獻媚賊目，而賊目又給以小信小義，姑留一二鄉鎮，長驅竟過，毫不焚掠，於是各團解體，民不可用。愚民不過欲保身家，罔知公義。今擇團長有膽智者，佯饋物爲貢獻，須擇賊必過之鄉鎮，團長並可偵賊情形。俟賊大過，設機密伏，聚而殲旃。初來數十賊必加意款待，俟賊衆大至，團長可出接見，誘入大屋中款留，四面設伏，猝令火發，盡殺乃止。則以後投賊進獻之人，賊必疑而殺之。民知賊之不足恃，必齊心固結，殺賊保境，雖死不怨矣。

一、保鄉即以保城，團民即以壯兵也。現在城中十室九空，各店歇業，米石油燭皆不敷用，則守爲難。今以鄉團爲外援，當詳講邀截之法，團練各款另有章程。使賊深入，不令片甲得回。兵勇與鄉團當分地建功，聲勢聯絡而無相掣肘，此戰則彼守，此進則彼退，巡環互應，呼吸相通，處處設機，層層隱互，勇敢者居前，觀望者居後，弱者聲喊，不與賊遇，乏者遙立，但可助威，多執旗幟在樹林隱密中。力強體壯者如對賊欲戰，而身小精悍者從旁突出斜擊，真炮與假炮相間排列。寬闊處須築土城，以大毛竹外裹鐵作假炮，以上皆誤之以形。能如此法而賊不敗者，未之有也。

諸生王瀚謹上

曉帆大公祖方伯大人鈞鑒

四①

新陽諸生王瀚謹上稟曉帆大公祖方伯大人閣下。

謹稟者：昨晤西士罄談，深悉巔末。初美利堅教士華君攜歸僞忠王李賊致三國公使書，置之不論。繼西商又攜歸致三國領事書，懇請撤兵，仍不報。今西士繼去，僞干王洪仁玕與之言。仁玕廣東人，素在香港，與各西人皆款洽，熟稔西國情形。據云賊陷蘇州之後，即欲長驅至此。僞干王力阻李賊，以爲滬地系西人通商大局所關，必得彼此籌商，待其允而後去，洋涇浜一帶，決不稍礙，則西人必喜。詎料兩致賊書，皆置不理。僞忠王積愧成怒，欲出憤兵，意欲乘此西人有事析津兵力單薄之時，悉力而來。瀚問其期，則在一月間；問其賊數衆寡，則約六萬。然其突然而至，則英、法勢必出於戰。今計英、法、花旗之兵，在此者不下四千，又得兵勇、民團相爲羽翼，力可謂不孤。然西兵可勝而不可敗，能暫而不能久，則我不得不預爲設備，當在近鄉要害築土堡、掘深濠、設坑陷、排槍炮、備木石，此用之於守也；訓練兵勇、備儲藥彈、挑選民團、妥立章程，臨事則隨同西兵出隊，此用之于戰也。但此言並未宣露，且觀西官佈置舉動若何，或一面會同三國領事官，以賊蹤逼近，應添兵防堵各處，以窺其意。西國惟知直前撲戰，欲禦賊，則一時可集。而我處備賊，必先預籌，或集各團於一處，築立長圍，盡徙民實於中，堅壁清野，可不戰而走；或各團各築土城，聲勢聯絡，而以兵勇三四千爲遊兵，賊攻則救，賊去則救（收），回環互應。使賊萬一不來，則我之守備已堅，退而守即可進而戰矣。

---

① 此稟《吳煦檔案選編》第一輯題爲"1860年8月上吳煦稟"。

肅此。恭請鈞安。鄙妄之言，幸留慈鑒。瀚稟。

五①

新陽諸生王瀚謹上稟曉帆大公祖方伯大人閣下。

謹稟者：昨領鈞諭，述及英國領事並無移復。瀚出署後，即塗遇英譯官密迪樂，詢及何故不復？據云，按照西國律法，彼此不相助，今官募西兵殺賊，賊亦募西兵抗官，均非律所應有，法所當爲，故出售火器一節，亦不能申禁矣。瀚以爲移文領事，本屬具文，且反與以覺察形跡，何弗密諭各處團長，就地嚴辦，殺人滅口，得物歸團，計無有善於此者。瀚緝聞成順、嘽呃二洋行又將繼去，請委幹員密察，待其出而杜截，亦無不可。附呈鄙見三條，乞採擇之：

一、飭蘆墟立一團防局，稽其往來。每一舟過，詢其何國商船？洋行何名？現往何處？船長何姓？帶銀若干？買絲若干？歸則稽其買絲若干包，立簿一一登記。當河築立木柵，用人專司啓閉，行船下艙查明，然後放過柵口。懸牌寫明緣由，如有違禁物件，鳴鑼集衆，照法嚴辦。

一、飭新閘、野雞墩委員立簿稽查，記明每日過船若干，系何洋行，則可知其數。但在岸旁詢問船家，即知底細。有此一簿，則各團長訪察勤惰可見矣。

一、計蘇州所由之路，密飭就近各團長辦理。如繞道太湖，則由木瀆，至黃渡則由崑山、唯亭，出南黃浦則由閔港、莘塔、金澤、同里，諭其日夜用心稽查，無有不得。稽查處當設懸木牌，大書盤詰奸商。河中須密排木樁，使有阻攔，旁曳大橫木，

---

① 此稟《吳煦檔案選編》第一輯題爲"1860年8月6日上吳煦稟"。

可以啓閉，則順風船不得揚帆竟過。如此則似不專爲西商起見，而内地奸細，亦可拿獲矣。

　　肅此。恭請鈞安。幸垂慈鑒。瀚謹禀。六月二十日。

　　再禀者：今午三十等保各團長已齊，明日當詣轅進禀矣。此禀即係公保陳常者。

六①

新陽諸生王瀚謹再拜上禀曉帆大公祖方伯大人閣下：

　　瀚自二十九日午後，行抵諸翟鎭，得見各局董事，商酌之下，俱言賊氛甚逼，民心不能固結，各挾私見，互相推諉。募勇三百人，紀律未明，尚未可用；義民旋聚旋散，尤不可恃。三十日，賊竄泗涇，縱火焚掠，經陳常等督勇二百往剿，義民皆觀望不前。初一日，賊至七寶，民不能敵。下午已竄蟠溪，離諸翟僅四里，瀚偕同武生莊兆麟等帶自募勇百餘人防堵腹里諸村。日色昏暮，賊聲漸逼，乃多設燈火，遍縛草人爲疑兵，是夕賊仍退回塘橋。初二日晨，訛傳賊薄縣城，瀚即與莊兆麟趕赴至滬，得見袁君伯裳，領受大公祖大人劄諭。捧誦再三，自愧無才無識，深恐有負委任，實深惶悚。今諸翟四面皆賊，困在垓心。初一日在蟠溪接仗，曾殺賊四名，該匪銜之切齒。防其大隊猝至，勢必不支，瀚已令莊兆麟往鄉招集七寶渙散之民，要而截擊。俟彼與西人戰敗之時，分守要害，乘機攔殺，但不知已渙之民，再能作氣鼓勇否？現在城中最緊要者，爲米石、油燭。今惟浦東一帶賊尚未至，民猶安堵，急宜預爲採買，以備不虞，且至城平糶，亦可慰民而安衆也。瀚前所擬團練十二條，以陳常至

―――――
① 此禀《吳煦檔案選編》第一輯題爲"1860年8月22日上吳煦禀"。

僅一日，未及施行，變起倉猝，事事皆未草創，瀚亦惟有嗟其已晚而已。

肅此。恭請鈞安。伏祈慈鑒。不宣。七月六日。

若蒙鈞諭辦米平糶，則請給旗照、銀兩，往浦東各鄉採買。但宜速毋遲，恐賊竄往彼處，反多掣肘。又禀。

七①

新陽諸生王瀚謹再拜上禀曉帆方伯大公祖大人閣下。

謹禀者：昨晚有七寶團長武生陳羹梅來舍，據述七寶民團渙而復聚，近鎮已無一賊，河港四面皆用竹木樁釘斷，樁上用蘆席薄板，布以浮土，以示無路，所有賊之槍船，皆被阻不得前進。鎮中房屋、民人，焚殺未甚慘酷，民復集者已有萬人，惟軍裝悉已遺失，禦賊無械，難以徒搏云云。所禀採辦米石之説，現有本地人金豫，情願運米入城，每日二十石，平價糶賣。但城門爲西兵所管，出入維艱，須用西國領事執照，方准放行；而民間一聞平糶，勢必擁擠，務須委員彈壓。伏乞大人一面給發金豫諭單，一面照會領事，領取出入執照。食爲民天，所需至重，苟金豫能實心辦事，著有成效，亦可給予奬賞，以示鼓勵。

肅此。禀請鈞安。恭維慈鑒。不宣。瀚謹禀。七月七日。

八②

新陽諸生王瀚謹再拜上禀曉帆方伯大公祖大人閣下。

謹禀者：刻諸翟局中遣人前來，述諸翟困在賊中，經委員及

---

① 此禀《吳煦檔案選編》第一輯題爲"1860年8月23日上吳煦禀"。
② 此禀《吳煦檔案選編》第一輯題爲"1860年8月24日上吳煦禀"。

陳常等設法堵禦。瀚曾令武生莊兆麟向其鄉人委曲開諭，謂在今日計，惟有死鬥，再有退縮，全家性命不保。因此民心頗爲固結，防守尚稱嚴密，惟缺糧食、軍裝，恐日久難以支持。瀚今日即刻下鄉，乘賊專力上海之時，令其在後路兜剿。但必須約同時日，齊力攻擊，使賊首尾不能相顧，可一戰而走也。聞昨西人至徐家匯與賊相議，賊未有退意。僞忠王尚未至，西人即諭賊目，必當力保上城，撤兵之説，決不能行，戰則惟命。賊但唯諾而已，殊畏西人也。昨所禀本地監生金豫平糶之説，當諭以實心趕辦，平價售出，斷不可借此射利。所有諸翟局信，乞發交縣內。俟瀚下鄉後，有消息即當禀報。

　　肅此。恭請鈞安。伏維慈鑒。不宣。瀚謹禀。七月八日晨。

九①

南武諸生王瀚謹再拜上書曉帆大公祖方伯大人閣下。

　　謹禀者：瀚于初八日夜行抵諸翟，知南翔賊勢稍衰，江北義民願爲內應。初九日，陳常密約各處義民同時舉事，所有土匪四散奔逸。酉刻，攻入南翔南市梢，賊匪餘黨搜殺净盡，生擒十三名。經陳常身先率隊，奮勇先進，故各民勇皆肯齊心並力。現探聞嘉定城中賊已稀少，集衆齊進，無難立時克復。所慮者，局中所募勇僅三百名，加以良勇數十名，堵守南翔，且亦不足，況青浦、黄渡、白鶴江等處，皆與諸翟逼近，處處有賊，時時可虞，則自爲防衛，又不可不嚴也。所有義民倏聚倏散，實不可恃，現議按戶給一腰牌，暗與口號，臨時發以公食，然後肯遵約束。但兹時局中經費更形短絀，岌岌難以復下。勸捐委員李萼馨已於初

---

① 此禀《吴煦檔案選編》第一輯題爲"1860年8月27日上吴煦禀"。

一日動身至滬，至今尚未蒇局，故捐務猶未有端紀。今最要者，籌餉以足軍食，請兵以堵地方，頒發告示以安良民，另遣委員以進攻嘉定。嘉〔定〕破而太倉之圍解，官軍可以聯絡聲勢矣。瀚奉檄馳驅，斷不敢稍有觀望，而目擊局中支絀情形，勢難措手，現已如此，以後恐難持久。瀚意以爲南翔既已克復，鎮中所有遷往別處之紳富尚多，苟能剴切諭捐，未有不踴躍者，但須經官辦，則易爲力耳。

肅此，敬請鈞安，恭維慈鑒。不宣。瀚謹禀。七月十有一日。

再禀者：嘉定賊少，須當乘機克復，而欲復嘉定，必當先守南翔，南翔已成之功，斷不可棄。現經諸翟各董商酌，即請大人飭遣委員撥發兵勇鎮守南翔，以壯團局聲勢，以爲攻嘉地步。瀚再禀。

十[①]

新陽縣生員王瀚謹再拜上書曉帆方伯大公祖大人閣下。

謹禀者：頃接奉鈞諭，敬悉南翔雖無兵勇駐守，尚爲安堵。賊匪近聞聚居嘉定，然尚不敢竄出，是以南翔貧户間有遷回居住者。在鎮紳富雖多，而皆不肯幫同出力，殊爲可詫。瀚刻已致書郁君泰峰，與之籌商，若彼肯出而倡捐，庶爲力甚易。鎮中諸君，事前既不豫謀，事後當思善處，想事係秉公，斷無旁諉也。局中經費已絀，現議畝捐之法，已有端倪，倘辦有成數，即當禀聞。兹張峙山同其甥合捐三百五十千之數，已禀明縣尊矣。瀚苟有可效力者，即當竭綿勸諭，弗憚任怨，以副委任于萬一也。

---

① 此禀《吳煦檔案選編》第一輯題爲"1860年8月31日上吳煦禀"。

肅此，禀請鈞安。恭維慈鑒。不宣。瀚謹禀。中元節在諸翟保安局中書。

十一①

新陽縣生員王瀚謹再拜上禀曉帆方伯大公祖大人閣下。

謹禀者：日來嘉城賊勢復熾，由黃渡添賊千餘，青城竄出之賊，亦復不少，蹤跡飄忽，莫知其所向。探聞有佯作村民混入上城之謠，已由張峙山面禀縣尊。昨局董沈祖銑領餉來城，關白袁伯翁，想已邀鈞聽矣。昨晚三鼓，忽接吉利村局董李兆麒探條，嘉城及黃渡之賊，皆擄米煮飯，將欲出隊，聲言直趨青浦，實有報復南翔之意。局中即刻齊集各勇，令其飽飯束裝以待，以備出援。乃僅及黎明，而吉利村董李兆麒已率人奔至。據云賊已由北市梢攻入，此時急不及援，並言此次賊勢披猖，志圖報復，其鋒未可驟犯，局董皆以爲然。今雖有徐國良、強振芳所帶之勇及各處新募之勇，然僅可資防守，未敢出攻。爲此專禀大公祖大人，或撥勇接應，或派西兵數百人協同諸翟局勇速行進剿，及其步驟未定，擊之無有不走。今局中經費支絀，捐項寥寥，一時難以接手。李委員勸諭數日，慨允者少，而沈祖銑到城領錢，尚未見回，局中委乏辦理之人，相應請袁伯襄先生下鄉督同陳常帶勇往剿，或俟機進逼，但非有外援，則各勇不能壯膽。

瀚觀近日兵勇之數既不敷，而天津撫局大定之後，西兵來者日衆，似可派撥外出，並可撥發十餘西兵常駐諸翟，以作領隊，訓練火器，有事則西兵各率其所訓之勇，首先衝突，而各

---

① 此禀《吳煦檔案選編》第一輯題爲"1860年9月7日上吳煦禀"。

勇則短衣窄袖，繼進攻擊，是所費少而收功廣矣。瀚聞西兵自擊賊之後，其頭目各懷意見，領事及諸商謂絲、茶貿易皆在江浙，今悉爲賊據，一與賊戰，則勢不能通，當俟其來而與之和。惟公使卜魯斯獨欲剿賊，謂賊所據之地，必無商賈往來，與之和好，亦無濟於事，不如乘此有兵，幫同中國剿洗，則通商全局無礙矣。

瀚檮昧之見，是否有當，伏乞訓示。瀚謹稟。七月廿二日卯刻石鎮堂書，無紙無筆，不能作楷。

十二①

新陽縣生員王瀚謹再拜上稟曉帆方伯大公祖大人閣下。

謹稟者：南翔自收復之後，並無義民駐守，董事僅有江衍孫一人，吉利村雖呼吸可應，而勇寡不敷，兼之剿餘土匪，混雜難稽，往來不定，出沒無常，黃渡一帶，時時有警。翔鎮已貼僞示，虛聲恫嚇，皆内奸爲之播煽。諸翟賊蹤四逼，一夕數驚。前晚探有賊至，傳勇整齊出援，及至黎明，賊之遊騎已由北竄進。是日午後，即有騎馬賊四五十名，步隊五六百名繼至，占踞民房，設局勒捐。查南翔殘破已極，實無富户，其聲言勸捐者，蓋有垂涎諸鄉之意。且嘉定、青浦、黃渡均有大股賊匪，其勢必將東竄。今局中章程粗具，而新募各勇，人數尚未歸齊，訓練亦欠精良。惟前日所撥來强振芳所領之興勇五十名，步伐整肅，尚爲可用，若欲相機往剿，非得外援，聲勢不壯。瀚因局董沈祖銑至城領餉三日未返，是其途中恐有延誤，故於昨晚飛舟趕抵新閘。所肅稟函及局中公稟，由陸路馳遞，想已早邀洞鑒矣。現在南翔

---

① 此稟《吳煦檔案選編》第一輯題爲"1860 年 9 月 8 日上吳煦稟"。

等處，如何動手進剿之法，伏乞訓示。

　　蕭此。禀請鈞安。仰維垂鑒。不宣。瀚謹禀。七月二十三日。

十三①

新陽縣生員王瀚謹再拜言曉帆方伯大公祖大人閣下。

　　謹禀者：瀚抵吳鄉之後，已將賊情略陳一二矣。□□□探細爲緝訪，並詢賊中逸出之人，據云賊恇怯殊甚，且守城虛單可□□日廣、楚之賊，各分門戶，頗不相睦，亦可布謠離間，以計取之。聞曾軍門□□時，賊于蘇鄉已各剃髮四散，絕無抗拒心，蓋賊中大半脅從，其老長髮□□皆飽，欲亦思出作富民，特以官兵未即來攻，不能藉此逃潰耳。現鄉團□□者，僅有洞庭兩山，以高臨下，勢據形勝，有船可守，有炮可禦，賊雖屢攻，□〔永〕倉（昌）蕩口雖與賊通款，而其心無一刻不思乘間殺賊。賊之授以僞爵，亦以□□心內懼而外結之，顧徐氏、華氏之不敢先者，以後繼無人，未能妄動□□□懲各處焚殺之慘，氣沮懾而不可用也。誠能令曾軍門佯攻青浦，□□千佯作商船，直逼蘇城，猝然大舉，攻其無備；一面密約四處鄉團□□則蘇城一舉可下，不勝則以永倉（昌）爲退步。今賊于鄉民需索無厭，冬間□□漕以數十萬坐食無事之賊，皆取給江蘇一隅，取之盡錙銖，用之如泥沙，□□勢不能久，必至傾家喪命而不止，所以日望大兵之至也。賊前之守崑城者，□□燕朱目，今爲僞文將帥執天侯李少卿，其人本江南候補人員，反復無定。□□書至蘇，佯爲通作內應，誤投他賊處，令其疑而自敗。脅附之賊，可於各鄉□□

---

①　此禀《吳煦檔案選編》第一輯題爲"1860年9月上吳煦禀"。

告示，謂只治渠魁，餘剃髮投誠者，概免其罪，則其心自渙。賊之勇卒□□□、黃金愛等皆往江北，守蘇者，爲僞後軍主將求天義陳坤書、逢天安劉□□〔肇均〕、僞左同檢熊目，湖南長沙人。此三賊爲主，而熊與陳、劉不和，久必內變。由□□道趨蘇，出不備而乘虛攻之，一勝也。因內賊之不和而或縱反間以疑之，或以□□之，或可連結爲內應，一勝也。因民心之不定而聯絡鄉團，同日進攻，民見官兵□□氣百倍，一勝也。而就目前以觀，則莫如杜截接濟，爲當務之急矣。

瀚曾擬條□□四則，以匆促解維，不及呈覽。今略舉大要，乞賜芻蕘之采，不勝幸甚。江蘇全省所爲貨物通衢者，惟一上海，今城內店□□□保甲門牌，譏詰嚴密，奸宄自然無從而入。惟城外洋涇浜爲百物所□□，舟檣鱗集，遍察爲難，西國雖有巡邏之卒，未免防察不周，且中外之情□□，專查之員，不容不設也。蘇、昆一帶之鄉民至上海貿易者，皆自賊窟中□，□無形跡可疑爲賊作偵探者，不能盡禁，而又不能盡置不問。已住居在城外□□鋪戶，連環相保，蘇鄉往來之人，亦不得妄留，如察出有窩藏奸細者，一體□□別處者，則以廣保廣，以閩保閩，以寧保寧，遊手好閒者，無得滋事。城外□□合義天寶二棧，其中銷售貨物者爲多，今令棧主將往來客商細開名□□及所辦何貨，委員逐日按查，如有買洋槍火藥無大憲護照可憑者，即行密地送信。果獲奸細，則棧主有賞，否則治以通〔賊之罪〕。水路往來必需舟楫，去船必設有船埠，下貨必見明注簿，外來之船，必專□□即行報明人數貨物，亦必到艙查驗，然後給照，銷貨售物，令其自便，如□□即系私船，將人監禁取保。吳淞口爲由海之要道，四處可達，前聞有人□□售買槍藥者，皆從此路運出，必需設卡稽查。斜橋及泖河口已有長龍□□搜查軍器，自不至漏出，然其勇聞極兇悍，〔難〕保毋有借此侵及貨物者，則□□受其苦，需專派領兵官責成其事，加意彈壓。黃渡一帶，有一小路可通□□約由泗涇、七寶繞道走入，則紅橋之盤查者尤宜嚴密，而小道亦□□□偷過。城外妓館日多，無慮百餘家，此藏奸之藪也。前英領事于七〔寶、閔〕行禁止，而勢有不能，此議遂寢。瀚以爲留妓館正所以緝奸，凡有外□□住不出或散漫浪用者，准其密報往察，緝出有賞，包庇治罪。蘇州、崑山往來者，宜設蘇、崑專棧，一以便其辦貨住居，一則從中可以細察動止。□□可以專設是棧。瀚生長吳鄉，紳民皆所熟悉，則易於盤緝矣。聞蘇城之賊，西商售以槍藥，不知由何路而往，而賊中亦有花旗奸民連阿四等爲作□□行接待西商，則是路不可不設法亟圖。瀚以爲不必照會領事，與以形跡，但令附近民團要而殺之可也。此外最要者，設立巡查之局，與西國相輔而□□□相照會西國，通商大局全在於此，自無有不力爲查察保護者也。

　　瀚□□矣，略稔彝情，可效指臂之用。恭維大人謨猷碩畫，軼亮超瑜，爲蒼生所仰望。區區末技微長，安足贊其萬一。桓公於九九之數，猶且見收，不自揣量，妄陳左右，無任悚惶待命之至。肅請鈞安。伏惟垂鑒。瀚謹稟。

　　再稟者：各村鎮團董，自經瀚剴切勸諭之後，皆知殺賊保境爲足□□□募練勇，待大兵一至，協力四面兜擊。瀚每諭之曰，擊方張之賊難爲□，□賊易爲力，時不可失此一舉。瀚並諭以近日中外和局大定，英、法國□□將進剿，彼烏合之衆，決非其敵，以是人人踴躍，皆思自奮。茲有甪直□□函先行，恭呈鈞覽，伏求迅賜憲劄以爲激勵。瀚俟約定各團董後，即欲至滬，謹先此稟聞。瀚再稟。

　　前六月中有所呈請立鄉團書稿四紙，尚留鈞案，今需閱者甚衆，乞即賜下以爲存稿。又稟。

其他散見尺牘

追錄昔年與左孟星書①

抱病匝月，筆墨疏懶，久未奉尺一之書，奉訊起居，私衷負疚，罪何可言。前日文旆道經皖省，知上謁曾帥，面陳方略。兄當作一書，削楮未上。曾帥經濟宏深，氣量恢廓，臨大利害而不驚，無日不以兢惕持躬，必可上副宸廑，下濟窮黎。□②雖伏處末第，然無一日不思滅賊之策，伏枕籌維，急圖報效。前日聞我兵克復安慶省垣③，額手歡慶，以爲自此則我之上下游可通，而賊之左右臂斷矣。賊長江之險已失其所恃，再能賃西人輪舶往來其間，絕其接濟，賊之亡可計日而待也，此我兵、賊勢之一轉機也。然安省自迭遭兵燹之後，民力凋敝，元氣大傷，尤賴保養生息，撫字殷勤，惟爲上者加之意耳。

兄之老母山妻俱在滬上，有勸兄以滬上必不可居，須急爲遷徙計者，或渡海而北，崇明雖□爲一邑而孤懸海中，賊匪無舟，力不能至；或處九峰之鄉間，地僻村深，賊蹤之所不及反乃安。

滬上風景雖未甚決裂，而民情惶懼，有刻無可安之勢。我兵駐守城垣者，僅有八千，皆係倉卒招募，素未習練行陳，所恃者洋人耳。洋人以賊兵或來，有礙通商大局，有必戰之志，無議款

---

① 此函見上海圖書館藏稿本《寄生山館隨筆》（爲王韜《弢園述撰》之一種），置於《致傅蘭雅》一函後。《致傅蘭雅》撰於 1888 年，則此函追錄時間當在此後。該函文句與下一函《蘇福省儒士黃畹上逢天義劉大人稟》大多相似，只是寫作的出發點不同，一爲清廷謀劃，一爲太平軍助力。因此函確係王韜晚年親筆追錄，故可進一步證明下一函確乎爲王韜所撰。王韜上書太平天國在 1861 年十二月二十三日，則此函當撰於上書太平天國前夕。左孟星名樞，爲龔橙親戚，王韜於咸豐十年（1860）三月初七日在龔孝拱家獲識左孟星，後結拜爲兄弟。時左氏才從湖南來，捐納同知，分發粵東。
② 此字因塗沫而無法看清，揆諸文意，當是"兄"，或爲王韜稱名。
③ 清兵克復安慶在 1861 年 9 月 5 日。

之説。今議法人守城，英人禦野，洋行各出一人，藉以保衛身家，如中國之團練；西北各城外皆掘壕溝、築砦堡；洋涇浜一帶，皆樹木柵。洋場設有會防局，海舶所到，洋籼不下數百萬石。英法兵士，從香港至者，約有四千，聞又將復絡繹而來，兵餉可謂精足，防禦可謂周密。英公使巴夏禮、水軍提督巴克自詣賊巢，説其無加兵於滬，以周百里爲界。聞賊酋悍不之許，巴侯不悦而旋，因此欲戰之意以決。然竊料洋人之意，賊苟無侵滬疆，彼即可按兵不動，豈真欲助我而討賊也哉？説者謂賊志在子女玉帛耳，豈真有遠慮哉？上海爲子女玉帛之淵藪，賊日夜所垂涎。果有此言，難保其不至。洋人所恃者，鎗炮耳，然炮僅能及遠，鎗隊整則能勝，苟有敢死之士，突入其內，令掣其肘，則隊伍忽亂，而鎗不及發，火器雖精，亦何所用！不知兵，危道也。能百勝而不可一敗。英法雖強，其如寡不敵眾何！此亦可慮也。聞賊中頗有人焉，爲之經畫一切，其言曰：用兵之道，當舍堅而攻瑕、避鋒而挫弊。賊與我爭天下，其所重者我也，非英法也。於今天下未寧，方欲經略中原，所欲資兵力者甚多，則爲我計者，待夷寧和而無戰，不宜輕失外援，以啓邊釁。雖王者之政攘斥四夷，而洋人通商於此，自澳門至粵東，已三百餘年，上海尤爲根本重地，恐未易一旦洗其足跡。語云"知彼知己，百戰百勝"，高祖之於項羽，知其輕用其鋒也，故忍而不發，養其全鋒而待其斃。今者洋人調兵籌餉，悉力一心，其氣方強，其鋒甚銳。若賊侵伐其界，豈肯即成和約而驟然罷兵？若洋人一戰而敗，必思報[復]，或幸而勝，以前日之惠委諸草莽。

然則上海必不可取乎？曰："否，當明告而嚴討之，陽舍而陰攻之，徐以圖之，緩以困之。"賊之言曰："今者恢復舊物，尺土彈丸，莫非我有。"豈有上海偏隅，獨外生成？無他，以洋人在，故緩之耳。乃洋人猶不知感激，忽爲困獸之鬥、瘈狗之噬，是誠何心！則莫若移文法英領事，謂"上海爲貴國通商重地，是以去年至今未嘗侵及，非度外置之也，惟欲中外和好，無失懷柔之至意。而從之募兵斂餉，特與我邦爲難，是知彼猶狡兔三窟也。兩國相争，例不相助，何以袒彼？倘肯驅而遠之，全爲通商境界，則可不煩一兵，不折一矢，相安如故，但遣一介行人通使問好足矣。黎庶無相擾之虞，商賈有如歸之樂，是英法國有大造於士民也。否則兩國相争，勢必焚戮，在英法固無傷，而民人罹害受苦者必不少。夫我至滬，於通商大局，實無所關，所欲争者，天朝耳！英法何重乎此而必欲助之，此所未解也。"如此，則英法必有變通之法，不然亦有辭於彼矣。彼氣已衰，我怒甚烈，所謂"明告而嚴討"者此也。

洋兵皆從各處調集，其勢能暫而不能久。其兵一人月給三十金，費過我兵十倍，餉必久而難繼。今氣壯志盛之時，惟知前進，念不及此，我亦勿復驟犯，而轉用兵於他所或鄰邑，緩以時日，有若舍而去之之意，則洋人必以爲憚其威而退，其守必怠，其備必撤。然後令我兵佯作居民，若爲事平而仍邐至滬者，得至洋涇賃屋潛住，密約日期，同時合舉，大衆貪夜疾趨，刻期大集，內應之人四面縱火，聲東擊西，此所謂欲擒故縱，欲急姑緩，待其懈而擊之，無不勝者。所謂"陽守而陰攻"者此也。

江蘇全省所當急欲用兵者，非海陬一隅也。近在肘腋，與我共有長江者，鎮江也。鎮江與江北諸州土壤毗連，形勢相爲聯絡。賊之用兵，當由劉河口以攻崇明，遞次及海門、如皋、通州、泰州四處，彼土（地）兵少土瘠，備禦必虛，取之易如反掌，則鎮江自危，其勢必孤。鎮江既踞，長江獨爲我有，水道大通，各處舟舶駛行無阻。其要隘所在，可設江北大關，以納夷稅，藉足國用。然後乘銳大舉，溯流而上，專拒曾兵。翼賊擁衆巨萬，已由川界而抵兩湖，曾帥近患瘡瘍，調度無人，此正賊進攻之時，不可失也。能復陷安慶、竄黃州，然後控九江，爭虞口，與翼賊通問，合兵並力，長驅大進，黃州以南，非復我有矣。漢口亦洋人通商之所，約翼賊刻日同取，洋人自必首尾難以兼顧，而上海之和局，必藉以定矣。所謂"徐以圖之"者此也。

賊欲陷上海，必先絕手足，斷門户。奉賢、南匯、川沙、金山，其手足也；松江、寶山、吳淞，其門户也。此數處者，聲氣所由通，貨物所由接濟，帆檣所由出入。今賊若悉衆以力爭，盡陷其地亦甚易。所難者，吳淞有洋人，勢必以死守，恐其爲我先築砲臺、置重兵，而我不能驟得，則賊當疊出以争，使各處貨舶不敢入，而上海百物可立匱。上海素不產米，遠則蘇鄉，近則泗涇閔行，載運以往。如各鄉皆閉糶，而民食必不支，鄉民皆散，其雞豚必無售處，洋人亦必艱於食物，但相持數月之久，內奸必生，閩廣無賴之徒必乘機起事，強者亂而弱者死，洋人必不能禁。環馬場旁薨棟相接，必付一炬，洋人雖曰能舍（守），亦必舍之去矣。所謂"緩以困之"者此也。是則賊取上海亦易，非愚不可及者也。

然爲賊計，必與洋人和，此賊之大局所關也。或曰：仰觀乾象，見天市垣中其氣尚旺，洋人通商中土，尚有數十年之久。然天道遠而難信，不若人事近而可憑。洋人自入中土，用兵未嘗少挫，始索我通商，復求內地貿易。江漢腹地，盡設埠頭，險隘之區，已與我共。是已易客而爲主，變勞而爲逸。退步則有香港、印度，苟一旦失利於上海，則必以爲大辱，必當厲兵束甲，駕帆駛舶，由長江而抵賊巢，與曾兵合攻互戰，直趨蕪湖、九江。洋人與我締結已久，津門之役，尚欲議和。若賊與洋人恩信未結，不足以結其心，一蹶之後，稱兵報復，勢所必然，是賊雖得志於上海，而於力爭上游之局，反有所阻，此爲賊計者所不取也。

說者謂：如是言之，洋人之在寧波與在上海無以異也，何以寧波則拱手而讓，上海則舉兵而爭？蓋以寧波物少而貿易稀，上海則全局皆在，所繫甚重。然洋人自守夷場足矣，何必保城？不知洋人所慮者，賊皆烏合之衆，漫無紀律，殊不足恃。倘聽我兵入城而居高臨下，開炮俯弄，勢可立熠，脣亡齒寒，深足爲慮，此所以與賊力爭也。況寧波因籌餉之艱，遂以罷兵，非真欲讓也。

說者又謂：如是言之，凡有洋人通商之處，賊必不能至乎？洋人自通商中土而來，欺凌我［民人］、藐視我儒士，其性外剛狠而内陰鷙，桀鷔難馴，隔閡不化，今藉賊銳氣，聚而殲旃，可以洩衆憤、張國威。不知事有先其所急而後其所緩者。曹操先並袁紹而後取劉表，以成鼎足之勢；明太祖先攻陳友諒而後克張士誠，遂以混一宇内。方其時，表與操勢固相遠，而士誠地處逼近，似宜先除。而操以劉表自守之虜，殊不足慮；明祖以爲士誠庸材無遠見，友諒雄姿跋扈，誠恐伐張而陳躪其後也。洋人特知自守，不遠出雷池一步，賊之踞安慶不能守，曾兵乃其腹心大患。夷人之性，尚勢而重利，趨盛而避衰，賊苟能自整頓，洋人亦必與之通好。夫王政隆而四夷賓，大道昌而異學息，洋人之來，亦中國之衰氣有以召之也。賊若犯洋人，則我之所深幸也。用兵自有後先。

賊若垂涎上海，結援、散衆、儲貨以困我，則奈何？上海游民不知凡幾，粵東、寧波之民，尤多游手好閒，喜於滋事。城外合圍，勢必無處奔避，而生機將絶，殺機必起。設有一人從中糾結，爲賊内應。洋行中粵人食力者不少，其心未嘗甘於爲徭，賊若遍布謠言，謂粵人必盡起而應我，食物中已預蓄毒矣，則洋人必疑而自防，粵人必危而不安，變必内生。黄浦華民海艘皆有槍炮，勢急情蹙，亦必與我亡命死抗，不若令其同出吴淞，藉以解散其勢。我蘇所資者，上海貨物爲多，一旦困阻，則瀋、遼、閩、粵之商舶必至失業。令其暫下白茆、劉河兩處，輕稅招徠，不必查驗，示之以信，結之以惠，則來者必盛，店鋪不至空虛，而上海市面必然涣散，洋人所得者亦微矣。

蘇福省儒士黄畹上逢天義劉大人禀①

蘇福省儒士黄畹謹禀，九門御林開朝王宗總理蘇福省民務逢天義劉大人閣下：

敬禀者，畹抱病匝月，疏於趨謁，眷懷負疚，罪何可言！

竊以畹承大人推轂以來，無日不以兢惕持躬，以期尚②副厚望，下濟窮黎爲念。伏枕籌思，急於報效。邇聞天兵克杭，額手歡慶，以爲自此襟蘇帶浙，力爭中原，劃江之勢成矣。然兩省自遭兵燹之後，民力凋敝，元氣已傷，尤賴十年休養，十年生息，殷勤撫字，惟爲尚者加之意耳。今畹之老母山妻、弱息稚胤，盡已遷徙至里。從兹托庇宇下，實望栽培而噓噢之。

滬中風景雖未甚決裂，而民情惶懼，有刻無可安之勢。菁③兵駐守在城者，僅有八千，皆係倉猝招募，素未習練。行陣所恃者，洋人耳。洋人以天兵之至，阻礙通商大局，有必戰之志，無議和之説。今議法邦守城，英邦禦野，各行洋商各出一人，藉以保衛身家，如中國之團練。西北各城外，皆掘濠溝，築土城；洋

---

① 此禀文本據故宫博物院藏原件著録，文末"太平天国辛酉年十一年十二月二十三日"即同治元年（1862）正月初五日。"劉大人"爲劉肇鈞。原文中以"菁"指清朝，以"尚海"指上海，以"桂邦"指貴邦，以"国"代國，皆仍舊。原禀文末年月字上鈐有篆文長方印一方，文曰："蘇福省黄畹蘭卿印信。"關於此禀是否確實出自王韜之手，曾有頗多爭議，王韜本人也矢口否認，但從字跡等鑑定，學界一般傾向於認可爲王韜所作。且此函與上一函《追録昔年與左孟星書》文字大體相似，只是上書對象不同，一爲清廷謀劃，一爲太平軍助力而已。而上一函出自手稿本《寄生山館隨筆》，則此函確乎王韜手筆。

② 尚，即"上"字，避皇上帝之諱。

③ 菁，即"清"字，避東王楊秀清諱。

涇浜一帶，皆樹木栅。夷場設有會防總局，海舶所到，洋籼不下數百萬石。英法兵皆從香港至者，約有四千餘，聞又復絡繹而至，兵餉可謂精足，防禦可謂周密。英法公使巴學禮、水軍提督巴克，從輪舶前詣天京，請諸大臣轉奏天王，無加兵於滬，而天王睿衷未可。諸大臣謂：無論前日百里之約不能從命；即今日加滬之兵亦必速至，取天下豈能顧通商大局！況中外肯和，則通商之局亦無所窒礙。巴公使不悦而去，因此欲戰之意以決。畹密察洋人之意，無侵其疆，即可按卒不動，非真欲與我爲難也，則我何不可以舍之？

説者謂洋人所恃者鎗砲耳。然砲僅能及遠，鎗隊整則能勝。苟有敢死之士突入其間，令掣其肘，則隊伍忽亂而鎗不及發，伙器雖精，亦何所用？不知兵危道也，能百勝而不可一敗。英、法，歐洲之雄邦也，寧萬死以洗一耻。夫用兵之道，當舍堅而攻瑕，避鋒而挫弊。與我争天下者，菁也，而非英、法也。於今天下未寧，方將經略中原。中原之疆土，十僅克復二三，所欲資兵力者甚多，則我之待夷，寧和而毋戰，不宜輕失外援，以啓邊釁。雖王者之政，攘斥四夷，而洋人通商於此，自澳門、粤東，至今已三百餘年，尚海尤爲其根本重地，恐未易一旦徙其足跡。諺云："知彼知己，百戰百勝。"高祖之于項羽，知其輕用其鋒也，故忍而不發，養其荃①鋒，以待其斃。今者洋人調兵籌餉，悉力壹心，其氣方張，其鋒甚鋭。若我兵侵伐其界，豈肯即成和約而驟然罷兵？若夷人戰而敗，必思報復。或幸而勝，則我與洋人前日之惠，委諸草莽。

然則尚海必不可取乎？曰：非也。畹請謹獻其策曰：明告而嚴討之，陽舍而陰攻之，徐以圖之，緩以困之。

---

① 荃，即"全"字，避天王洪秀全之諱。

天朝恢復舊物，尺土彈丸，莫非我有，豈有尚海片隅，獨外生成？無他，以洋人在，故緩之耳。乃洋人猶不感激天恩，罔知報稱，今忽爲困獸之鬥，瘼狗之噬，是誠何心！則莫若忠王移文于英、法二邦領事，謂"尚海一隅，爲桂①邦通商重地，是以自去年至今，未嘗侵及，非度外置之也。誠欲中外和好，無失懷柔之至意。而漏網殘妖，募兵斂餉，恒與我爲難，是則彼如狡兔，以桂邦爲一窟也。桂邦凡遇兩國相爭，例不相助，茲者何以衵菁？豈菁則可以興入寇之師，而我則不能整進征之旅耶？苟桂邦肯驅而遠之，荃爲通商境界，則我可以不煩一兵、不折一矢，相安如故，但遣一介行人通問好足矣！黎庶無相擾之虞，商賈有如歸之樂，是桂邦大有造於士民也。否則兩国相爭，勢必焚戮，在桂邦固無傷，而子民之受害罹苦者必不少。夫我之至滬，于桂邦通商大局實無所關。所欲問罪致討者，惟此殘妖餘孽、釜底遊魂耳，在桂邦亦何重乎此而必欲助之？此敝国所未解也。書至，宜有以覆我"。如此明白曉諭，洋人必有變通之法在其間矣；即或不然，我亦有辭於彼矣。彼氣已衰，我怒甚烈，畹所謂"明告而嚴討之"者，此也。

　　洋人之兵，皆從各處調集，其勢能暫而不能久。其兵一人月給三十金，費過我兵十倍，則餉必久而難繼。今其氣壯志盛之時，惟知前進，皆念不及此。我亦勿復驟犯，而轉用兵於他所，或其鄰邑，緩以時日，有若舍而去之之意，則洋人必以爲我憚其威而退，其守必怠，其備必撤。然後令我兵佯作居民，若爲事平而仍邐至滬者，得至洋涇浜賃屋潛住，密約日期，同時合舉。我之大衆，夤夜疾趨，刻期大集。内應之人，四面縱伏，聲東擊西。此謂欲擒先縱，欲急姑緩，待其懈而擊之，無不勝者。畹所謂"陽舍而陰攻"者，此也。

---

① 桂，即"貴"字，避西王蕭朝貴之諱。

江蘇荃省所當急欲用兵者，非獨海陬一隅也。近在肘腋，與我共有長江者，鎮江也。鎮江與江北諸州土壤毗連，形勢相爲聯絡。我今用兵，當由劉河口以攻崇明，遞次及海門、如皋、通、泰四處。彼地兵寡土瘠，備禦必虛，我取之易如反掌耳。則鎮江自危，其勢必孤。鎮江既取，而長江獨爲我有。自天京以至蘇福，水道大通，各處舟舶，駛行無阻。其要隘所在，可設江北大關，以納夷稅，藉足国用，其利必巨。然後乘銳大舉，溯流而尚，專萃曾兵。聞翼王雄師累萬，已由川界而抵兩湖，虎視漢、湘一帶。菁之曾郭（國）藩近患瘡瘍甚劇，年衰血虛，勢難驟痊，其調度必無人。此進攻之時不可失也。能復安慶，克取黃州，然後控九江，爭漢口，與翼王通問，合並兵力，長驅大進，黃河以南非復菁有矣。漢口亦洋人通商之所，我約翼王刻日同取，洋人勢必首尾難以兼顧，而尚海之和局，必藉以定矣，有不屬我者弗信也。晼所謂"徐以圖之"者，此也。

欲取尚海，必先絕其手足，斷其門户。奉賢、南匯、川沙、金珊①，其手足也。松江、寶珊、吳淞，其門户也。此數處者，聲氣所由通，貨物所由接濟，帆檣所由出入。今若悉兵以力爭，盡取其地，亦甚易。所難者，吳淞一口，洋人勢必以死守，恐其爲我先築砲臺，置重兵。而我不能驟得，則當疊出以爭，使各處貨舶不敢入口，而尚海百物可立匱。尚海素不產米，遠則蘇鄉，近則泗涇、閔港，載運以往。今各鄉皆閉糴，而民食必不支，鄉民皆散，其雞豚諸物，必無售處，洋人亦必艱於食物。但相持數月之久，内奸必生，閩、粵之民，必乘機起事，強者亂而弱者死，洋人必勢不能禁。環馬場旁，甍棟相接者必付之一炬，洋人雖曰能守，亦必舍之去矣。晼所謂"緩以困之"者，此也。

---

① 珊，即"山"字，避南王馮雲山之諱。

是則尚海非真不可取也，而睕終以和之之說進者，誠有見於天下大局所關也。請更申其說，幸勿以爲罪而加誅焉，則敢畢其所言矣。

睕仰觀乾象，見天市垣中，其氣尚旺。洋人通商中土，或尚有二三十年之久。然天道遠而難信，不若人事近而可憑。洋人自入中土，用兵未嘗少挫。始索五口通商，後求內地貿易。江漢腹地，盡設埠頭；險隘之區，已與我共。是已易客而爲主，變勞而爲逸。退步則有香港、印度。苟其一旦失利于尚海，則必以爲大辱，必當厲兵束甲，駕帆駛舶，由長江而抵天京，一則自漢口而通訊妖黨，勢必與曾兵合攻互戰，直趨蕪湖。何則？洋人與菁締結已久，故津門之役尚欲議和。而我國與彼恩威未布，不足以結其心。一敗之後，稱兵反噬，勢所必然。是我雖得志于尚海，而于力爭尚游之大局，反有所阻。此睕所不取也。

說者謂：如是言之，洋人之在寧波與在尚海無以異也，何以寧波則拱手而讓，尚海則舉兵而爭？蓋以寧波貨物少而貿易稀，尚海則荃局皆在，所繫甚重。然洋人自守夷場，亦已足矣，何必保城？不知彼與我性情未相浹，恩信未相孚，倘聽我兵入城，而居高臨下，開砲俯轟，則勢可立燄。脣亡齒寒，深足爲慮。此所以必力爭也。況寧波因籌餉之艱，遂以罷兵，非真欲讓也。

說者又謂：如是言之，凡有洋人通商之處，我兵必不可取乎？何以見王師攻必克、戰必勝之威？矧洋人自通商中土而來，欺凌我民人，藐視我儒士，其性外剛狠而內陰鷙，桀驁難馴，隔閡不化。今藉我銳氣，聚而殲旃，庶可以洩衆憤而張國威。不知事固有先其所急而後其所緩者，昔曹操先並袁紹，而後取劉表，以成鼎足之勢；明太祖先攻陳友諒，而後克張士誠，遂以混一宇內。方其時，表與操勢固相遠，而士誠地處逼近，似宜先除。而明祖以爲士誠自守庸材，不足爲慮；友諒雄姿跋扈，誠恐伐張而陳躡其後也。今洋人特知自守，決不遠出一步。曾郭（國）藩之踞安慶，乃真心腹大患耳。夷人之性，尚勢而重利，趨盛而避衰。我苟姑置不問，用兵尚游，一二年間，蕩滌腥穢，奠安區宇，削平僭偽，則洋人必稽首稱臣，願世爲屏藩，而罔敢貳心。

夫王政隆而四夷賓，大道昌而異學息。洋人之來，亦中國之衰氣有以召之。今真聖主馭世，陽光普照，群陰潛消。即其教士睹我王度，亦真知天王爲上帝第二子，奉天伐暴，無有異説。蓋大者遠者既得，而小者近者自克舉矣。此用兵先後之道也。

至於圍攻尚海，當先爲籌及者亦有三：一曰結援，一曰散衆，一曰儲貨。尚海游民不知凡幾，而粵東、寧波之人尤多，游手好閑，喜於滋事。城外合圍，勢必無處犇避，而生機將絶，殺機必起，得一人以糾結之，可作内應之資。洋行中粵東人食力者不少，其心未嘗甘於爲役，可以遍布謠言，謂粵東人必盡起而應我，食物中已預蓄毒矣，使洋人疑而自防，粵人危而不安，則變必内生。黃浦中華民海艘不下千餘，皆有槍砲，勢急情懣，亦足與我亡命死抗，不若令其齊出吳淞，藉以解散其勢。我蘇所資者，尚海貨物爲多，一旦困阻，則瀋、遼、閩、粵之商舶，必至失業。今出示令其甓至白茆、劉河兩處，輕税招徠，不必查驗，委之以信，結之以惠，則來者必盛，店鋪不至空虛，而尚海市面必然渙散，洋人所得者亦微矣。

畹嘗欲以此意尚達忠王，特以陳之而未有路。今恭聞忠王瑞駕在蘇，思欲晉謁，以髮尚短，未敢輕入，故于大人之前略盡區區，幸垂鑒察。如蒙許可，可以尚呈者，請以爲言。特此，恭請詠安。伏維雅鑒。不宣。畹謹稟。

惟恐混冒影射，故暫刻圖記，以杜弊端。未識可用否？伏乞訓示。

天父天兄天王太平天国辛酉十一年十二月二十三日

致楊引傳[1]

省補先生有道：

韜月作家書，亦必作一書與先生。然至執筆時，苦無可説。非竟無一語也，胸中縈縈千百言，輒恨筆不足以達之。正如一部《十七史》，從何處説起，何時得面吐之爲快耶？

苔女姻事，説者兩家。一吳興秀才，貧甚；一嘉善人（□□名竹筠），現（見）爲西人供犇走，美其名曰"買辦"，實則服役者也。弟以其品太卑，顧舍買辦而就秀才，不以目前而論。但兒女姻緣，其中自有一定，有非人力所能主者。而爲之計者，究不可不審也。先生其爲我決之。

韜所居爲杜拉邨，四山環合，蒼翠萬狀。其地最宜於夏節。當五月中旬，節候已逾小暑，而天氣清和，殊不覺熱，早晚尚可著棉衣也。遠方人士避暑來訪者頗衆，詁經之暇，時與同游。車轍所至，必窮其勝，宜有好詩，以答山靈。而酬應之紛，竟疲於筆牘矣。

先生今歲聞在吳門設帳，必能遍交其地之賢豪長者、通人名士，與之上下議論。吳中自碩甫先生後，經學一門幾乎息矣。詞章之學，想有作者，先生能舉其人乎？如有新詩，祈寫示我。

---

[1] 此函見陳振國《長毛狀元王韜》一文附錄，《逸經》1937年第33期第42頁。該文言及楊氏後人藏王韜致楊引傳尺牘十幾封，從引用情況看，多不見於《弢園尺牘》及《續編》。兹將其中節錄文字附錄於此：1."當江浙未亂之先，但求得五百金，爲歸耕計。"2."囊中未嘗名一錢，日在質庫中作生活。"3."至滬凡三變：初變而爲徵逐之游，幾於束書不觀，買醉黃壚，寄情青樓，直作信陵醇酒婦人想；再變而殉名利，不思以實學自勵，妄欲以虛名動世，求於時下名士中廁一席；三變而談經濟，每謂士生於世，當不徒以文章自見，耻作文人，妄求實效，偶一不檢，遂至決裂，憂患餘生，復有二變：始變詁經，繼變言性。"

今月涉歷山水，日與美人相伴，出則同車，入則共席。其一種柔媚端麗之態，殊令人魂銷心灭，覺天下之美者均不足與泰西女子匹。天地靈秀之氣，殆真不鍾於男子而鍾於婦人耶？惜韜年老矣，兼以流離患難之餘，不敢再涉妄想，擁名花、對名山，惟有一"愛"字纏結胸中而已，此外則無他也。藉此可以供養眼福，培植心芽，稍破旅人寂寞。

韜居英土幾半載，稔知其風土人情，實有遠出我中國上者。有如杜拉一村落，居者遠近數百家，民俗謹厚，家足自給，工農商賈，各務其業，市無二價，路不拾遺，而其所謂士人者，尤居優而處尊。韜至此邦，無不呼之爲"譯德"（"譯德"，英語，如中國之謂進士孝廉），延之爲上賓。入其家宴飲，男女雜坐，履舄交錯，勸酒進饌，意渥而禮恭，必出其女公子以待客，年自十五六至二十，攜手同行，促膝並坐，其父母不以爲嫌也。吐語屬詞，莊諧間作，然又毫不可以犯干，守貞不亂，皆花嬌麗貌而至潔其心者也，孰謂泰西禮義之教不及中國哉！此韜知之深，而後有是言，未至其地者，必以爲河漢也。

潘君恂如從先生處取來之書，共有若干，當寫一書目，俾山荊如數取歸後，可攜至粤中也。

專此，敬請饔安。不備。

弟王韜頓首
五月十有九日

附小詩一笑：

一從客粤念江南，六載思鄉淚未乾。今日擲身滄海外，粤東轉作故鄉看。

昨涉名園慰旅情，正將秀句答山靈。家書寄到愁千斛，一片詩懷化涕零。

王韜致丁日昌札

（此札見於忻平著《王韜評傳》扉頁所附王韜手跡，原件爲香港罗香林收藏。因影印件模糊難辨，暫附闕如。）

王韜致耿蒼齡[①]

思泉先生尊兄仁大人閣下：

兩奉瑶華，歡喜無量，并讀大作，典麗喬皇，一時無兩，所謂燕許大手筆者，公可當之矣！欽佩之餘，不禁俯首至地。弟今年六十歲矣，欲循先生往例，首倡四章，以期海內屬和，無如心思拙塞，舉筆不能成一字，以是遲遲至今，當爲閣下所笑也。

入春以來，陰雨連綿，晴時甚少，前數日黃綿襖出，弟偶患小病，鎮日閉關不出，以掃地焚香、經卷藥爐爲消遣，正不知門以外之春光明媚也。

弟未至雲間者三十年矣！今歲如不爲塵務所羈，定當權一扁舟，泛煙波而至，言尋故跡，重訪舊游，當與老友郭友松孝廉呼吸煙霞，話赭寇之亂，此何殊白頭宮人談開元天寶故事乎！此外竊有所請者，如謝宜寶、沈月卿皆松産也，一至滬城，艷名頓著，醴泉有源，芝草有根，弟當執是求之矣！能偕游迷香洞者，

[①] 此函撰於光緒十三年丁亥（1887）二月十一，見收於田家英所藏、陳烈主編《小莽蒼蒼齋藏清代學者書札》第 845—847 頁，人民文學出版社 2013 年影印原件並加釋文出版。耿蒼齡（1828—1888），字思泉，晚號黃庵退叟，江蘇華亭（今上海松江）人。曾知湖北德安府。

非執事其誰哉！

　　花朝已屆，芳訊杳然，當爲春寒所勒，一俟桃花爛漫時，即可一問津也。約齋明經尚未來此，其作袁安高卧耶？星葊興會頗不淺，真令人妒煞。月下彈琴，已逢兩度，頻囑致聲。東風尚厲，伏冀爲道自重。不宣。

愚小弟王韜頓首
丁亥①花朝前一日，雨

王韜致薛福成札②

一

叔耘觀察先生大人閣下：

　　震鑠隆名，廿年于兹。平時欽挹芳徽，亟思作黄河泰山之見，以極生平大觀，特以久羈嶺嶠，南北相左，未能執贄進謁，修士見之禮。壬午季春，由粵旋滬，去天南之遁窟，築淞北之寄廬，習靜養疴，了無一事，終日惟仰屋著書，閉門覓句而已。伏念旅粵二十餘年來，鍵户劬書，不交一客，啁啾獷雜之中，言無與聽，倡無與和，惟與古人相對，聊以自娱。中間曾爲泰西汗漫之游，遍歷英、法各國，讀其史官所記載，上下數千年，縱橫幾萬里，亦足以豪矣。

　　昔在英土，曾譯《詩》《書》《春秋左氏傳》三經，已付剞

---

① 丁亥，即1887年。
② 王韜致薛福成札凡5通，手稿藏南京博物院。此據吴嶺嵐校點《薛福成藏札》，載《東南文化》1986年第2期。其中第四札已見收於《弢園鴻魚譜》，題《呈薛叔耘星使》，故略去。

厠。彼都人士，今皆誦讀，宣聖之道，漸由東土而至西方。將來《中庸》所言，定可應之如操券。航海歸來，掩關卻掃，以三吳先塋所在，狐死枕邱首，仁也。萬里北旋，勞薪永息，自此與故山猿鶴爲侶，麋鹿爲群。即于春申浦上，寄一廛而爲氓，不復問戶外事矣。

去秋中西董事公舉，承乏格致書院①，所擬二事，皆見施行。一廣招生童前來肄業，教以西國語言文字，旁及天算輿圖、機器格致，務期有所裨益，以備他日之用。一天下人才其留意于西學者，應復不少，先以空言，冀收實效，四季課藝，其一端也。曩讀大著《籌洋芻議》，言論透辟，識見深遠，賈長沙比其精詳，陳同甫無此沈痛。自談洋務以來，當奉之以爲先路之導。每讀一過，輒爲攝具三拜。

韜生平述撰，約略三十餘種，刊行者僅八九種耳。曾以木質活版略爲排印，出以問世，雖世有以之糊窗覆瓿者，弗顧也。今先將《普法戰紀》《弢園文錄外編》兩書，奉塵鈞鑒，求賜訓言，俾作指南，不勝幸甚！

溽暑已消，涼飆漸作，凌晨午夜，秋意颯然。猶冀慎護眠餐，萬萬爲國爲民爲道自重。不宣。

鄉晚生王韜頓首上
七月十有六日

二

叔耘星使先生大人閣下：

前聞旌節蒞臨，即趨造行轅，敬挹德輝，詎意尚在金閶。越

---

① 王韜1885年秋始任格致書院山長，據此知此函撰於1886年。

三日復詣，適值政躬少有違和，未遂瞻謁之私，彌切依回之念。嗣後屢思一見，以罄所懷。尚晤趙靜涵孝廉，敬問起居，諒經轉達。

拙著茲已刻成四種，《法國志略》不日可以告成，將來可托王君心如寄至倫敦。英國人士頗多相識。敖斯佛書院山長理君雅各，通中國文字語言之學，而尤長於經術，所譯五經，久已鋟版風行中外，誠好問績學之士也。附書一包，敬求代致，俾知申江一病叟，尚無恙在。倫敦爲韜舊遊之地，歲月雖更，山川如昨，惜不得隨憲節俱行，輒爲神往。近刻《法國志略》二十四卷，不日告成。竊謂採取頗廣，于近事尤詳，或可備一隅掌故也，四裔志中或可參一席乎？明後日敬當詣轅謁見，恭聆訓言，藉增識見。

張香帥①近有《洋務叢書》之輯，欲延韜爲總纂。正恐才譾學陋，不克勝此重任耳。此作分門區類，計十有二：曰疆域、曰國用、曰刑律、曰軍制、曰職官、曰學校、曰商務、曰工作、曰邦交、曰稅則、曰教派、曰禮俗。中無象緯、曆算、格致、機器諸種洋學，似易采譯，他日成書，亦一大觀，但不知果能舉行否耳。

天氣暄暖如陽春，伏冀萬萬爲國自重。不宣。

鄉晚生王韜頓首上
嘉平十月

新舊刻十三種敬呈鈞覽：

《重訂普法戰紀》二十卷，十本；

石印《淞隱漫錄》十二卷，四本；

《重訂遁窟讕言》十二卷，四本；

《春秋朔閏日至考》三卷，三本；

---

① 即張之洞。張之洞，字香濤。

《春秋日食辨正附春秋朔至表》一本；
《瀛壖雜誌》六卷，二本；
《弢園文録外編》十二卷，六本；
《弢園重訂尺牘》十二卷，四本；
《弢園尺牘續鈔》六卷，二本；
《甕牖餘談》八卷，四本；
《火器略説》一本；
《蘅華館詩録》五卷二本。
外附求代致英國敖斯佛大書院山長理君雅各書一包。

三

叔耘星使先生大人閣下：

揮別以來，倐忽三年。歲月如馳，山川間阻，所思不見，我勞何如。昨奉環雲，敎聆壹是。倫敦本韜二十餘年前舊遊之地。所有名勝之區，皆爲笠屐之所經，今日憶之，恍如夢寐。頃蕭敬孚從鐵廠來，手攜大著日記見示，讀之恍重爲海外之行，昔日之宮室、苑囿、池沼、亭台，顯顯在目。惜韜老矣，不獲追陪旌節，問諸故人無恙，徒作卧遊，爲可歎已。

梅生一案，始議滿期釋出囹圄，僅解至香港，即可蕭然局外。今專命二役遠解英都，尚須讞鞫一過，此皆出自面折廷爭之力也。夫己氏鴟張狼顧，舞弄筆墨，無所顧忌，人皆目爲穢史，置之不足齒數。近日源泉漸涸，將有不可終日之勢。所云增一日報，由叔禾觀察主持，中秋後諸君子將操不律以從事矣。主筆者爲吳大令瀚濤，前曾隨使日本、秘魯，稔悉詳情，瞭如指掌，文氣亦復浩瀚可觀，洵異才也。事當創始，韜苟有所知，不敢不告。若欲使執筆爲文，則江淹才盡，郭璞思窮，敢謝不敏。特韜向所言者，乃西文而非華字。西文則可正彼人之是非，證當時之曲直，華字非其所寓目也。若僅與夫己氏辨，非所屑也。此輩只宜存而不論耳，不然，文字滋禍矣。

韜佐理香帥譯輯《洋務叢書》，必至八月杪始能蕆事。十二門中，疆域一門爲尤備，袠然二十有四册，約略五十萬言。視臣朔所誦，幾兩倍之。韜意可作單行本，於《瀛環志略》《海國圖志》之外，別樹一幟，將來以備四裔館之采擇，未始非一得也。《申報》四紙附塵台覽。西儒理雅各先生一書，乞爲代致。

今夏天氣殊熱，讀《雲漢》之詩，幾致無陰以憩。惟冀萬萬爲國自重。不宣。

鄉晚生王韜頓首上
閏六月二十四日

四

此函已見於《弢園鴻魚譜》，題《呈薛叔耘星使》，此略。

五

叔耘星使先生大人閣下：

憶自春初揖別江干，一刹那間又屆長至日矣。異鄉逢令節，能不興遠道之思乎！海外風景，見聞自異。此中人情，頗覺不惡。英國俗尚敦龐，所可取者，曰能信，曰勿欺，法弗逮也。至於宮室之壯麗，服食之華侈，英弗逮法。彼至中土，輒以詐力勝，而在其國中，未嘗不彬彬爾雅，文質相宣，居然爲禮義教化之邦。若夫旌節所臨，必多見所未見、聞所未聞。當必能豁耳目、拓心胸，選勝探幽，窮奇極巧，詢古今之沿革，溯製作之源流，而臚歐羅巴一洲於掌上也。

韜邇來老病頽唐，杜門罕出，日惟以書史自娛。藥爐火邊，伸紙命筆，間有所作，殊不足爲外人道也。去年醵資刻書，至今僅得十有二種，而資已告罄。就中惟《法國志略》卷帙稍繁，采搜亦廣，近數十年事實幾於搜輯靡遺，亦可爲談海外掌故者之一助。玆特附諸郵筒，敬塵鈞覽。

竊以爲記所聞，不如記所見；遠考之古昔，不如近驗之來今。閣下星軺所及，問俗采風，必所不廢。悉近事，諏遠情，全在舌人爲之傳譯，而明其樞機之所在。能握其樞機，則交涉之事無不立辦。其他則在知其山川之險要，兵防之疏密，營壘之精嚴，工作之窳良，民人之向背，上下之乖和，隨時所得，筆之於書，而輿圖之學，亦在所重，此固輶軒之所有事也。法京巴黎，富麗喬皇，稱爲歐洲巨擘，亦閣下西道之所經，使車之所駐。倘有目擊耳聆，得之新義者，乞爲寄示，俾得爲法志正訛糾謬，補缺摭遺，傳之後世，以成信史，皆出自閣下之所賜，感且不朽。

《西學輯存》六種雖係舊作，而排印于春尾夏初，其時節麾早已啟行，故未及見，今亦寄呈。

惟韜鉛槧之役，近擬中輟。將伯雖呼，顧而無繼，非大有力者，不能爲之提倡耳。倘蒙閣下惠以廉泉，分以仁粟，傾助其一二，俾剞劂有資，拜賜靡涯，銘肌載切。以韜老矣，不及時爲之，恐終至拉雜摧燒，隨煙雲而消滅，欲求供世人覆瓿糊窗之用，且不可得耳。佇聽好音，服之無斁。

此間寒燠不常，殊乖冬令，伏冀萬萬慎護起居珍重。不宣。

鄉晚生王韜頓首上
嘉平長至令節

其他散見尺牘

王韜致盛宣懷書信

説明：此書信集據王爾敏、陳善偉編《近代名人手札真跡——盛宣懷珍藏書牘初編》第八册第 3333—3580 頁所收王韜致盛宣懷書信録入點校，原件藏香港中文大學中國文化研究所，香港中文大學出版社 1987 年據原件影印出版，爲《中國文化研究所史料叢刊》之三，凡 73 通，另附有王韜致楊（子萱）廷皋函一通。

一

杏蓀方伯尊兄仁大人閣下：

鯉訊久疏，鴻儀遠隔。樹雲在望，徒切瞻依。去歲重陽節後，曾肅手翰，未蒙裁復，想其時履任視事，政務孔繁，赤緊情殷，蒼生念切，故未遑及荒陬窮谷中一病叟也。入春以來，羌無好懷，非藥鑪茗碗、長夜無聊，即載酒看花、跌宕風月耳。信陵醇酒婦人，藉以銷憂排悶，豈真溺而不返哉！其心獨苦也。

目擊時事，無可下手。今日之患，孰有急於俄者哉！① 我即不與俄戰，而俄則必欲挑釁，以出於一戰，將奈何？不戰而和，此爲下策。兵端既開，有難言者矣，杞憂正未知何時已也。

近見諸言官奏疏，皆欲與俄從事。而朝廷業已密諭各直省整飭戎行，謂即無俄釁，亦在必行。夫邊防本不可不固，兵備本不可不嚴，原非待敵國外患爲然。蓋備於不虞，古之善教也。有備

---

① 此句以下文字俱見於《弢園尺牘》卷十二《上鄭玉軒觀》（今日之患）中，則兩函約撰於同時。

無患，武之善經也。當此時局維艱，洋務孔亟，演練水師，添設戰艦，廣招工匠，製造鎗砲，籌備餉糈，整頓營壘，誠不可一日暫緩。當道諸公銳心壹志於此，可謂知所急務矣。特慮其進銳者退速，始勤者終怠，行之一二年，旋復廢撤，或僅奉行故事，爲可虞耳。

抑又聞之：自強之道，自治爲先。今日之弊，在上下之交不通，官民之分不親，外内之權不專，中外之情不審。今當一反其道而行之，然後可選舉人才，簡擇牧令，搜羅遺逸，廣儲材藝，而與民開誠布公，相見以天。恤災蠲賑，不至於具文，撫字噢咻，不至於隔膜。國有大政，宣示中外，布告遐邇，使民間咸得知聞。蓋爲國首在得民心。民心既固，士氣自奮。今日之民心，渙散極矣！

國家之安危，無預草野之休戚；朝廷之榮辱，無關畎庶之憂喜。一有事故，流言傳說，盡人人殊，而其心亦復人人不同。此民之不足恃也。今日之士氣，惰玩極矣！無事則嬉，有事則驕。入市一空，過村一闃。遇有調遣，惟事逍遥；遇有大敵，志在一逃。此兵之不可用也。今之宦途，敝壞極矣！幾於末流，不可復挽。其外固壞於捐納，而其實尤壞於科第。今之所謂士者，皆率民而出於無用者也。誠能廢科第而爲薦舉，采之鄉評，參之里選，而後上之州邑，孝弟、力田、廉節、方正，以端風俗，以厚人心，而別以實事、實功、實學、實行設科取士，則人才自生，士流自清，宦途不患其不肅矣。

目前所宜備者，固在東三省。然長江雖曰天塹，俄人豈不能飛渡哉！今俄人戰艦停泊我沿海境上者，已有十六七艘，一旦變作，必且猝起爲患，招商局輪船可盡爲彼虜，以供其用。各處所設船礮局廠，亦在可慮。前日闖入粵東省河，探測水道、窺伺形勝，面對城闉，口講手畫，其意實在叵測。設使疆場有事，彼必將阻截南北，遏絕郵傳，遍地驛騷，各省震駭，我且疲於犇命之弗遑矣。

竊以爲朝廷用人，宜當其材而用之，尤必專於其任。西報有調升曾爵撫總督兩江之説。雖不足憑，要非無因。九帥長於用兵，向者克復江南，聲威素著。今總制嚴疆，扼守長江，敵人必聞而生畏。愚以爲東三省亦重鎮也，宜以爵撫獨當一面，爲全遼之屏蔽。往者朝廷曾命丁中丞經略七省，督辦沿海水師，遇事則與兩江總督會商。竊以爲經略七省，任重而事鉅，而經費無從出，則亦徒擁虛名耳。會商則必至多所掣肘，不能獨斷獨行。即使倉猝從事，於大局亦復何補。徒受虛名，必無實效。中丞於此亦惟有鞠躬盡瘁，以一死上報國家而已。誠不如實授以兩江總督之任，長江水師、沿海戰艦，均歸其節制，而由南六省爲之籌費，由洋關爲之㐲助。中丞遺愛在吳，愛民下士，民到於今稱之。今者節鉞重臨，三吳之民，必樂爲用。至長江水師，既有彭雪琴侍朗爲之總統，其提督一缺，似可以方照軒軍門爲之，許其便宜行事。廣募潮勇，藉以衝堅折鋭，先挫敵人之鋒，而尤必使壁壘一新，旌旗變色，而後可用。沿海各直省各廣設水師館、藝術院，演放鎗礮、練習駕駛，上下同心，將士戮力，十數年後，或有成效可觀，然後始可以言一戰也。而今則猶未也。

夫天下非常之人乃能建非常之事，然必畀以非常之任，而後始克成非常之功。事權既一，智慮自出。今外無專任之將，內無仔肩之相，聚訟盈廷，莫執其咎。言官徒知逢迎意旨，據理以爭，不知事至今日要當度勢審時，行權達變。苟拘墟成例，執持舊章，則必至於僨事。試問泰西列國通商以來，其所請何一在乎理之中者？而卒至於許之，則事可知矣。急則奮，緩則怠。苟且因循、夸張粉飾，其弊沿爲積習，而其禍遂中於國變。前事之不忘，後事之師也；前車之既覆，後車之鑒也。我國家誠能勵精圖治，奮發有爲，三十餘年中，亦復何事之不可爲，而奚至於今日！此賈生之所以痛哭流涕而長太息者也。雖然，來軫方遒，補牢未晚。其亟圖之，以冀萬一。別紙所呈，並希裁鑒。

韶華逾半，天氣猶寒，伏維愼護眠餐，萬萬爲國自重。

愚小弟王韜頓首拜手
庚辰三月七日

二

杏蓀方伯尊兄仁大人閣下：

別後三肅手書，敬候起居，亮已檢入典籤，悉登記室。回思去歲冬間，台旌蒞臨香海①，獲聆教言，揮麈談詩，銜盃話舊，頗得異地友朋之樂。今春弟自粵言旋，遷居石路，去天南之邂窟，住淞北之寄廬。小築三椽，聊庋圖籍；燕巢鷦寄，藉蔽雨風。摒擋甫定，即來奉謁，而文斾久已北上矣。愛而不見，我勞如何！

法越之事，卒至割地議和，終不出弟所料。然法人如是之急於求成者，其國非有外患，必有內憂。拿破崙舊黨盤踞於國中，阿洲之亂民、埃及之爭地，復騷擾於國外，恐終不免於用兵。法，今歐洲虎狼之國也，素爲列邦之所忌嫉。兵釁一開，強鄰悍黨必有起而乘之者。此不宜與中朝戰者一也。泰西列邦，皆以通商中土爲利藪，英、普、美所繫尤重。法人賈艦雖於沿海各埠無處不至，而通商之局未宏，一旦兵事突興，必非列邦之所甚願；居間調停，勢所必然。法於此能勿從乎？此不宜與中朝戰者二也。通商，英爲急；傳教，法爲重。天主教流入中土已三百餘年，十八

---

① 盛宣懷光緒九年（1883）冬道出香港，與王韜把酒縱談。

省中，習教傳徒盈千累萬。近日民教已有齟齬，幸賴地方官時爲之保護，民特隱忍而無可如何耳。兵釁一啓，民憤尤深。此時教士教衆當必有罹其毒者，我中朝不任受咎也。此不宜與中朝戰者三也。法人早已知此，故始則純以虛聲恫喝，終則仍出於和。

弟於中外交涉之故每喜窮原竟委，遠矚高瞻，於其前後情勢瞭如指掌，故所言往往不幸而中，所謂使賜多言者也。噫，弟今老矣！旅粵已二十有四年矣，倦游知返，息影敝廬，小隱淞濱，斁門却掃。惟是長安米貴，居大不易。計家中食用與弟杖頭買酒所需，月須得七八十金。苟今歲不能敷衍，則惟有仍返粵中耳。

前蒙雅意殷拳，許於招商、電報二局厠之文案之列，聞命悚惶，日深企望。但月中脩脯，弟亦並無奢求。可否代言之於爵相之前，再能於析津海關道署掛一文案虛名，俾弟稍作補苴，以遂其讀書養志之樂？則閣下之大惠、爵相之隆恩，高於九天，厚於九地。況乎閣下一言重於九鼎，爵相當必俯從也。仰企維殷，銜戢何極！

弟生平著述未刻者尚有二十餘種，今兹悉擬付之手民、壽諸梨棗，奈衣食之慮方深，故未能及此也。苟能縮衣節食而爲之，俾得出而問世，則感且不朽。恃愛妄瀆，曷勝惶悚。辱以文字之契、金石之交，想閣下自必有以位置弟也。

時交夏令，餘寒尚殄，伏冀珍攝眠餐，萬萬爲道自重。不宣。

愚小弟王韜頓首
甲申四月二十日泐

三

杏蓀先生方伯大人閣下：

聞文斾從析津回，喜甚。本即欲趨候台端，恐公事旁午，而弟以閒雲野鶴溷其間，殊多事耳。弟以毘陵活字板法創設書局①，排印生平著述，兼及他書。惟紙料工值頗鉅，月必五六十金，難以持久，思爲將伯之呼。承閣下前日許諾，感泐無既。

招商一局，仍歸於我。拔幟立幟，轉移頃刻。閣下總攬大綱，知人善任，當有一番振作。弟小住淞北寄廬，了無一事，敢請以堦前盈尺地位置之，感且不朽。弟所求皆無奢望，但得遂其讀書養志，斯已足矣。

當暑忽涼，伏冀爲道自重。不宣。

鄉小弟王韜頓首上
六月二十有三日

四

杏蓀方伯先生大人閣下：

弟閉戶讀書，習静養疴。野鶴閒雲，了無一事。不獨竿牘酬應素所不慣，即登山臨水、載酒看花，亦復懶出。其意興之索莫，可知已。旅滬以來，惟以刻印書籍自娱。亡友蔣劍人詩詞及詞話均爲付之梨棗，《珊瑚舌雕談》，說部之流，以活字版印行。近又排印《校邠廬抗議》，所談洋務、時務，深抉閫奧，中允識見之遠大，可謂當今巨擘，惜乎當局者不能行其言也。

承示後日稍閒，可小集於味蒓園，極妙。惟其地殊遠，宜於卜晝，不宜於卜夜，往彼非風馬雲車不可。應俟秋風起後，天氣漸涼爲宜。

印局既創，時虞乏資。致書朋儔，聊呼將伯。惟方照軒軍門助以五百圓，方銘山觀察助以百圓，兼爲杖頭買酒之需，得從正月支持至今。迺蒙閣下雅意殷拳，慨然惠許，感泐之私，銘肌浹

---

① 王韜創辦木活字印書局"弢園書局"在光緒十一年乙酉（1885）正月。

髓。然弟實無奢望，但求能敷衍兩三月，以後自可舒展。倘賜以一席地，月得修脯，亦可藉作補苴。惟閣下其圖之。

本擬趨候崇階，因恐公事旁午，未敢輕造。涼燠不常，伏冀爲道自重。不宣。

愚小弟王韜頓首上
六月二十九日

奉呈：

《嘯古堂詩集》

《芬陀利室詞集》

《珊瑚舌雕談初集》中有述創建電綫一則，借重大名，以光此集。

以上三種祈賜鈞覽。

天南遯叟呈

五

杏翁方伯先生大人閣下：

前日拜賜十八孃之惠，謹謝。畫字四軸，已塵台端，想蒙清鑒。擬價祇增八元，當無不可。阿堵物祈賜一字，韜於子萱大令處就領，何如？今日雨師相留，想又須勾留一日也。蕭此，即請鈞安。

小弟王韜頓首
浴佛後五日

六

廣寒仙子之事諧矣，敬將好消息報與杏花知。月舫有密友，是伊同鄉人也。昨弟致書廣寒仙子，令其招之來，示以弟書，與之酌商。弟書中有五好之説，爲之思慮，面面周到。欲全得五好,無有如嫁杏者。今將其友來書上呈,彼欲請子萱大令作介紹者,蓋以鈔之一字耳。速則請子萱言,遲則俟弟病痊能出,往彼一譚,均無不可。渠家與子萱大令亦極相稔也。

[附]廣寒仙子之同鄉致王韜書:

頃平原以叟命來招,得讀手畢。爲交好謀者面面都到,至矣,盡矣,蔑以加矣。鄙人一爲世誼,一爲鄉誼,敢不力贊成之?惟廣寒竟如深閨處子,𡧩無一言。窺其意,似無不可者。諺云:一愛好,一愛鈔。恐未能免俗。叟適養疴,或請子萱傳言,玉女當無不諧。雨途不克走譚,歉之。手此,敬請順安。

雨宥
四月十二日①

七

杏蓀先生方伯大人閣下:

前月二十七日即欲作芝罘之行,病發不果②,幾有若或阻之者。至今喘猶未愈,才動跬步,氣已上逆,服藥百裹,總不見痊。金保三謂絕慾靜養,不見一客,不思一事,乃望其佳。向時治法有二,朱昂青則服麻黃熟地,金保三則服參鬚肉桂,今兩者俱不靈矣。舊時有洋金花煙,吸之可以治喘,今亦不見效。前日天氣驟熱,節近端陽,時同盛夏,殊不可耐,精神益爲疲薾。日間必作晝寢,受心法於宰予,午前後兩次,則一日已過。玩愒時日,殊可惜也。兼以周身骨節酸痛,懶怠異常,想年歲弗永矣。病中勉就讐校之役,將生平著述數種令鈔胥者繕寫副本,已得

---

① 光緒十四年戊子(1888)。
② 時在1888年。

《春秋日食考》《春秋朔閏日至考》《春秋左氏傳集釋》《弢園尺牘續鈔》《法蘭西志》《臺事竊憤錄》，節後當召手民亟爲排印。惟《四溟補乘》則以卷帙浩繁，尚有所待耳。韜所以亟欲付之剞劂者，恐一旦先犬馬填溝壑，使一生心血隨草木而同腐也。

鍾鶴笙已來此間，韜訝其迴轅之何速。繼知閣下將大用之，俾得展舒其才具，甚善。大君子之愛才禮賢、羅致人士也如此，可謂至矣。將見朝取一人焉，拔其尤，暮取一人焉，拔其尤，無怪青油幕下人才濟濟，而能各竭其所長也。

格致書院夏季課藝尚待我公命題，以爲多士矜式。格致爲洋務之發軔，亦精華之所萃，樞紐之所存，必當分求南北洋大憲總持其間，每歲春夏季則龔仰蘧公祖與閣下當之，秋冬季則薛叔耘觀察與胡芸楣觀察當之，周而復始。若有他大憲預其間，亦可稍間一期也。前日嘉獎至七十餘金，多士頌聲載道，然今後者難爲繼矣。叔耘觀察勉力至四十五金以相抗衡，此外無敢問鼎者，誠一大快事。後請減之，何如？

天熱，伏冀萬萬爲道自重。

愚小弟王韜頓首
四月廿五日

八

杏蓀方伯先生大人閣下：

前奉環雲，歡喜無量。並蒙賜以紈扇，親揮椽筆，書畫雙絕。從此出入手中，奉揚仁風，恒以爲寶，永矢勿諼。感泐之私，匪可言喻。瓊琚之投，當思報稱，何敢輕題一謝字而已哉！《淞隱漫錄》茲已刊至百十七號，謹自六號至十七號，都十有二册，寄塵清覽。案牘餘間，一披閱之，或當掀髥一笑也。邇來梅雨淋浪，殊悶人意。韜不出戶庭者已十日矣，載酒看花，了無意興。後當但作清游，藉供消遣。若輩中多負心人，落花辭樹，飛絮沾泥，春婆夢正易醒也。青蓮雨裏，畫舫波中，已見脫離惡趣，乃聞近日復思移根曲苑，蕩槳煙江，欲作舊時生活。彼平陸大夫者，葵難衛足，卿未憐儂，殊不諒蓮子心中之苦。聽瑣瑣者背所天，將置呱呱者於何地！遇人如此，旁觀者所爲竊嘆者也。如其再墮風塵，有心人肯爲援手否也？以一葉之慈航，渡之苦海，重登蓮座説法，此其時矣。承許七月後當爲之道地，感甚。

　　韜近擬與吳門諸友同設書局，如有餘貲，思將生平著述次第排印，但不知能償宿願否也。兹有王永年先生，四明績學之士也。平日留心洋務，於西學頗有所得，肄業格致書院，屢列前茅，所繪諸圖，具有實際，誠當今不可多得之才也。今其來謁，作黃河泰岱之觀，伏求進而教之，不勝幸甚。

　　綏翁作芝罘之游，當作平原十日飲。南樓讌賞，興當不踐。其學識品行力爭第一流，韜素所欽佩，願學之而恐未逮焉。永年爲其所薦，名下當無虛士。

　　天氣漸熱，伏冀順護眠餐，萬萬爲道自重。不宣。

　　　　　　　　　　　　愚小弟王韜頓首上
　　　　　　　　　　　　丁亥①端七日

九

杏蓀方伯先生大人閣下：

　　昨所談號商船商所舉沙船公局董事公禀尚未繕就，如晤仲芳觀察，乞略言大致，以爲後圖。昨日之游殊暢，月宮中廣寒仙子

---

① 丁亥即1887年。

將來即有卯金刀，亦可屬諸漢成溫柔鄉，百煉鋼終當化作繞指柔耳。天暑如此，晚間如涼爽，當至輪船執別。吾輩心交，感恩知己，常銘方寸間，當不存形跡間也。肅請晨安。

小弟王韜頓首
五月望

十

杏蓀方伯先生大人閣下：

以一兩月之槃桓，得四五番之團聚，一騎看花以去，扁舟載月而還，亦生平之快事也。今晨晤仲芳觀察，曾託以弟事否？以後倘有眉目，當求達一赫蹏爲之介紹，一言重於九鼎，一紙書賢於十部從事也。

外附枕中秘書六冊，藉供輪舶中消遣。特舶中少秘密佛結歡喜緣耳。此書由日本翻刻者易名《覺後禪》，較之原名《肉蒲團》頗有意義。弟與唐芝田札竟戲以嫪毐比之，下云：「關相輪而疾轉，七寸稱雄；抱瘦腰以狂呼，雙趺高舉。」此等惡札，亦不啻閱《肉蒲團》矣。附書以博一笑。

晚間如涼爽，肝疾不作，當至新裕輪船執別。赤日當空，如張火繖，雖不至鑠石流金，亦覺無陰以憩。惟爲道自重。

小弟王韜頓首
五月望日

十一

杏蓀方伯先生大人閣下：

去冬旌節蒞臨滬上，暫駐襜帷，得以親挹鴻儀，暢聆麈教。

所獻名人墨跡及古碑帖，皆寒舍舊藏，自經兵燹之後，此種物已不可多得矣。閣下以賞鑑名家，自具正法眼藏，比之項子京、顧阿瑛輩，有過之無不及焉。未識區區芹曝之貢，獲邀心賞否？弟十指如懸槌，春蚓秋蛇，異常惡劣。而東瀛人頗有嗜痂之癖，每得拙書，如獲珙璧，其餘所作詩文，輒視同金科玉律，以故有"日東詩祖"之稱，言者無異詞。閣下聞此，定當一笑。

己丑秋季課卷寄來已久①，想當早經評定甲乙，凡在書院肄業士子，無不咸殷仰企，幾於望眼欲穿。夫以閣下持玉尺而量才，秉金箆以刮目，褒榮於華袞，貶嚴于斧鉞，一出言而奉爲圭臬。凡經拔列前茅者，如登龍門，自展驥足。伏求即將鑒閱之卷付之郵筒，俾得傳示儒林，用慰衆望，不勝幸甚，不勝盼甚。

近日筆墨之役益復紛如蝟集，所譯《洋務叢書》已竟"商務"一門。西士於譯事尚勤，特其學問似未充裕耳。拙著見刊《西學輯存》六種，已將蕆事；《重訂法國志略》二十卷，亦將竣工，季春之杪俱可裝訂成冊，奉塵鈞覽。

春寒多雨，名花遲開，伏冀萬萬爲道自重。

鄉小弟王韜頓首上
閏二月下澣四日

十二

杏蓀先生方伯大人閣下：

二月杪，得奉花朝手諭，歡喜無量。即欲裁答，以病骨初甦，疏懶成性，兼以連日酬應，無暇旁及筆墨，鼠鬚側理，視爲畏塗。韜一病四旬，花朝始應岸田吟香之招創設玉蘭吟社，其時

---

① 據此以及下文"刊《西學輯存》六種，已將蕆事"諸語，知此函撰於光緒十六年庚寅（1890）。此年有閏二月。

集者十有一人,翌日,又會於徐園,然至今詩尚未作。兹者和風送暖,孱體已痊,決意束裝就道,擬於三月二十偕徐丞、祝三同舟言邁,鍾君鶴笙感知己之恩,亦必同來,竭誠晉謁,極黄河泰岱之觀,快景星慶雲之睹,並欲著弟子之籍,求出大賢門下,想閣下亦必喜而許之也。說士若甘,求賢如渴,韜素知閣下之用心,欽佩良殷,於今乃益信。畫報十有三册,藉供瀏覽,聊以怡情,敬呈閣下,置諸案頭,掀髯一笑也。

韜即日束裝,不無掫擋,可否先行滙寄若干?非求行李之輝煌,聊給全家之蔬水。今因祝君擷珊、廖君斌卿運載機器之便,先作一書,屈指到日,距韜啟行之期不遠,滙寄或恐不及,先以電音致之亦可。

朗帥處祈爲轉達。伏冀餐衛適時,萬萬爲國自重。

      愚小弟王韜頓首上

      三月八日辰刻①

十三

杏蓀先生方伯大人閣下:

前日王恭壽茂才來,曾肅手翰,敬候起居,聊抒雲樹之思,勿致箋縑之曠。函外附以畫報十餘本,藉以排悶,可作消閒,想入典籖,已塵清覽。近來天氣炎燠如蒸,赤日當空,若張火繖。韜心憚暑,已同喘月之吴牛。讀《雲漢》之詩,真覺無陰以憩。雪藕調冰,浮瓜沈李,既無此豔福,惟有閉關静坐,不出户庭,埽地焚香,吟詩讀畫,聊自消遣而已。一昨楊子萱大令至衙齋,曾以鄙忱託其上達,當已在洞鑒之中。七月杪,《淞隱漫録》已

---

① 此函有"花朝始應岸田吟香之招創設玉蘭吟社"之説,據《申報》,創設玉蘭吟社在光緒十四年(1888)。

盈十二卷，主者意將告止①，因畫報閱者漸少，月不滿萬五千册，頗費支持，然韜月中所入又少佛餅四十枚矣。長安米貴，居大不易，屢思歸臥故鄉，在吳門覓屋三椽，藉儲書籍，統計陸賈囊中廿年所蓄，尚不足以敷衍，必俟一二年後，硏田略有贏餘，庶可逍遙容與，安賦歸與也。能成此志者，舍閣下其誰與歸！敬齋戒熏沐，濡豪上請，願勿視之爲尋常竽牘也。

　　側聞王者之香，厥惟蘭茝，與善人居，而入君子之室。自此謝家庭院，咏絮人才，又添一個，宜其室家，福履綏之，請閣下代爲詠之焉。

　　時維六月，蓮花盛開，駕彼畫舫，薄言采之。清波一泓，渺不可接。廢然而返，思無終極。或有告予者，謂必棄之平陸，始可問津焉。此時葵忱一點，枉向陽開；蓮苡半房，始知心苦，然已嘆秋風起矣！

　　大暑方殷，小年正永。伏冀萬萬爲國爲民爲道自重。

　　　　　　　　　　　　愚小弟王韜頓首上
　　　　　　　　　　　　六月十有七日

十四

杏蓀先生方伯大人閣下：

　　前肅手畢，亮塵鈞覽。滬上一隅，爲冠蓋之所往來、舟車之所輻輳，其間讌會之酬應、筆墨之匆忙，幾於日不暇給，以是精神日形疲薾。山左之行，藉以避嚻，亦是一策。約於中秋後束裝就道。朗公大中丞已來四書，雅意殷拳，不能不往。愛才下士，

---

① 據《申報》光緒十三年丁亥七月初六日（1887 年 8 月 24 日）《一百廿三號畫報出售》與《新書出售》廣告，點石齋畫報刊載之《淞隱漫錄》十二卷已輯集出售，則該函或撰於此年六月。

可謂古今來所難得者矣。昨廖斌卿來，又復賜以多珍，拜嘉之下，益覺汗顏。

河南鄭州決口既不能就之，將來秋汛，不知如何堵截。直隸永定河又復告警矣，聞茲消息，殊抱杞憂。古來治河無善法，泰西各國亦時有水災，決堤防、毀廬舍，恒見之於日報，而西人亦不能操必治之法也。防水之善莫如荷蘭，然荷蘭所治者海，而非河也。濬源泝流，自北而南，要宜多開支河，以殺水勢。溝洫疏通，豈不可行之於今耶！

今閣下又爲礦務總辦，聞之不勝喜躍。專設礦務學堂，甚善甚善。近日延請礦務師，薪水日昂，幾於把持壟斷其間。竊以爲此等礦師並非正法眼藏，其立品必不能正，何不以公正之西人招致？西人當不至於過甚也。近來以空言浮說上干當道者日多，試之於事，虛僞立見，而所耗已不少矣。必先以考試之法行之，始以空名而終收實效者，此也。

弟看花之興老尚未衰，綺席所呼侑觴者，蓉初、月舫而外，別有張素雲詞史，即所稱中西合璧者也。五六兩月，常持紅箋以招之。若至中秋，頗有窘態。三人所費需二百金，弟篋中私蓄只有百金，不得不出此下策。一至山左①，即行奉繳，寧食水而瘦，決不食言而肥也。

格致書院夏季課題，望者衆矣。請即賜下，以慰士林。

秋暑甚酷，殊不可耐。伏冀時加珍攝，萬萬爲國自重。

           鄉小弟王韜頓首上

            七夕後四日

所挪百金一至山左即行奉繳。山左之行出於不得不往，要當共諒其苦心。

---

① 王韜 1888 年中秋後往山東，經芝罘到濟南，住山東巡撫張曜官府。

十五

紫藤花館主人台座下：

　　初日芙蓉一出，即已名噪一時，群以爲香國之花王，羣芳之領袖①，初不知其所以然也。蓉兒於前歲照一像，候剛十月，故著珠皮，以日光過朗，略有黑痕，不足爲病也。昨又於徐園照二像，約廿四日，始有一到手，即當寄塵清覽。

　　格致書院課卷僅收得三十七本，比前數次少矣。敬呈台座下，求賜鈞覽，以定甲乙。《後聊齋志異圖説》略有可觀，敬貽一部，藉供清玩。《槐廬叢書》已付裝訂，故亦於此次奉上。《繅絲章程》計十八葉，刷印二百本，價十六元，似未免過昂。然印少不如印多，多則可便宜也。曾問《申報》館，亦如此數。大文書局以張君敬甫爲主持，然經費不足，尚須覓股也。

　　滬上別無所聞，方照軒、劉淵亭兩軍門來，弟爲之把酒拂塵，一時群花畢至，方軍門屬意呂翠蘭，以王佩蘭雖有狀頭之目，然嫌其麓黑，不足當牡丹之稱。頗注意於蓉初，以弟所愛，不敢問鼎，其實弟欲完趙璧以待紫藤花館主耳。

　　弟近重刻《弢園尺牘》《扶桑游記》，待成，當以就正於君子。邇來以書易書甚夥，暇當寫一書目呈上，以備採擇。

------

① 此函當作於光緒十三年丁亥（1887）。"初日芙蓉一出"當指姚蓉初麗裳復出一事。蓉初原名王蓮舫。《申報》光緒十三年丁亥十一月初一日（1887年12月15日）刊有《洞仙歌》詞二闋，其序曰："乙酉七夕，余與李芋仙刺史小讌酒樓，芋仙招王佩蘭詞史侑觴，余亦折簡延王蓮舫詞史作席糾，曾有詩記之。時蓮舫入章臺未一月也。丙戌七夕，蓮舫已有所屬，以爲今生不得復見矣。今年人月雙圓之夕，香洞重尋，綺筵遂敞，姬欲更舊姓，乞換新名，霧裏看花客因字之曰蓉初，余撰楹聯云：'蓉面重逢如隔世，初心不負想當年。'是夕霑醉而歸，燈下偶翻字簏，得丙戌七夕詞二闋，蓋因憶蓮舫而作也，附錄於此，以誌余之無忘舊好也。"

蓉初楹聯屏幅能惠賜否？懸盼之至。肅此，敬請鈞安。不莊。

愚小弟王韜頓首上

蓉面重逢如隔世，初心不負想當年。
看來蓉面還依舊，孤負初心直到今。
蓉鏡光含端正月，初桄屭響步虛聲。
蓉裳芰衣益復斌媚，初七下九時與逍遙。

附王韜致楊廷皋函

子萱尊兄仁大人閣下：

　　一雨涼生，胸膈頓快。前數日酷熱，殊不可耐，弟幾病矣，伏枕三日，得雨始甦。昨由文報局奉到杏翁來翰①，殊深欣慰。格致書院課題已出，大可掄取真才。札中云及已託閣下於杏翁公費內每月撥洋廿元送至弟處，略助翰墨之資，讀之感泐萬分，銘肌載切。如此與招商局一例，皆是按月致送，弟亦可爲每月日用所需，敬以奉告，併念盛惠於勿諼也。天氣新涼，伏祈珍重。

愚小弟王韜頓首
七月十四

---

① 此函當作於光緒十三年丁亥（1887）。《簡素文淵·香書軒秘藏文人書札》錄有該年七月十一日盛宣懷致王韜信札云："紫詮我兄大人閣下：六月因赴津，未暇覆函。頃奉兩示，謹悉一切。子萱回滬，已屬每月在弟公費內判月廿元，略助翰墨之貲，不足齒及也。格致書院實是造就人才之地，弟有許多要問之事，苟得一篇佳文，何惜花紅。先聞輪電兩門，滬上無才不有，或有真實精義，開我茅塞，祈費神分題收卷寄閱。前五課首卷，可否抄閱？昨因成山滋事，親往了結，幸得解散脅從，化大爲小，否則釀成鉅案矣！秋雨新涼，仍抽閒輯定《經世文續編》，《普法戰紀自序》必當錄入。無論何人，如有佳製可傳之作，即請速寄。聞有葛君（去年《申報》所言）蒐羅甚富，確否？即請□安！愚弟宣懷頓首。"末署日期"十一"。

十六

紫藤花館主人閣下：

　　兩奉手翰並《章程》等件，敬悉壹是，一切均遵台命。囑正之事已爲即時更正，書籍各種均爲覓致，到時祈爲察收。外呈新畫報二本。自此於《淞隱續錄》之外，更多一《漫游隨錄圖記》，生平所經歷無不備載靡遺，偶一展閱，殊足快也。

　　韜自入夏以來，夜輒不寐，心躁神疲，意甚不適。自墮紅塵，寒暑六十易，世事如嚼蠟，了無趣味。隨園詩云："玉環領略夫妻味，從此人間不再來。"弟不欲再墮紅塵，亦然。若能赴召作芙蓉城主，則大妙矣。

　　《經世文編》欲續者，龍門書院高材生，葛姓也。但事不果行，經費缺耳。此事近時所當增入者，爲洋務西學格致一門。《格致書院課藝》佳者亦可採入。今春許方伯星臺先生所出題爲"格致之學中西異同論"，前三名所作辨論明通，真能於中西之學一貫者，數日後即當登報，寄塵鈞覽。

　　滬上書局太多，石印已至七八家，所印書籍實難銷售。同文書局碼價積至九十一萬，又復他局印者日有所出，聚而不散，必有受其病者。鄙意當設一代銷公司，販運中國十八省中，爲之梳櫛一通。粵逆之亂，書籍之經劫火者幾如煙海；今日書籍之多，又復極盛之難繼。静觀世事，爲之一笑。滬上之開設書局者，既非文士，又非書賈，皆門外漢。書雖多，實無可觀。若有如明季之汲古閣專選精本佳搆，亦足爲書林生色。又如《皇清經解》，當另爲編目釐訂一番，以糾嚴上舍之失。近日知之者誰哉！韜雖能言之，亦能爲之，尚無有過而問者，只索卷而懷之可也。七八兩月修金已於楊子萱大令處送來①，承閣下拳拳之雅意，憐才念舊，感泐萬分。但素餐抱愧，報稱毫無，每一內省，懷慚無地，於畫報之外，敬先以《普法戰紀》四部爲芹獻。可送官場中人。

秋涼，伏冀爲國爲民爲道自重。

愚小弟王韜頓首上
八月廿二日

蓮君近事別紙繕呈，以當臥游一笑。

《畫報》，舊者九本，照來目補《淞隱漫録》十六葉；新者係《淞隱續録》二本。共十一本。

《穿甲快船圖説》一幅，此由余易齋比部從英京倫敦寄來，略有縐痕處，可以重付裝潢。

《小樓吟飲圖題詠彙録》一本，王松堂所贈，聊以麈覽，以博一笑。

蓮君復出，其容貌實足以冠羣芳。曾向之索小影，答云未有，擬一日偕韜往照，照後當即馳寄煙臺。蓮君自去秋遷西興里，十月逢火災，喪其所有，徙平安里。平陸大夫不能供其朝夕，需一切皆自解囊。河東獅又來，吼聲遍聞，雖普賢亦無如何。平陸大夫偶或一往，面上爪痕狼藉，幾至血流，且常有見之者，因此絶跡。蓮子頗玉雪可念，日在蓮房中，因一登陸，必有獅所痛噬。獅云一見必擲地爲肉餅。獅心抑何毒哉！八月朔日，擇屋於鼎豐里底，現已改姓姚，韜名之曰麗裳，昕伯字之曰蓉初。曾爲擬一聯云："蓉裳麗夕，蘭佩紉秋；初日妍姿，朝霞媚頰。"未知紫藤花館主以爲何如？又擬房中扁額曰"文波樓"梁

---

① 據上文所附王韜致楊子萱廷皋函，以及本函中"自墮紅塵，寒暑六十易"諸語，此函當作於光緒十三年丁亥（1887）。

元帝《採蓮賦》"紫莖兮文波"，又曰"碧杜紅蕖館"舊名白菡紅鴛閣，韜之所贈也，不知孰者爲佳？敬請大才人爲之一題。房中尚缺書畫條幅，雙款者佳，紫藤花館主能贈以一副以輝四壁否？十五日開門延客，適奉手翰，即以示之，並述前後札中相念語，渠萬分感激，願爲夫子妾，未識何時藏之金屋耶？閒時當代渠作一書上呈，並令其識字，納後當令時一見我，一笑。

十七

杏蓀方伯先生大人閣下：

芝罘蒞止，得抱芝宇。猥蒙雅意殷拳，情文篤摯，既隆之以禮貌，復饋之以貲財，古人所云知己感恩，兼而有之者也。惟以閣下玉體偶爾違和，不能作康骿之劇談、劉伶之痛飲，抒三年之悃愫，爲十日之勾留，猶爲憾事也。

閣下所云生平快事，天特厄之，此當爲韜言之耳。韜自天南返櫂以來，屢承厚貺，感鮑叔之知予，恃惠施之愛我，摯誼隆情，稠加疊至，銜戢何極，報稱無從。然區區之銘感之忱，必期有以仰副盛惜耳。韜陸行之苦，生平未歷。計程千二百里，閱時十有一日[①]，土牆茅屋，蘆炕瓦燈，旅舍之陋，同於豚柵雞栖、牛皁馬廐。以視我蘇杭，真有天壤之別。食物粗糲，尤難下嚥。出門一步，即已思家，悔不如在粼頭博獅子一笑也。幸賤軀頗健，堪以告慰。二十一日安抵濟南，中丞已差官於三十里外相迓，十五里外遣輿來迎。待士之厚、愛才之殷，真爲近今所罕遘者矣。二十二日遷入撫署，始意以珍珠泉五椽爲下榻之所，繼以相距太遠，乃以簽押房對面爲憩息地。窗明几淨，幽敞異常，可

---

① 王韜北上濟南，據日記及所附《致黎蒓齋星使書》，時當光緒十四年戊子（1888）中秋後。

與中丞昕夕相見。撫署爲明季藩王故邸，宏壯廣大，頗有池石花木之勝。徘徊延眺，頗足娛情。濟南風景無足言，淄川礦局提鋁煉銀一事，竟成畫餅。惟爐竃已安，以後尚有成法可循。可知凡人但知求諸書卷中，而不試之於實事，無當也。無錫鄒翰飛茂才亦在，此乃中丞招之使來者，相見歡然，頗不寂寞。他日如過芝罘，當上謁龍門，執贄爲弟子，閣下其收錄於門牆否？其人才具亦殊可取也。礦師之精明幹練者既不可得，而化學之擅長者又徒託空談，以此知開礦一端亦非易事，宜閣下之顧慮精詳，凡百審慎，而後出此也。韜當作書致英國友人，專爲閣下求之。拉雜至此，忽已盈幅。語由衷出，誠不自知其喋喋也。

清恙當已霍然，宜服茸丸，萬萬爲國自重。不備。

鄉小弟王韜頓首上

上海家信敬求飭寄，韜百頓首干

九月二十三日

十八

杏蓀方伯先生大人閣下：

重午一別，又是重陽。五月相思，一緘未達，非由叔夜性懶，實係長卿病多。炎威既退，爽氣漸來。趁此秋光麗明，天宇澄肅，正可登高作賦，畫壁聽歌。乃不謂爲病魔所擾，意興頹唐，日在藥火爐邊作生活。此時雖已小愈，而視鼠鬚側理尚爲畏途。箋候之疏，職以此故。

東直水災，賑務正亟，然勢處強弩之末，辦此者幾至一籌莫展。河患一日不治，則賑務一日不止，國澤矣，民魚矣，將來齊魯燕豫之間蕩析離居，必不可問。故在今日以治河爲第一著，賑務爲第二著。治河莫善於西法。西國非無水災，而一起即治，雖災不害。西人治水，亦不外乎疏瀹排決而注之海。西人曾察黃河受病之源，所亟欲治者不過八百里。通盤籌算，所需經費二百萬金已足。特必延請公正廉明之西教士肩其任，而由教士聘邀明通水利之西人分任厥事，專其責成，三年之後，當有成效可見。此則庶幾一勞永逸耳。

格致書院冬季課題應由閣下所命，敬求早賜一題，俾為多士矜式，藉切觀摩，不勝感泐。

秋氣已深，北風正厲，伏冀萬萬為國自重。

小弟王韜頓首上
九月二十五日

十九

杏蓀方伯先生大人閣下：

前日曾肅一緘，並附家書，由驛遞呈，亮邀鈞鑒。行抵濟南①，風景一無可覽，不禁為之廢然。閱日即入署，與撫帥相見。以后公牘之閒，即來韜處，縱談一切，盱衡時局，剖析近事，無不辯論縱橫，識精慮遠。一代偉人，欽佩莫名。膠州既為形勝之地，進口之處曲折紆遠，此四十餘里中盡可屯兵設伏，講海防者，似當於此首先措意。礟臺既築，船塢可即設於此，庶幾南北洋修理鐵甲戰艦，可以無俟外求。韜擬論說一篇呈之撫帥，惟連日以酬應往來，尚未涉筆也。

閣下創設礦務學堂，撫憲亦為提及，深以為然。中國開礦，事當伊始，欲覓礦師，實難其人。西人之來，前者幣重而言誇，大抵半為嘗試；逮事無成，則機器俸糈已耗鉅萬，當局

---

① 王韜抵濟南在光緒十四年（1888）九月。

者仔肩無旁貸，而彼反得逍遥於局外。今莫若行抽酬之一法，事之成否，甘苦均沾，是或一道也。至於商辦之法，亦宜歸之實事求是，別設善章，以杜厥弊。稍暇當以管見所及，達諸座右，用備采擇。

前日往游千佛山，拾級三百，奮勇而登。俯瞰齊煙九點，殊足以遠豁吟眸，惜無精舍三椽、名花萬本爲之點綴其間也。又偕同人往觀趵突泉，一泓清澈，可洗俗塵，亦無山石花木之勝可作小憩者。北地之陋，可見一斑。留住三旬，即擬返櫂。若仍取道芝罘，當作平原十日之飲也。致敬亭書並家報敬祈分致。

秋氣已深，伏冀萬萬爲國自重。不備。

鄉小弟王韜頓首
九月二十八日雨

二十

杏蓀方伯先生大人閣下：

去歲醉司命後三日①，從鍾鶴笙少尉處獲奉手書，敬悉壹是。當時即欲作復，而俗冗숲集，幾無片晷閒。此間往來東洋貿易者頗多，如寧人王惕齋熟於東事，日人岸田吟香人極誠實，凡東國有疑難，多可訊問。鑄銀錢經費若干，去臘已寫信至大阪造幣局問詢，刻尚無回音。即在其局中，工匠亦可覓致，價並不昂。膠州築造船塢，朗帥擬爲出奏。其餘礮臺，亦當次第興建。此爲防務所必需，似不可視爲緩著也。朗帥意將一一施行，特以山左地狹民窮，貨無所出，此不可不先爲籌慮者也。前韜曾擬《理財十策》，曾許爲出奏，由今思之，尚有數事可見之措施者，

---

① "去歲醉司命後三日"即1888年十二月二十七日。

稍暇即當繕寫，奉塵清覽。

錫山鄒翰飛茂才，門下之士也，其才殊可取，前屢爲言之。渠仰慕聲望，願執贄出大賢之門下。兹先以所撰兩種，佐以微物，爲羔雁之先，託爲轉呈。戔戔小物雖薄而意厚，乞爲賞收，非敢妄有所冀也。

入春尚寒，伏冀慎護眠餐，萬萬爲國自重。不備。

鄉小弟王韜頓首上
上燈日

二一

杏蓀方伯先生大人閣下：

前日曾肅手畢，並鄒翰飛所餽書籍果餅，託郵筒寄遞，想登記室，已入典籤矣。獻歲發春日，徵逐於酒食中，殊覺神疲意繭。羯鼓催而傳花，羽觴飛而喝月，高歌妙舞，急琯繁絃，在局外者觀之，以爲其樂若何，而身當其境者，殊覺其憊也。此雖違心之論，然閣下聞之，當粲然一笑也。

京江之役，驟啓西捕，咎所不得辭。領事，本治商務、理民情者也；約束西人，正其責也。乃華民走訴置之不問，況由平日怨忿之所積，以此釀成巨禍，子輿氏所謂夫民今而後得反之者也。聞洋務委員又復不善於排解，以至衆怒難攖，驟激斯變。要之事變之來，其中有若或使之者，非人初意之所及料也。天下事事前易爲智，事後易爲功，身當其境，憒然無所措其手足。慨想古今若出一轍，此所以貴乎臨時應變之才也。兹聞已委胡芸臺觀察、徐仲虎太守出而斡旋，英人索償十五萬，據旁觀者秉公剖斷，謂其數約值九萬，特未知其究竟如何也。以鄙見料之，終不外乎以孔方兄從事而已。

岸田吟香近欲回國一行，如鼓鑄銀錢之事若成，擬招工匠，並仿照一切規模，彼可承辦。且人極誠實，倘肯代爲，必不有一毫侵漁浸潤其間也。前任星使城北公聞以購銅事致干吏議，幾於查抄家產，其人已由曾宮保飭員拘至矣。風聞如此，未詳其要。此與李君丹崖先後同揆，前車之覆，後車之鑑，奈之何不悟也。此朗帥所以有遴選使才之作也。

畫報中舊有《淞隱漫録》《漫游圖説》兩則，係韜所撰，今歲中止。韜擬續成之，災之梨棗，觀者當必有人。近時鮮佳説部，游戲筆墨，尤易行世。惟今歲少此一項所入，長安米貴，居大不易。即不然，詩逋酒券，亦無以爲酬應之費耳。倘閣下寄書朗帥，定肯爲韜作借箸之籌也。感泐之私，淪肌浹髓。

韜滬曲棲遲，了無一事，意欲趁此閒中歲月，將生平著述三十餘種盡付手民，出以問世。惟是繕寫需時，集貲非易。若朗帥委以探緝洋務一役，月給薪水，則此事必有就緒，韜去歲行時①，朗帥界以馬封二百，蓋以探悉洋務之用，特刊文案處採買建造事務鈐記。再得閣下一言，則重於九鼎矣。

入春半月，嚴寒未解，伏冀慎護眠餐，萬萬爲國自重。不備。

鄉晚生王韜頓首上
正月二十日

二二

杏蓀方伯先生大人閣下：

自山左歸來，驟患腸紅，服藥百裹，終罔見効。因之氣血大虧，肝疾劇發，胃陽將絕，見粒而嘔。行年六十有二②，多病乘

---

① 王韜自山左南返，在 1888 年十一月，則此函撰於 1889 年正月。
② 可見此函撰於 1889 年。

之，恐不能久於人世矣。

夫死生旦暮耳，韜於世無所依戀，惟生平著述三十餘種都未付之手民，出以問世，一旦魂魄一去，同歸秋草，所作亦隨煙雲而消滅，即欲供世覆瓿糊窗之用，亦不可得耳。每思及此，不禁索然以悲也。篋中諸書，卷帙最浩繁者爲《四溟補乘》，都百二十卷，刻貲爲最鉅。若得糾集同志者數十人助以剞劂費，俾早刊行，近來四大洲之西情、百千載之軼事，畢萃於此矣，惟鋟木何時，尚有所待。

礦務學堂知已舉行，此爲中國開礦發軔之始。歷來開礦者多致折閲，由於礦師之不得其人。故礦師得人，凡事可辦。中國各省所產過於歐羅巴一洲，今西人心計獨工，歐洲之菁華已竭，故我國於此時講求礦務，不可不亟矣。如我國尚有所躊躇，他國必有起而爲之者矣，此固不可不慮也。白乃孚已來，當必有見及於此者。韜惜相距太遠，不能借助一箸。夏時如能赴芝罘逭暑，上謁台端，作平原十日之飲，當一吐胸中所蘊蓄也。匆匆臨池，不盡欲言。

春寒猶滯，伏冀慎護眠餐，萬萬爲國自重。不備。

外《春江小影》五幅，乞即賞收。

鄉小弟王韜頓首上
吕仙誕後三日

二三

杏蓀方伯先生大人閣下：

久未修箋致候起居，私衷歉仄，莫可名言。然天雁河魚，雖稀消息，而停雲落月，時厪懷思。屢欲因風縱翰，飛詣台端，借留侯席前之箸，贈繞朝河干之策，而一參帷幕中末議，惜不能也。今見鶴笙來芝罘，不禁怦怦其心動耳。鶴笙才卓然不群，而韜尤喜其秉性爽直，論事有識見，任事有肝膽。年既壯盛，精力足以副之。向不過雕琢於文字，未嘗施之實用，一展其生平所蘊蓄，而今日始得遇閣下，試之以盤根錯節，別其利器，而藉以覘其所抱負，俾得激昂於青雲之上，此所謂感恩知己，兼而有之者也。鶴笙於是乎可以無憾矣！韜因此豔羨之心勃生，而鬱伊之感斯起。少居淞北，俯首而注蟲魚，壯遯天南，抗心而友麋鹿。二十年來，日與西人交際，略知洋務，實自此始，顧半生壯志則消磨殆盡矣。西人中如理君雅各，則生平一知己也，茲爲哈斯佛書院山長。所遇名公鉅卿，昔則有丁中丞雨生先生，今則有閣下及張宮保朗齋中丞。丁中丞屢言之於恭邸、曾文正公、合肥相國前，雖頻經駁詰而弗悔，然卒爲衆議所沮。逮其爲七省經略，韜方遨遊東瀛，飛檄促歸，扁舟相約，已有成說，不謂大星遽殞，仍託空言。繼而潘偉如中丞開府江右，以重金下聘，招致殷拳。生性疏懶，憚於出山，卒未果也。自識閣下，於今十有一年，厚誼隆情，恩賜稠疊，鮑叔之於管敬仲不過如是耳。感泐之私，銘諸心版。去年獲見張宮保朗齋中丞，氣量之恢廓、識力之超邁，前無古人，後無來者，洵一代偉人哉！惜爲幕府贊襄者，尚少鶴笙一流人也。邇來世事多艱，時局大變，雍容於文章詩史之間，實無所用。且今之謬託清流者，我見之矣，及其晚節末路，乃不足以當一噱。人豈易知哉！聊發狂談，以資撫掌。

　　黃水漫流，韜去年早經逆料。蓋大清河不能容納細流，水由地中行，無所歸蓄，必至泛濫。即使多築隄防，一旦橫決堪虞，傷人必多。計不如視水所經行流注之處，開之使廣，濬之使深，導之使入於海。有水之地教民耕植，多墾溝洫以殺水勢，斯能獲水之利，而水不爲害。是則以工代賑之法，固今日之急務也。

山左地瘠民貧，家少蓋藏，户嗟彫敝，即在豐年，尚難宿飽；况逢歉歲，安免死亡。勢必至轉徙流離，填於溝壑。近覽日報，述其慘迫之狀，耳不忍聞，目不忍見。然告糴勸捐，賑災救急，術盡智窮，已成強弩之末。幸得閣下大聲疾呼，一時慕義向善者風臻雲集，義粟仁漿絡繹告至，千百里中，保全民命無算，功德豈有涯哉！

　　韜病骨未甦，餘寒猶滯。苟有機緣，長夏無聊，得至芝罘逭暑，與閣下作平原十日之飲，其快何如也！韜行年六十有二矣①！感懷身世，默念天人，四十餘載作客異方，備歷艱阻。暮年獲遇閣下，知己之感，淪肌浹髓。惟是蹇叔木拱，燭武精亡，精神意氣迴不如前，即欲上供驅策，亦有所不能矣。獨此區區文字因緣，或尚可效力耳，他日《經世文編》續成，定當附名驥尾也。

　　首夏清和，伏冀萬萬爲國自重。不備。

　　　　　　　　　　　　　鄉小弟王韜頓首上
　　　　　　　　　　　　　四月二十日

二四

杏蓀方伯先生大人閣下：

　　連日奉到朵雲，歡喜無量。字畫久欲寄呈，以陰雨連綿，恐致潮濕，故爾遲遲。格致書院課題自奉台諭後即行刊登申滬兩報，限十月二十日繳卷。兹時作者已有數人，遠處尤難告知，恐未易收回成命也。鐵路之事，在必舉行。前時龔仰蘧觀察已有《鐵路利弊若何論》，今者雖已定局，然命題之意在詢其應趨何

---

① 據此則知該函撰於 1889 年。

道，所謂博諮廣訪，原無害於事理，鄙見以爲毋庸易題也。惟將來閱定甲乙之時稍爲留意，忌諱者則不置之前列可也。

字兩幅、董文敏公、陳恪勤公。畫一幅，張宗蒼山水。先行寄塵台覽，即祈收藏爲鄴架中物，尚有欲贈之物頗多，須下次輪舶也。

弟病既不得痊，又是遷居對面屋中，忙碌萬分。嗣又山荆患病，心緒如麻，故兩月來消息稍稀。朗帥處寄來雙柏，謂係刻書助貲。頃又接孫軍門函，謂朗帥有信當爲寄來也。

匆促提筆，不盡欲言。天氣新寒，諸惟爲國爲道爲民自重。

小弟王韜頓首上
九月廿五日

二五

杏蓀方伯先生大人閣下：

抱病以來，惟事刻書，終日一鑪香、一甌茗，靜坐讐校，置一切事於不問。近已得四五種，一俟裝訂後當即付之郵筒，寄塵台端，恭求訓正。茲先奉上《弢園尺牘續鈔》，即其一也。弟近以三千金卜一廛於滬上，即在南懷仁里。於八月初旬作出谷之鶯，摒擋一切，殊瘁心力，肝疾甫平，腸紅又作，日在藥鑪火邊作生活。不謂余病少痊，婦病復作，秤藥量水，惟恃一人，誠世界中苦惱衆生也。

霪霖幾浹兩月，江浙荒象已成，鄉民至城中報災者紛來沓往。平時議捐議賑以濟遠省者皆江浙諸大善士也，今則梓桑告急，義不容辭。然勢處萬難，已成強弩之末。浙中以湖屬最爲富饒，苟誠情殷，救濟百萬之貲無難立措。無奈富者多吝，屯其膏而不施，雖施大真人具廣大神通，靈符遍濟，災難被除，廣長舌妙粲蓮花，亦無如之何。然經君蓮珊近已設局申報館，西人奮林以此館已爲公司，不妨廣開賑局，故亦以勸賑爲名，貲助者頗不少。館中秉筆者皆浙人，未免詞句之間有所偏重，謂水災浙重而蘇輕。惟是蘇屬九縣紛紛報災者已八縣矣。常、鎮亦恐不免，松、太可知已。聞吳中當事者方議禁娼禁煙之不遑，置查災賑荒於不顧，真急脈而緩受之矣。天災如此，人事如此，良可浩歎。弟思浙江已開賑局，而江蘇獨無，哀鴻嗷嗷，不免有向隅之戚。弟人微言輕，無能爲役，前有蘇紳張君敬甫欲具禀道縣開辦蘇屬賑荒，以人來者少，是舉未果。弟思此事非閣下不可，譬如登高一呼，衆山皆響。弟敬聆佳音，先爲梓桑數百萬生靈齊聲頌祝。顧閣下既發其端，而總其成者亦必有人，則非謝君銳止莫屬矣。銳止近日頗欲皈依釋教，一切灰心，自稱銳衲，欲於桃花塢旁一菴修行出家，證清淨果，弟恐其爲覺阿之續也。

　　山左秋收聞頗豐稔，被水災民想有其蘇之望。天氣新寒，伏冀萬萬爲國自重。不備。

鄕小弟王韜頓首
十月六日

二六

　　鐵路之事聞有暫行緩議之説，未稔確否？或謂翁師傅於鐵路之行極所不喜，以户部無款可支也。諸言官以近日各處水災，議捐議賑款無可籌，再興大工益形支絀，故鐵路姑且從緩。弟意鐵路籍商務以養路，此千古不易之定論。即如泰西造路，亦由漸而成。南北三千里，而欲於八年之間限以成功，此勢所不能。況其中非商賈之所通、貨物之所運者，可不必開。今日成之，安知他日不以無所利而廢之。今爲鐵路之説者，曰不借洋債、不用洋鐵、不雇洋匠，此三事已形棘手。第一在籌本。官本止有此數萬，難移撥，況一歲中需四五百萬哉！商本無可借支，合股之説人皆視爲畏途。此先須立一商務局，總爲之肩任，而仍以海關或鐵路爲之按質，富民乃信而不疑，而後可行也。尤須按年分利，毫不失信。津通之路是爲要道，商賈運貨絡繹，必有利可贏。今作罷議，使已成之局廢之一旦，殊爲可惜，且益以灰入股者之心。凡民見有利可牟，則踴躍從事。似先宜於最要之途、必由之路小試其端，俟觀聽者有所歆動，而得事乃可爲也。

尊意命題甚佳，惟於浦口一節似爲節外生枝。既可行之於南方，則自滬達蘇獨不可爲之乎！弟愚昧之見，罔知忌諱，擬欲作鐵路四篇暢言其事，特恐以口舌獲罪，故不敢耳。總理衙門奏章極有見地，以此觀之，傅相固深知西情，亦洞明時事者也。

二七

杏蓀方伯先生大人閣下：

聞節鉞已旋，不勝雀躍。兹謹呈上弢園新舊刻十三種，每種四分，每分計四十三本，四分都一百七十二本，作四包，伏乞察收。另格致書院丙丁戊三年課藝，每年十本，都三十本，附塵台覽。外精搨《皇甫君碑》，常州吳山子舊藏，較顧子山觀察所藏者更勝，鐵畫銀鉤，頗饒精采。初搨《魏周帖》，吳門棱伽山民舊藏，且有跋語甚妙。敬以貽贈，以博一粲。韜尚有顏魯公《爭坐位帖》，乃明初搨本，曩左清石太守以五十金得之，其長公子孟辛貽贈，甚可寶也。執事欲之，當以奉獻。敬替群花飛侑一觴。

小弟王韜頓首
十一月二十五

二八

杏蓀方伯先生大人閣下：

　　前日孫嶼芝孝廉以賑務來芝罘，韜曾附寸楮，亮邀荃鑒。自別後，申江花國情形頗多變態，芙蓉城主下嫁於瘦腰郎，琴瑟尚稱相得。惟瘦腰郎患咯血疾，益覺其瘦耳。彭瑞芬亦已從人去，廣寒仙子自籌二千數百洋贖身，已與其母析居，自立門戶，獨樹旗幟；然門前車馬殊有寥落之慨，玉容亦為之憔悴矣。他如吳新卿、徐蕙珍、朱瑞卿，皆已嫁而復出，擇人而事。近有羅小寶，從金閶來，易名王蘭生，豔名頗噪，海上逐臭狂夫一時趨之如鶩，為可笑也。歡場之幻有如是夫！後起之秀當讓林桂芬，雙瞳翦水，其秀在骨。如吳佩香、沈素香、陸卿雲、趙文仙、金晴舫，均推此中翹楚。乃閣下來此概無所取，如適寶山空手而回，竊以為此由於識見之高，見事之明，而臨事之斷。韜略有貪心，遂致被誑去洋五百圓。彼姝名曰阿福，質於李氏，改名鳳寶。韜代為贖身，貯之金屋，畀以衣服，供以食飲。不謂未及四月，變心生矣。彼姝花月其貌，虺蜴其性，年僅十五齡，而所作殊出人意料之外。其人即於四月杪曾有人介紹作小星者，韜偕閣下同往觀覽，後同乘車至海天春酒樓。其人頎然而長，其容貌曾許列超等。韜自此一見之後亦遂置之，不謂介紹之人，姓朱，字昂青，木瀆人，在滬懸壺作醫士。屢來剔蹶，必欲韜拔之水火，登之袵席。問其身價，不過二百五十圓，為之購置各物亦稱是。韜不過閱數日偶一詣其室。韜自問老矣，葳蕤之質未敢輕於問鼎，故其放闊之時猶完璧也。惜花心事，可對彼蒼。至若葷之存心，殊不堪問。韜為之悒鬱者數月。韜竊思北地胭脂，終不若南朝金粉。曾有妙人之選，攜侍畫屏否？竊以為選色選聲選才選藝，均無不可見，獨其徑寸之心深藏莫測，閣下其慎之，以韜事爲前車之鑑可也。

格致書院冬季課題敬請由閣下所命，以爲多士矜式，倍切觀摩。惟閣下提倡風雅，主持月旦，遠方逖聽者靡不欽遲羡慕，奉爲金科玉律。東省賑務勢處强弩之末，竊以爲賑務固不可緩，而河患尤宜亟治。倘舍本而逐末，不獨河患無窮期，而賑務亦無止境矣。

此間久晴不雨，寒燠乖常，伏冀爲國自重。不宣。

鄉小弟王韜頓首上
庚寅十月十有二日

張大中丞函乞求轉遞，並祈代爲緘口，内有治河一説，亦可一覽。

二九

説明：此函已見《弢園鴻魚譜》，題《與盛杏蓀觀察》，此略。

附藤田重遠致王韜函

紫詮王大人閣下大安。弟藤田重遠頓首敬具：中村君雄輔屬弟志故，不日將去煙臺。君與盛觀察相知，大人倘有托紙托物之件，此行甚爲便宜，即爲紹介。此佈。

三十

杏蓀方伯先生大人閣下：

頃奉華翰，如於九天中降下絳雲一朵，歡喜非常。畫軸字册雖未裝潢，然愈見古意。今知已登鄴架，物得所歸，不勝幸甚。他日公頤養山林，常供披玩，江邨消夏，著録所臧，亦足爲集中備一解矣。韜抱病刻書，日事校讐，槧鉛在手，用志不紛，幾不問户外事。去月至今，韜疾未瘥，婦病又作，秤藥量水，惟恃一人。甚至一燈熒然，徹夜不寐。研匣塵封，筆牀翠冷，鼠鬚側理，不復再御。此時始得告無恙，然韜亦憊矣。前日所呈《弢園尺牘續鈔》，授之郵筒，當以爲清覽所及。其中所致閣下書，略有數通。金石交情，苔岑結契，所以参沆瀣而融水乳者，當流露於無言之表。而閣下説士若甘，愛才如渴，千載下猶得隱隱見之，聞風而興起焉。生平所謂知己感恩者，直不數數覯也。

江浙均被水災，雖浙重而蘇輕，然荒象已見。江震崑新，勢處下流，尤爲顛踣。浙省辦賑極爲踴躍，而在蘇紳士幾於置若罔聞，此誠所未解也。頃讀邸抄，仰見我皇上特沛恩膏，宏施罔外，此當由翁師傅進都密勿入告所致。聞近日集貲助賑，已得十萬金，特災區殊廣，蘇城紳士當亦有起而爲之者。蘇地被災，窮黎朝不保暮者甚夥，非爲之設法籌救，安能終日哉。

小陽應候，天氣暄和，伏冀慎護起居，萬萬爲道自重。不備。

小弟王韜頓首上
十月二十又八日

三一

韜所刻書《法國志略》可以不日告成。是書都二十有四卷，采摭頗富，足資考證。《四溟補乘》都百二十卷，於近事尤詳，自謂於《瀛環志略》《海國圖誌》後未敢多讓。特卷帙既已浩繁，剞劂之費必至不貲，勢不得不呼將伯，醵貲之舉，誠出於萬不獲已耳。昨張香帥由粵東發來電音，擬在滬設局，裒輯《洋務叢書》，別類分門，凡十有二，而延韜爲總纂。香帥舉動闊大，規模宏遠。此事若成，則韜刻書之役，當不至於中輟耳。特將來電鈔呈，外寄上《格致書院秋季課卷》五十三册，乞爲鑒定，幸甚。

三二

姚蓉初，即王蓮舫之後身。著籍之後仍復其門如市，兩年以來，頗有蓄積。此姝心計甚工，一錢不肯妄費。申園之游，必與陸雨聲同坐馬車而來。非客出錢，則馬車必不坐也。其心知者兩人，一曰陸雨生，一曰朱少谷，皆非上品。顧蘭蓀雖嫁徐姓，然嘖有繁言也。吳新卿，已開閣放楊枝矣。呂翠蘭，雖寧人，而容貌差可人意，近已改名爲謝湘娥矣。胡寶玉，巋然爲魯靈光，老醜已甚，而尚能得闊客，肯畀以金錢，亦大奇事。他如林黛玉之淫蕩，陸小寶之風騷，徐善貞之幽怨，皆於勾欄中別開一境界，後起之秀雖有人，然約舉之，不過得二三人而已。他日再以奉告，現託韋子筠畫師，寫申江十二美人，裱作册頁，當以奉贈，勝於鏡影簫聲也。

三三

承詢之事，昕伯於早兩日未刊錄新聞以前。已來關照，言此由外國人係西文送來，係申報館主事、西洋人白蘭其人前在香港頗識華文。翻譯，由黃式權上海秀才代爲譯出，昕伯一字未改。文理不甚通暢。昕伯知此篇一出，必有所言，然欲止之而不能，因言須錄刊來札人姓名，白蘭謂可不必。《申報》新聞，主其權者，美查而外，有英國人奮林、其人不識中國之語言文字。西洋人白蘭，均主厥事，主筆不過供其使令而已，非比弟在香港《循環日報》，一切由自主也。此篇一出，弟即見王永年，令其寫信上禀台端，不知渠曾否有信？韜以己病小痊，婦病又作，秤藥量水，惟怖一人，幾於研匣塵封、筆牀翠冷，今可告無恙，故得以詳細陳之。

接奉賜函後，即往詢昕伯，送來西文之外國人究係是何名姓，昕伯亦不知。新聞之例，不能以來函姓名告人。若例干謗誶，經涉訟庭，始得將原人姓名交出；苟事涉原人，照例行罰。然新聞館亦不能辭其責，但略輕耳。據昕伯云，大東大北既與中國立有合同，則福州、廈門、上海三處生意最旺之所爲其所獨得，一年中進款甚鉅。此舉也，大東大北專爲保護後來生意起見，故情願出銀十萬。然英人之在通商地方者，喫虧不少，若使中國不以其權與大北大東，則其利爲中國所獨擅，而大東大北之生理日漸微矣。今合同中英國公使簽名在上，英商無不抱怨，謂公使但知保護大東大北，而不爲英人計及，以致英人受虧。總之，大東大北與各英商互懷意見，各顧其私，俄人欲於恰克圖設立電線，俾相連接，亦爲便易俄商起見，且不止便商務，亦便於軍務。此俄人之私見也，又是一層。至於設立電線之後，中國既與俄境互相連接，以後恐其洩漏機密，亦不可不慮，大東大北不免畏俄人而爲其所使，且內與俄結有密約。此又一見地也。至於水路之線，自上海、廈門、福州三處歸於大東大北公司，每年貼還十萬，中國可以坐享其利，不勞而獲。此又一見地也。凡此三層，各有各見。外國新聞，議論者紛然。有議中國電報未入電報公法中，可以自立門戶，亦可自主，不爲電報公法所束縛。昨又有上海洋關中人送一新聞到館，亦惟議論電線之事，幸此紙交於昕伯手中，昕伯不便爲之刊錄。彼云此種議論早已刊布新聞西報，特未翻譯華文耳。如多日不登，彼必將原藁索去，或另交西人，送與奮林、白蘭兩人刊出，則昕伯不能爲力矣。昕伯之意，欲將原藁鈔呈台覽，但新聞定例，送來之款，即不刊印，亦不能交於外人。其例綦嚴，未敢冒昧。至於可以爲力之處，未嘗不彼此心照也。以上皆昕伯所言，而弟爲代述之如此。至於其中原委，弟究未深悉也。

　　九月初旬，兩粵制軍張香帥從粵東兩次電報到滬，擬延韜翻譯新得西書，謂赴粵面行商訂後即可攜回滬上。韜以病不能往，婉詞謝之。今月下旬，又發極長電報來，約二百餘字，今謹鈔呈台覽：

　　　　來電已呈帥覽。道躬抱恙，未能來粵，彌勞盼仰。帥意擬輯《洋務叢書》，分疆域、軍制、刑律、稅則、學校、國用、官制、商務、工作、邦交、教派、禮儀十二門，或采近作，或譯新書。欲得熟悉此中情形而明其體要者，非公莫屬。擬即在滬纂輯，滬有西儒能操華語者，亦可延致襄理，仰資考證。應用翻譯，由粵選派。館所經費，均可措辦。公得怡情著述，兼資頤養，諒所樂從。如屬可行，請擬辦法，酌定經費寄示，仰便轉稟。弟嵩齡頓首。

此廣州電報局總辦沈小園太守代香帥發來電音。

三四

杏蓀方伯先生大人閣下：

　　拜別後又將三閱月矣！翹企德輝，彌深依戀。月初在濟南撫署獲奉手畢，開緘雒誦，語重心長，閣下抑何愛我之深而待我之厚也！十讀三復，感激良殷。惟愧圖報之無從，酬知之無具耳。所患清恙，當已霍然，昕夕爲之繫念。濟南距烟臺雖僅一千二百里，而洋務消息，如在甕中。故朗帥之意，欲韜於海上採訪洋人近事，郵寄濟南，以冀有裨於時局。韜自當竭其所知，爲朗帥告，藉以仰酬於萬一。惟歲饋若干，尚未言明。前在閣下處所挪二百金，朗帥許爲代還。礦務局中徐丞祝三前購機器尚存銀一千八百兩，今朗帥立欲提還，已令孫少襄軍門委員往取，即撥在烟臺款內，朗帥即於其中抽出二百金奉趙。想朗帥必有函達少翁，韜已致信軍門關照矣。

呈上畫報九本，以後暫行停止，以銷場日見其細也。然韜則月少洋六十元矣，必思有以補苴之。如以後上書朗帥，乞爲吹噓一二。竊思閣下之所以玉成於韜者已優且渥，如有所遺，不敢不勉竭駑駘。《皇朝經世文續編》如已繕成目錄，乞賜一觀，韜當爲之悉心斠酌。閣下講求古畫古字，獨具正法眼藏，韜今敬獻舊所藏鎦石菴相國真蹟、此軸須另裱，蟲蛀處幸未及字蹟，粵東裱法真出俗手。湯忠愍公山水，聊抒芹曝之忱，不足當大雅一笑也。

韜於十一月廿七行抵滬上，塵裝甫卸，俗務坌集，不及覶縷。天氣陡寒，伏冀萬萬爲國自重。不備。

辱知鄉小弟王韜頓首
十二月三日①

三五

再啓者，開鑪鼓鑄銀錢，朗帥亦有此意。日本大阪造幣所監督大臣舊爲石凡，今爲遠籐，韜有友人與之相識，已託其探聽鑄幣費用若干，今開帳目，似爲核實，敬塵清覽。礦務之學，日本近來頗爲留意。有兼中西之學者，其人頗有實際，如欲延請，月須二百金，論年尚可少減。設局後，如日人多，必須通事，此間亦有人也。日人開來之單，其所謂種印、極印、調書等語，後日韜當有注解。

---

① 當在光緒十四年戊子（1888）十二月三日。

日人製造自來火極佳，鄞人王惕齋久賈於東洋，熟悉情形，今已稟請寧紹台道薛叔耘觀察自行開設自來火局，以後中國又可與洋人分利矣。如開鑄錢局，日本匠人亦可招徠，以資熟手，價亦不昂。賈於東洋者，實心辦事之人亦復不少，如有所委，自當擇其善者以供驅策，其所開價值必能公道也。

三六

杏蓀先生方伯大人閣下：

前日曾肅寸緘并畫報十一本，鏡芙山姝、廣寒仙娃小象各二幀，此時當已邀藻鑒矣。

所呈夏季課卷，敬求正法眼藏爲之甄別，評定甲乙，以爲彼都人士矜式，將見懸諸國門，莫能增損，鐵案如山，不可移易。久付郵筒，未奉環雲，不禁企予以望之。格致書院丙戌課藝已經刻出，敬寄一册，藉塵鈞覽。今年丁亥四季課藝，當亦如此例。

拙著《弢園尺牘》重刊兩次，俱已告罄。今又在歇浦以活字版排印一千部，其價二百元，今謹以一部呈諸座右，伏祈加以斧正，感且不朽。韜生平著述約略三十餘種，已刻者未及其半，内有數種屢經翻印，豈真能不脛而走、風行海内與？抑世之有嗜痂癖者多也。畫報想闕數本，祈即示明，當即補上。

歲暮匆匆，修蛇赴壑，山荆以方軍門來滬，追陪游讌，排日看花飲酒，未免時有勃谿，兹已與之再三申約，不復再至廣寒宮，並且絕跡此中矣。自月初至今，羈緤樊籠，跬步輒有約束，戚戚無生人之歡。明春二月，束裝作山左之游，聊抒鬱悶。必先渡海來芝罘，晉謁崇階，與閣下作平原十日之飲。想荷齋中政簡事清，必能剪燭聯詩，開樽話雨也。

弟至山左，亦不過作兩三月之勾留，端陽節後即欲言旋。生平有經學四種、洋務書一種，即《四溟補乘》百廿卷。擬以木質活字板排印，聊以問世。秋間或再來東，復留鴻爪，爲幕府之談賓，作戟門之揖客，如是而已。若思展布抱負，則此中空洞無一物，敢謝不敏。春秋佳日，聊復邀遊，亦是一樂。兩次多不過三月，少不過兩月，不作久淹也。辱承雅愛，厚惠頻頒，隆施稠疊，三年於茲，罔有息意。公之愛才禮士，求之古今人中，殊不可多得耳。感激之私，非可言喻。弟至東後，招商、電報兩席求仍如舊，即畫報中《淞隱漫游》兩則，亦不復辭，不敢以暫者易其久者，人之情也。歸後即可供剞劂之貲，亦是一得，願公勿笑吳下老饕瞻前慮後，作馮驩狡兔三窟想也。

握管至此，忽接朶雲，歡喜無量。可知二千里外，心心相印，可稱文章有神交有道矣。前日雨雪連綿，杜門不出，日在故紙堆中作生活。今日黃綿襖子始出，殊快人意。然天氣殊寒，甚想閣下官閣看梅、圍爐覓句，定有一番清興也。伏冀餐衛適時，萬萬爲道自重。

愚小弟王韜頓首上
十二月廿日①

三七

奉上鏡芙閣主、廣寒仙子著色小影各一幅，敬塵座右，見之當如接聲欬於咫尺。鏡芙願忍風雨以待東君，想分燠假寒，自有一番噓拂也。已將此意達之，鏡芙日夕延頸跂足以望也。楹聯如寫就，乞即寄來，當即懸之房中，輝生四壁。近時名下呂翠蘭、吳小紅，亦爲翹楚。顧蘭蓀場面尤闊，然不若鏡芙之拳拳於二月

---

① 由函中"今年丁亥四季課藝，當亦如此例"一語，可知此函撰於光緒丁亥（1887）。

春風，以有先入之言爲之主也。一笑。王佩蘭已作奔月之姮娥矣。

三八

杏翁先生方伯大人閣下：

　　夏季課卷，知久寄塵鈞鑒，敬求評定甲乙。當此歲闌，諸生鵠望甚切，可否撥冗一觀，早行出榜？秋季課卷，叔耘觀察許於三四日間，倘渠先到，似不能攙越，故求閣下立刻鑒定，以便刊登《申報》①，以慰肄業諸生之心。加獎之項亦不必多，酌乎其中可也。

　　鼓鑄銀錢須用鋼模，日本製造之價兹已開單前來，謹呈台覽。韜於滬上所識日本人及行賈於東洋者甚衆，頗多可靠也。塵裝甫卸，俗冗蝟集，《皇朝經世文續編》目錄便間亦乞寄下，明年不作畫報，當有暇晷也。

　　秉筆作此，不盡覼縷。天寒，爲國自重。不備。

鄉小弟王韜頓首
十二月三日

　　前挪二百金由朗帥從淄川礦局徐祝三處項上繳還，經孫少襄軍門手奉上。

三九

杏蓀先生方伯大人閣下：

　　頃奉環雲，並《格致書院課藝》三十八本、電報局滙單一

---

① 光緒十四年戊子（1888）夏季課卷盛宣懷命題，題爲"收回被洋人所奪工商利權問題"，秋季課卷薛福成命題，題爲"海軍軍艦與鐵甲船務問題"。《申報》光緒十四年戊子十二月十三日（1889年1月14日）刊載《格致書院夏季課卷出案》，而此信札寫於光緒十四年戊子十二月五日，公曆1889年1月6日。

紙，二十七日即行刊登日報，令列於前茅者，均來領受獎賞。當此歲暮拮据之時，肄業諸生得拜隆施，獲邀厚惠，其感激爲何如哉！直可銘肌刻骨已。公之愛才下士，無微不至，於此可略見一斑。萬間廣廈興群庇之思，九種慈雲有遍沾之樂，敬爲我公頌之。

所詢鍾天緯，字鶴笙，華亭人。平日留心西學，頗能深入。曾從李丹崖星使出洋，小駐德國，回至製造局中，翻譯書籍，與韜相識十有餘年矣。"第三王佐才"一卷，亦其所託名者也。韜已囑其致書台端，以報知己。其居第二流人物，尚俟探訪。電報局修金，十二月分者已早於十一月中送來，俾得早爲摒擋。招商局中於二十八日特送明年正月分修金來，俾得度歲。至此輒感我公之雅愛。生我者父母，知我者鮑子，將何以圖報也哉！

朗齋中丞尚未有復書來，濟南之行未知在何日，不得與公同往，他日若至東省，定由海道，當進謁衙齋，小作勾留，爲平原十日飲也。

天寒釀雪，伏冀順護眠餐，爲國自重。

愚小弟王韜頓首上
除夕先一日①

四十

杏蓀方伯先生大人閣下：

自奉朵雲後，三肅手翰，有一函寄至濟南者，知已作殷洪喬

---

① 此函當撰於光緒丁亥除夕前一日，公曆爲 1888 年。《申報》光緒十三年丁亥十二月二十八日（1888 年 2 月 9 日）刊有《格致書院夏季課卷出案》新聞，晚於信札所云日期一日，中謂本年夏季課藝由盛宣懷命題，題爲《輪船電報二事應如何剔弊方能持久論》，鍾天緯名列超等一名，盛氏因而關注並問詢，王韜因此推薦

故事矣。今者獻歲發春，定多如意。左右姬侍，當有妙人。前者所云，即陳湘蘭、陳湘雲兩姊妹花也。湘雲即由小陸昭容改名者，以奉雅命，立往物色之。所聞不如所見，爲之廢然而返。近日後起之秀無如林桂芬，惜其齡太稺耳。前時閣下欲覓張桂卿，今屢見其人，僦屋南公陽里，臉帶桃花色，頗可人意。或有謂其已生一女者，不得而知也。或又謂容貌在清和坊張桂卿之下，則恐未必然也。他如顧采苓之蕩、林黛玉之濫、陸小寶之浪，容色雖佳，風斯下矣。其有張豔幟噪芳譽者，則吳佩香亦屈一指。趙文仙頗流麗圓轉，堪與之匹者，爲吳佩蘭。繼起中可與林桂芬頡頏者，則有李金玉，又若李湘舲，雖未著名，亦稱矯矯。趙宜春近與白眉仙割席，不復作絳帳中人矣。然其人齒加長矣，急宜擇人而事，以出風塵月舫。獨立門户後，始則門前車馬頗爲寥落，冬季稍可，然終不逮從前。歲結尚虧負四五百金，合之贖身所費，身價幾至二千五百圓，殊自悔從前之不決意相從也。弟一俟稍有餘閒，當會集群花於徐氏雙清別墅，合十美以照一圖，當寄塵台鑒，以博掀髯一笑也。

舊歲朵雲下逮，承詢商務、郵政兩事，敬當翻譯成書，以備采擇。書名《懷柔圖略》似可仍舊，惟内分八門，無論與香帥之書略有所複，且皇輿、聖謨兩門，似屬客氣，餘亦有難於著筆者。鄙意須別立門户，自出機杼，與香帥之書可相輔而行，而絶不犯複。著書之初先分上下二編，上編專紀中外交涉之事，其目曰上諭、曰奏議、曰始通、曰交兵、曰結約、曰通商、曰傳教、曰分界、曰屬藩、曰遣使、曰雜事、曰雜議，下編專記泰西各國之事，分英、法、俄、德、美諸邦，各爲列傳，附以象緯、輿地、職官、兵刑、食貨各志，更附以民數、宗教、師船、鄙遠諸表，儀器、船礮各圖，區類分門，詳載無遺。如此庶得別開生面，使香帥見之亦當首肯，無勦襲之弊，而有特創之觀。惟上編須求覓官場公牘，非可託之空談，否則巧媳難爲無米之炊。近聞津門刊有通商條約新書，具載事之始末，約十有六本，閣下諒必見之，可供采撼，藉作藍本。香帥之書今歲六七月間可以蒇事①，弟當從事於閣下之書。茲先譯出一二種以觀大凡。弟受閣下知遇之恩，自當力圖報効。采取西學西事各書，弟所隨時購售，一切毋令旁人掣肘。香帥於今此事信任獨專，毫不遥制，惟延兩西人其費太鉅耳。

天氣嚴寒，伏冀爲國自重。

愚小弟王韜頓首上
人日寄書

四一

杏蓀方伯先生大人閣下：

獻歲發春以來，三肅手翰，坿之郵筒，亮登記室。《格致書院課卷》四十七本，敬塵鈞鑒，祈以正法眼藏分別甲乙，區其優劣，俾肄業士子一登龍門，聲價十倍。弟近得絕好西書，已延深通西文之華人來佐翻譯，先成《商務類纂》一書，於十二卷中采取菁華，輯爲四卷。第一卷已脱藁，即當繕寫清本寄呈，以備采擇。

滬上韶華如舊，二分春色，已到花朝。顧蘭蓀校書昔嫁城北公，近又再抱琵琶，門前車馬，熱鬧如前，容色稍衰，然綽約丰姿，尚堪爲此中領袖。至於後起之秀，無如林桂芬者，近當照一小像以供賞鑒。外呈陸月舫小影，飛鴻豔影，尚堪髣髴。閣下如尚戀此姝，弟可爲之從中説合也。前日往觀之女子，吳門人，

---

① 王韜總纂《洋務叢書》著手於光緒十六年（1890），光緒十七年（1891）初稿成，則知該函撰於光緒十七年。

名程福姑，弟爲蹇修後曾一訪之，朱姓人作撮合，已爲之救出於火坑中，貯之以金屋，衣服器用、日用飲食，幾費五百圓。不謂四閱月後，竟有異志，作鴻鵠之高飛。近有人來，言仍欲覓人而嫁，敬以小影二幅請閣下觀之，以爲何如？弟筆墨事殊不得了，亦屬自尋煩惱。何年歸隱鄧尉山中，種花養魚，徜徉泉石，以畢此餘生乎！

餘寒尚殢，伏冀慎護眠餐，萬萬爲道珍重。

小弟王韜頓首
辛卯①花朝後二日

曲里喧傳馬巧珠已至烟臺，納於酒房，充妾媵列，未識然否。月舫爲弟言之，並致聲代達一切，不盡欲言。

四二

杏蓀方伯先生大人閣下：

揖別以來，三肅手翰，想已均邀慈鑒。聞自抵津門後玉體稍有不慊②，大約北地多寒，春風尚勁，兼以土高地燥，肺氣與之不甚相宜，故易致咳嗽歟？西人治哮喘亦別無善法，惟有急治之一法，磨藥屑，焚烟，以口鼻吸之，即可暫時止喘。更有口吸紙烟，其價極貴。或謂如中國之洋金花，則非也。或謂係醉仙桃之葉，則亦恐非是。吸鴉片亦可暫止，但恐成癮，多生一累。從來肺之爲物最嫩，易受風寒，故易致疾。黃公度謂須服黃色鹿茸，頗能見効，顧亦未必然。要當獨處一室，凝神靜坐，寡思淡慮，慎勞節欲，此乃養生之訣，即是卻病之方。惟以今日者大人方當

---

① 辛卯，即1891年，下同。
② 光緒十九年三月二十一日《申報》謂任直隸津海關道的盛宣懷前此因身體原因請假調理，至此銷假回任。如此可見此函當撰於光緒十九年（1893）。

宣力於國家，王事賢勞，豈能少誘，則此諸境界皆未易得臻，祇有暫時屏置案牘、謝絕賓客，靜養一月半月，自能霍然，勿藥有喜。況大人當此五十年華，精氣神三者皆有足恃，能省嗇而用之，自日見其有餘，而不至於不足。譬之水泉，多用之則涸，常保之自盈。人生壽命皆可百年，其或不至者，由於戕賊。欲葆壽延年，須於此時立此始基。閣下心地光明，睿智天生，明心見性，大澈大悟。所創各事，皆開千古未有之局，立大功於世者必食其報，將來得以享大年、膺高爵，夫復何疑。今者即使出而蒞事，亦必使之有節。一日之間，必使閒憩片時；六時之間，必使得靜攝數刻。斯光自能斂，不疲於屢照；神自能安，不憚於過煩矣。

今者竊有所請，願借前箸陳之。前日旌節駐滬，當臨別時，曾面許按月欣助刻書之費，但於何處支領，未及訂明。茲屆端節，酒券書逋，一切摒擋不易，可否於電報局中尊項下暫假二百圓？後日或作致送薪水，或仍須歸完趙璧，一惟恪遵鈞命，敬求致信楊太守子萱照辦，感泐之私，匪遑言喻。此項韜擬在滬先取應用，否則近火恐不及待遠水耳。

格致書院一席屢辭不獲，春季正課特課、夏季正課均已出題。自今春傅相給發獎銀至三百數十元之多，肄業諸生異常踴躍，特課卷竟將盈百，西學振興，當必不遠。天下未嘗無人才，特須在上者有以鼓舞之。平日訪求確實，知其可用，儲之於夾袋中，以備臨時驅策，斯人才日見其多矣。秋季正課仍請大人命題，惟登萊青道劉觀察素未相識，敬求作一紙書代爲介紹，便時祈爲賜下，感甚。

入夏匝月，猶殢嫩寒。當此寒暖不時，最宜珍重。惟爲國自重。不備。

鄉晚生王韜頓首上
四月二十七日

四三

杏蓀方伯先生大人閣下：

前奉朵雲，歡喜無量。格致書院課卷獎銀均經領到，閣下衡鑒至公，品評克允，愛才如渴，説士若甘，凡在士林，無不同聲感歎。今者炎燸將消，清颸徐奏，銀牀冰簟，喜納新涼，想比浮瓜沈李、雪藕調冰時，別饒一番樂趣也。韜望七頹齡，鐘鳴漏盡，精神日憊，意興日非，日惟杜門卻埽，以著述自娛。香帥所命譯書事畢，擬將生平述撰悉授手民。今年先刻《漫遊隨筆》《臺事竊憤錄》《淞濱瑣話》《扶桑游記》《老饕贅語》五種，但不知能如我願否也。邇來不復作徵逐之游矣，載酒看花，味同嚼蠟。所眷如姚蓉初、陸月舫、吳佩香、林桂芬，皆已東風有主，陌路蕭郎，徒增慨想。鮑姬巧雲年僅十五，盈盈競秀，憨若寶兒，近又爲有力者攫去，回首花叢，益覺寡味。

兹屆秋季，格致書院課題例由閣下所命，敬請錫以南針，以爲藝苑矜式。仰望慈雲，倍深瞻戀。韜承乏格致書院，謬主臬比，且借居中西董事之列，將閲十年，並無脩脯。若得南北洋四海關稍資河潤，不無小補，未稔是否可行？伏乞閣下代爲圖之，謹銘心版，感泐靡暨。

新秋初屆，餘暑猶存，惟珍衛適時，萬萬爲國自重。不宣。

鄉晚生王韜頓首上
癸巳①六月二十八日

---

① 癸巳，即1893年，下同。

四四

　　敬瀆者，舍外孫錢大受，字孟勤，湖州烏程縣茂才，係昕伯長子。當日肄業格致書院時，曾爲閣下拔取超等首名，文才充沛，屢列前茅。兹入貲捐納小官，指省江蘇候補，曾充大通鹽埠釐差，今久賦閒，應官聽鼓，殊爲寂寞。可不於上海招商局位置一席地，或文案、或別事務，祈推屋烏之愛，俾得有餬口之所，感泐無既。

　　陶齋觀察頗講洋務著述，可否代爲一言？外附銜條一紙，祈藹照。不備。

韜再頓首

四五

　　再瀆者，舍外孫錢孟勤所求亦無大奢望，只求在上海招商局中得一噉飯處，月支薪水十餘圓足矣。先立定脚跟，然後再圖。大約得閣下一舉手之勞即可入局辦事。渠年力甚富，將來老其才，充其養，精其識，可備閣下之驅策，所以圖報者，惟力是視。爲日正長，不棄微末，尚可收之門墻之列，伏冀栽培，曷勝感泐。

韜三頓首

四六

杏蓀方伯先生大人閣下：

　　六月中曾肅寸楮，請命格致書院秋季課題，想公事旁午，故至今未蒙賜復也。韜自雙星渡河之夕即患喘疾，沈疴不起，已五十餘日矣。思欲作書，頭目眩暈，腕力又弱，以是不果。格致書院山長一席，韜明年意欲力辭不就。院中並不致送脩脯，惟歲饋筆墨百金，端節五十兩，冬節五十兩。每年四季課之外，有兩特課，請題送卷以及催函筆札殊忙，益之以每次刊登日報數家，皆須自行撰就。送去六課加獎花紅膏火約有七百六十圓，春季中堂特課二百四十元，秋季江督特課一百二十元，春季海關道課一百二十元，夏季寧海關道六十元，秋季津海關道一百二十元，冬季東海關道一百元。無非以面情相求懇，幾於打抽豐作一例觀，有何趣味！韜觀諸當道皆有厭倦意，李子木觀察初次極爲踴躍，今年秋季以卸事在即、五日京兆辭之。俸少事繁，兼以有病之身，不如辭之爲快。惟是貧士年少一百四十圓之入，未免稍形支絀。若得略分清俸，於電報局中所支薪水月加十圓，俾其優游著述，則銜戢之私，銘肌刻骨。伏念韜今歲年六十六矣，體衰多疾，受恩深重，其將何以圖報？自是爲始，杜門養疴，繡佛誦經，當手寫《金剛經》百本爲閣下祈福。今先將一本上塵鈞鑒，區區微忱，出自肺腑。韜自與閣下相識，二十年矣！感恩知拳拳在抱，每欲稍答涓埃於萬分之一，惜未能也，然未嘗一刻忘也。秋季課士仍請閣下命題，以示模楷，奉爲矜式。東海關新任劉觀察處奉求閣下代爲介紹，賜以冬季課題，此爲圓滿功德矣。

西風戒寒，伏冀慎護眠餐，萬萬爲國自重。不備。

鄉晚生王韜頓首上
癸巳八月二十七日力疾書

四七

杏蓀方伯先生大人閣下：

前肅寸楮并手寫《金剛經》一册，想已早邀惠覽。南北睽違，遥遥數千里，翹企慈雲，彌深眷戀。自溯生平，感恩知己者，以閣下爲最深，二十餘年來如一日。伏念韜老矣，屢承隆貺，深懼無以爲報，尚望閣下終始玉成。明歲決意辭格致書院一席，冀於招商、電報兩局略爲補苴，庶幾得安其著述之身，而有時亦足供剞劂之費，俾託諸空言者或得出以問世，則公之所賜豈有涯哉！飲德銘恩，至於沒齒。格致書院秋季正課仍乞命題，以示矜式。今因陶齋觀察之便，託其代達下忱，諒蒙允許，不致訶其爲無厭之請也。

天氣新寒，北風多厲，伏冀萬萬爲國自重。不備。

鄉晚生王韜頓首上
癸巳古重陽日肅泐

四八

杏蓀方伯先生大人閣下：

前肅寸楮并續寫《金剛經》一册，由郵筒遞寄，亮塵惠覽。南北睽違，遥遥數千里，瞻仰慈雲，如在天上，然繫戀之情無一刻去諸懷也。自溯生平，感恩知己，所拳拳在抱者，惟有閣下一人爲最深。由衷之言，並非虛語。伏念韜老矣，屢承厚貺隆施，深懼無以爲報，竊欲效撮埃壤於崇山、注涓流於滄海，苟有所知，不敢不告。

織布局猝付焚如①，誠非人謀之所能逆料，殆天意不欲富我中華，使與洋人争利耶。然此事必有繼之而興者，三年之後，其

---

① 《申報》光緒十九年癸巳十一月初二日（1893年12月9日）《津道抵申》有曰："津海關道盛杏蓀觀察捧檄南下，查辦上海機器織布局火焚一事。"又函中"格致書院山長一席，明年決意辭去"等内容與上一函差近，則此函當作於同年（1893年）重陽後。

局規模仍如今日，彼從旁嫉妬我者，其奈之何！

格致書院山長一席，明年決意辭去。惟月少十餘金，未免略費躊躇。冀於招商、電報兩局稍爲增益，籍得補苴，庶幾能安其著述之身，而有時亦足以供剞劂之費，俾平日所託諸空言者或得出以問世，則受公之所賜豈有涯哉！尚望閣下始終玉成之，感且不朽，銘恩飲德，没齒勿諼。

一昨陶齋觀察北上析津，曾託其代達下忱，亮蒙允許。天氣新寒，北風多厲，伏冀順時珍攝，萬萬爲國自重。不備。

鄉晚生王韜頓首上
九月十有八日

四九

閣下曾聞此間有田嵩嶽觀察其人乎？誠當今之豪俠士也！於花天酒地閱歷深矣。生平以經濟才自負，隷籍楚北，寄居蜀西；少爲公子，長作游人。於十年中揮手十萬金，亦足爲豪矣。近日宦興勃發，來游京師，道出津門，必欲一見偉人，作黄河泰岱之觀、景星慶云之睹，其心甚誠。伏乞閣下賜以顔色，一接見之，或當有相視莫逆、相見恨晚者。韜特以一言爲介。

韜再頓首

五十

杏老方伯先生大人閣下：

三肅手翰，奉訊起居，並請賜格致書院秋季課題，自七月至今，未蒙鈞示，殊深惶悚。前函有手寫《金剛經》，亮邀荃覽。區區微忱，聊思報效涓埃於萬一。貢芹獻曝，其志雖愚，其誠可諒，當在洞鑒之中。今復奉上《金剛經》一册，倘以字跡惡劣，或布施衆生可也。

韜自雙星渡河後一日即患喘嗽，輾轉甚劇，偃臥牀蓐，足跡不下樓者六十餘日，藥爐經卷，獨遣良宵，近始告瘥，尚須調攝。病後又爲小孫從珍摒擋姻事，倍覺煩瑣。陶齋觀察來，所求代爲乞恩之處，諒可俯蒙允許。韜明歲決計辭格致書院山長一席矣，嵇生性懶，長卿病多，餘此殘生，冀逍遥於物外，想我公必能始終玉成之。生我者父母，知我者鮑子。韜才雖不及仲父萬倍，而閣下突出叔牙遠矣。劉觀察未知何日赴烟臺新任？今歲冬季課題可否代爲轉求？此猶合七級於浮圖而增一簣於九仞之上也，圓滿功德，誠無量哉！感泐之私，匪遑言喻。

邇來法窺暹羅，英思滇南，俄則覬覦東北。彊鄰悍敵，直逼處此；時事日棘，可爲浩歎。中國商務未有轉機，所有機器諸局許民自爲，但從商辦，而不必以官預其間。有事官爲之助，總辦、提調諸名目，所耗實多，今日惟得人爲最難耳。

天氣漸寒，諸維隨時珍衛，萬萬爲國自重。不備。

鄉晚生王韜頓首上
九月二十八日

五一

杏蓀方伯先生大人閣下：

前日敬肅寸箋，由郵筒遞呈，亮邀慈鑒。側聞旌節言旋在此月中，從此辭榮簪紱，娛志林泉，作急流勇退想。名成身隱，高尚厥志，固得矣，其如天下蒼生之屬望何！澍雨甘霖，待施孔亟，當軸者倚畀方殷，恐未許高臥也。

韜屏跡滬江，日惟杜門卻埽、習静養疴；有時耳聞目見，聊筆於書，豈敢云著述哉，亦藉以自娛耳。前從諸君子後，載酒看花，間有屬意，題裙索扇，貽以篇章，前後積成五十二律，已付手民，鋟之於石。春蚓秋蛇，不堪厓目；嫫母陋姿，老忘其醜，反欲牽簾自炫，謹塵一冊，閣下見之，應爲掀髯一笑也。

所請格致書院秋季課題未蒙賜下，肄業多士懸望縈切。竊思格致之學爲當今要務，西法入門，必以此立基。方今彊學實學相繼並起，咸賴閣下爲之主持，倡厥先聲，開其風氣。兩年以來未命課題①，示之準則、端其趨向，士子之揣摩洋務者幾於無所依歸。伏求閣下今歲秋季迅賜課題，俾承學之士有所禀承，不勝幸甚。韜承乏書院，十年於茲②，並無薪水，惟冀挽回積習，先以空言而後收實效。以請題之艱，屢思辭之，而猶未果者，尚冀西學西法他日或有傳人，於國家不無尺寸之補耳。況閣下爲造就人才、樂育後進者哉！是韜之所深望於公者也。

韜在城西構（搆）畏人之小築，將閉戶以勠書，取生平所作寫成定本，雖當世無知我者，後之人或有取爾，則亦可以無憾矣。

西風起矣，珍重裝棉，伏冀攝衛維時，萬萬爲國自重。不備。

晚生王韜頓首上
十月四日

五二

杏蓀方伯先生大人閣下：

昨蒙高軒枉訪，獲聆麈談，歡喜無量。賤恙託庇漸痊，正可

---

① 盛宣懷最後一次爲格致書院命題在光緒十八年（1892）秋，據此知該函撰於光緒二十年（1894）。
② 王韜《格致書院課藝》丁亥年序："乙酉（1885）秋，唐景星觀察偕丹文律師、傅蘭雅西士延余爲監院，不獲辭。"由此可知，此函撰於1894年。

趨謁崇轅，得叨榘訓，未稔何時公務獲有餘閒，伏乞隨時賜聞。退食之暇，清香晝戟，或可作晉人清言。新刻拙著十有四種，藉塵鈞覽，敬以就正於有道，伏求進而教之，不勝幸甚。

冬燠，爲國自重。不備。

鄉晚生王韜頓首上
嘉平十有三日

五三

杏蓀方伯尊兄仁大人閣下：

前肅寸緘，亮蒙澄鑒。獻歲發春，定有一番大作爲矣，逖聽下風，不勝欣幸。朱司馬梅生爲弟之世交，其人幹濟才也，誠實軒爽，不肯作齷齪媚世態。其先人穎伯先生，弟尤與之莫逆，我師丁中丞亟賞之，爲福建同知時恒付以重任，錯節盤根，以試利器。梅生居粵東數十年，於利弊言之確鑿，時招衆忌，以故銓選屢及，而補缺常遲。今甫得一官而忽丁內憂，則其遇之屯邅亦可知已。宦囊蕭然，不甘家食，以故余都轉爲之先容，薦司貴局事，弟以爲必能勝任而愉快也。粵西當開創之初，尤需長才以爲經理，閣下知人善任，伏乞進而試之，以觀厥效。

弟擬於二月中旬返櫂滬江，爾時可圖良晤。看花載酒，揮塵縱譚，閣下於此，興復不淺，弟當少貢鄙臆，以佐談屑。弟於吳淞之畔小築三椽，以爲菟裘終老，惟杖頭乏買醉之貲藉以自娛，想閣下必有以位置之，息壤之盟，當在是矣。

春寒料峭，伏冀萬萬爲國爲民爲道自重。不宣。

愚小弟王韜頓首
正月十有八

五四

杏翁方伯先生大人閣下：

前日小集徐園，得聆麈教，歡喜無量。韜叨在絣幪之下，食德飲和，已非一日。惟自念年將七十矣，報稱無從，彌滋慚恧，安敢妄有所干求。顧思生平著述數十種，已付剞劂者未及其半，自餘皆須繕寫清本，擇其中尤要者急授手民。即如《四溟補乘》一書，日有所裒，月有所益，搜采事實，廣集見聞，幾至五百卷。香帥命譯之《洋務叢書》凡分十有二門，亦二三百卷。拙著卷帙之繁重，未有如二書者。擬鈔呈一分，藉爲芹曝之獻。去歲香帥譯書事畢①，研田了無所入，勢不得不另籌別款，以作補苴，尚望閣下位置一席地，終始玉成之。但得優游從事著書，則拜厚賜於無窮矣。另擬課題，未識當否？

春寒陰雨，伏冀爲國自重。不備。

鄉晚生王韜頓首上
正月二十有五日

五五

杏蓀方伯先生大人閣下：

三日不見，如隔九秋。獨切遐思，味苦於茗。昨鶴笙來，與談金礦事宜，深中肯綮。近如三晉，遠則瀋遼，所得既饒，當可與西人爭利。旌節北上，鶴笙即欲褰裳相從矣。昨夕於江南春酒樓相聚極歡，既從酒樓下知驥從亦在此間，賓客滿座，未敢擅

---

① 《洋務輯要》初稿完成於光緒十七年辛卯（1891），光緒十九年癸巳（1893）改定。此函撰於《洋務輯要》改定後一年，即光緒二十年甲午（1894）年。

谒。襜帷駐此已逾三月，相見時少，未得一訴闊悰，時思趨謁，但見門前車馬絡繹，想正當公事旁午，韜又不敢以野鶴閒雲無事相剿蹩也。韜所求者，如能欣助以讀書之貲、鈔書之費，從招商、電報兩局增益其數，按月致之，俾得壹志潛脩，從此當閉户不交一客矣。看花載酒，本是逢場作戲，病後已痛自戒絕，而今而後不敢再爲下車之馮婦矣。由衷之言，惟希亮察。此外萬萬珍重。

鄉晚生王韜頓首上
甲午①二月初七日燈唇

五六

杏蓀方伯先生大人閣下：

　　三日不見，如隔九秋。獨寄我思，味苦於茗。三日中皆得與寶琴、佩卿兩麗人相見，共桌而食，縱談無忌，因逆探兩麗人之心，皆有願爲夫子妾之意，而寶琴之私衷尤切。惟某子梢頭，兩人俱含醋意。論其齒，彼此俱當破瓜年紀；若閱歷世情，侍奉閨幃，舉止談吐有心計、有見地，自以寶琴爲優。佩卿則出自小家碧玉，去年八月初墮風塵，未染箇中惡習，天真尚屬未漓，並不知有勾欄中苦趣，飲食衣服容易將就，尚未知窮極華靡，故其眼界識力亦遜寶琴一籌。鄙意以爲此兩人者皆可以金屋貯之，何不以一箭中雙雕耶？需者事之賊也，失今不圖，後悔莫及。且最難得者，兩人此時皆完璧，即不然先爲梳攏，何如？

韜再拜上書首尾莊嚴，中間游戲

---

① 甲午，即1894年，下同。

五七

杏蓀方伯先生大人閣下：

前者旌節遙臨，襜帷暫駐，一彈指頃四月有餘。駒光迅速，直瞬息間，此大禹所以惜寸陰也。韜前以病後孱軀未得追陪旄仗，入春以來，病骨稍甦，又以公事旁午，不敢以野鶴閒雲屢來相溷。然跡雖疏而情親，高誼隆情，無前不日篆心胸、夜縈夢寐。今聞行旌將發，依戀彌深，思詣崇轅面別，又懼以無事妄瀆，未敢輕造。昨餞鶴笙於酒樓，略託數言，當能轉述。韜之所求已蒙俯允，感泐之私，銘肌鏤骨，尚望於兩局中早頒明示，藉慰鄙懷。

去年春季特課諸卷經合肥爵相評定甲乙，極爲詳至，加獎至三百二十五元，自來所未有也。所以鼓舞士林，俾悉心講求格致實學，亦云至矣。數年來，格致書院課士一舉實足以轉移風氣，象緯輿圖、洋務時事，咸能考證詳明，議論透闢。因知世間不乏通材，特患上不之求耳。此次葉瀚列於超等首名，於學問實有見地。葉君前承明問，今知其爲浙中茂才，字浩吾，在鄂省譯書局中佐理纂述，月得三十金。香帥之愛才下士、搜羅文學之流可謂無微不至矣，惟我公足與抗衡。

一昨西士李提摩太來，極爲仰慕隆名。渠爲廣學會長，著書立說，專欲有益於中國，所論明通暢達，與今之教士大相逕庭。言閣下曾助會中四十金，感甚。

今年屆鄉試之期，特出五題，俾各省士子就題各抒所見，必有鉅製鴻篇發揮義蘊。中國得以臻於富彊，不徒托之空言。列前茅者具有獎贈，茲已集得五百金矣，倘有能繼之而起者，亦創事也。會中規議及題略，謹以附塵鈞覽。此亦可謂西國有志之士也。竊謂西人作事勤而專，速而果，務求實踐，不尚空文。所譯文字或有詰曲鄙俚者，未得名流爲之潤色改削耳。如李君所著，亦甚簡明，知其胸中所蘊者固自不凡。韜願此後常通消息，所有繕寫拙著各種副本，既經脱稿，即當付之郵筒，藉以就正於有道。時事、洋務苟有知者，不敢不告。明知涓流細壤，無當高深，而獻芹貢曝，聊表微忱，惟憐其愚而亮其志可也，不勝犬馬戀主之誠，當效烏鵲銜環之報。此外惟萬萬爲國自重。不備。

鄉晚生王韜頓首上
甲午二月二十二日

甲午年春季特課題目
星象中西異名説
緬甸邊界考
英語近今音法語近古音論
北洋大臣李爵閣督所命題

五八

杏蓀方伯先生大人閣下：

　　分襟以來，屢肅手翰，皆從郵筒遞寄，未蒙賜復，想公事旁午，未遑及此耶。去年九、十兩月中又復兩致寸楮，略言兵事，敬問起居，嗣聞政體違和，告請休沐，習靜養疴，概絶酬應，恐未邀荃鑒矣。於時正當軍書孔亟，羽檄交馳，閣下仍復力疾從公，王事賢勞，不遑暇逸，佐上相而贊襄，爲幕府之籌筆，冀圖保疆禦敵，大展其所長，無如前既誤於因循敷衍，後又壞於草率倉皇，事至而後，應之晚矣。

倭人蓄謀已久，韜於十餘年前早已言之，又何待至今日哉！今日和議已成，所以爲善後計者，率以變法自強爲第一著。竊以變法不徒其襲皮毛，當有實際富強之本，首資教養。誠哉王夔石制軍之言曰："學校者，人才之本；格致者，學問之本。"此時創立學校已恐緩不濟急，莫如先取材於異域。如開礦、築路，皆宜糾合洋人爲公司，妥訂約章，限以若干年爲期；商販輻輳之處，擬築幹路、支路，皆許民間自立公司，糾股興築後，由朝廷分歲遞償其款。機器公局亦準民間分設，官但可欣助其成，毋得陽許陰拒，以掣其肘而侵其利，亦不必立總辦、會辦、督辦諸名目，凡事一涉官場，即有私弊。茲先當痛除其積習，中國大病由於官商之情不通，官輕商，但知朘削商人以自肥其囊橐，商多畏官而復不信官。歷來之成見難融，積久之私弊難去，所以中國商務不能臻於旺盛也。欲旺商務，必先設商學、藝學，一切製造不可不講。先以能仿造西貨爲第一義，凡此人人能言之，無如人人不能行之，是豈時未至乎！近者人人皆喜談洋務，擬圖變法自強，特患在上者無提綱挈領之人耳。

格致書院中肄業士子於西學西法頗有所知，尚能託之空言以求自見，今屆秋季課試之期，特請閣下命題以觀其效。樂育英才，造就多士，俾後進有所仰止，固閣下之責也，企予望之。

上海一隅愈臻繁盛，租界之外，建築房屋亦幾於鱗次櫛比，外來者無側足地，租值愈貴，生理愈艱。貿易場中外彊中槁，盛極而衰，心竊憂之。韜得叨福庇，尚能安居樂道，閉戶著書，時念隆恩，銘刻肌骨。側聞十月中旌節將蒞臨此間，相見不遠，曷勝欣忭。

秋氣已深，新寒襲人，伏冀攝衛咸宜，萬萬自重。不備。

鄉晚生王韜頓首上

八月二十六日

五九

杏蓀方伯先生大人閣下：

懸盼旌節之旋將匝月矣！漢皋蒞至，又有吳苑之行，近聞又將北上析津。王事賢勞，不遑暇逸，閣下之謂矣！第未稔啟行何日耳。比來淞曲暫住襜帷，瞬息之間，倏經半載，而相聚要無幾日，會少離多，益深思念。慈雲在望，彌切瞻依。韜於四月下旬有五日移居城西，敝廬四五椽，僅蔽雨風，尚堪容膝。惟城西草堂猶未落成，顏其額曰"畏人小築"，署一聯於門云："聊借一椽容市隱，別開三徑寄閒身。"草堂中楹聯云："息轍絕交游，屏跡此心齊木石；杜門耽著述，安神無夢到軒輿。"蓋自此伏而不出之志彌堅矣。

明歲犬馬之齒已屆古稀①，擬將生平撰述次第授諸手民，出以問世，不知果能遂此願否也。惟是土木之工爲費不貲，陸賈之裝、阮籍之囊早已罄其所有，以後恐將仰屋興嗟、鍵關乏術耳。

茲呈上摺扇一握，已污塗鴉，春蚓秋蛇，殊形惡劣。韜尚似三五少年時，性好塗抹，特不足當大雅一笑耳。所畫士女或尚可取。奇書一函，覓自書賈，頗以重價得之，藉塵清覽，聊供披閱。韜近得名畫兩軸、惲南田臨米字一幅，暇當親自攜來，以質諸正法眼藏。如愜真賞，即可奉貽。

梅炎藻夏，天氣漸熱，日昨涼燠不常，伏冀順時攝衛，萬萬爲道自重。不宣。

鄉晚生王韜頓首上
五月二十有二日

---

① 據此知此函撰於1896年。

六十

杏蓀方伯先生大人閣下：

　　昨肅寸楮，亮邀鈞覽。於時適值旌節外出，未得賜音。美進士林樂知先生之事，當必可成。渠身雖外域，心在中原，與李提摩太可相伯仲。延師得此，當可無憾。"學校"一門，韜已檢出，共得八本，已令鈔胥者十手傳鈔矣。鈔畢，韜躬親校對，不肯假手於他人。吾家王半山詩云："穰侯老擅關中事，深懼諸侯賓客來。我亦暮年專一壑，每逢車馬便疑猜。"錄之以博一粲。

　　蔣君退菴已來，相見歡然。詩筆鐵筆俱佳，示以《游臺筆記》，甚簡核。渠云方伯幕府中校差已於前日稟到矣，逮後香帥《洋務輯要》全書錄竟，即倩其改削，何如？惟鈔手尚須覓人耳。

　　製造局左右之地已購得否？頃有求售者，經手之人爲滬人楊榮春，可命其導觀，如合尊意，再議何如？外地圖敬塵鈞覽，天氣頗涼，正可游覽。

　　匆匆握管，即當往尋詩友作清談矣。伏冀順時珍攝，萬萬爲國自重。不備。

鄉晚生王韜頓首上
五月晦

六一

杏翁方伯先生大人閣下：

　　昨遣人送上"學校"六本，亮已察收。承諭往訪林君樂知，已與沈贄翁訂明，渠言今日禮拜，西教士例似屬不便深談，即談，不能盡興。禮拜一日（初三）爲林君專會教友、分辨教事之期，更形忙碌。不如定於禮拜二日（初四）午後三四點鐘，往晤暢談，何如？且不必具衣，至時或先詣書院，邀沈贄翁偕往更佳。以上贄翁所言，敬爲轉述。贄翁處信一函，祈飭俾送往中西書院，何如？因路遙，敝處乏价驅遣也。天作微雨，不能趨謁，涼意襲襟裾間，殊不似盛夏天氣，外間必有水發，有妨稼穡，深抱杞憂。伏冀爲道珍重。

鄉晚生王韜頓首

兹已囑鈔胥者先行繕錄"邦交""商務"兩門。退菴作何復音，乞示知。

六二

杏蓀方伯先生大人閣下：

昨蒙寵召，即趨赴一品香坐待。良久，老大人乃至，獲聆教言。因賓從甚多，恐爲時過晚，旌節之臨尚無前導者來，而鐘已逾七下矣，遂別。"學校"六本，先將原藁上塵鈞覽，止此存底，並無副册，敬祈察收。閱後付下，以便授諸鈔胥。三人分鈔，已得十篇矣。林樂知一切說，今午韜約沈贄翁於酒樓，聊作消遣，當轉告之。蔣君退菴事如何作復，敬乞明示。讐校之役，韜當親任其勞；至改削繕寫，則可假手於他人耳。蔣君之才甚優，閣下何不命其譯書？當有佳著作也。餘附別紙。

伏冀攝衛咸宜，萬萬爲國自重。不備。

鄉晚生王韜頓首上
六月朔日

"學校"一門共得六本，計布茂林所譯尚不及一本，餘皆韜采自他書，輯自近聞。此外搜取，尚可得二本，特未成定本也。

丁韙良曾有《德國學校論略》，可見之否？其中似亦多可備采取之處。

日本學校，陶齋觀察所著書中亦爲詳備，第亦有在《洋務輯要》中取材者。

"學校"一門已令三人鈔寫，特繕錄告成尚需時日。今遵命先將藁本塵覽，計上六本，祈爲察收。

書未鈔出而讐校之人早已來見，亦疊次接其來書，今將原信坿呈，如何奉復，敬候卓裁。

林樂知住居即在中西書院對面，惟初二日係西人禮拜，例不見客，但晚至四五點或可無妨。今日午後晤沈贅翁，當即轉致此意。或待初三日午後，何如？

附蔣超致王韜函：

紫銓夫子大人尊前，敬肅者：

前日面聆訓誨，快慰奚如！拙作《臺游筆記》另紙錄出呈上，並坿新鑴印存一部，係爲杏孫觀察所鑴，悉仿吳門潘伯寅先生手作原本，並請政是。門生校差，昨在觀察處參到，敬以坿聞。手上，恭請大安。

門生蔣超謹上
五月二十八日

前接訓諭，敬悉一二。日間與杏憲面商一切，諒已議妥。書籍不知何日開校？風聞杏憲有不日北上之說，將來門生之薪水歸何處支領，並月有若干，懇求夫子大人示知，不勝感之。手上，恭請大安。

門生蔣超頓首
六月初一日

六三

杏蓀方伯先生大人閣下：

　　連日遘有小疾，未能趨詣台端，暢聆塵教。昨晤汪子淵太史，詢及旌節將於月內前赴津門，然則惟時非遠矣。從此筵開餞別，座唱驪歌，在望慈雲，彌深依戀。《洋務叢書》已令鈔胥先行繕錄一分，後當陸續呈上。今奉上《邦交綱領》一本，略見一斑。見寫商務，四手傳鈔，當易竣事。坿呈《法越備考》一書，乃劉嘉樹太史所著，新付剞劂。此書前後敘述綦詳，兼具議論識見，亦留心時事者所不廢也。敬以奉貽，聊供披覽。韜所著述，講論洋務者多，頗投時好，《普法戰紀》流傳尤遠。前奉公處僅得十部，今北方設立學塾頗多，可否多攜數十部遍餉學者，俾知域外情形，公意以爲何如？

　　天氣涼爽，盛夏如秋，似屬非宜。伏冀順時珍攝，萬萬爲國自重。不備。

鄉晚生王韜頓首上
六月十有四日

六四

杏蓀方伯先生大人閣下：

　　昨塵寸楮，並《邦交綱領》《法越備考》兩書，亮邀鈞鑒。今日天氣又熱，憚於出門，深以無見招者爲幸，疎生疏懶可知。古人云：人生忙迫一場便休。每念斯語，輒爲黯然。每自熱鬧場中歸，倍加靜攝，胸中不著一塵，一切空諸所有。明道自言目中有妓，心中無妓；天南遯叟則動中有靜，靜中無動。明年七十矣，菟裘已營，擬將終老，不欲再作求田問舍計。能成斯志，非我公而誰屬！生平受恩拜賜多矣，老驥伏櫪，尚足以供驅策，幸垂念之。

《商務原始考》一本，乃蔣退庵所鈔，亦其手校。來信坿呈，追呼殊逼，大有得之則生，不得則飢光景。賓士生涯亦屬可憫，是否即由韜處發給，敬請明示，以便遵辦。明日如稍涼爽，當趨詣台端，面聆塵訓。此外伏冀攝衛咸宜，萬萬爲國自重。不備。

鄉晚生王韜頓首上
六月十有六日

六五

杏蓀京卿先生大人閣下：

兩肅寸楮，知邀鈞覽。韜伏枕四月，近略痊可。雖能出戶庭，然尚未敢遠涉也。醫藥之費、參茸所需，約略三百金，亦窘甚矣。當此爆竹聲中忽忽餞臘，祀竈祭詩，聊循俗例；藏鉤埋硯，未有閒情。想見閣下官閣看梅，圍爐煮酒，讀畫焚香，別饒清興。茲有懇者，羅稷臣①星使現出使英、法、意、比，接龔仰遽星使之任。龔星使處文報局一席忝列韜名，得以承乏，今瓜期已屆，而韜與羅星使素未謀面。閣下向在津門，與之往還必密，可否借重鼎言，爲之介紹？季布一諾，重於千金。局中薪水雖微，然與韜不無小補，得以蟬聯，不求增益。閣下我之鮑叔也，愛我實深，知己感恩，拳拳在抱，所求諒必俯允，無俟贅言也。

肅此，敬請台安，並賀歲禧，諸惟愛照。不備。

鄉晚生王韜頓首

---

① 羅豐祿（1850—1901），福建閩縣人，字稷臣。1877 年入選首批赴歐留學生，1878 年調任駐德使館翻譯。嗣後入李鴻章幕，隨李出訪歐洲。1896 年充任出使英、意、比國大臣。

六六

杏蓀方伯先生大人閣下：

　　昨日之聚，得聆教言，甚爲欣暢。今奉上圓山大迂山水十二幅、謝隱莊《焚餘草》三册，乞爲莞納。晶章三方，已令大迂鐫刻矣，蕆事後即當貽贈。些微之物，殊不足以補報大德於萬分之一也。

　　春寒陰雨，伏冀萬萬爲國自重。不備。

鄉愚弟晚生王韜頓首上
正月二十二日

六七

杏蓀方伯先生大人閣下：

　　昨奉環雲，並承賜以珍品，試嘗之，異常香美，歡喜無量。子萱太守來，已與面訂假座徐園，準期二十三日午後兩點鐘，陪客爲葉君澄衷、許君春榮、唐君傑臣，未識合意否？此時尚未折簡相邀，如欲更改，或不參一客，乞以鈞旨關照子萱太守可也。近日飆車怒馬都往來於愚園、張墅之間，髩影衣香，頗爲熱鬧。若徐園必迂道而往，以是甚形寥落。彼所題"雙清別墅"者，殊名稱其實。彼處雖有名花在座，而仍可作晉人清談。敬先以奉聞，另行肅具束帖敬請。封翁老伯大人、樸人四姻伯大人祈爲轉言，不勝企望。近日本人圓山大迂能作山水①，頗有別趣，韜可

---

① 《申報》光緒十八年壬辰正月二十六日（1892年2月24日）有高昌寒食生桂笙何鏞所撰《書〈松石山房印譜〉後》有曰："今年圓山大迂先生來作海上寓公，以鐵筆噪於時。"

奉貽。

春寒，惟爲國自重。不備。

鄉晚生王韜頓首
三月二十有二日

六八

杏蓀方伯先生大人閣下：

前呈新刻拙著各種，當塵鈞覽。請見之期未蒙明諭，不敢輕造。歲事已闌，在他人不無倥偬，韜則習靜養疴，從未下樓一步，正不知門以外之光景何如也。前日韜告傅君蘭雅，言及閣下欲以"金磅價貴"命題，傅君稱甚善，甚善，深切時事，敬求以速爲貴。鄙人竊擬數語，未知有當否？仍祈削正，以詔肄業諸生，不勝幸甚。如欲鬧中取靜，忙裏偷閒，作晉人清談，一聞呼召，即當趨赴。

天寒釀雪，伏冀爲國自重。不備。

鄉晚生王韜頓首上
醉司命後二日

六九

杏蓀方伯先生大人閣下：

一昨得以飽飫嘉肴、暢聆清誨，快甚慰甚。招考學童出案一則，今日未登告白，想爲時太晚，故不及也。今日刊登兩報，《申報》《新報》。置之前列，衆目共瞻，當可共曉也。《中日戰輯》四册並圖六幅，敬塵鈞覽，藉供披閱。日本岡千仞《觀光紀游》一書，書肆已罄，無從覓矣。此書已刻入《輿地叢鈔》，可覆按也。

春寒多雨，殊悶人懷。探梅看山，游興爲阻。伏冀順時珍攝，爲國自重。

> 鄉晚生王韜頓首
> 二月十七日

七十

杏蓀京卿先生大人閣下：

自初四日獲挹德輝，作晉人清談，暢甚快甚。聞是晚行旌即復遄發，想風利不得泊矣。漢臯風景重得領略，雖了無足觀，而酬應稍簡，或可暫爲息肩，見香帥當別有一番崇論閎議，爲世俗震聾發瞶。韜以爲欲袪近日之大病，莫如盡除忌諱，實事求是。粉飾因循，虛憍夸詐，剛愎自信，畏葸多疑，固在所必除。此外則毋喜譽而惡直，毋憎異而曙同，毋植黨以樹私，毋愛美而忘醜。鄒忌好人攻其所短，子路喜人告之以過，虞舜好察邇言，武侯貴集衆長。事必先采之兼聽，而後伸其獨斷。有所詢咨，必遍聽之公評，而庶不淆於私論。以閣下之明察如神、公正不阿，寧不慮及於此？而猶以爲言者，亦宋人獻曝納芹之意也。韜七十之年倏焉已至，雖耳目無恙，精神如故，而夕陽餘景，紅不多時，炳燭末光，亦復無幾。去歲喘疾劇發，伏枕四月有半。春來病骨雖甦，元氣大傷。生平撰述四五十種，已授手民者未及強半，將來與草木朽腐，煙雲銷滅，爲足悲耳。城西草堂結構麓就①，心力交瘁。惟明窗净几，尚可棨桓。移樹栽花，聊自怡樂。門外室中所有楹聯悉係自撰，大門一聯云："騏驥伏櫪空懷千里，鶺鴒巢林尚有一枝。"側門一聯云："辟世何嫌陋

---

① 城西草堂建成於1896年。

巷，閉門即是深山。"廳旁大門一聯云："能請三千卷奇書，把臂入室；若問五十年洋務，抵掌快譚。"門內一聯云："七秩餘生閒展卷，數弓隙地便栽花。"室中近日新撰兩聯，其一云："隨地得安居，何用別開林壑；畏人成小築，且教供養煙霞。"其二云："靜坐讀書，此日足可惜；安貧樂道，一生何所求。"凡此數言，亦略可覘鄙人之志趣矣。暇當求法書，賜寫一二聯，藉光蓬壁。

率爾作牋，不盡覼縷，惟萬萬為國自重。不備。

鄉晚生王韜頓首上
三月二十有七日

七一

再啓者：

商務報館為山陰沈誦清廣文所創設，實與時局大有裨益，一切西學、西法無不旁搜博采，總期開闢商路，增益其智慧、心思、學術。久之，事行效著，定可富國利民，不僅作紙上空談已也。蓋中國近日大商漸能與官場通聲氣，茲先以商報通文字之往來。既有商報，便有商會，將來朝廷亦必特設商部大臣以主其事，從此商務日盛。而商人亦不至自甘窳陋，製造工作自能悉心講求，日出其技，競相誇尚，倣效良法美意，安知不能媲美泰西、追踪日東。他時工製之商販之，其能行遠致利，可卜之操券也。今月《商務報》別改章程，擬減價值，以廣招徠而冀流通。自創設至今，都若干本，特從郵局寄塵台端，乞為指正。敬求遍諭各局人員覽觀，則流行必廣。譬諸登高一呼，衆山皆響，其勢急也。

專此奉懇，無任懸企。

韜再頓首

七二

　　名妓下梢殊不可問，觀於姚姬蓉初而益慨然也。當其適沈能廉猶未爲失所，及沈病歿，攜貲思遯，爲其家人所覺，閉置一室，聞猶畁以嗣子，囑其堅守。若能衣布茹素，守之終身，亦不失爲婦道。未稔如何不安於室，爲其家驅逐以出，今淪落殆三年矣。年將三十，致爲雉妓，無論玉顏瘦損，即其聲音笑貌，亦都變矣。驟遇之，幾不相識。天下事不能逆料，往往如此。至此時誰肯以千金買駿骨哉！韜昔有一詩望之甚切，今當削去之矣。附錄於下：
　　懶向花叢取次看，記初相見兩相歡。
　　花梢豆蔻春光媚，帳畔芙蓉燭影寒。
　　七寶香車還遠嫁，三珠衹樹枉同參。借均。
　　可憐不是閒風絮，永作孤飛鏡裏鸞。

七三

杏蓀方伯先生大人閣下：

　　昨日得挹芝宇，藉聆麈教，欣慰無量。今呈上《日本外戰史》，自八卷以下皆近時事實，與我國大有交涉。其侵臺灣，滅琉球，侵高麗，皆擾我遼東之漸也。自始戰至議和，本末咸具，覘國勢者於此當別有會心焉。江香女史畫軸韜當於數日間親自取歸，不必付之他人。葉心儂（名慶頤）已代招致，可令其翻譯。蔣退庵又來詰問。此輩讀書人皆奉教於孔子，三月無館，則皇皇如也。杜少陵云："安得廣廈千萬間，大庇天下寒士俱歡顏。"言之易而行之難。薄施濟衆，堯舜猶病，孔子嘗論之矣。

韜藏有《日本水路險要記》，亦係華、和文字相雜，如譯成戰史，韜再當相贈。匆匆當作張園之游，奉傳老大人杖履，無暇寫大劉字矣。

天氣頗熱，伏冀萬萬爲國自重。不宣。

鄉晚生王韜頓首
荷生日

王韜致盛宣懷書信補遺

說明：此補遺信札總 23 通，據上海圖書館所藏盛宣懷檔案原稿複製整理，皆未見收於王爾敏、陳善偉編，香港中文大學出版社 1987 年影印出版之《近代名人手札真跡——盛宣懷珍藏書牘初編》。原有函封文字一並照錄，以存其舊。

一

貴上大人□敬請鈞安。

鄉晚生王韜頓首。

今日因爲時太促，分刊兩家新報，業經送去，未便取回，刻已告知。準十九日上午十一點鐘覆試所取諸童，名次一併刊登報上矣。此復。

二

內函外書二十本敬呈

盛大人鈞啓

天南遯叟王韜拜緘
杏蓀方伯先生大人閣下：

久疎箋素，時切溯洄。泰岱岩嶢，吳淞瀰渺，瞻望慈雲，如在天上。韜以香帥譯事，幾無片晷之閒。迨六月杪始能蔵事，然不過草創甫就耳①。至於加以刪潤采輯，非竟一年有半不爲功。代譯商務已盈五卷，必俟韜細加改削，然後可付鈔胥。五卷所云皆撮取其菁華，近今談商務者所未有也。

韜思念閣下時刻不能去懷，踪雖疏而情親，路雖遙而心近。深抱平生知己之感，厚惠隆恩，稠加疊至。惟念韜老矣，圖報無時，益深慙怍。惟此區區文字頁自鄙臆，將來先以此五卷之書繕錄清本，恭奉鈞覽。其中細目宏綱，精粗畢貫，閣下見之，當掀髯一笑也。格致書院己丑課藝茲已刊就，今以十部奉麈座右，幸賜披閱，示以準則，錫之教言。非由閣下造就後進樂育人材，何能致此。去歲課卷寄求評定甲乙，甄別優劣，以爲多士矜式。奉去已久，想已早邀衡鑒，祈即付諸郵筒，藉以慰肄業諸生仰望之心，不勝盼甚，不勝幸甚。

滬城繁華如舊，風景依然，顧君蘭蓀艷幟重張，香名仍噪，門前車馬突過往時，初不解海畔逐臭之夫抑何衆也。鄭君雲芝亦出而□理故業，賓客如雲，略亞於顧。月中仙子闇淡自甘，前寄小影，當邀鑒賞。花榜之魁當推吳君佩香，然潤臉羞花、圓姿替月，閣下見之，未必入選。後起之秀其惟林姬桂芬乎！靈心弱質，恐不永年。他若文仙之綽約、靜芳之穠粹、黛玉之蕩逸、小寶之曼靡，皆此輩之翹楚也。沈姬素香已出苦海，茲猶未擇人而事，其容貌亦殊可取，性情頗婉順，閣下如欲以之充後房，亦所以全其美也。宵深燭爐，聊復書之，藉博一粲。

----

① 張之洞命譯之《洋務輯要》初稿完成於光緒十七年辛卯（1891）。

初夏清和，風景猶麗，伏冀萬萬爲國自重。不宣。

　　　　　　　　小弟王韜頓首上
　　　　　　　　四月二十一日

三

內信兩封，外栗子壹簍，敬求文報局附寄煙臺登萊青道憲盛大人勛啓。緘託八月廿四日。

《續經世文編》之事，鄙人願當其選政，必求駕賀、魏兩君而上之。若如葛君所刊，僅可欺一時，而不足永百世也。葛君采取，亦未及諸名家文集，僅取所出中興奏議，拉雜抄之，餘者亦無心得之。蓋操選政，非具才、識、學三長不能膺此重任也。

外附《上東撫張中丞書》，乃梁溪鄒弢所作，閣下見之，以爲何如？

四

杏蓀方伯先生大人閣下：

前日曾肅手翰並畫報、畫像、《續經世文編》，亮已上邀鈞覽，檢入典籤。韜本擬於節後束裝就道，因諸事都未擯擋，須俟月杪啓輪①，重陽佳日定可追陪旌節，同作登高，茱萸行觴，菊花插帽，極一時之樂事也。懺素盦主小影復呈兩幅，祈爲轉致少襄軍門。外附雙影兩幅，亦可各得其一。韜頭顱老矣，白髮紅粧，相對於銀燈綠酒之間，亦復自愧已。葛子源乃龍門書院肄業

---

① 王韜於1888年中秋節後自滬乘輪船往山左。

生，所選《續經世文編》殊不愜鄙意，公牘、告示錯雜其中，已屬不倫。張煥綸所上似分置各門，寂寥數語，不復成篇。夫稱之曰"經世文"者，何等鄭重！今若此殊覺名不副其實。倘尊選一出，彼書自當覆醬瓿耳。

礦師之說鍾君鶴笙前日已奉明諭往詢比利時領事，必待三月然後有復音。傅蘭雅於九月中言旋滬上，此時在塗中矣。待至中土，寫信往詢，往返又稽時日矣。今春傅君回國之時，惜乎交臂而失之也。聞徐芝生所聘礦師，乃鍊鐵而非鍊鉛者也，一試無功，垂翅而去。鉛礦之在淄川者已竭，須另尋別處。平度金礦所出金沙即能以藥水提鍊，惟恐得不償失。西國化學家謂凡物中無不有銀質，然即使銀可得，亦復費，適相均。吳子登太史前曾託韜廣覓化學新法，謂爲致富奇書。韜謂誠如是，則西國化學家無非陶朱、猗頓矣，有是理哉？至於山左爲金礦之所薈萃，二十年前韜在英國，英人書之特詳，惜無人能辨其礦苗衷之所在耳，顧良礦師西國亦甚少也。

秋氣已涼，西風初厲，伏冀慎護眠餐，萬萬爲國爲民爲道自重。

鄉小弟王韜頓首上
八月廿六日

五

杏蓀京卿先生大人閣下：

韜喘疾劇發，老病侵尋，伏枕三月，日惟藥爐是務。病中萬事皆空，一念不起，惟是瞻望慈雲，彌深繫戀，生平感恩知己，拳拳在抱，而報答涓埃萬分無一，此韜所以沒而猶視者也。聞旌節榮旋，未能力疾仰挹鴻儀，恭聆塵訓，爲歉然耳。別紙所具，敬候尊裁。偃卧床笫，不能手書，口授鈔胥，聊達忱悃。辭不能文，惟祈鑒察，不勝犬馬戀主之誠。此外惟萬萬爲國自重。不備。

鄉晚生王韜頓首上

六

敬再瀆者：美進士林樂知所譯《學堂章程》已來，今抄出副本，藉呈鈞覽。其原本由沈贅翁專呈，若何訂定，祈與贅翁商之可也。蔣超於九月間溘逝，所鈔之書僅得二三本，問其所支薪水已至九月。韜交與"工作"三本，傅蘭雅譯。彼全未鈔來。今欲挾此以求薪水，韜處並無副本，若不交來，則"工作"一門缺矣。其母曾到韜寓，韜以病不得見，且婦人女子亦無可言。若何裁度，自在鈞意，惟"工作"三本必當索還耳。力疾口授，不勝依戀。再"學校"五本尚存尊處，便間務望繳還，俾成完璧，不勝企望。

韜再頓首

七

所委一事早與訂定，其人但有唯唯，而無否否。不料甫屆中秋，即如黃鶴。初猶未脫香巢，既乃言歸金屋。捷足先得者爲朱姓，即在六橋三竺之間馳馬殺人于道者。問其價，曰四千圓；問其所居，曰王家庫。箇中人心地似不可料，當與訂定之時，早已隱有所主。介紹者不難守口如瓶，而其人非但不能守身如玉。雖然，箇中因緣事由前定，天下佳人更有勝於此者，不必爲之惜也。閱後即付吳回氏可也。

八

内函外書三册送呈寶源祥盛公館
盛大人鈞啓
天南遯叟拜緘

杏蓀方伯先生大人閣下：

前日承賜兼金二百鎰，拜登之下，感泐難名。入秋十日，漸有涼意，酷暑乍消，清飈颯至。或俟一二日間當可逕造台端，作晉人清言矣。時中書院①之設，前時曾據贅翁面述，以爲莫如虹口爲最佳。爲高必因丘陵，爲下必因川澤，事半功倍，可以握之操券，特未識高見以爲何如耳。商務書莊又鈔得三册，所考商務源流頗有可觀，蔣退菴一月來僅鈔兩本，嵇生性懶可知。韜處鈔胥者有三人，盡堪供驅使也。韜自六月十五後裹足不出，幾於跬步不離户闥，静中自有佳趣，非閒散人不易領略耳。

旌節何時赴津，當謀一醉，兼可藉傾積愫也。秋風吹起，蒓鱸滋味何如？想不容東山高卧也。伏冀萬萬爲國自重。不備。

鄉晚生王韜頓首上
七夕後一日

九

内要函，外"商務"兩本、"國用"一本，送呈
盛大人鈞啓
天南遯叟拜緘

---

① 時中書院，即盛宣懷於1896年創辦的南洋公學，爲上海交通大學前身。

王韜：格致書院茲屆秋試，敬請大人特命課題，以爲多士矜式。教育英才，亦一樂也。

十

杏蓀方伯先生大人閣下：

昨奉環雲，敬悉壹是。半載以來，得挹芳徽未盈十日，所以然者，草野疏懶之民，究未敢脱略威儀，漫爲進退，不如以筆墨達喉舌，反得曲盡其詞。時中書院之設，教育英才，培養儒士，使之明曉西學，通達治體，誠爲自强之根本。

日人之圖遼東、踞朝鮮，早在十餘年前，時遣游歷人員易裝至北旅居，測量水道深淺，韜屢以爲言，而當軸者不察也。然俄人在今日，其處心積慮猶日人也。俄人志在北方，法人意注南服，我朝與俄結歡，深中英人之忌。時事日亟，杞憂方大，正不知將何從下手。韜前十年曾作論數十篇，驗之今日，情事又如燭照。數計而龜卜也，暇當命小胥鈔出，録塵鈞覽。

《洋務輯要》今又奉呈"商務"二本、"國用"一本，敬乞察收。以後每一門鈔竟後，自當封固寄津。格致書院茲屆秋本課期，敬請大人命題，以式多士。院中肄業士子不奉大人鈞誨者已有年矣，今院中如李經畬、葉瀚、潘敦先、殷之輅，皆深明西學、博通時務，可造之才也，皆昔日由大人之教育培養得以至此，今胡爲置之不問耶！甚非所望於我公也！願益有以策勵之。

韜自識紫芝，辱承繆賞，一十八年於茲。己卯至日東，道經滬上，得見於徐氏未園。感德沐恩，深銘肺腑，永矢勿諼。第秉性憨愚，不能爲翕翕熱，然在羹墻而如見，雖寢饋而弗忘，廿年如一日也。昔宣尼大聖也，猶且得季孫之粟千鍾、孟孫之車二乘，而交益親，道彌行。韜自蒙大人之分惠廉泉，而得以養其廉介之節，不妄干人，今日韜薄有微名，咸出於大人所賜。惟是自構畏人小築，土木之費綦鉅，薄蓄殆罄，近又負氣辭申館之論不作，所入較少，倘有可以助草堂貲者，乞公留意。知己感恩，拳拳在抱。圖報有心，惟力是視。

餘暑未退，早晚頗有涼意，伏冀萬萬爲國自重。不備。

鄉晚生王韜頓首上
七月十有三日①

十一

有友來，託以三事奉瀆，祈賜一言，以便作復。

博聞報館胡鐵梅託問入股事，之前已有人上達，以旌節赴鄂，未見其人，遂入都。今求韜轉言，韜答以現在監司大員，以便預聞日報入股，託以杏憲所命復之。繼又欲借款。乞公一言，以絕其望。來書坿呈。

製造局巡防委員魯介彭名國壽欲其子至天津大學堂②肄業，求爲破格收錄，並云李少梅觀察之子須其偕往，兩人不可相離。名條附呈。

前製造局張和卿提調作事樸誠，交游絕少，如上海開設大學堂，願供驅使，不拘何職。至於薪水多少，亦所弗計。名條附呈。

三事均候卓裁，但得一言，即可轉告。

《洋務輯要》翻譯十有二門，以後每竟一門，當封固寄津。

商務、稅則、國用、官制、軍制、刑律、教派、工作、邦

---

① 函中謂"韜自識紫芝，辱承繆賞，一十八年於茲"。韜識盛氏在己卯（1879）赴日本道經滬上時，則此函當作於光緒丙申（1896）。
② 即北洋大學堂，建於 1895 年 10 月。

交、禮俗、學校、疆域，此十二門卷帙頗爲繁重，當擇其精確者錄塵鈞覽。

附：魯本盤前日李少梅觀察薦本傅補考，以年紀稍大，未蒙收錄。此子矢志力學，平日華文已有可觀。此後尚嚮西學，可望達成。叩求憲恩賞准，派入天津大學堂肄業。

十二

內函外書兩本送呈寶源祥

盛公館　盛大人鈞啓

天南遯叟拜緘

杏翁方伯先生大人閣下：

連日以天氣炎燸，不敢效襰襪子觸熱往還，日惟跂脚看書、科頭讀畫。有時高臥北窗，涼風颯至，自謂羲皇上人。陶泉明銷夏之法，真吾師也。商務書又鈔得兩本，敬塵鈞覽。韜處鈔胥共得三人，六月中旬以暑暫停，自七月朔始仍令照常繕寫矣。嗣後如蜆旌北上，當封固寄津。蔣退菴鈔得商務兩本，一本昨日送來。今令其專鈔禮俗一門。是書頗有異聞奇事，可資博覽。

有稔於日本情形者，言近日日人頗思變動，蓋自山縣有朋從俄京返，欲改舊盟，圖取遼東，俄人必不從壁上觀。日俄有事，固我中國之憂也。法俄之勢成，則日英之交亦必合，從此中國其多事矣。

昨胡君鐵梅來，言欲我預蘇報股分，每股五百圓，謂前日曾有人代達此意，特言之未果。韜謂閣下未必肯來，惟彼望之甚殷，得閣下一言以辭之，即可作復矣。世間多妄想人，恐天下屬望於公者，必有十萬人。

沈贄翁於十二日右手足忽患中風，不能動履，至二十五日竟不能語，惟祝其漸有轉機。病中猶諄諄以林樂知教習一席爲言，謹得來札附呈。十九日已不能書，口述而令他人書。一候天氣稍涼，即當敬趨台端，面聆塵教。此外伏冀攝衛維時，爲國自重。

鄉晚生王韜頓首上
七月二日

十三

盛大人鈞啓
杏蓀方伯先生大人閣下：

　　久未奉書，心常懸念。慕思縈切，夢想殊勞。瞻望慈雲，如在天上。南北相左，問訊爲難。今夏忽逢酷暑，幾於爍石流金，讀《雲漢》之詩，無陰以憩。炎埃毒日中杜門不出，終日握鉛槧以從事香帥命譯之書，至此草創甫就，尚須補輯，加以潤色。全書袞然盈八十冊，亦可謂洋務之大觀。至於搜羅富備，釐訂精詳，則視乎力之所能至而已。一俟繕呈清本，當塵鈞鑒。

　　韜曾倩人別譯商務之書，約計四卷，與香帥所譯迥爾不同。既不虞雷同，亦無憂勦襲。韜始意大加改削，乃寄之郵筒。惟近日屢罹多病，藥爐茗碗終日弗離，必至秋涼始能捉筆，特過於遲緩，恐勞懸盼，故先寄呈台端，觀其大略，敬候閣下許可，然後再行刪正未晚也。

　　去年格致書院冬季課卷由閣下命題，彙齊後即求閣下鑒閱，甄別優劣，次弟甲乙，量之以玉尺，度之以金針，爲多士所矜式。乃自冬而春、自夏而秋，雖四季未周，而八月已屆，肄業諸生仰望久矣，而尚未蒙鑒定。環集以待，屬盼良殷，敢以爲請。想閣下必有以鼓舞而裁成之，薰陶而涵詠之，以激勵此一隅碩彥也。

楚南風俗剛勁，志與西人爲讐，西人久已知之，特含忍而未發。今匪人既借端以挑釁，而西人亦藉勢以求通，將來兩相齟齬，必至釀成巨禍，此則時事之大可虞者也。

天氣漸涼，略有秋意，惟冀爲國自重。不宣。

晚生王韜頓首拜手上書
中元前一日①

十四

愚小弟王韜頓首□拜，敬請歲安，恭賀新禧。

上諭於十二月中旬早經刊録，張中丞一函祈即遞寄。閣下滬上排解之行想來必果，□城中人懸盼已久，因有先入之言爲之主也。楹聯仍祈寄下，署款只用外號，可擇世所不知者。

近日滬上歡場今又一變，前日所眷之徐秀貞業已嫁人，其人爲新太史。秀貞涉訟後以千金奉太史，太史遂許其作出閣之楊枝，並給以一紙，任其所之，仍在滬上作舊生活，改名謝素英，一種風流靡曼，壓倒輩行，時念杏花仙吏不止。特謝姬身有小疵，新太史略有所染。又謝姬性喜優伶，是其所短。然一段姿容，實可領袖章臺，真是吾見猶憐，杏花仙吏何不納諸後房耶？不予以權，聊以自娛，亦未始非消遣之一法也。

前有冬烘先生於滬報中刊登花榜，有海上十二釵、蜃樓十艷、花市九迷、曲臺十六彈詞名目。十二釵中以林桂芬爲首，清華朗潤，秀韻絶倫。彭翠芬爲次，此小翠芬也。其三爲李金玉，王五寶居第四，爲傳艫，五左小玉，六吳佩香，其像早已寄來。以下爲吳蓮卿、王薇卿、孫桂寶，皆中人姿耳。十艷中小金桂仙

---

① 從"香帥命譯之書，至此草創甫就"看，此函當作於光緒十七年（1891）七月十四日。

爲冠，河南人；朱素秋亦殊可人；王韻香殊不足取；金靜芬居第五，珠圓玉潤，特嫌稍柔耳；金佩林亦妙，周蘭卿神情蕩逸，而顧蘭蓀居其殿。九迷中以陸小寶爲冠，林黛玉、顧彩林、趙文仙皆素所相稔，而以薛定金爲殿。此數人皆妖艷也。十六彈詞中以曹縵雲爲第一，殊屬未允；鄭雲芝居次，未免屈矣！餘者皆以藝稱，而非色著，如吳佩蘭、謝湘娥，皆矯矯者，猶有可取也。

昨於席上見徐秀貞，特謂之曰："余已寄信至煙臺矣。"秀貞大喜，特盼佳音。秀貞腰肢輕亞，特不及月舫之肥。

十五

內函外格致書院秋季課卷敬呈盛大人鈞鑒
　　王韜拜緘
杏蓀方伯先生大人閣下：

　　久欲修箋奉訊起居，祇以水波瀰渺，海路迢遙，南北修阻，音問遂疏。然感知懷德，未嘗一日去之寸衷。前聞高論，以洋務中當推商務爲第一，商務之旺，全藉工作之多，此西國之所以盛行機器也。事半功倍，價廉工省，而後有所贏餘。今聞西國各匠競增工值，藉端把持，將來恐亦未可久恃。歐洲諸國今當極盛之際，日中則昃，月滿則虧，其勢然也。比者韜論歐洲近日情形①，自謂頗能見微而抉隱。英雖能持盈保泰，然衰幾已兆，正復可虞。其尚能高執牛耳者，則在乎秉正立信、仗義執言而已。天下逐逐，未知伊於胡底，雖有智者，正難逆睹也。俄人鐵路既成，與之爲鄰者，不可不早爲之備。向來爲屏藩者四國，今惟朝鮮僅存，介於俄日之間，時多覬覦，以後中外交

---

① 《申報》光緒十九年癸巳正月初十日（1893年2月26日）有《論歐洲近日情形》，則知王韜此函當寫於此後不久的正月十九日。

涉，益復棘手。

聞今歲在津門擬開書局，其爲《懷柔圖略》歟？抑《重訂皇清經世續編》乎？此亦不朽之宏功、千秋之盛業也，韜不禁心焉往之。前曾文正公開府兩江，幕中多名士，書局宏開，實爲转移風氣。武功既耀，亦須以文事飾之。閣下爲合肥相國左右臂，正資擘畫。商局、電報、礦務，次第整頓，皆有成效。則所以黼黻隆平，佐理洋務者，亦在所當先。當今中外共仰、遐邇咸欽者，閣下實首屈一指。若公起而爲之，處之裕如，韜將拭目以俟。

九月間美國舉行大會，會中主事特折簡邀韜前往。特韜老矣，恐不任跋涉，行止尚未定也。所有送去各物，不可不精加遴選。朝廷特簡欽差能於會前早至，尤其妙也。

秋季課卷呈覽，乞爲評定甲乙，以示表率，都人士無不額手交慶。

匆促不及縷陳。春風尚勁，餘寒猶厲，伏冀萬萬爲國自重。不備。

鄉晚生王韜頓首上
元宵後四日

十六

杏蓀方伯先生大人閣下：

前奉惠書，即作復函，徑達濟南撫署，想已早塵荃鑒。所云彼美果有其人，近已改名陳湘雲矣。至其容貌，甚屬平常，乃傳者之過也。近日北里中人差可人意者，如張桂卿、顧采玲、吳佩香、金靜芳數人而已。後起之秀無如林桂芬，其次則李金玉。木難之歡，可爲撫掌。此外寥寥，指無可屈。月舫年齒稍長，今秋略形憔悴態，每見閣下，未免矜持，至其心中，早已首肯。總之緣分未至，氤氲使者未牽紅綫，遂覺其落落難合耳。顧箇中人豈無佳者，寬以時日，自必有以報命。

前日所命郵政一題①，本擬早刊諸日報，因恭俟環雲，遂緩至二十餘日，明春始能彙集衆卷，寄呈電鑒。西國商務之書浩如煙海，幾於譯之無可譯。近日韜得《英國商務溯原》一書，極妙，開闢各埠、設官成兵，凡所以經營籌畫者，無不備載其詳。韜現延通諳西文者代爲翻譯，明春每成一卷，即付郵筒。所譯必文從字順，賅括無遺，此即所以報知遇之恩也。

至如前示云云，韜再四思之，斷乎不可。一則恐其雷同，見者或稱爲勦襲；一則或有所傳聞，好事者從而媒糵其間，不獨韜冒不韙之名，而自旁觀者必謂非堂堂之陣、正正之旗，其何以間執讒慝者之口？辱蒙素愛，故敢言之毋隱。

寄來百餅，即作譯貲，俟披覽二三卷之後，優劣立見矣。郵政亦有專書，敬當陸續譯呈，務期無負所委，以負切望。外附《新清河策要》一書，未識可採擇否？

天氣嚴寒，伏冀爲國爲民爲斯文自重。

鄉小弟王韜頓首上

臘八日

十七

內函外件敬呈

盛大人鈞啓

天南遯叟王韜手奏②

---

① 盛宣懷光緒十六年庚寅（1890）爲格致書院冬課出題《問中國郵政應如何辦法其各以實義條對》，則知該函撰於該年十二月初八日（公曆1891年1月17日）。

② 函封有注曰："十二月廿六"。

杏蓀方伯先生大人閣下：

　　昨荷環雲，歡喜無量。開函雒誦，銘鏤奚言！每讀一過，覺厚意隆情溢餘楮墨，惟鮑叔爲真知我，亦惟惠施能見此心。佛餅百番，業經領到。所委一事，敢不竭盡心力？惟著書在先去勦〔勤〕説雷同之弊，苟陳陳相因、數見不鮮，殊不足動閱者之目。商務之書在西國幾於汗牛充棟，美不勝收，韜處購來未譯者甚多，今擬與通達西文者先譯一二本，撮取綱領，後列條目，原原本本，必能上副淵衷，以慰切望。

　　去年曾見所擬八款，竊謂似屬迂遠，略涉誇張。泰西列國皆在海外，不隸版圖，似不得謂之皇輿。所有上諭在道咸之間，皆當戰時指授廟略，中多斥語與懷柔二字，略有所礙。紀實則於金陵、津門、廣州、福州四役頗難措詞。此書一出，洋人必備爲翻譯，傳之外邦，適以生其芥蒂之心。韜曾見近日所修《直隸省志》，凡熱河之狩、津門之犯，皆諱而不書。志局中曾有直書其事者，總纂者一筆勾去之。韜深蒙閣下知遇之恩，鄙見有所窺及者，不得不以實告，亦直言無隱之一道也。

　　採輯洋務各書，容緩時寫呈目錄，並可代購。苟有譯成者，韜並可增入也。匆匆不盡欲言，惟有私衷欽感而已。嚴寒稍解，伏冀爲國自重。

鄉小弟王韜頓首上
十二月十有二日

十八

内函外書兩本，送呈寶源祥盛公館
盛大人鈞啓
天南遯叟拜緘

杏翁方伯先生大人閣下：

　　炎燠如蒸，若處甕中。讀《雲漢》之詩，真覺無蔭以憩也。此時須得冰山一座，反可祛煩解暑也。一笑。附上《學校論略》《商務考略》，乞爲察收。前日"學校"六册已鈔其半，如梅翁采取已竟，可即擲下，令其繕録清本，再行奉塵台覽，何如？

　　匆匆揮汗書此，不盡覶縷，肅此，敬請鈞安。不備。

鄉晚生王韜頓首上
六月二十有一日

十九

　　内復函外《普法戰紀》十部呈貴上大人鈞啓

　　王韜拜緘①

杏翁方伯先生大人閣下：

　　昨蒙旌節辱臨，仰瞻德範，無任欣慰。今又承賜兼金百鎰，珍品十種，殊不敢當。渥惠隆施，難以固卻，敬以新刻《普法戰紀》十部共十套計一百本，此書已第四次刻矣②。奉貽台端，聊盡鄙忱，伏乞哂留，不勝榮幸。鄧尉探梅，良愜素愿。能得追隨杖履，飽看梅花，此亦一快事也。創設中學堂，未識擬定章程否？韜樂得觀其成。

　　肅此，敬鳴謝悃，謹請鈞安，恭賀年禧。

鄉晚生王韜頓首上
醉司命後二日

---

① 此函封套有注曰：十二月廿六。
② 《普法戰紀》第四次刊行在1895年。

二十

杏蓀方伯先生大人閣下：

走使回，得奉環雲，歡喜無量。昨沈贄翁明經枉過，述及林樂知先生歡然應許，惟有約法三章，試爲陳之。

一自言年已六十有一[①]，雖精神彊固，然究不耐瑣屑。今教導之初必從拼字始，此事伊女公子優爲之，林君女公子二人，一年二十有一，一年十九，學問皆優。其長女公子現授龔景張太史書，月脩四十兩。擬延爲幫教，教以字母及調音、拼字諸法，若文理及字義深奧者，皆由伊爲之指授。若邦交及兩國交涉事件，或引據成案，或援證律例，樂知先生必悉心爲之剖析，使無疑滯，以增識見。至女公子幫教之費，擬於正脩外月增五十兩。龔太史從其長女授語言文字之學，月修二十兩，一禮拜中訂定三日由太史往學，月結兩□□。每月幫教五十兩，未爲過多。一經行訂定之後，須將教中一切事物交割清楚，另行擇屋遷居。既不辦教會，則不能住教中所賃之屋。此由伊自行料理，與延請之事無涉，惟不得不言明耳。

一受聘之後，由何時到館、何時支領修金，亦須訂明。惟必先付若干，由其備辦一切；亦須立一合同，以三年爲期。

一每日九點鐘到館，至四點館放館。早點由其自備，早晚所來往車亦由自備。女公子亦於九點鐘同車共至。

一每月修金二百五十兩禮當如命，惟幫教之每月五十金則另行支給。

一午刻用點之時必須有一退息之所以便少憩。

[①] 林樂知（1836—1907），美國傳教士。其時年六十一，可知此函撰於1896年。

一自教讀之外宜簡酬應，凡賓客往來請見似宜概行辭謝，庶得以專心指授。

此數條皆由贅翁所面談，韜爲之轉述者也。至約以何時招飮，須俟卓裁，韜可代爲致意。林君曾言鐵廠之路未免僻遠，非馬車不能捷便也。林君前曾在鐵廠翻譯西書，故知之特詳。

比兩三日間天氣頗涼，似可出外遊覽，迳詣台端，面聆教言。無如肝氣大發，艱於步履，并握管亦甚難。匆促作字，伏祈亮之。此外惟冀順加珍攝，萬萬爲國自重。不備。

鄉晚生王韜頓首上
五月二十有九日

二一

杏蓀京卿先生大人閣下：

前日旌節言旋，曾肅寸楮，問訊台端，并陳一切。近聞有鄂省之行，想不日可以遄返也。韜病體委頓，至今未愈，雖可起坐，尚不能出房闥一步。意欲瞻望慈雲，如在天上。城闉相隔，咫尺天涯，翹企之私，靡深依戀。林樂知事知已與贅叟商酌，韜處《洋務叢書》意欲鈔成全部，以備覽觀。其書共分十二門，"學校"一門共有五册，韜已命小胥繕寫其半。因爾時閣下必欲先睹爲快，故徑行奉上，今祈將原册擲下，俾得鈔全奉呈。"工作"一門共有六本，其三本交與蔣超抄寫，至今挾持未還，其母其弟必欲得三月薪水然後可以取出。祈向之索還，即交韜處雇人鈔寫，否則此書不成完璧矣。贅叟書來，備言近況，似有沾潤廉泉之意，即將原書呈覽，伏祈閣下圖之。韜身受深恩，圖報涓埃萬分無一，今冬未知尚能得瞻慈寵、親炙德輝否也。

　　力疾不任手書，口授鈔胥，略述忱悃。此外惟萬萬爲國自愛。不備。

　　　　　　　　　　鄉晚生王韜頓首

二二

　　內函外書二册送呈寶源祥盛公館
　　盛大人鈞啓
　　天南遯叟拜緘
杏蓀方伯先生大人閣下：

　　昨游張園，得見劍華道人於夷屋之下。抵掌劇談，幾於屋瓦爲震，四座愕眙，歎其舌鋒如劍鋒，誠無愧乎劍華也。知旌節已從漢陽回，不日欲詣析津，聞南旋須在十月之杪，韜敬擬於明晨上謁台端，恭聆清誨，外呈洋務……察收。以後是否寄津，亦祈鈞示。

　　漢陽鐵政須先求焦炭，前有煤鐵需在一處之説，斷不可易。善理財者他□自能收之桑榆，特此時不免尚煩擘畫。目□玉露欲零、金風未告，餘熱尚不可耐，伏冀餐衛適時，萬萬爲國自重。不備。

　　　　　　　　　　鄉晚生王韜頓首上
　　　　　　　　　　　　八月朔

二三

　　內要函敬呈寶源祥盛公館
　　盛大人鈞啓

格致書院山長王韜拜緘
杏蓀方伯先生大人閣下：

今日已七月之望矣，想旌節之發在此數日間，連日治餞行筵者當相屬於道。韜意亦欲敬具一樽藉以話別，未稔得有餘閒否？

敢請蔣退菴自寫兩本來，至今杳然，其人殊不可恃。頃鄭陶齋觀察來，謂今晚文斾有漢陽之行，半月可旋，然則析津啓行當在中秋月圓前矣。胡鐵梅、魯介彭、張和卿三君處，韜以意答之，何如？"爲人謀而不忠"，此曾子在三省之中，然韜實明知其無成，當其請託時已微露代辭之意。此等事亦在酬應之列，請之由彼，拒之由我，如浮雲之過太虛，過即不留，不著一跡。惟有以巧術來嘗試者，不可不慮。觀人先觀其品，繼觀其行事，亦兼聽詢衆言，則其人自無遁形矣。林樂知美進士，此時但靜聽消息，彼前已約法三章。其中所難者，惟女公子助教薪水另加五十兩一節。此時或可或否，其權皆在閣下。林君能自操華語，不必賴舌人之轉達，故不因沈老之病而不來。蓋既聞信後，夤緣鑽刺以求其成，自失身分，乃彼國儒者之所恥也，勝於中國秀才多矣。書此不禁爲之三嘆。

頃有最要一事，昨日書中忘言之。前所呈《地球圖說》三十六本，鈔寫精好，乃丁雨生中丞仲子從京師寄來，意欲授之梨棗，以廣其傳。此書爲美國名人所撰，譯之爲容純甫觀察，每月薪水二百金；華文則有黃健菴、許希逸，由爲上海道時，至開府吳中，其書始成。勞思慮、費心血者十餘年，曾以二千金饋韜求改纂，惜未終卷；繼謀以二萬金付剞劂，有圖二百餘幅。而中丞歸道山矣。今大人能爲之授手民，或石印，或擺板，不過一千金可集事。否則仍交韜處，另鈔一分，別無副本。將來儲之時中書院①，以供後學翻閱，亦可資識見，何如？

---

① 時中書院創辦於 1896 年，該函撰於書院尚未建成的 1895 年農曆七月十六日。

秋氣漸涼，江行尤覺爽意，伏冀爲國自重。不備。

鄉晚生王韜頓首上

七月十有六日

王韜致謝家福函

說明：王韜致謝家福信札 24 函，大體撰於中日甲午戰爭前後，前 22 函手稿藏蘇州博物館，筆者據以整理；第 23、24 函見於西泠印社拍賣有限公司拍賣品。

一

綏之大高士仁兄大人閣下：

桃塢咫尺耳，弟前時來訪，從未見有一樹桃花，至於舊時人面，更無從問矣。別後一水盈盈，莫能覯止；兩年契濶，彌厪寸心。每值花開酒熟，月落雲停，令人輒憶黃叔度汪汪如千頃陂也。大暑如蒸，小年正永，北窗高臥，無可消遣。興之所至，略事詠吟，閒情所寄，已得三十有四律，寄言彼美，託興風懷，亦可爲《香奩》之別調，恐吾家次回氏見之，當退避三舍也。中日啓釁[①]，日爲戎首，乃十餘年前意中事，弟早已言之，著爲論說，惜草野小民言之諄諄，而當軸衮衮諸公聽之藐藐。禦倭情形，久列於條陳，今日可毋庸再置一喙，故不如閉戶潛修，留心著述，息交絕遊，以自適其天而已。

朵雲下逮，覺有五色祥光隱見紙上，一腔熱血，從忠肝義膽

---

① 此函撰於 1894 年。

中流出。閣下雖寂處荒園，香火蒲團，皈依净業，乃猶舌端出火，鼻内煙生，英雄心事，尚未消磨，此鄙人之所未解也。倭奴奮其蠻觸，自尋煩惱，變幻消滅，要不過彈指頃。既擾北方，豈遑他及？鄙意各省紛紛設備，要非急務。倭人言大志奢，近日意特專注北方，猶如孤注之輕於一擲，勝則可誇耀於各國，敗則縮項戢尾，遣介行成。其言和之地，早有成見，即以琉球還我中朝，度我朝大度包容，必無不允也。此番用兵之先，事事輸人，著著落後。不先駐兵韓京，保護高王，失策一也。不藉勦撫東學黨爲名，先行扼據險要，失策二也。軍志曰："先聲有奪人之心。"當時王赫斯怒，立命南北洋海軍盡統兵輪戰艦，飛渡東征，猶如迅霆疾雷之奮於一擊，倭未有不靡者。倭方謀調兵爭朝鮮，不虞我之猝涉其地，守備空虛，豈能抵禦？此亦圍魏救趙之一法。東征既捷，然後截海據要，倭往朝鮮之師，可使之一甲一騎不返。今則防密矣，守固矣，圖之已晚，此失策三也。雖然，倭人之敢於出此者，必有所恃。十年前，倭與俄、法立有密約，以朝鮮餌倭，而俄窺吉林，法圖臺島，猶前時之故智。其言雖未可盡信，而觀俄、法舉動之間，要非無因，特由暗中協助，未必遽敢顯爲張皇耳。一懼英、德之議其後，一則懾於公論也。

　　弟老矣，久已不爲世用，小隱淞濱，逍遥局外，讀書自怡，置理亂於不問，以後祇將生平著述繕錄清本，已足畢吾事矣。此外惟萬萬爲道自重。不宣。

小弟王韜頓首

二

　　此函原缺。

三

綏之大居士先生大人閣下：

頃奉環雲，並賜書洋十元，感與謝並，喜與感集。弟行年將六十有八矣①，轉瞬古稀，雖神明未衰，而軀殼已壞。年來百病叢生，載酒看花，勉隨人後，意興迥非昔時。憶自楮寇蕩平，享承平者三十年，方擬歌詠詩書，刻畫金石，逍遙物外，自全其天，以終我之餘生，乃不謂及身猶復見茲兵革也。讀尊作感事詩，哀憤抑鬱，幾欲擊碎唾壺。陳太傅之書無此悲痛，灑新亭之淚不盡淒涼。中國非無兵衆，非無器械，非無險阻，惟志在一走，則一切皆不可恃。旅順天設之險而不能守，事可知已。此役也，一失於因循，不能自占先著；再失於粉飾，諱敗而爲勝；三失于將帥無人，兵士解體。今者天子有憂邊之色，三軍無報捷之書。濟濟廷臣，未聞決策設謀以制勝，桓桓猛士，未聞殺敵致果以同仇。當軸意在議和，特遣德璀璘往爲說客。惟是人微言輕，況又未奉朝命，日人之拒而弗納，宜也。夫議和之舉出之自我，必至需索殊奢。用兵之道，能戰然後能守，能守然後能和。今既戰守兩無足恃，則和亦難驟底于成。然使既和之後，勵精圖治，竭力經營；寢甲枕戈，臥薪嘗膽；文武競勸，上下一心；選士儲材，練兵講武。一切加以整頓，以實心行實事，以實事呈實功，翻然一變其積習，庶幾漸著富強之效，而可馳域外之觀。非然，中國將爲衆矢之鵠。然則變法自強，固今日之急務，亦要著也。

弟書一分，當陸續寄塵清覽，以太多則郵筒難以傳遞也。弟有友人書來，言蘇鄉未臻寧謐，土匪光蛋結黨橫行，聚賭誘衆，

---

① 王韜生日爲道光八年（1828）農曆十月初四，據此則此札當撰于光緒二十年甲午（1894）十一月十一日。

藐官法爲不足畏。將來養癰貽患，悉由此輩，辦之不可不早也。猶幸鄉間年穀豐熟，民庶樂業，尚可無患。傳聞北河冰凍之後，倭奴將圖南竄，臺嶠爲其足跡所曾至，且與其國密邇，最屬可虞。

補樓觀察處曾爲貽書説項，感何可言！此時事勢迫切，安有閒情及此。倭奴心志叵測，弟早逆料之於十數年以前，初不謂其猖獗至是也。事至於今，夫復何言！

天氣漸寒，伏冀萬萬爲道自重。不宣。

鄉小弟王韜頓首上

十一月十有一日燈唇拜泐

四

綏之大居士仁兄大人閣下：

不謂今年有如許變故！國事如此，誠非意計之所及料。語云"蜂蠆有毒"，又云"一夫不可狙"，正未可以其蕞爾小國而輕之也。一失於□□，二失於粉飾，三失於早無所備，四失於兵氣之不可用。將帥無人，軍士解體，臨敵紛然潰走，兵雖多而無用。論者或追咎於器械之不善，然有利器，亦必有施放善用之人。今多招募之勇，未經練習，無異於驅市人而戰。聞倭人不趨山海關，而從間道入犯京師，今京師已戒嚴矣。惟重兵宿將多在於外，此時得此警信，自當令其入衛京師，勢難兼顧。初則猶思迅掃朝鮮，直搗日本，今始知其非易。即使他日議和，不知需索若何萬萬，此後必爲西國所輕矣。議和之後，必當加意整頓，卧薪嘗膽，寢甲枕戈，如李光弼之入營，壁壘一新。然而難矣！倭人作難，其萌芽已在十餘年前，弟早已言之，而無如言之諄諄，聽之藐藐。徐孫騏前在東京，深知其故，曾爲弟言之，扼腕太息，初不料今之一發不可制也。承平日久，上下廢弛，徒知肥囊橐，而置國事於不問，一旦變作，遂至無可措手，此賈生之所以痛哭流涕者也。

十月中，弟患痰喘，至今未愈。日事杜門習静，瀹茗焚香，消遣世慮。生平著述苦無人要，前以香帥譯書，停止刻書，書股一事亦久擱起，不欲强人以所難也。思欲以賣書之貲爲看花之費①，正復不可多得耳。舊時曾蒙許預股份之説，以其股價太昂（每份二十五元），不敢啓齒。因知大居士亦是清净法場，何敢以貪心妄瀆。今股洋減作十元。先送書一分，書價且照算七折，似可爲力。如以爲可，當送書來，仍不敢絲毫勉强於其間，以取憎於人。大居士太丘道廣，苟吴門有大檀越，護法心深，法力無邊，祈爲吹嘘，人爲之則不必居士爲之也。

天氣漸寒，伏冀慎護眠餐，萬萬爲道自重。不宣。

小弟王韜頓首上
十一月初五日

五

綏之老仁兄鄉大人閣下：

昨奉瑶華，歡喜無量。函外飛鷹二十枚，乃由杏、眉兩翁所賜，云是九月爲始。匪恒寵貺，祇領爲慚，再拜而後敢受。惟是學殖荒落，識見譾陋，恐不足以副兩翁所期望；如有所知，不敢不勉，乞先於杏、眉兩翁處致聲道謝。

肅此奉復，即請崇安。天氣漸寒，諸維爲道自重。不既。

愚小弟王韜頓首
展重陽後三日

---

① 《申報》光緒二十一年乙未三月初一日（1895年3月26日）有《著述待銷并擬釀貲續刊未刻之書》一文，據此此札似當作於光緒二十年十一月初五日。

六

銳止大和尚方丈：

久欲作書奉候，奈疎懶殊甚。弟拙于求人，前來二册，送三四處，皆云已派來，相識者皆在已捐例，真屬無從下手。昨承催札，適以小事至謝湘娥處，令其捐十元，弟亦捐十元，朱靜山觀察捐一元，共二十一元，了此一事。

今年五月殊熱，六月中頗涼，而近日天氣復熱，閣下日在五畝園中，諒不爲炎威所逼。聞園左右皆古墓也，所謂門臨亂塚、屋繞流泉者近是，其將以白水盟心、青磷代燭乎？久居於此，習靜已慣，可有靜極思動之想乎？上海氛濁之場，宜不能爲大和尚卓錫地矣。

今年香帥書已譯畢[1]，擬將生平著述讐校一過，盡付手民，然好名之心亦是一重障礙。惟萬萬珍重。

小弟王韜頓首
六月二十六日

謝湘娥即前時呂翠蘭，當時大和尚亦曾認得，十三四五時爲徐宏甫所養。弟有一聯云：呂氏姑娘下口大於上口，徐家子弟邪人多於正人。及後改名爲謝湘娥，弟又有一聯云："呂翠蘭有口難分，謝湘娥抽身便討。"可稱天造地設。

弟今年身體較健，八九月擬作吳門游，當與大和尚作竟日談。人生世上不過一刹那耳，石火電光，如是如是。大和尚前謂弟有酒肉氣，今則有蔬筍氣矣，所謂載酒看花者，意興亦淡矣。蓉初、月舫、佩香、桂芬悉已嫁去，"佳人已屬沙吒利，義士今無古押衙"，爲之奈何？去秋有所賞者曰

---

[1] 張之洞命譯《洋務叢書》始於光緒十六年正月，畢於光緒十七年秋，則此函或撰於光緒十八年（1892）六月。

鮑巧雲，亦於端午後嫁人，從此息心絕慮，不復問簡中人矣。

寫已，忽有俗客來，截然竟止，且聽下回分解。

七

綏之尊兄仁大人閣下：

昨夕映挹芝輝，獲聆妙論，揮麈縱譚，其樂無比。偉如大中丞數日間諒不啓行，弟擬略盡下情，惟不得佳妙處設席耳。張叔和觀察之園三月朔即公諸國人，爲士女游觀之地，此時似可借以開樽招飲。弟擬與閣下公請，延眉叔方伯爲介，此外則鏡如及李君，少則六人，多則七人，未識尊意可否？否則分爲兩日亦可。惟希示復。雨師作惡，殊敗人意。否則先作張園一游，並可往觀沸井，摩讀古碑，茗寮中妖姬姹女亦好一領略耳。一笑。

嫩寒尚勁，芳事未中，伏冀萬萬爲道自重。不宣。

愚小弟王韜頓首
二月廿二

八

綏之先生尊兄仁大人閣下：

久疏趨謁，時厪懷思，胸中俗塵，頓增萬斛。前聞文斾枉訪，失於迎迓，歉仄之懷，良不可任。馬齒徒增，駒光如駛，旬有五日，已是端陽令節矣。書逋酒券，積幾如山。昔日載酒看花以爲樂境，此時措置阿堵，則轉以爲苦境，天下空心嫖客大抵皆作如是觀，況弟之作河東居士者哉！幸弟先爲佈置，所闕不過數十枚佛餅，特商之閣下：招商局中所賜脩脯，四、五兩月於二十左右並送，何如？惟須於午刻前後送至格致書院，否則一片慈雲仍被毒龍吸去。兩月並送之説是否可行，敬祈大裁酌奪。荷承雅愛，俾分潤澤而沐餘光，已致誚於素餐，又作此請，得毋爲識者所笑乎？今歲四閲月，三處看花，雖不至《毛詩》之數，然亦相懸無幾矣。此後當專心致志，住在廣寒宮裏，將兩朵貞蓮齊根截斷，方得妙境，閣下以爲何如？《普法戰紀》新刻已蕆事，見在裝訂，二十日後當奉贈一部，祈廣長舌善爲説項。

天氣驟熱，伏冀爲道自重。不宣。

愚小弟王韜頓首
四月十有七日

九

綏之老仁兄大人閣下：

前奉朵雲，並近人書十六册，歡喜無量，再拜而後敢受，置之鄴架，頓覺貧兒暴富。自此當窗明几净時，每一展卷，輒歎先生愛我之深而惠我之厚也。

五畝園地殊空曠，穿窬肱篋，本屬意中事。塞翁失馬，楚人得弓，細比雞蟲，不足增大智識之煩惱。且貧流獲此，可供數日食，亦係養濟院中一段功德，寬懷勿念，藉作達觀。小黑、大黑溺職辜恩，殺而烹之，亦可供一飽。維念今之爲將士者，非惟不能禦外侮，反輸情於敵，賣國肥家，曾大黑、小黑之不如。彼此對觀，又何足責。

今日之事，和戰皆非。然舍和之一字，幾若無可下手，天實爲之，謂之何哉！聞日人郊迎傅相，供張甚盛，所索五事，萬難俯允，此事不知如何究竟。《申報》（二月十三日）所云傅相出使東洋並非議和，而奉皇太后懿旨，有經手未了之事，須傅相力任,此言未稔得自何處,殊覺駭人聽聞。至所索五事,一、遼河以東之地當割畀朝鮮,因昔年本朝鮮之屬地也。次如旅順、威海、榮城、登州,日人所踞而有之者,亦宜割畀。二、既割此數地,日人尚以爲不足,復思割據臺灣,以饜其所欲。三、索賠軍餉,不知定若干兆。四、日本所有官員商民,無論何處,足跡皆可遍歷。五、不許中國設立公使領事于其國中。傅相既抵廣島,已閱三日,未聞就緒,未見眉目,而東洋又復調兵出矣。大沽口聞有倭艦十艘,並不攻擊炮臺,意將暗襲潛登,從間道入津,如當年英法之故智歟?誠不可不防也。此間應試舉子,多有自崖而返者。竊以爲時艱孔亟,會試究非當務之急,似可緩至秋間舉行。孝廉既可出二萬金博得,又何必附生始可捐納?豈其中仍寓有鄭重名器之心歟?恐此舉徒有是言。近來擁厚貲者多黠而吝,未必遽能踴躍也。息借商款,殊多觀望,抑何近來毁家紓難者之無人也。

吳門近日安静否?鄧尉梅花想已闌珊。春寒如此,雪至盈尺,亦近來所未有。香雪海一帶,大都伐梅而栽桑,恐不二十年,名勝之區歸於烏有。人事變遷,滄桑轉瞬,不禁爲之歎息。弟近日所刻書,尚存十九種,閣下如欲貽贈友人,可寄信來取,勿存一毫客氣也。此外伏冀珍衞眠餐,萬萬爲道自重。

小弟王韜頓首上
二月廿五日燈唇

高昌寒食生哀啓①,當檢得寄來。訃聞,謝帖或可毋庸寄矣。弟得稍暇,前後諸詩皆當奉和。

---

① 何墉(1841—1894),一名鏞,字桂笙,別號高昌寒食生,浙江紹興人。1876年始任職《申報》,爲錢徵副手。1894年以腸疾遽逝,據《申報》挽文,何氏著有《劫火紀焚》《紅樓夢題名録》《齒録》《一二六文稿》等。

十

綏之大菩薩先生大人閣下：

昨奉環雲，歡喜無量。展讀大著，回環雒誦，頓覺遊興詩興勃然而生。然勃然而生者仍截然而止，直至今日乃復相續。前日聞閣下知和議已成①，讀其節目，不禁太息欷歔，痛哭流涕，每讀一節，輒爲拍案，及至終篇，蹶然仆地，拯救百端，乃始回生。此眞憂國憂民、忠君愛上，求之今人中，絕無其人。逢有友人自吳門來者，輒詢近況，或云愈矣，或云尚未，若以閣下之痛憤不欲生爲無足重輕者，此國之所以日弱也。嗚呼！世之有心人能有幾哉！近有北來諸君，栖遲海上，每詢以都門舉動若何、措置若何，則皆以講好罷兵，天下已安已治矣，復何所慮？因循粉飾，虛憍蒙蔽，苟且浮惰，仍如故轍。長夜漫漫，何時復旦？積弊之深，積習之重，非大有力者不足以挽回之也。

弟老病頹唐，幾無生人之趣。數月來肝胃氣痛，齒痛，腰脊痛，食爲銳減，幾欲呼祝宗而祈死矣。聞蘇、杭兩郡人，以日人在彼開埠通商，多購田畝爲謀利計，殊可歎也。杭人特以重貲延肄習西學者，教以西國之語言文字，以立其始基，此亦足以開風氣之先聲。將來西學西法之興，其或濫觴於此乎？聞之又爲喜而不寐，怦然心動。朝廷之上，雖狃成見，而草野之間，自有轉機。文道希嘗言，三代以後必議成於下，而後施行於上。特慮上非所重，則下亦難行耳。遲之又久，怠心乘之矣。無論帖括之學不能廢，而爲富貴利達所囿，終難出此範圍。以天下之大、積弊之久，而欲以一二儒者轉移風氣，蓋亦難矣。杭郡人士，

---

① 此指光緒乙未（1895）年簽訂《中日馬關條約》。

奮然以興，非不難能而可貴，特恐激于一時之忿，未必具有真知灼見。惟願既有卓識，尤必持之以定力，十年之後，若有成效可觀，然後始可與言他。天下事難於創始而易於樂成。《易》曰：窮則變，變則通。其機既發，莫之能遏，亦由氣運使然。誠如是，天下幸甚，蒼生幸甚！弟旦暮人也，一變至道，恐不及目覩其盛，他日弟生平著述流傳世間，或有誦我書、讀我文，而深惜弟之不遇者耳。弟不幸多言而中，嘗曰日人之侵臺灣，即縣琉球之漸也；縣琉球，即將來踞朝鮮、擾中國之漸也。詎料不十年而其言皆驗矣。今日者正中國盛衰之關鍵，是所望於後起之人。

今日天氣頗涼，案頭小坐，拈弄筆墨，念我良朋，輒作此紙。惟望攝衛維宜、加餐珍重，萬萬爲道自愛。不宣。

小弟王韜頓首上
閏月十有二日

十一

綏之仁兄大人閣下：

去歲冬初尺書往復，轉瞬之間，鄧尉梅花又復零落矣。弟自十月中旬，一病幾殆①，猶幸藥石有靈，得邀無恙。自此常不下樓，杜門卻掃，獨坐斗室中，靜慮凝神，焚香展卷，聊以養疴。獻歲以來，辛槃初薦，人事牽率，姑往應之。春酒介壽，酬酢糾紛，屬在深交者，不能不一往。孰知此端一開，招者絡繹。卻之既謂不恭，赴之實爲多事。而今而後，當概行謝絕，藉養身心，庶幾於道有得乎。盛旭翁方伯涖止此間，追陪杖履，妙選群花，

---

① 光緒十九年癸巳（1893）十月中旬王韜病重。

別開觴政。林寶芝姊妹花，盈盈競秀，爲後起之翹楚，足以領袖此中。滬上風景如常，熱鬧倍於往日。女閭成市，脂夜爲妖，愚園、張墅之間，車流水，馬游龍，飆飛電邁，其去若駛，髩影衣香，絡繹如織，誠賞心之樂事，娛意之勝游也。

　　閣下何不重來此間，一豁襟抱？弟當爲剪西窗之燭，開北海之樽，折東閣之梅，擷南園之果，作平原十日之飲，何如？明知禪心已作沾泥絮，槁木死灰不可復燃，然人生行樂，苦行頭陀亦復徒自苦耳。

　　弟自粵旋吳一十有三年①，不過剎那間，精神迥不如前，面目亦非故我。彈指光陰，催人老邁，石火電光，鏡花水月，一切事皆當作如是觀。語云，豹死留皮，孔子疾没世而名不稱。名之不可已也如是夫！弟窮而在下，不過以著述求名耳。惟是覆瓿糊窗之物，亦何足存。生平著述四十餘種，授諸手民者，不過片鱗半甲耳。前以香帥命譯《洋務叢書》，遂乏暇晷，刻書之役，遽爾中止。今歲始得重理舊業，俱當躬自校閱，繕寫真本。伏念犬馬之齒六十有七矣。炳燭余光，爲時有限，不得不早自料理。即使不灾梨棗，亦當分儲書院及藏書公所，恐他年鼠齧蟲殘，同於草亡木卒，爲可悲耳。各種中如《四溟補乘》，日有所裒，月有所益，搜采事實，廣集見聞，幾至五百卷，拙著卷帙之繁重未有如是書者也。又如香帥命譯之書，分十有二門，博稽旁考，亦不下二三百卷。皆先當從事鈔胥，勒成定本，然後繡梓，庶無遺憾。杏蓀觀察，今世之留心於時務者也，當精鈔一份以爲芹曝之獻。今與閣下約，以後弟書一付剞劂，即當寄塵台覽。今奉上石印謝隱莊《焚餘草》（隱莊名鵬飛，毘陵人）三册，藉供披閲。所言道學而兼經濟，未稔以爲何如。

---

① 可知此函撰於 1894 年。王韜 1882 年春自香港返滬養疴，並游蘇州，返甫里。

春寒陰雨，伏冀愼護眠餐。萬萬爲道自愛。不宣。
$\qquad$ 小弟王韜頓首
$\qquad$ 甲午正月二十有七日

十二

綏之尊兄仁大人閣下：

久不見我黃叔度矣，胸中荆棘，頓增斗許。獻歲發春，作何消遣？東山絲竹，想有閒情；北郭單寒，常叨厚誼。元宵前後，當以一樽爲大善長壽。弟創設弢園書局以來，所排印各書，幾如山積，甚矣，作書賈非我董事也。兹敬以新印《娛親雅言》① 四册奉貽，藉塵清覽，以作指南。是書爲歸安名宿嚴九能先生所著，經術湛深，而言皆有物，必傳無疑，閣下視之以爲何如？近印《普法戰紀》，擬略删改，奈乏暇晷何。

天氣雖寒，漸有春意，伏冀萬萬爲道自愛。不宣。
$\qquad$ 愚小弟王韜頓首
$\qquad$ 元宵前一日

十三

綏之老仁兄大人閣下：

三日不見，胸中便有俗塵斗許。近日作何消遣？弟自問柳尋花外，了無快事。老病頹唐，一味疏懶。弟以閨人約束，但能卜晝，未能卜夜。何時擇一賦閒之日，兩人相對，一樽共話，謀半日聚首何如？《校邠廬抗議》二册，謹贈畹翁，乞爲轉致。天寒，

---

① 《申報》光緒十二年丙戌正月十四日（1886年2月17日星期三）有《跋〈娛親雅言〉後》，該函當作於此際。

伏冀珍重。

愚小弟王韜頓首
長至後五日

《校邠廬抗議》《出使須知》《出洋瑣記》等，有能認購數百部者，最妙。

十四

綏之仁兄大人閣下：

前奉手翰并大著《譚中丞德政歌》，弟即欲刊之《申報》，而翌日見《滬報》已刊錄，遂未發去。弟近日筆墨蝟集，俟稍摒擋後，即當作和章，與大著一併刊登，何如？

聞日來小有清恙，是患頭痛否？此時當已霍然，念甚。天寒珍重，爲道自愛。

愚小弟王韜頓首
十二月初十日

十五

綏之仁兄大人至好閣下：

久未裁尺一書，奉訊起居，歉甚。蓋半由於疏懶，半由於繁冗。人多謂削去幾根煩惱髮，得以逍遥於事外，不知袈裟一著，其事更多。人生墮地後，即擾擾於名利中，其實口腹累之也。妻子、宮室、車服、飲食，皆所以奉一身。誠哉，有身之爲患也，釋迦牟尼且不得免。弟今年六十七矣①，鐘鳴漏盡，

---

① 據以知此函寫於1894年。

而猶夜行不休，誠欲海中一苦惱衆生也。弟好色、好書、好物玩、好樓臺亭榭、好花木竹石，如注水漏卮中，永無滿時。平日亦思一切掃盡，閉戶靜坐，息慮養神，無如其不能也，必至死日，此諸念始絕。有時我不尋人，人自尋我，此喜於鶩名之故。總之，煩惱之來，由於自取。閣下能超出乎其中，實過於尋常遠矣。

杏蓀觀察今年來滬槃桓，時得追陪杯酒之歡，承許餽乾脩，或按月致送，或逢節頒賜，尚未言定，可否介紹代為一言？弟不求之他人，而必求之荒園一帶髮頭陀者，以閣下一言重於九鼎，素為杏翁觀察所信也。所餽乾脩，弟非以為看花載酒之資，皆擬佐梨棗費，將生平著述盡授手民，出以聞世，庶身後無所遺憾。此亦好名之心為累也。弟生平所撰，以《四溟補乘》卷帙為最多，約三百卷，乃一生精力所萃，欲揣摩歐洲之變局，窺測泰西之近情者，必以此為濫觴，使不及排印而身死，付之煙雲，殊為可惜。有此繫戀心，終墮一重障礙，終非佛家解脫旨也，閣下以為然否？外寫《金剛經》一冊，乞備案頭諷誦。

天氣炎燠如蒸，伏冀慎護眠餐，為道自重。

小弟王韜頓首上
六月三日

十六

綏之老兄仁大人閣下：

久未通書問，吳雲淞水，無日不縈懷抱。想見經案爐香、粥魚茶版，清淨場中別饒佳趣，弟求學之而未能也。弟自雙星渡河後，喘嗽劇發，抱病六十餘日，足未嘗一出房闥者。重陽後，病骨始甦，屝屨無恙，然甚矣憊，日在斗室中炷香枯坐，謝絕人事，幾視筆墨作畏塗，甚欲焚棄。擬待爲小孫婚事後，了向平之願，壹志清修，潛心於性命之學，庶幾或有得乎！尚祈閣下有以廣我。

弟近年新刻拙著頗夥，今歲則僅得一種，曰《淞濱瑣話》，固游戲之作也，敬塵閣下，以博一粲。上海熱鬧異常，倘靜極思動，何妨出外一游，不必作客子之畏人。張園、徐墅之間，粉白黛緑者充牣焉。此固俗物，亦是濁流，然何以瑶池之上動稱仙女，天女散花，繽紛佛座，降至西國，主教亦有嗟露冰，其像皆裸體美人也。一陰一陽之爲道，亘古不廢，廢則人道絶矣。鋭止上人請爲下一轉語。珍重，珍重。

衲弟王韜頓首
十月初八日

十七

綏之仁大兄大人閣下：

久不通音問矣。伏計起居曼福，心逸日休，定符臆頌。弟今歲窮愁交集，貧病交攻，卻掃杜門，默爾而息，日惟以書史自娛。上友古人，如晤對於一室，有俗客至，辭以不在。藥爐火邊，伸紙命筆，間有所作，殊不足爲外人道也。弟邇來新舊刻書並未發售，書林積而不散，幾於汗牛充棟，必設一法以疏通之。竊思莫如行賑捐彩票之法，以半助賑捐，以半助刻貲，所有之書，非獨拙著也。因平日以書易書，由漸而積，亦復不少。大抵少以七百，多以千金爲率（或少以千金，多則倍之），尊意以爲何如？但不知來者能踴躍否耳。事有賴於衆擎，情非類夫獨得，是在大有力者爲之從旁提倡耳。滬上爲貿易通衢，必多好事者流，浮慕風雅。倘能集腋成裘，不獨中澤哀鴻小有所補，于弟刻書售書，亦兩有所益，所謂一舉而三善備焉。酌議既定，當即舉行，不必待至明春也。

杏翁觀察尋芳歇浦、訪美金閶，迄無所得。即有到眼差可者，仍未能慊其志願。蓉初既誤於前，月舫復悔於後，今自謂侍於帷幄者，惟兩粗婢耳。以弟所見，後起之秀，莫如林姬桂芬，惜止盈盈十三齡，未免齒太稚耳。

天寒，萬萬爲道自重。不宣。

　　　　　　　　　　愚小弟王韜頓首上
　　　　　　　　　　嘉平冬至後三日

十八

綏之大居士仁兄大人閣下：

頃奉環雲，歡喜無量。何君桂笙身後蕭然①，琴書之外，了無長物。閣下眷懷良友，賜以厚賻，如兹風誼，何後古人，弟不禁代爲頓首致謝。倭犯北方，警信迭聞，捷書未至，每得一音，輒欲拔劍斫地，把酒問天，而至於擊碎唾壺也。蕞爾島國，竟爾猖獗至是，不獨出於吾人意計之外，亦非彼之始願所及料。天實爲之，謂之何哉！倭人云欲南竄，遍播流言，此正其狡獪伎倆，所謂兵行詭道，聲東以擊西也。倭人船艦既少，兵卒又寡，合之則尚可支持，分之則力弱勢孤，立見傾危。彼方專心注意於北方，特慮南洋兵輪聚而至北，伺釁乘隙，攻其不備，故出此讕言，使南洋留以自防，不敢出雷池一步耳。彼若受創于北，計無復之，然後乃肯舍北而圖南，此時則猶未也。惟今日泰西各國俱擁重兵駐於海上，艨艟絡繹，旌旆飛揚，往來遊弋其間，名曰保

---

① 此函寫於1894年。何桂笙（1841—1894）名鏞，以字行，別署高昌寒食生，浙江紹興人。

衛，心實叵測。彼豈真愛我中國哉？特欲坐收漁人之獲。蓋有益同沾，泰西通例然也。彼調艦運兵，豈無所費？將來索取要約，勢所必至，而俄人于此尤眈眈焉。彼必靜待倭事之作何究竟，而後始發其端。我中國苟不自強，將爲衆矢之鵠，故不可不早思變計也。雖灑長沙之淚，空呈同甫之書，惟于知己之前，聊一發其胸中之憤懣，閣下但自觀覽，勿出示人。

　　天氣嚴寒，朔風凜冽，伏冀慎護眠餐，萬萬爲道自重。不宣。

小弟王韜頓首上
十二月七日

　　韜屢拜嘉惠，愧無以報，今命小婿鈔得《光福志》六册，送塵荃覽。是書外間絶無刻本，乃徐君所創作。徐君世居光福，即調之孝廉之先人也。生平長於曆算之學，具有心得，亦有著述，今藏於家。是書調之浼弟付之石印，然窘于孔方，未能集事，且其意急不及待，爰鈔副册，而以原書歸之，請俟他日贊成是舉。書首尚宜補圖，弟處已録得二圖，當令人繪出，後日呈上。田賦一門，亦當補入，可參之邑志。尊作及諸名人詩皆可附諸卷末。兵燹之後，諸名勝之或存或毁，不可不紀。山中寺觀既圮，而新建者略有數處，潘偉如中丞之韡園亦爲繼起者也；雪琴之梅，鏡如之鶴，亦點綴景物之一也。若得閣下名筆紀之，俾成完書，廣集同人，醵貲而壽之梨棗，亦足爲游山之導師也。發春，陳君喆甫有詩，弟今當補和，並作《五畝園詩》以應尊命。

　　春餘夏首，欲作吳門之遊，否則三伏中，或可避暑，偃息園廬，作一月淹留，饔飧自備，不破費主人一物也，閣下以爲何如？其許我否耶？

韜再頓首上綏之仁兄大人畏友史席

十九

鋭止老衲上人丈室：

久不見慈顔矣，想容光四射，普照衆生。北方捐賑，殊屬棘手。吳中耆宿，又弱一個。當飛書告急之時，正騎鶴升天之際。天不慭遺一老，爲可歎也。滬上歡場，近又一變，芙蓉城主已隨瘦腰郎去，惟八詠樓中帶圍漸減，恐無續命縷，奈何？廣寒仙子自立門户，改陸爲華，然"門前冷落車馬稀"矣。後起之秀，則推林桂芬。問其年，止盈盈十三齡也。杏翁來此，迄無所遇，現侍左右者，不過兩粗婢耳。弟曾爲代覓一金閶小女子，名曰阿福，姓程，其兄曰炳，聞住慈悲橋。年僅三五，頗有姿致。杏翁雖評之曰超等，而意仍未屬。此女子已墮藩溷，弟拯之黑海，藏之金屋，以其猶是葳蕤之質，未遽問津。不意彼竟敢開閤自去，空費阿堵物五百圓。此真花月其貌，蛇蝎其性者哉！如此種人，當墮阿鼻地獄。以我上人觀之，作何説法？

邇來上人意興若何？作何消遣？獨居斗室中，蒲團燈火，不嫌寂寞否？今年相識中多凋喪者，潘君鏡如、張君少渠，年僅長余一歲；敝戚醒逋，没已逾一載①，墓草宿矣，思之腹痛。人生忙迫一場便休，鐘鳴漏盡而猶夜行不息，真苦惱衆生也。弟爲文字禪束縛，著述畢生，亦徒自苦耳。亦思數百年後，空名豈澤枯骨哉！幸弟於一切詩詞古文，信筆直書，不假焦思苦慮。兹之刻書，非必欲傳世，亦使世間知有我之一人，庶不空生此世界中六七十年耳。非然，將與石火電光、塵露泡影一齊消滅，非我佛涅槃本意也。佛家之旨，自有之無，自寂之虚，然何以猶有往生浄

---

① 楊引傳卒于光緒十五年己丑（1889）秋，則此函撰於1890年。

土而皈依極樂世界之説？不生不滅，常有常存，此是真諦。弟書已刻至《法國志略》，敬以兩部奉塵澄鑒。此書采摭頗廣，紀載維詳，或亦可備海外掌故歟？

  此間寒燠不常，病骨未甦，伏冀慎護眠餐，爲道自重。

小弟王韜頓首
嘉平八日

二十

綏之仁兄大人閣下：

  前日小病甫痊，滿擬來作竟日談，不意一游愚園，又感新寒，喘急氣促，其發更劇，幾於言語行動皆難。晚年得此頑疾，真孽海汪洋中苦惱衆生也。杜門習静，聊自攝養。

  清恙如何？甚念，甚念。奉上廈門肉脯一匣、西湖藕粉一盒，敬以貽贈，聊供閒中消遣。肉脯別有風味，足恣咀嚼，與肉鬆同一類物。尚記當時閣下曾笑謂："君家但有肉鬆，何無肉緊，想以自用耶？"亦佳謔也，此話苒苒又三年矣！人生歲月真不可恃。閣下既痛金萱，又悲錦瑟，哀離弔逝，根觸於懷，至欲皈依空門，長與世絕。桃花塢畔，前有大覺金仙，今有上乘禪宗，亦由地氣靈秀之所鍾歟！弟今布衣蔬食，差可自給。六十有四年來①，閱歷世情略有所悟，與人無患，與世無争，偶聞毀譽，一笑置之。惟思以身逍遥於山水間，惜乎精神筋力遠不如前矣，登臨之興，爲之索然。

  近日交冬令，天氣驟寒，玉體何如？伏冀萬萬爲道自重。不宣。

小弟王韜頓首
十月二十有五日

---

① 據此，該函寫於1891王韜64歲時。

二一

鋭止大高士老兄大人閣下：

滬上有謝綏之者，容華綽約，車馬盈門，海上逐臭之夫趨之如鶩，豈閣下之化身耶？抑現瑣子骨菩薩相耶？願閣下化千億萬分身，遍大千三千世界，以救人苦難、結歡喜緣，亦屬無量功德。一笑。弟嘗見綏之，謂之曰：卿不居桃花塢中享清凈福，來此污濁世界何爲？渠曰：我以行善，一片婆心，來此募化衆生，將作大布施，亦是現身說法。弟曰：雖然，大善士名不可借稱，倘久假不歸，定干佛怒，請易名曰"賽珠"，何如？綏之唯唯而去。然昨經其門，綏之、賽珠竟雙列焉，輝煌金字之牌，不禁耀目；窈窕玉容之室，無限銷魂。聞其纏頭之金，積至十萬，願助桃花塢謝將軍少爲征倭之費，何如？

一篇絕妙文章，至此絕筆。

今日早上，於案頭得《金剛經》一册，上有巨名，昨夕在一室中大放光明，言願皈依大善士，祈珍藏之，可免世上諸災厄。

兜率天第三洞聖者書。八月五日，小雨微霏，几席清涼，快甚。

少時讀《學而》，開卷數葉曰："禮之用，和爲貴；先王之道，斯爲美。"不意今日衰衰諸公皆奉此爲絕大經濟，既以"和"之一字爲一生定案，則以二字獻曰："去兵。"友人有詩兩句云："中朝不戰消兵氣，絕域求和識聖恩。"求和固出於絕域，何嘗不可行哉。

何君桂笙近來意興迥不如前，食量亦大減。月杪驟患懸癰瘍，醫進以參苓，膿不得洩，毒痼於中，腎囊腫如斗大，舌黑氣呃，至今月十一日死矣，年僅五十有四[1]。《申報》館中又少一好友矣。

---

[1] 何桂笙（1841—1894）名鏞，以字行，別署高昌寒食生。浙江紹興人。

人生如輕塵栖弱草，流光荏苒，能有幾何？言念及此，一切冰冷。何君身後蕭條，篋中無一錢，正不知寡婦孤兒何以過活也。

新刻十二種奉呈：

春秋朔閏日至考三卷

西國天學源流

春秋日食辨正

重學淺說

春秋朔至表

西學圖說

弢園尺牘續鈔六卷

西學原始考

蘅華館詩錄六卷

泰西著述考

重訂法國志略二十卷此書尚未裝訂，俟後寄呈。

華英通商事略

（署名紙條剝落，缺）

二二

綏之仁兄大人閣下：

久違芝宇，時切葭思。比維興居綏燕，潭第吉羊如頌。前月小孫完婚，辱蒙厚賜隆儀，曷勝感荷。弟緣是酬應賓客，旋被二豎所侵，幾經危殆，幸邀福庇，獲有轉機。屆茲已兩旬矣，猶不能握管，特倩友人代筆，略綴數語，以申謝悃。且俟起行之後，定當備具蕪辭，祇請善安，藉謝一切。

天氣漸寒，伏冀珍重，不宣，並賀節禧。

　　　　　　　　　　愚小弟王韜頓首謹空

二三①

綏之先生仁大兄大人閣下：

日昨有金閶之行，賈醉旗亭，徵歌畫舫，鎦園顧墅，虎阜獅林，皆爲遊屐所至。復歸甫里，尋昔年釣遊之跡，尚未泯也。弟東邁扶桑，西窮歐土，爲宇宙汗漫之遊，而猶戀戀於彈丸之舊里，拳拳于先人之敝廬，固人之常情也。卅年羈客，萬里歸人，而今而後，庶幾伏而不出矣。家居僻衖，了無一事，滿擬從此可以仰屋著書，閉門覓句，卻軌辭賓，息交謝跡。而門外轍深，戶邊履滿，時作小詩，斐然有致，而忽爲俗客牽率以去，此誠無可如何者也。近擬將生平著述繕寫清本，次第災諸棗梨，他日傳之海內，覆瓿糊窗所不計也。

茲有敝里中許氏二妙，去歲新登庠序，性情聰敏，識見超卓，頗能通達洋務，意欲入局肄習電學，未識其額尚贏餘否？乞求鼎力，俾得玉成，感同身受。是否乞賜一音，以便復彼。如上海已溢額，則轉詢之析津何如？

盛杏翁觀察月中可南還否？念之殊苦。中法和議久未能成②，想不至墮其術中也。

首夏清和，天氣漸熱，伏冀爲道自重。不宣。

愚小弟王韜頓首上
四月十有三日泐

---

① 此函據西泠印社拍賣有限公司拍賣品"王韜尺牘稿"錄入，非蘇州博物館所藏者。拍品係王韜、吳大澂、楊峴、李鴻裔等致謝綏之等信箚一冊，紙本線裝，67頁，爲西泠印社拍賣有限公司2011-12-30秋季藝術品拍賣會專場——近現代名人手跡暨紀念辛亥革命專場拍賣品，文字由田曉春博士提供。

② 據《盛宣懷年譜長編》1885年6月9日（農曆四月二十七日）李鴻章與巴德諾在天津簽訂《中法越南條約》，該函撰於四月十三日，當是此年"中法和議文未能成"之四月十三日也。

二四①

綏之高士仁兄大人閣下：

　　一別冉冉，兩三年矣，歲華之不足把玩也如此。日月如馳，山川相隔，所思不見，我勞如何。滬樹吳雲，只隔吳淞一江水耳，何以久不來遊，殊令人翹首興思，偕滄波而俱遠。或有傳言閣下高自位置，殊覺厭見滬中人物。弟弱冠即旅滬上，見夫勢利齷齪之士，心焉鄙之。管小異茂才謂洋涇浜中人，非爲名，即爲利，金銀之氣熏灼太甚，立品自好之儒，斷不至此。弟謂苟能自好，砥礪品節，即至此，亦可不涅不淄。弟初至此羈旅者十有四年，嗣後壬午、癸未自粵往還。甲申始定歸計，於今七年②，思欲卜築三椽，購數弓地，辟一弢園，爲讀書憩息之所，卒未果也。前奉惠書，欣慰無已，雒誦臨風，如親晤對。閣下迭遘不得意事，意懶心灰，至欲逃于人世之外，作帶髮頭陀，粥魚茶飯，了此生涯，亦殊自苦矣。若弟則不然，隨遇而安，惟意所適。東坡居士云：蔥非大蒜，逢著便吃；生老病死，符到便行。弟亦如此意，可省許多蓐惱。惟是邇來老懶衰殘，精神意興，迥不如前，無論肥肉大酒，不能下嚥，即菜羹蔬食，亦厭棄之矣。至於北里看花，亦復情多落寞，蓉初嫁去，已屬東風，月舫亦將有所適。此外匪我思存，乃閣下猶謂之酒色和尚，不誠冤哉枉歟？委作《五畝園題詠》，弟將盡作之。去冬醵貲刻書，已得十二種，舊刻當已有之，謹將新刻寄塵台覽。

　　日來天氣炎燠如蒸，招涼乏術，逭暑無地，伏冀萬萬爲道自

---

① 該函據西泠印社拍賣公司 2011 年秋季拍賣會拍賣品"王韜尺牘稿"錄入，文字由田曉春博士提供。
② 據此可知該函撰于光緒十六年庚寅（1890）。

重。不宣。

小弟王韜頓首
五月二十二日

致黎蓴齋星使書①

日人岸田吟香回國，託帶拙著十數種，亮登記室，檢入典籤。以日久未奉環雲，良深懸繫。韜白。

趙時棡從寧郡寄書來，轉託文韜齋（夢家園對面）古玩店金楚蒙送至，贈詩兩首錄左：

  海內文章伯，天南隱逸人。才華冠世俗，詩卷傲風塵。大筆濡江漢，高談避鬼神。狂游千萬里，覽景到西秦。

  好古同方朔，探奇學景純。秦嘉應再世，干寶是前身。寰宇聲名遍，中西仰慕均。先生如不棄，小子望陶鈞。

王韜致趙鳳昌札②

一

竹君司馬仁兄大人閣下：

疊奉手翰，亮邀荃鑒，遠樹暮雲，時深遐想。比維起居安

---

① 此函見上海圖書館藏稿本《寄生山館隨筆》，爲王韜《弢園述撰》之一種，置於《致傅蘭雅》《追錄昔年與左孟星書》後，當撰於1888年後。
② 見國家圖書館善本部編《趙鳳昌藏札》第七冊，國家圖書館出版社2009年版，第39—42頁。

豫，動止綏康，定符臆頌。弟自七月中偶感新涼，喘咳劇發，卧病兼旬，至今未愈，日在藥鑪火邊作生活。上海風景如常，友朋中殊少得意者。方軍門照軒隕大星於嶺南，張宮保朗齋騎箕尾於山左。慨棟梁之忽折，痛知己之云亡，不禁爲之黯然。

　　近日歡場亦多變幻，蓉城仙子已在八詠樓中爲瘦腰生所獨據，他如吳姬佩香、林姬黛玉，皆已擇人而事，東風有主，已得所歸。而復行墮落者則有若謝秀英、舊名徐秀貞、徐蕙珍皆是，而顧蘭蓀則琵琶一抱，曲未終而人已還矣。後起之秀推林桂芬爲獨出冠時，花娟月妍，其雋在骨，惜其不壽耳。未識閣下何時來此，銜杯話舊，一問此中人耶？

　　一年容易，又過重陽，卧病荒齋，忽來舊友。程蒲孫太史鄂中返櫂，同病相憐，昨日來作清談，今由蘇郡而回通州矣。述閣下行止早在晴川芳谷間，特過此來，得一見也。此外惟爲道自愛。不宣。

小弟王韜頓首上
辛卯九月二十八日

二

竹君仁兄大人閣下：

　　前日得預盛筵，東山絲竹，既獲耳聆，郇廚肴饌，復得飽飫，感謝之私，非遑言喻，將來必思圖報。

　　前所攜去薛星使奏稿，今欲命人鈔一分貽友人，且急欲一覽，祈交來价帶下是感。

　　近日作何消遣？想必有妙遇也。一笑。秋中一味新涼，伏冀爲道自重。

小弟王韜頓首上
八月二十有二日

李盛鐸檔存王韜函札

一①

木齋學士先生大人閣下：

　　日昨匆促間未盡所言。近日天氣晴霽而尚未暄和，花事稍遲，未極爛漫之觀，一俟少閒，當圖造訪。

　　前次書價計八十七元三角，茲擬稍事湊集，可否擲交小价帶回？閒情小詠病後略增數葉，不足大雅一粲也。敬呈一册，即作字簏中物何如？肅此，即請撰安！

　　　　　　　　　　　　　　小弟王韜頓首
　　　　　　　　　　　　　　三月十有七日

二②

木齋學士先生大人閣下：

　　一昨於綺筵得挹芝宇，歡喜無量。惜以於時賓朋滿座，幾於履舄交錯，觥斝競酬，加以笙歌迭奏，無暇作晉人清談矣。別後又將匝月，未稔作何消遣？慧公一去不返，豈真作奔月之常儀耶？近聞箇中人多如青蓮花跳出火坑中，不禁一則以喜；雲散水流，又不禁爲之慨想。"願天下有情人都成了眷屬，是前生注定事莫錯過因緣"，平生以此一聯作偈語讀。

　　韜移居城西，地殊僻静，欲簡出入，寡酬應，今仍未能。敝

---

① 此函據《近代史所藏清代名人稿本抄本》第一輯第193頁。
② 此函據《近代史所藏清代名人稿本抄本》第一輯第227—229頁。

廬之五椽聊蔽雨風，庋圖籍。顏草堂之額曰"畏人小築"，門楣署以一聯云："聊借一廬容市隱，別開三徑寄閒身。"曾自撰楹聯云："息轍絕交游，屏跡此心齊木石；杜門耽著述，安神無夢到軒輿。"蓋自此伏而不出之志彌堅矣。惟措屋之費不貲，陸賈裝空，阮郎囊罄，即欲作顏平原之《乞米帖》、蘇東坡之換羊書，恐亦無過而問者耳。

前日呈上拙著《普法戰紀》，亮塵清覽，敬以奉貽，並求指正。外坿兩部，一貽彝卿廉訪，一貽淇泉太史，想俱轉致。此書已四刻，流傳海内，頗能不脛而走。如貴相識中欲售者，能至十部以上，自當大爲減價。每部二元。乞廣長舌遍爲吹噓，不勝感泐。夙昔求書之件，務祈速藻。

近日似作梅雨天氣，寒燠不常，伏冀順時，爲道珍攝。不宣。

小弟王韜頓首
荷花生日前二日

三①

木齋太史先生大人閣下：

前夕得飫佳肴，并得奇寶，敬謝！敬謝！今先奉呈鵝眼五銖錢十枚，聊供雅玩。

廿五日之局訂於兩三點鐘，何如？敬求代爲邀客，因不可使家中人知也。所擬客單，祈大裁酌之。即請台安！

小弟王韜頓首上
八月二十三日

---

① 此函據《近代史所藏清代名人稿本抄本》第一輯第 231 頁。

四①

　　四五日來，炎曦逼人，若張火繖。雖非鑠石流金，而讀《雲漢》之詩，已覺無陰以憩。每一握管，揮汗不止，故諸扇未敢送呈，祈俟天涼時作之未遲。

　　慧娥前夕因車轎相撞，轎爲新署拘去，聞須充公，據述如此。然以理言，車速轎遲，似有猝不及避之勢。今將轎作罰款，未免過甚。奉請以閣下名片索回，何如？"十萬金鈴護落花"，敬爲學士頌之。

　　明晚藝卿觀察約作保德之游，若炎燠如此，恕不彼往。

　　外坿呈扇三柄，詩詞五册，即請察收。敬頌
台安！

小弟王韜頓首上
六月十有三日

王韜致汪康年札②

一

穰卿先生仁兄大人閣下：

　　昨得暢聆塵教，歡喜無量。寒雨微零，關門枯坐，得讀手

---

① 此函見《近代史所藏清代名人稿本抄本》第一輯第232頁。
② 見《汪康年師友書劄》第一册，上海古籍出版社1986年版。汪康年（1860—1911），初名灝年，字梁卿；後改名康年，字穰卿。浙江錢塘人，光緒二十年（1894）進士。曾入張之洞幕。甲午戰後，辦《時務報》《昌言報》《中外日報》《京報》《芻言報》。有《汪穰卿遺著》《汪穰卿筆記》等。

畢，謹悉。今將易齋觀察大著四種奉上，計《條陳時事稿》《海戰要略》《羅經差同》《性説》各一本，至祈察收。即請撰安。不莊。

小弟王韜頓首
二月十日

二

卓、穰翁仁兄大人閣下：

前日弟以事外出，乃知穰卿先生文旆辱臨，失於迎迓，罪甚，歉甚。所薦二人，以未能任粗重之役，不足供驅使，且俟緩圖。今有排字老手沈春臺者，於排字中推爲翹輪老手，願獨攬尊處排字一職，未稔已有人否？此外如報館應爲各事，彼亦可以勝任，特令其前來謁見，惟求量材器使可也。請爲道自重。不宣。

小弟王韜頓首上
端節前一日

王韜致理雅各函[①]

一

理大牧師夫子大人閣下：

遠別十年，未通一字，然想念之情，時縈寤寐間，未嘗一日

---

① 以下五札據徐茂明先生提供的牛津大學所藏王韜尺牘手稿復印件整理。

忘也。尤憶曩者，旅居蘇格蘭杜拉時，據石看雲，登山觀瀑，追陪遊展，殆無虛日。至夜一燈共坐，彼此紬書，有奇共賞，有疑共釋，此景此情，恍在目前。念屈指計之，不覺十有餘年矣。韜年齒日增，精神意興迥非昔時，幾於上年六月二十九日病去。去秋美國副使容君純甫擬招韜前往，以年老多病不欲遠行。德國星使李君丹崖，英國參贊劉君康侯皆所相識，若作泰西之遊，不憂無東道主人。況得夫子大人舊雨重逢，其樂如何也。湛牧師今時回國，言旋珂里，韜心亦與之俱來矣。

去歲之杪，唐應星觀察東還，述及曾至阿斯佛大書院得見夫子大人，作兩日之勾留，言夫子大人精神矍鑠，血氣充足，猶能攀登最高塔頂，興致頗佳。理奶奶舊疾已不復發，亦不患頭目眩痛、時畏光明。韜聞之喜甚。惟是日未見聚美長公子①，以往遊近鄉也，惟見大梅次公子、愛那五姑娘耳。次公子秉體稍弱，想讀書過勤之故歟！媚梨安三姑娘知已出閣，依第四姑娘聞往德國讀書，此皆韜所關心者也，每一思之，尚覺顯顯在目。他年韜身尚健，或者天賜機緣，能再至英京，重得與夫子大人相見，庶幾此心稍慰耳。

韜受夫子大人栽培，恩深惠重。旅處香港已二十年矣，此初到時所未及料者也。承夫子大人之庇蔭，香港中西紳士皆推重。韜主理中華印務總局亦已九年，所作《循環日報》，遐邇傳流，推為巨擘，各省官商，頗多相識。然韜念斷不欲出山，功名之心，已如死灰槁木矣。生平著述，已刻者得六七種，他日如刊經學書，當以一分寄呈。

聞夫子大人翻譯《易經》已竟，《禮記》亦已至半，想當不日刊出，傳示藝林，惜韜不得握管追隨於其際也。大中銅版字模

---

① 函二、三、四"聚美"作"聚米"。函五以"聚米"為"二世兄"，以"大梅"為"大世兄"，當為誤記。

兩副，今託湛牧師寄呈。原議大字四千五百個，中字六千個，今皆有所增益，乞照最低之值核算，大字每四個銀一元，中字每六個銀一元，其有不合用者，可將銅模退還，另行補鑄寄呈。寄來水脚保險之費，現由局爲代出，如所寄金錢三百五十磅已到，乞令署輔政使司史大人即刻交韜，以後之銀亦由其經手。倫敦諸好友如詹那先生、雒頡先生、麥華佗先生相晤之時，均乞代爲問候。

　　肅泐蕪函，藉抒鄙悃，伏乞萬萬爲道自重。

後學王韜頓首上
辛巳三月二十九日①

理奶奶處代爲請安。

三姑娘、四姑娘、五姑娘謹候闈安。

聚美大少君、大梅二少君謹問近祉。

二

理大牧師先生大人閣下：

　　一別苒苒十九年矣！歲月不居，年華易邁。韜犬馬之齒已共六十有四矣。意興頹唐，精神疲薾，迥不如前，兼以多病，長事藥鐺，日惟閉户著書，不出户庭一步。去年正月，兩湖督憲張香帥命譯《洋務叢書》，以韜總纂，譯者俱爲英國儒士，一爲傅蘭雅，一爲布茂林。前在福建廈門傳教，係倫敦教會中人。今秋譯事已畢，而增訂修飾尚有所待。韜去天南之遯窟，就淞北之寄廬，一刹那間已閱八載。香港舊朋半皆凋喪，惟黄勝光景甚佳，福壽俱備。聞我大牧師先生大人體健意適，逍遥書史，遜聽臨風，曷勝

---

① 即1881年4月27日。

欣慰。以德劭年高爲儒林之領袖,造就人才,提掖後進,代國家樂育乂俊,教誨英賢,則又不勝欽佩。前知翻譯《莊》《老》,今又紬繹《離騷》。《離騷》爲千古文詞之祖,皆由忠憤鬱勃所出,誠古往今來至文也。

委購各書,覓之尚未得全,容俟續呈。前日承惠寄之書四部,業經領到,敬謝,敬謝!但未知價值若干,求爲示明奉繳。茲由慕先生處寄上洋銀七元,敬求代購《法王拿破侖第一戰紀》,其西字名目由慕先生開呈,此書爲英國名人愛立生所著,共計四册,紀拿破侖前後事跡特詳,由法國民亂始,至流三厄里那島終。韜可從此書知歐洲之戰績也。

前令少君大梅二世兄來,韜實未知,此由慕先生不先關照,與大梅二世兄無涉。想近日玉體安康,潭第綏吉。韜恨無縮地之方,奮飛至前,一覘芝宇也。此外惟萬萬爲道自重。不宣。

　　　　　　　　後學小弟王韜頓首
　　　　　　　　辛卯八月二十九日①

三

理大牧師先生大人閣下:

前日接奉手翰,并各種西書,一切謹悉。書值共計金錢八鎊,自已付五鎊外,尚少三鎊,今仍於薛星使處匯付三鎊,求爲收取,種費清心,感謝無既。

韜前者旅居蘇格蘭鄉間二年有半,常至蘇京,見蘇前王之故宮在焉。訪其遺聞軼事,渺焉無傳。溯夫蘇格蘭見併於英,已過二百餘年,前者固自立國稱王,儼然廁乎歐洲列國之間。蘇之文

---

① 即1891年10月1日。

人學士，當必著有蘇史。乃今有英志而無蘇志，何歟？蘇王前事，僅見於四裔年表，寥寥數十字，語焉不詳，第不知今日倫敦書肆中尚有蘇格蘭國史可以購求否？幸爲留意。近時《地球圖說》①，可有最詳最新最備者乎？前有美國人住於紐約克，名曰可爾敦，曾於一千八百六十三年六月著成一書，總名曰《地球圖說》。此書尚嫌其不詳不備，不知繼之而作者，尚有人乎？可否代爲一訪之歟？又大英國主，前年在位五十年，有人將其前後豐功偉烈著成一書，其書名曰《英主五十年功烈紀》。此書想書肆中必有，購之，其價當非昂也。

薛星使處有二好友，一爲趙君靜涵，江蘇人，孝廉也；一爲黃君公度，廣東人，亦孝廉而爲參贊，惜近已回華矣。如書中或有疑義，往問趙君可也，其人極誠樸可嘉。

先生近日玉體如何？年逾七旬，必當善自調攝。聞雒頡先生年屆八旬，精神尚稱矍鑠，此眞天賜也。威妥瑪公使年齡亦高矣！前年回國之時，已覺其善忘，不知今在書院否？聞威公多好書，何不另撰一目錄，以傳觀海外耶？

先生潭第安吉，聚米、大梅二世兄皆曾娶否？韜惟覺悁悁念先生，而無一刻或忘也。

王韜拜手謹上

時閏六月二十四日

四

理大博士先生大人閣下：

---

① 此處有旁注曰："專求志說，不必要圖。"李志剛整理本改此句爲"近擬撰《地球圖說》"，並以旁注文字闌入正文中，不確。李志剛整理本見林啓彥、黃文江主編《王韜與近代世界》，香港教育圖書公司 2000 年版。

去年以疾病纏綿，致疏箋候。然遥望樹雲，寸心彌結。近日譯書，自五經之外，旁及諸子，《老子》《莊子》，注釋家雖多，而能抉其微奧者殊少。美洲芝加高四百年博物大會，會中正副兩董事皆有書來，招韜前往，韜以病軀未能經歷風浪之險，故爾未果。後擬作《儒教》一篇，以慕君維廉再四叮嚀，勿讚揚孔子，故未付之郵筒。

韜自粵回滬，倐忽之間已十有三年矣！歲月不居，光陰若駛，回憶至英土、旅香海所歷情事，猶顯顯在目。惜以年來多病體衰，雖以出洋公使星軺蒞至，皇華之選不絶於途，韜亦不敢作重遊之想。邇來薛星使瓜期早屆，繼之前來者龔仰蘧方伯也。薛公爲江蘇無錫人，韜之同鄉，以名孝廉贊襄曾文正公幕府，遇事頗有決斷，其幕中人亦多相識。龔星使爲廬州合肥人，出自世族，歷代簪纓，今其長子已入詞林，次子亦登賢書。龔公曾任上海兵備道。韜久與相識，爲人極和平溫厚，有長者風，大抵四月中可抵英京矣，至時當有書札呈覽。前日慕君出示先生所譯《靜齋學術》，係宋末人劉薇所撰，講論儒釋道，顧此書韜未之見，暇時乞爲詳示。

聞二少君大梅亦能著書立説，講求醫學。大少君聚米學問必更有進益，殊深念念，甚望其前來中土，得一見其崢嶸頭角也。媚梨安三姑娘、依第四姑娘、愛那五姑娘，想俱平安歡樂，在英京居住否？哈斯佛書院人才濟濟，必多可造之材。先生樂育英賢，造就後進，以備他日國家之用，不勝健羨。

紙短情長，不盡覼縷，伏冀萬萬爲道自重。不宣。

後學王韜頓首
甲午正月十有八日

五

理大牧師先生大人閣下：

　　別二十有三年矣！殆如一轉瞬間耳。雖相隔數萬餘里，而無日不魂思而夢繞之，初亦不自解其情之一往而深也。前年龔仰蘧星使至倫敦，曾肅手翰并書三種《春秋經學》《西學輯存》《法國志略》託其代呈，亮已收到，久無回信，心甚疑之，豈作殷洪喬故事耶？

　　聞先生近譯《老》《莊》各書，懸想俱已印行，惜皆西文，不得一讀爲快也。人生如白駒過隙，即使百年，亦猶旦暮耳。明宮之福，所未敢望，但得順受其正，安然沒齒，爲幸多矣。韜今年已六十八歲，猶喜耳目聰明，手足便利，尚如昔日。惜不克重至英倫，與先生再得相見，爲可悲耳。

　　大梅大世兄、聚米二世兄學問聲名與年俱進，將來或至中土，得以一見，欣慰何如！媚梨安、依第、愛那三位令嬡，想俱皆納福，家室和諧，唱隨洽睦，定如所頌，未識有思遊中土之心否？

　　近日先生仍卜居於杜拉鄉中否？此鄉人情和厚，想閱二十五六年，雖山川無恙，而風景必當小有變遷。每一思及，杜拉鄉中泉聲山色如遇之於耳目間也。尚祈先生得有餘閒，時賜信音，曷勝盼切。

　　今因慕牧師錦旋之便，特泐數行，略述近況外，附紅茶一箱、古墨一匣，聊表微忱，乞爲哂納。伏冀萬萬珍重眠餐，爲道自愛。

王韜再拜頓首上
乙未①正月二十七日

---

① 乙未，即1895年。

王韜致增田貢函①

一②

岳陽先生大人閣下：

　　昨荷寵招，得飫盛饌，至今齒頰猶香，感謝靡既。閣下抱非常之才，而不以供非常之用。文人失職，烈士暮年，其爲抑塞，初何可言？不佞於此，未嘗不欺造物者不能彌此缺憾也。然而閣下安居泉石，頤養性天，野史亭開，身操筆削，書城坐擁，酒國稱豪，此樂雖南面王不易也。況復梁氏孟光，惟耽道德；鄭家小婢，亦解詩書。一家嫺令，其喜可知。此則又令不佞深羨之而不能自已也③。閣下與弟滄波相阻④，而心契潛通，臨風辣企，未面已親，殆江郎之所謂神合者。"文章有神交有道"，弟于閣下斯近之矣。有暇幸祈過我，同作清游⑤。肅此，即請撰安。不具。

　　　　　　　　　　　　　　　愚弟王韜頓首
　　　　　　　　　　　　　　　　四月七日

　　《清史攬要》弟要購百部或五十部，其實價若干？即祈復我。

---

① 函見劉雨珍編校《清代首屆駐日公使館員筆談資料彙編》之第五編《與增田貢等筆談資料》（天津人民出版社 2010 年版），係日本明治十二年王韜訪日期間與增田貢往復信函。
② 此函見劉雨珍編校《清代首屆駐日公使館員筆談資料彙編》第 667 頁，後附增田貢復函。《扶桑遊記》中卷四月初七日載："與增田貢書云云"即此函也。光緒五年（1879）爲日本明治十二年。又，此函亦見收於《弢園尺牘》卷十一，題《與日本增田岳陽》，略有異文，且較此爲略，故附錄於此，以資參照。
③ 《扶桑遊記》無"也"。
④ 《扶桑遊記》"相阻"作"相隔"。
⑤ 《扶桑遊記》作"偕作清遊，何如？"

如購成，弟即欲送至橫浜，寄往香港也。敬俟玉音，服之無斁。
王韜。

附增田貢復函

王公大人閣下：

　　文況台安，嵩賀，嵩賀！昨枉高軒，坐留三日之香矣。自省失待亡狀，卻辱懇懇德音，汗赤何言。僕伏櫪已久，偶瞻閣下駃騠之逸才，而懦骨聳動，再生千里之志，何其快也。深感閣下值遇之恩，將結草報之。今辰賜教，將登龍門，而雲雨忽起，遂阻不果。近當拜惠，謹奉清遊之命。顧館人無堪慰藉者，有暇之日，頻頻枉顧是祈。

劣弟增田貢頓首敬復

光緒五年（明治十二年）四月十日

二①

岳陽先生大人：

　　即請崇安！頃接瑤函，敬悉。書一事，緩一刻即有後命。此復。

愚弟王韜頓首

五年四月十日

三②

岳陽先生大人閣下：

---

① 此函據劉雨珍編校《清代首屆駐日公使館員筆談資料彙編》第 667—668 頁。
② 此函據劉雨珍編校《清代首屆駐日公使館員筆談資料彙編》第 668 頁。

終日栗六，竟無暇刻之閑，在己亦不知其何事。侵晨未起，即有叩門求見者，刺入而人至，殊不相識。折腰作禮，意殊謙恭，又不得不命之坐。於是磨墨濡豪，筆談刺刺不休，殊令弟衣不得著，面不得盥。久久辭去，意似少舒，而絡繹來者，仍復不絕。自出遊外，罕一人靜坐觀書者，殊覺厭苦。大著百部，謹如命。其價值百二十元，由栗本鋤雲處措繳。其書即祈遣人送至報知社，弟明日准午後遷至社中矣。大著讀過，欽佩奚似。容弟少暇，當寫一二詩文奉呈台鑒。專此，即請撰安！

愚少弟王韜頓首
四月十一日

四①

內書送呈　增田岳陽先生台啟　　紫詮道士手緘

　　前書寶劍齋，因索《寶劍篇》。
　　自言此劍製自名人手，流傳至今九百年。
　　寒芒高射牛斗外，夜夜齋中發光怪。
　　升平此物非用時，徒自炫鬻殊足戒。
　　脫匣出示利無儔，其氣肅殺天為秋。
　　平生恩怨不快意，借我請斬仇人頭。
　《寶劍篇》寫贈增田岳陽先生雅正

長洲王韜
二月二十二日

---

① 此函據劉雨珍編校《清代首屆駐日公使館員筆談資料彙編》第696頁。原函有注曰："四月一日八百松樓高會，重野安繹交付王仲弢之信。"

王韜致岡千仞函[①]

一

鹿門先生閣下：

　　昨蒙閣下以"登徒佻達"評弟，未識閣下亦識此四字之輕重乎？登徒子者，齷齪無行之尤者。自宋玉賦一出之後，若援以爲比者，必其人不足齒於人類者也。"佻達"乃子衿之無行者也。近日市井下流，乃得加以此名。不知閣下何憾于弟，而加弟以醜行，蒙弟以惡稱？夫使弟而誠"登徒佻達"，乃一齷齪無行之小人，市井下流耳。若爲友，則當割席之不暇；若爲弟子，則黜其籍，擯之門牆之外惟恐不速。乃閣下方將奉以爲師，甘居弟子列，折節下之，則四方聞者必疑且駭，甚爲閣下惜，且爲閣下羞之。

　　夫擬人必於其倫，出言當衷諸實。閣下疑弟四十以外人，不宜如此，則當曰："王先生近知命之年，而尚好女色，齒高而興不衰，豈從來名士必風流歟？"嗜酒好色，雖非雅稱，然不過道其實耳，非訕斥笑罵之也，非鄙夷輕慢之也。至於"登徒佻達"四字，則訕斥笑罵、鄙夷輕慢無所不有，一若不屑齒諸人類者。然則閣下以此四字評弟，亦太甚矣！弟之爲人，狂而不失其正，樂而不傷於淫，具《國風》好色之心，而有《離騷》美人之感，光明磊落，慷慨激昂；揮金帛如土苴，視友朋如性命，生平無忤於人，無求於世。惟知率性而行，流露天真而已。若必矯行飾節以求媚於庸流，弟弗爲也。王安石囚首喪面以談詩書，而卒以亡

---

① 據鄭海麟輯錄《王韜遺墨》，見《近代中國》第九輯，1999年6月1日版。岡千仞，號鹿門，日本漢學家。

宋；嚴分宜讀書鈐山堂十年，幾與冰雪比清，而終以償明，蓋當其能忍之時僞也。閣下徒能見不好色之僞君子，而未能見能好色之真豪傑，故弟謂閣下非知我者也。

昨夕席散之後，以此四字橫亘胸中，耿不成寐，不得不作書一通，以達左右，聊以一抒其憤懣不平。惟閣下察之，幸甚！

弟韜頓首
五月初二日

二

鹿門先生大人閣下：

前月接奉瑤華，領悉壹是。弟向呈一緘，不過於好友前直抒所志耳，原以在縞紵之列，故暢快以言之，若無足重輕之人，弟安肯再有一言。弟之曉曉者，正重視乎閣下也。以閣下一言之出，都人士奉若菁蔡，凜若圭臬。則閣下之所以加弟者，正不得不爭，祈閣下垂亮此心，幸甚！

五六日文斾未來，豈有未釋然者耶？弟明日當偕寺田奉訪，一聆緒言，幸勿他出（約在十二時前後）。閣下爲史學之宗，弟所著日記將多所取正。有地志書，幸賜覽一二。如《大阪繁昌記》《兩國橋志》之類。

肅此，即請撰安。不具。

愚弟王韜頓首
陽曆六月二十四日

三

鹿門先生大人閣下：

昨夕相聚甚歡。尊作兩句極佳，已探驪珠，僕爲擱筆。角松崛強驕據之狀，殊覺可惡，能得金僕姑矢以一創之，則大快事矣。今奉上拙著《遁窟讕言》八部（每部四十五錢）、《甕牖餘談》八部（每部三十六錢），尤以速消爲要。得金即擲之虛牝也。即請文安。

愚弟王韜頓首
七月廿八日

四

鹿門先生大人閣下：

　　昨夕之游甚樂，惜先生不得來此共之也。小鐵、小勝俱有願爲夫子妾之意，而小勝歆羨尤切，此亦兒女一時之孽緣，了之之後，即如水流花開，風消雲散。嗚呼！天下事皆如是觀耳。

　　先生所云交換之《米志》《法志》，乞即飭人送來。因弟於游日光山前，要裝箱寄回香港也。弟所攜各書，尚未售完，同閣下易《米志》《法志》，可歟？或可與坊友商之，專聽回音。

　　即請撰安。

愚小弟王韜頓首
七月三十一日

五

鹿門尊兄先生閣下：

　　弟一病頹唐，百事俱廢。茲者喘逆稍平，而頭目眩暈，弱不可支，正未知何如也。《米志》曾刷就否？易書之事，見時訂定，以數日間即欲寄橫濱也。

此上，即請撰安。

弟王韜頓首
八月十五日

六

鹿門先生閣下：

《米志》已接到，彼此核算，應找閣下處三圓二十七錢。不知要書乎？要白金乎？見時乞示知。即請崇安。

弟王韜頓首
八月十六日

七

鹿門先生尊兄仁大人畏友閣下：

令侄讀書，益有進境矣，念念。

所有第三次送來之《米志》《法志》，尚未核查的確，惟據當時檢點裝書於箱筍中者，曾寫明米、法兩志共七十四部，惟須統查全數乃合。弟印書略有數種，惟隨閣下之意取之（如申報館所照印之《鴻雪因》《康熙字典》，弟皆有之。各種書籍亦無不備，惟君意擇焉）。即請崇安。

愚弟王韜頓首[①]

[①] 此函約撰於光緒五年（1879）七月中旬前。

八

鹿門先生仁兄大人閣下：

判襟橫濱，布帆遂遠，秋風無恙，安抵申江。載酒看花，殆無虛日。香海歸舟，已當秋仲，三五月圓，舉家歡喜。然銜杯望遠，未嘗不念我故人，而覺離思之全集也。重陽時節，又作潮郡之行，上謁丁丞，縱談一切。絜園風月，頗足留賓；鄴架圖書，盡堪娛目。池畔芙蓉盛開，絢爛如錦，勾留浹旬，殊稱暢遊。惟是宿痾時發，日夕從事於藥爐茗碗，鼠須側理，不復思御。日把君文，以作消遣，洵足以排悶蠲憂，掃愁起疾，不愧陳琳一檄，枚乘《七發》也。托鐫石章，已令手民速奏鐵筆，想月杪可竣工，以刀刻石，正復何所不靡。

閣下馬首西來，未知何日？《英志》《俄志》之撰，何時可成？歐洲大局，近日又將一變。普、澳相聯，法、俄又合，英國勢成孤立。前既用兵於阿富汗，近又將往討緬甸。波斯素爲印度之屏蔽，今反貳英而助俄。若使藩屬諸小國盡起而叛英，則俄人必將逞其窺伺之心。將來英、俄出於一戰，未可知也。拉雜書此，以博一粲。

朔風淒厲，伏冀萬萬爲道自重。不宣。

愚小弟王韜頓首
十月十四日（光緒五年）

九[①]

鹿門尊兄仁大人閣下：

[①] 此札見收於《弢園尺牘》卷十二，題《與日本岡鹿門》，文字較此爲略，且有異文若干，故並錄於此，以資參閱。

兩奉瑤華，歡喜無量，臨風襍誦，如把芳徽。弟入春以來，羌無好懷，非藥爐茗碗，長夜無聊，即載酒看花，跌宕風月耳。信陵君醇酒婦人，豈真溺而不返哉，其心獨苦也！曩者小住江都，頗得友朋之樂，山水之歡，追隨諸君子後，開樽轟飲，擊缽聯吟，畫壁旗亭，徵歌曲里。振衣上野之阜，泛櫂墨川之濱。買醉長酡，追涼柳島。曾幾何時，而已不可復得矣。每一回思，輒爲悵惘！

弟目擊時事，無可下手。強鄰日迫，又有責言。既西顧之堪虞，益東瞻而興喟。今日亞洲中，惟中與日可爲輔車之相依，唇齒之相庇耳。試展輿圖而觀之，東南洋諸島國，今其存者無一焉。五印度幅幀袤廣，悉併于英，其存者亦僅守〔故〕府、擁虛名而已。阿富汗已爲英所剪覆，波斯介於兩大之間，將來非蠶食於英，即鯨吞於俄耳。異日越南必滅於法，暹羅、緬甸必滅於英。其餘大小諸邦，盡爲歐洲列國東來逆旅，建埠通商，設官置戍，視作外府。此不過三百餘年間耳，亞洲諸國，已殘食至是，寧不大有可危乎！

聞貴國有志之士，近日創設興亞會，此誠當務之急，而其深識遠慮，所見之大，殊不可及。長岡護美、渡邊洪基，皆與弟相識，而爲是會長。昨比叡兵艦自東抵港，駕舶長官伊東祐亨，海軍中秘書福島行治，皆來就見；其奉使波斯者，爲吉田正春、橫山孫一郎。其執興亞會中牛耳者，爲曾根俊虎、伊東蒙吉，咸願納交于弟，通縞紵而結苔岑焉。要之，貴國多慷慨激昂之士，國未有艾焉。嗚呼！當今積弱之弊，莫甚於誇張粉飾，苟且因循，文武恬嬉，上下蒙蔽，仿效西法，徒襲皮毛，而即自以爲足，此猶卻行而求及前人也。叔向懷宗國之憂，張趯居君子之後，每一念及，未嘗不輟箸而興嗟，停觴而不御也。世事日非，時局亂亟，弟惟有獨處空山，讀書遣日，慨慕黃虞而已。

芳序將闌，春寒猶厲，伏冀珍護眠餐，萬萬爲道自重。
愚弟王韜頓首拜手上
庚辰三月二十一日（光緒六年）

承賜晶章之方，感謝無既。晶質潔净無纖瑕，殊可寶也。游山詩中用黄蝴蝶句，自是當時實事，非有掌故也。山中蝴蝶，黄色者尤多。

十

鹿門先生尊兄仁大人閣下：

別幾半年矣，裘葛倏更，鵜鴂又換，停雲落月，時切懷思。屢於成齋先生處問訊近況，另復別肅專函，想俱檢入典籤，得邀清覽。

弟自游揭陽返櫂，即病宿痾，恒在藥火爐邊作生活。冬月又代人捉刀，筆墨之事蝟集。春光乍轉，俗事稍閒，而弟亦旋患嗽疾矣。賤體之能逸不能勞如此，而謂尚能出而宣力於四方否耶？以上皆春初寫就，置諸俊筒，今又及夏初矣。日月如馳，所思不見，能勿悵然！

比來屢奉瑶華，如親晤對。承賜晶章，精瑩潔净，絶無纖翳，洵爲可寶，感謝之私，非可言喻。惟是瓊瑤之貽，惜無桃李之報也。

大著詩文，日夕展讀，一候稍閒，即當刊佈。《日本雜事詩》知盛行於東國，惜弟僅刊八百部，未免太少耳。如東國可消至千部，弟當再刊。《米志》《法志》，弟寄至上海銷售，均以價昂，尚遲有待。弟擬將米、法兩志加入弟之所譯，重爲刊行，何如？此千秋之盛事，不朽之宏業也。匆促不盡欲言，伏冀爲道自愛。
愚小弟王韜頓首
四月六日（光緒六年）

十一

鹿門先生尊兄大人閣下：

去冬之杪，文旆從北海還，得奉手翰，歡喜無量。辱承賜以風鈴、酒器數事，色澤古雅，甚可寶貴。感謝之私，匪遑言喻。

疊次寄來大著詩文，並已捧誦。詩情蘊逸，文律精深，俱臻絕詣，十讀三復，欽佩良殷。來書云：秋冬之間，征車西邁，擬北探燕台，南窮粵嶠，抒懷舊之蓄念，發思古之幽情，極黃河泰山之觀，而與名公巨卿相接，庶足為豪耳。閣下之志，於是為不凡矣。

弟蠖屈天南，岩棲谷飲，與當世大僚，久相隔絕；又生平不喜竿牘，以此人事並絕，日惟閉戶讀書，慨慕黃虞而已。

成齋久無信來，弟疊奉萬言，竟未得一字，輾轉思之，殊不可解。弟曩所屬望于成齋者殊厚，今落莫如此，殊令人歎息不已。便中請為弟婉詞問之。

奉上拙著兩種，謹塵清覽。一披閱間，當如晤對於一室中也。天暑，伏冀為道自愛。不宣。

愚小弟王韜頓首上
五月十日（光緒六年）

十二

鹿門尊兄仁大人閣下：

昨奉環雲，歡喜無量，臨風雒誦，如見故人。弟回帆香海，已涉深秋，隨即病咳，徹夜不寐。養病穗石，覓醫禪山，鴻爪雪泥，小有留滯。入春以來，患風濕注於四肢，手足拘攣，將成廢人，登山臨水，無望於此生矣。

　　閣下欲來中土，北歷燕臺，南遊粵嶠，何不及弟未死時歌來遊之什乎？江都諸故人想俱無恙，顧皆久不得書，弟有書往，亦置之不答。日月如馳，山川孔遠，相思不見，我勞如何！栗本鋤雲、重野成齋、西尾叔謀、小牧櫻泉，此數君子者，皆弟深相結契，別離雖久，夢寐難忘，一別三年，並無一字。龜谷省軒兩通尺素，今亦久絕音問矣。墜雨天末，邈焉莫拾，私衷感喟，殊不可任！

　　今年三四月間，弟病不痊，當歸滬瀆。貴國駐滬總領事品川忠道，弟素所相識，問弟行蹤，當知所在。香海安藤嘯雲與弟往來尤稔，所結蝸廬，正與彼衙齋衡宇相望。閣下如來，定當追陪遊屐，一探名勝。

　　大著托皇華使館姚文棟寄來，弟並未接到。姚君弟初不識其人。使館隨員，悉皆近時新選，初未嘗盟車笠而投縞紵也。即黎蒓齋星使，知名已久，亦僅在香海一面耳。聞譯員梁繡堂在東京，其人則粵籍，爲弟舊交，托作寄書郵，當不蹈殷洪喬故事也。

　　春寒，伏冀爲道自重。

王韜拜手
癸未正月廿又七日（光緒九年）

十三

鹿門尊兄仁大人閣下：

　　前奉手畢，已有復函從郵筒寄呈，亮邀澄鑒。大著三篇，茲寄交佐田白茅先生處，令刊入明治文詩中，傳示遐邇，以爲矜式。

所托使館姚文棟寄來大著《尊攘紀事》《涉史偶筆》，至今未來，想已作殷洪喬故事矣。如見姚君，乞爲催之，須問其在何處轉遞，方有着落。弟恐眼福薄，故不能先時快睹耳。

文旌西邁，何時可來？殊令人望眼幾穿矣。弟入春以來，陡患風濕，注於四肢，動履維艱，深恐手足拘攣，將成廢人，登山臨水，無望於此生矣。遁跡天南廿有二年，行將息影敝廬，歸骨先壟，狐死枕丘首，仁也。

此間陰雨浹月，春寒逼人。伏冀餐衛適時，爲道自愛。

吴郡弟王韜頓首

癸未二月十五日（光緒九年）

十四

岡鹿門先生大人清鑒：

今日得暢談，快甚。奉上拙著《弢園文錄外編》五册，祈察收。文斾回滬，當煮酒情話也。此上，即請午安。

愚小弟王韜頓首

八月八日（約光緒十年）

附岡鹿門致王韜函

紫詮先生坐下：

弟本年游北海道，望俄羅斯於極海絶天之外，有所喟然而慨焉。蓋北海全道，原隰之曠漠，海濤之猛惡，風土氣候之異常，山嶽岩石之峭拔峻厲，其所以快耳目、爽心神、蕩胸次，不一而足，頓覺胸膈間有一浩浩者存焉。夫敝邦幅員不中中土一省，而一極（及）其極北，猶覺有一浩浩者存焉；況於一航域外，窮宇内之壯觀，其所得於浩浩者，果爲何如！

既而來函館，接先生所惠《蘅華館集》，捧讀一過，服其氣魄之雄，風神之秀。私謂昔人評馬遷云：得於名山大川者爲文章，故其文有奇氣。今先生周遊東西二洋，如龍動（倫敦），如巴里（巴黎），皆歐土大都，而先生游其地，與其巨人長者周旋，此窮五洲之大觀者，宜其發于文章者，前無古人，後無來者也。顧弟生東洋小國，使其技有所少成，亦不足言。唯志學以來，兀兀四十年，未爲不專也；唯其所遊觀，不中中土一省者，宜其所得於浩浩者，如此之淺淺也。

　　人生百歲，忽焉半百，逝者如斯，他年追悔，不可復及。弟將以來歲秋冬間，航中土，窮域外之壯觀。弟策此事，非一朝夕。唯病目不愈，故因循至今日。顧北海此遊，侵炎燠，淩風濤，蹈霜雪，冒峻險，而眼疾不加劇，此諺所謂"不醫常得中醫"者，甚無足憂。弟已決是志，不知先生果不鄙棄弟，紹介名公鉅卿，徘徊盛都大邑，使弟得達是志否？（1879年）

附王韜所作序、跋（三篇）
送岡鹿門游京師序

　　日本鹿門先生，今之豪俠士也。少有用世志，好讀經濟書，上下千古，意氣激昂。時爲天下畫奇計，灑灑成議。值幕府歸政，維新初建，君于危疑震撼之交，節行益著，檄朝下而夕行，慷慨就道，絕無難色，卒排群議，有所建立。其有不得行其志者，天也。平居尤留心史事，撫拾前後事實，成一家言。曾築野史亭於家，閉門授徒，曉以大義，及門多幹材。近年隱居東京，以書史自娛。余於己卯春作東瀛之遊，始識於忍岡，辱投縞紵，往來無間。每見抵掌劇談，輒及軍國大計。君以一書生，欲與諸朝貴爭獻納於大廷，其志可謂大矣。余獨惜其不能見用於世也。然先生浩然之氣，不以是少衰也。

　　先生常有西行之想，意將南極粵嶠，北抵燕郊，瞻皇居之壯麗，攬都邑之崇閎，所至盡交其賢豪長者。此約已五年，而今日始得一踐也。先生發程之始，知余已回吳中，乃改道滬瀆，冀得先見顏色。交友之誠，如先生者，蓋亦罕矣。先生既至，買舟游蘇杭，又至稽山、鏡水間，訪朱舜水之後裔，與之留連往復，誠可謂好事者矣。繼賃西湖僧刹，安頓琴書，將爲消夏計。乃法人跋扈，風鶴頻驚，滬上友人，以書促之，匆匆遄返，吳越諸名勝，未及一遊也。先生亦啞然自笑矣。

　　今將往游京師，冀有所遇。燕趙古所稱多慷慨悲歌之士，屠沽走販皆英雄也。先生往，當必能物色得之。余老矣，年來多病頹唐，日事閉關習靜，百步之外，嗒然若喪，不能從先生一行，用慨然也。

　　書此以送先生，冀先生之必有所遇也。

　　光緒十年甲申秋八月七日，天南遁叟王韜拜手謹序。

宮島栗香《養浩堂詩集》跋

　　光緒五年己卯夏六月下旬，余遊日光山回，甫解裝，即謀歸櫂。顧諸同人委校詩文，堆案如山積，而余亦以感受山中寒氣，宿疾陡發，因是暫緩西行，杜門謝客，藥爐茗碗，日事靜攝。稍閒，仍力疾從事於鉛槧。宮島栗香先生《養浩堂詩》，前後共四冊，綜而讀之，始知其全。大抵先生之詩，〔上〕祖《風》《騷》，中溯漢魏，下探唐宋元明諸家，莫不討流窮源，而吸其神髓，于古樂府，尤能心領而意會。故其所作，言簡意賅，節短韻長，駸駸乎有古音焉。日東詩人，可推巨擘。惟予謂日詩門徑，至今日而大開。自明之季朱舜水東來，詩教始盛。然爾後所刻諸名家詩，惟五七絕可誦，律詩已病其未諧，古風則絕無能手。即偶有奮然而為之者，終不免秦武王舉鼎絕臏之患。逮乎近代作者，始知其弊。於是專肆力於三唐兩宋，遂足與中土爭長。余始見龜谷省軒七古，戛然異人，為之讚歎不置。今睹栗香先生作，益知此事自有健者。然則詩教之興，於今為烈，不益信乎。余日與東國諸君子交接，時得讀其詩文，而竊幸人才之薈萃於斯也。余何人，而得躬逢其盛耶！因跋栗香詩而附及之。

吳郡王韜

小野長願《湖山近稿》序

　　小野侗翁徵君，今之詩人，亦畸士也。歲在丁丑，寺田望南寄余東人著述十數種，內有《湖山詩集》，余讀而好之，以其人為古之人也。去年閏三月遊東瀛，小住江戶，集於不忍池上長酡亭，得見徵君，清髯古顏，道氣迎人。既通姓名，乃知即為《湖山詩》者，杯酒從容，筆談往復。明日即介龜谷省軒，持其近稿續集見示，於是始得盡讀徵君平生之詩。

　　徵君於詩，用心甚深，而致力甚專，自壯至老，無一日不吟。而其境遇之崎嶇，遭逢之困頓，畏讒懼謗，邁亂罹憂，蓋極詩人之窮，宜其詩之立也。晚年朝廷知其才，特起之於家，俾為文學侍從之臣，用備顧問。人方冀其刻畫金石，黼黻隆平，以鳴國家之盛，而翊贊維新之治。乃列朝班，不過十旬，即已飄然遠引，歸里養親。嗚呼！此非所謂難進易退者耶？人於是服徵君之高，不知徵君秉性恬淡，辭榮樂道，守約安貧，不詘于富貴，不役於功名，不歆於利祿，其素所抱負然也。故徵君之詩，才氣橫溢，天骨開張，力厚而思沈，理精而學邃，味淡而境幽，非尋常作詩者之詩也。而其尤不可及者，則徵君之品也。徵君於詩派源流，不名一家，而一展卷間，即知其爲湖山之詩，則以有真性情寓乎其中也。因其詩，知其人而兼可論其世，徵君之詩有焉。此森君春濤之所評也，洵知言哉！

徵君既掛冠，遂初服，後又重來京師，卜築三椽，藏書萬卷，優遊泉石，嘯傲煙霞，時與二三故人一觴一詠，結詩酒之會。凡遇月夕花晨，良時勝境，輒寫之以詩。故年愈老而詩愈多，日東之以詩鳴者，推徵君爲巨擘焉。徵君領袖詞壇三十餘年，猶不自滿，而必欲得余一言以爲信。去秋七月，余將去江戶，諸同人設祖帳於中村酒樓，徵君預焉。酒半袖出送行詩以贈別，意致殷拳，復申前請。嗚呼！余素不能詩，亦從不敢以詩人自居，雖言何足爲徵君重！

自回帆香海，迴隔南東，而追想山水之歡，友朋之樂，時形夢寐間。一燈風雨，長夜無聊，把徵君詩讀之，如與晤對。濡墨抽毫，遂作此紙，寫寄徵君，俾知海曲天涯，一段懷人憶遠之思而已。如以弁首，則我敢辭。

光緒六年歲次庚辰三月下旬，天南遯叟王韜拜序。

王韜致楠本正隆函

敬謹呈上：

《普法戰紀》（每部八本）　二部　共十六本。
《瀛壖雜誌》（每部二本）　二部　共四本。
《甕牖餘談》（每部四本）　二部　共八本。

《遁窟讕言》（每部四本）　二部　共八本。
《豔史叢鈔》（每部四本）　二部　共八本。
《弢園尺牘》（每部四本）　二部　共八本。
《海陬冶遊錄》（每部二本）　二部　共四本。
《西青散記》（每部四本）　二部　共八本。

右共計拙著拙刻八種凡十六部六十四冊，今願納之貴國書籍館，以供中外人就讀。若蒙賞收，而以貴國書籍交換之，曷勝幸甚！謹啓。

清國吳郡王韜
明治十二年八月二十一日

東京府知事
楠本正隆大人閣下。

王韜致宮島誠一郎函[①]

弟王韜頓首。耳隆名久矣，特未一見耳。瑤札下頒，獎譽過當，何當！弟明日有橫濱之行，後一二日當造高齋作清談也。
　此復
宮島先生史席，即請文安！

陽曆七月一日

附宮島誠一郎致王韜書：
　謹啓王紫詮先生：

[①] 此函據劉雨珍編校《清代首屆駐日公使館員筆談資料彙編》之第二編《與宮島誠一郎等筆談資料》（天津人民出版社 2010 年版，第 488 頁），係日本明治十二年（1879）王韜訪日期間與宮島誠一郎往復信函。

久仰高才。梅霖放晴，暑候已至，想貴履安綏，可賀！可賀！僕竊聞貴邦方今碩學鉅儒，名聲藉甚，在北京則俞曲園，在江南則先生其人。及讀尊著書《普法戰記》，深歎其文才富贍，學識宏博，果知其名不誣，洵是一代名士。僕久希一瞻道範，何料乘槎東來，心爲之恍然。重野成齋，余積年學友，頃聞先生寓居彼宅，余適浴伊香保溫泉，數旬不在家，爲欠倒迎，請恕！余幼時有文字之癖，但家貧不能買書，且僻鄉乏師友，僅學小詩而已，到大文章，則未能窺其門。及漸壯，國家多故，東西奔走，投筆十有餘年，遂不成一技。方今遭聖代，會中東兩國同盟，星使來歡，余與何、張二公，黃、沈二君，辱交最厚，今又遇先生，可謂奇矣。昨托沈君以拙著詩稿，特恐才識短淺，來方家之笑，幸希提撕評閱，能有教則永以拜君之賜。筆不盡意，臨風結想，神馳文安，即頌日祺。

己卯七月一日

王韜致傅蘭雅

一

傅蘭雅先生大人閣下①：

布君譯事，諸瀆清神，惶悚無既！然當此萬分棘手之時、萬

---

① 該函圖文見趙一生、王翼奇主編《香書軒秘藏名人書翰》中冊，題《王韜致傅蘭雅書札》，浙江古籍出版社 2005 年版。亦見於北京保利國際拍賣有限公司編《簡素文淵——香書軒秘藏名人書札》第 2509 號《王韜書札》，爲西泠 2015 年秋季拍賣會拍品。

分掣肘之際，排難解紛，不可不望於魯仲連其人也。

　　香帥委韜翻譯《洋務叢書》，綜理一切，責任維專，仔肩綦重，將來書成之後，可以傳觀遐邇，垂示古今，俾後人知出布君之手，而閣下薦賢之功亦預有榮焉。

　　"商務"一門，數目太多，然加以閣下所譯《通商專論》、布君所譯《各國物產考》及近日添譯《通商爲富國之本》，并韜所輯撰《泰西各國通商原始考》《泰西各國互相通商立約考》《英國與各國通商源流考》，及葉子成所撰《通商總論》，約訂四本，而後添入各表，似可敷衍。以後但求其勿譯書目，專譯事實論說、規制條例、源流沿革，俾成大觀。即閣下所擬各門綱領，亦求早經脫稿，寄呈香帥一觀，俾得譯書時有所遵循。書歸有用，實爲至禱。

　　韜待布君，悉照合同行事，局設韜寓，由韜作主。合同中並未明言譯書之館若何高大，若何華美，若何冬暖夏涼，若何幽深寂靜，即當時未立合同之前，早經領看此屋，未有異言。昨布君與葉子成所看之屋，韜亦往觀，其屋僅上下兩間，且係西向，日落時迴光返照，比韜屋更熱，必至以後仍有煩言，且搬遷之後，諸多爲難，諸多不便，韜需時時前往，以年老有病之人，殊難堪此。況一經搬遷，即合同已廢，一條不行，則諸款亦可不行，韜所深慮者此也。韜意即在布君所居之屋，貼還房租十兩或八兩左右，賃一翻譯房，則彼住屋與譯書館一氣相連，不至館中要書則在寓所，寓所要書則在館中，以致有稽翻譯之功，惟不可不寫一專條，此係萬不得已權宜之舉，不以合同爲例，即以後布君住屋搬遷，房租增大，所貼亦止此數。既爲布君住屋，則一切桌椅，布君當自陳設，與譯館無預也。未識布君以爲可行否？正書至此，葉子成有書見示，云昨暮布君屢次催促賃屋之事，今刻復力促，轉達數語，見其盛怒填胸，氣不可遏，謂九號洋房已租定，於西六月一號起租①，須即遷去，每月租金十八元，且其語多枝節，謂韜受教中之益數十年，教中牧師誰不知之。尚有數語，難形筆墨，無非污人名節。韜未嘗開罪於布君，且由閣下一力推薦延請譯書，若此叢興謗語，韜何面目與之日相對耶？前由閣下推薦，今仍由閣下排解，伏請賁臨，敬具小酌以待。

肅此，即請道安。不莊。

小弟王韜頓首上

二

傅蘭雅先生大人閣下②：

前[接]手翰并簽名白摺一扣，敬悉壹是。今奉上協源莊票規銀貳百兩，協源莊在興仁里相近。即乞詧收。第二批所購來之書，據布茂林先生云多不適於用，已還弟處。弟請其開列書目，再行寄購。至兩次書銀，祈爲清核。第一次有清單，第二次尚未開帳。今月工作，書尚未來，專待寄郵。

天寒，珍重。

愚弟王韜頓首
臘月廿三

---

① 公曆6月1日，當爲光緒十六年庚寅（1890）四月十四日。王韜有致盛宣懷札云："去冬旌節蒞臨滬上，暫駐襜帷，得以親挹鴻儀……以故有'日東詩祖'之稱……已丑秋季課卷，寄來已久……近日筆墨之役益復紛如蝟集，所譯《洋務叢書》，已竟'商務'一門，西士於譯事尚勤，特其學問似未充裕耳。拙著見刊《西學輯存六種》已將蔵事，《重訂法國志略》二十卷亦將竣工，季春之杪，俱可裝訂成册……閏二月下浣四日。"而光緒十六年正有閏二月，所謂"閏二月下浣四日"即光緒十六年庚寅（1890）閏二月二十四日，即公曆1890年4月13日。
② 此函及所附下一函係李一氓收藏，有書影載陳尚凡、任光亮校點《漫遊隨錄·扶桑遊記》扉頁，湖南人民出版社1982年版。傅蘭雅（John Fryer，1839—1928），英國傳教士。1861年來華，任香港聖保羅書院院長，1863年任北京同文館英文教習，1865年任上海英華書院首屆院長。致力於西學東傳，創辦有《格致彙編》雜誌。

附傅蘭雅致王韜

王紫詮仁兄先生大人閣下：

久不晤談，繫念良殷，恭維起居迪吉爲頌。前接月之初八。來示并手摺一枚，得悉一切。茲照示簽字，專人走奉，至祈檢收，即將該艮密封妥，交來人帶回爲荷。此請著安。不備。

略過數日，當躬訪面談一切。

弟傅蘭雅頓首
十二月二十日

附　録

一、《弢園尺牘》不同版本篇目對照表

　　説明：王韜生前編刊《弢園尺牘》版本有四，分別是光緒二年（1876）香港中華印務總局活字版初印八卷本，光緒六年（1880）香港中華印務總局增訂重刊十二卷本，光緒十三年（1887）上海大文書局重校鉛印十二卷本，光緒十九年（1893）滬北淞隱廬第四次排印十二卷本，而以光緒十九年十二卷足本後出最精。下表爲四種刊本以及日本關西大學增田涉文庫所藏稿鈔本《蘅花館尺牘》的篇目對照表。表中以光緒十九年本爲底本，詳列各卷篇目，另外三個刊本只注明篇目異同，與底本同者以√標示，異者具體列明，他本不見的篇目以×表示。日本關西大學所藏稿鈔本總 97 篇，皆見於刊本前八卷，但目次不同，篇名亦時有差異。兹以阿拉伯數字標示《弢園尺牘》前八卷見之於《蘅花館尺牘》各篇目在此稿鈔本中的目次，其不見於稿鈔本中的篇目，則以/號標明。篇目有异文處則在序號後具體列明。對照表如下：

《弢園尺牘》1876年香港初刊八卷本目錄	《弢園尺牘》1880年香港增訂十二卷本目錄	《弢園尺牘》1887年上海重校鉛印十二卷本目錄	《弢園尺牘》1893年上海第四次排印十二卷本（據《清人詩文集彙編》本）目錄	日本關西大學藏稿鈔本《蘅花館尺牘》目次
自序（尺牘一道）	自序（尺牘一道）	自序（尺牘一道）	龔景張《序》	✗
✗	重刻弢園尺牘自序（嗚呼！余羈旅天南）	重刻弢園尺牘自序（嗚呼！余羈旅天南）	自序（尺牘一道）	✗
✗	✗	汪芑《敘》	重刻弢園尺牘自序（嗚呼！余羈旅天南）	✗
✗	✗	✗	汪芑《敘》	✗
卷一（甫里逸民王韜无晦著）	卷一（甫里逸民王韜无晦著）	卷一（甫里逸民王韜无晦著）	卷一（甫里逸民王韜无晦著）	卷一（長洲王韜仲弢甫）
√	√	√	答顧滌庵明經師（再拜手書）	1
√	√	√	答滌葊師（積雨初霽）	2
√	√	√	與王紫篔茂才（風雨黯然）	3
√	√	√	饋酒與嚴憶蓀（足下有劉伶之癖）	4
√	√	√	與楊醒逋茂才（轉瞬經兩年）	5 與楊醒逋
√	√	√	簡陳生（連日病酒）	6
√	√	√	與楊絕幻（蒔魚種竹）	7
√	√	√	與沈鐵珊（吳淞篷轉）	11
與許无玷	√	√	與許无玷上舍（小庭判袂）	12
覆醒逋	√	√	覆楊醒逋茂才（手書遠貺）	13
√	√	√	與醒逋（梅花落矣）	14
√	√	√	與龔鐵珊茂才（士之不易得者知己耳）	15
與徐仲寶書	√	√	與徐仲寶茂才（別來二稔）	16
√	√	√	與陳松瀛孝廉（术酒斝來蘭湯浴後定有新詩）	17

续 表

《弢園尺牘》1876年香港初刊八卷本目錄	《弢園尺牘》1880年香港增訂十二卷本目錄	《弢園尺牘》1887年上海重校鉛印十二卷本目錄	《弢園尺牘》1893年上海第四次排印十二卷本（據《清人詩文集彙編》本）目錄	日本關西大學藏稿鈔本《蘅花館尺牘》目次
✓	✓	✓	與趙静甫上舍（話別以來涼暄屢易）	8 與趙静甫
✓	✓	✓	答滌菴師（伻來惠我蠻箋）	9
✓	✓	✓	致醒逋（一昨往返二十餘里）	10 與醒逋
✓	✓	✓	答嚴憶蓀（書來得說部一種甚慰）	18
✓	✓	✓	呈嚴馭濤中翰師（絳帷絲竹不耳聆者已越二載）	19
✓	✓	✓	與汪研卿茂才（詩之不必佳而得名者有三）	20
✓	✓	✓	與醒逋茂才（菊舒籬黃）	21
✓	✓	✓	與周侶梅姻丈（落花半簾）	22
✓	✓	✓	與朱癯卿茂才（塗路雖局，歲月不再）	23
✓	✓	✓	與王紫簹茂才（一昨過高齋）	24
✓	✓	✓	與慧英女士（夜深無可消遣）	25
與醒逋	✓	✓	與醒逋茂才（秋暑如酷吏）	26
			與夢蘅内史（天地間何年不秋）	27
✓	✓	✓	再與夢蘅（人生躓地後）	28
✓	✓	✓	招陳生賞菊（齋中藝菊數本）	29
✓	✓	✓	招沈四山人看菊（芙蓉已霜）	30
✓	✓	✓	冬夕招江弢叔小飲（綠酒浮蟻紅爐煨猊）	31
✓	✓	✓	與夢蘅内史（朝來彤雲如幕）	31
✓	✓	✓	再與夢蘅（室供博山爐几置端溪硯炷海南水沈香）	33

續 表

《弢園尺牘》1876年香港初刊八卷本目錄	《弢園尺牘》1880年香港增訂十二卷本目錄	《弢園尺牘》1887年上海重校鉛印十二卷本目錄	《弢園尺牘》1893年上海第四次排印十二卷本（據《清人詩文集彙編》本）目錄	日本關西大學藏稿鈔本《蘅花館尺牘》目次
√	√	√	與盛艮山茂才（衆生樓塵）	34
√	√	√	與覺阿上人（一昨病中）	35
√	√	√	與陳生詠莪（前夜清談娓娓）	45
與楊莘圃	√	√	與楊莘圃内兄（辱來書）	46
與徐仲寶	√	√	與徐仲寶茂才（入春以來）	36 與徐仲寶
√	√	√	與趙上舍（寒齋小別）	37
√	√	√	與江弢叔茂才（昨承枉顧）	38
與省補	√	√	與省補茂才（一昨得暇）	39 與醒補
√	√	√	與海上友人（日者申江萍聚相見寓齋）	40
√	√	√	與嚴蕙森（契闊久矣）	41
√	√	√	與楊莘圃（久不得見）	42
√	√	√	與楊莘圃（讀足下手畢感甚）	43
√	√	√	與友人（契闊以來）	44
√	√	√	與楊莘圃（今秋白下不復遊矣）	47 再與楊莘圃書
卷二（瀛洲釣徒王韜仲弢著）	卷二（瀛洲釣徒王韜仲弢著）	卷二（瀛洲釣徒王韜仲弢著）	卷二（瀛洲釣徒王韜仲弢著）	/
√	√	√	與所親楊茂才（韜頓首）	/
√	√	√	與諮卿舍弟（我自去歲杪秋至此）	48
√	√	√	與友人（往者不佞偕友人登馬鞍山）	49
√	√	√	與楊三醒逋（別來二月）	50

續　表

《弢園尺牘》1876年香港初刊八卷本目錄	《弢園尺牘》1880年香港增訂十二卷本目錄	《弢園尺牘》1887年上海重校鉛印十二卷本目錄	《弢園尺牘》1893年上海第四次排印十二卷本（據《清人詩文集彙編》本）目錄	日本關西大學藏稿鈔本《蘅花館尺牘》目次
✓	✓	✓	與楊也峻五丈（天下之所最傷心者）	56 與也峻五丈
✓	✓	✓	與醒逋內兄（積雨未止）	57
✓	✓	✓	再與醒逋（夜潮未生）	59 與醒逋
✓	✓	✓	與所親楊丈（風雨瀟瀟）	51
✓	✓	✓	奉顧滌菴師（雨雪載塗）	52
✓	✓	✓	寄周丈侶梅（不相見者二十閱月矣）	53 與周丈侶梅
✓	✓	✓	與殷尊生上舍（不見仲文月十圓矣）	54
✓	✓	✓	與醒逋（話別非一日矣）	55
		上江翼雲明經師	上江翼雲師（韜頓首）	58 上江翼雲明經師
✓	✓	✓	與錢蓮谿茂才（一昨江樓對酌）	60（按 1—60 爲卷一；以下開始卷二，未署名）
✓	✓	✓	寄顧滌盦明經師（西風判袂）	61 上顧滌盦明經師
✓	✓	✓	寄曹醴卿上舍（小桃開後）	62 與曹上舍書
✓	✓	✓	寄所親楊茂才（辛歲返轅）	63 與所親楊茂才書
✓	✓	✓	與錢布衣（昨宵話舊酒樓）	/
✓	✓	✓	寄滌菴師（海上鴻歸）	/
✓	✓	✓	與李壬叔茂才（昨夕桂山柱過）	/

续　表

《弢園尺牘》1876年香港初刊八卷本目錄	《弢園尺牘》1880年香港增訂十二卷本目錄	《弢園尺牘》1887年上海重校鉛印十二卷本目錄	《弢園尺牘》1893年上海第四次排印十二卷本（據《清人詩文集彙編》本）目錄	日本關西大學藏稿鈔本《蘅花館尺牘》目次
√	√	√	寄孫秋棠茂才（別來半載）	64 與孫秋棠茂才
√	√	√	寄曹竹安茂才（話別十閱月）	65 與曹竹安茂才
√	√	寄孫笠舫茂才	寄孫茂才（韜白：寄跡海壖）	/
√	√	√	寄顧滌盦師（松軒歸里）	/
√	√	√	與楊醒逋（伏處海陬）	66
√	√	√	與曹潞齋茂才（同客西館）	67
√	√	√	與孫惕菴茂才（自耳盛名）	68
√	√	√	再與孫惕菴（一昨奉示手畢）	69
√	√	√	再寄孫惕菴（邇來拜展手畢）	71
√	√	√	與省補（高齋揖別）	72
卷三（淞濱逭客王韜仲弢著）	卷三（淞濱逭客王韜仲弢著）	卷三（淞濱逭客王韜仲弢著）	卷三（淞濱逭客王韜仲弢著）	/
√	√	√	與楊墨林太守（日來疲於奔命）	73
√	√	√	與許壬釜（憶自去年判袂）	74
√	√	√	呈滌菴明經師（酸齋花木）	75
√	√	√	與韓綠卿孝廉（欽遲隆名）	76
√	√	√	與朱癯卿茂才（鹿城話別）	70
√	√	√	呈滌盦師（養疴旋里）	/
√	√	√	與補道人（見道人來）	/
√	√	√	與郁丈泰峰（自患足疾）	/

續 表

《弢園尺牘》1876年香港初刊八卷本目録	《弢園尺牘》1880年香港增訂十二卷本目録	《弢園尺牘》1887年上海重校鉛印十二卷本目録	《弢園尺牘》1893年上海第四次排印十二卷本（據《清人詩文集彙編》本）目録	日本關西大學藏稿鈔本《蘅花館尺牘》目次
√	√	√	上顧滌菴師（歲序忽易）	77
√	√	√	寄應雨耕（一別三年）	83
√	√	√	與孫秋棠茂才（春申浦上）	/
√	√	√	與醒逋（辱惠手書）	85
√	√	√	呈江翼雲明經師（一昨借孫君次公）	84
√	√	√	與賈雲階明經（自我旅此）	/
√	√	√	奉顧滌盦師（暄寒旋易）	/
√	√	√	與周弢甫比部（申浦西風）	80
√			上某觀察（震爍隆名）	81
√	√	√	與孫次公明經（江乾判袂）	82（按：從61開始至以上各函以及此後79爲卷二）
√	√	√	寄醒逋（吾輩在世間亦無所事事）	86（按：從86—94爲卷三，署吳郡王韜紫詮）
√	√	√	歲暮干人書（竊聞丐潤者不飲於細流）	87
√	√	√	與郁丈泰峰（經年睽隔）	88
慰郁泰峰丈失子書	√	慰郁泰峰丈失子	慰郁泰峰丈失子（寒雨微零）	/
√	√	√	與朱瓊卿茂才（揖別高齋）	89
√	√	√	奉顧滌盦師（自睽懿範）	79（此函入卷二）

續　表

《弢園尺牘》1876年香港初刊八卷本目錄	《弢園尺牘》1880年香港增訂十二卷本目錄	《弢園尺牘》1887年上海重校鉛印十二卷本目錄	《弢園尺牘》1893年上海第四次排印十二卷本（據《清人詩文集彙編》本）目錄	日本關西大學藏稿鈔本《蘅花館尺牘》目次
卷四（歇浦散人王韜仲弢著）		卷四（淞濱遯客王韜仲弢著）	卷四（淞濱遯客王韜仲弢著）	/
✓	✓	✓	奉朱雪泉舅氏（寒江雁遠）	/
✓	✓	✓	與周弢甫徵君（弢甫通人足下）	
上徐中丞第一書	✓	✓	上徐君青中丞第一書（當今天下之大患）	
上徐中丞第二書	✓	✓	上徐君青中丞第二書（夫當今禦戎之法安在哉）	
卷五（滬北寓萌王韜仲弢著）	卷五（滬北寓萌王韜仲弢著）	卷五（滬北寓萌王韜仲弢著）	卷五（滬北寓萌王韜仲弢著）	
✓	✓	✓	致郁泰峰書（泰峰仁丈先生足下）	
✓	✓	✓	與邱翁（同客海陬）	/
✓	✓	✓	與張嘯山（清徽藉甚）	/
上徐中丞書	✓	✓	上徐君青中丞（韜聞山有猛虎則威生）	
✓	✓	✓	與孫澄之茂才（愁霖匝月）	90
✓	✓	✓	與周公執少尉（愁霖空賦）	91
✓	✓	✓	答徐君青中丞（竊以愛才下士）	92
與龔孝拱	✓	✓	與龔孝拱上舍（前數日天稍放晴）	93
✓	✓	✓	與某當事書（頃聞神京震動）	/
✓	✓	✓	畧陳管見十條（一，兩廣逃勇必宜設法招回也）	/

續 表

《弢園尺牘》1876年香港初刊八卷本目錄	《弢園尺牘》1880年香港增訂十二卷本目錄	《弢園尺牘》1887年上海重校鉛印十二卷本目錄	《弢園尺牘》1893年上海第四次排印十二卷本（據《清人詩文集彙編》本）目錄	日本關西大學藏稿鈔本《蘅花館尺牘》目次
√	√	√	續陳管見十條（一，發火器須擇膽勇訓練之士）	/
卷六（華鬘居士王韜子九著）	卷六（華鬘居士王韜子九著）	卷六（華鬘居士王韜子九著）	卷六（華鬘居士王韜子九著）	
√	√	√	上當事書（日者前後所陳管見）	/
√	√	√	杜賊接濟管見十四條（一、城外宜設立巡防總局）	
√	√	√	擬上曾制軍書（吳下部民言今東南之禍烈矣）	
√	√	√	與醒逋（醒逋執事：閉置一室中）	94（以上86—94爲卷三）
√	√	√	寄楊醒逋（醒逋執事：閏八月十有一日）	/
√	√	√	寄穗垣寓公（韜曰：韜弇鄙小材）	/
√	√	√	寄吳中楊醒逋（天南懶叟書問醒逋道人足下：別久路隔）	
√	√	√	與徐子書（艱難險阻之中）	
√	√	√	與英國理雅各學士（雅各先生執事：韜生不辰）	
√	√	√	與吳子登太史（瀛壖揖別）	/
√	√	√	與潘茂才（自別以來）	
√	√	√	與補道人（嶺海飄零）	

續　表

《弢園尺牘》1876年香港初刊八卷本目錄	《弢園尺牘》1880年香港增訂十二卷本目錄	《弢園尺牘》1887年上海重校鉛印十二卷本目錄	《弢園尺牘》1893年上海第四次排印十二卷本（據《清人詩文集彙編》本）目錄	日本關西大學藏稿鈔本《蘅花館尺牘》目次
卷七（天南遯叟王韜子潛著）	卷七（天南遯叟王韜子潛著）	卷七（天南遯叟王韜子潛著）	卷七（天南遯叟王韜子潛著）	/
√	√	√	代上蘇撫李宮保書（閣下經略江左）	/
代上丁觀察書（某聞難易者）	√	√	代上丁雨生觀察書（某聞難易者時也）	/
√	√	√	代上丁觀察書（五月二日）	/
答包荇洲明經書	√	√	答包荇洲明經（書來屢以中外時事爲詢）	/
與法國儒蓮學士書	√	與法國儒蓮學士	與法國儒蓮學士（震鑠隆名）	/
√	√	√	代上當軸書（竊聞涓埃無裨於山海）	/
卷八（天南遯叟王韜紫詮著）	卷八（天南遯叟王韜紫詮著）	卷八（天南遯叟王韜紫詮著）	卷八（天南遯叟王韜紫詮著）	/
√	√	√	寄錢昕伯茂才（遠道書來）	/
√	√	√	再寄錢昕伯茂才（僕老矣）	/
√	√	√	代上丁中丞書（舊歲秋中）	/
上丁中丞書（比知旌節）	√	√	上丁中丞（比知旌節自析津回）	/
上丁中丞書（今天下之大要）	√	√	上丁中丞（今天下之大要）	/
√	√	√	寄余雲眉内翰（時屆九秋）	/
√	√	√	寄陳琳川都轉（判袂以來）	/

附錄

續　表

《弢園尺牘》1876 年香港初刊八卷本目錄	《弢園尺牘》1880 年香港增訂十二卷本目錄	《弢園尺牘》1887 年上海重校鉛印十二卷本目錄	《弢園尺牘》1893 年上海第四次排印十二卷本（據《清人詩文集彙編》本）目錄	日本關西大學藏稿鈔本《蘅花館尺牘》目次
✓	✓	✓	與方銘山觀察（薄游穗石）	95（未編卷次）
✓	✓	✓	與懶雲上人（浪跡穗垣）	96（未編卷次）
✓	✓	✓	與黃捷三副將（薄遊穗石）	97（未編卷次）
✓	✓	✓	寄梁志芸茂才（屢欲作尺一之書）	
與李壬叔	✓	✓	與李壬叔比部（有相識自都門來者）	
✓	✓	✓	與彭訒菴司馬（一雨浹旬）	
洪士偉《跋》	✗	✗	✗	
	卷九（遯窟廢民王韜仲弢著）	卷九（遯窟廢民王韜仲弢著）	卷九（遯窟廢民王韜仲弢著）	／
	✓	✓	代上廣州太守馮子立都轉（日者晉謁崇階）	
	✓	✓	與友人（大千世界）	
	✓	✓	與楊醒逋明經（寄跡粵海）	
	✓	✓	代上黎召民觀察（日本，東瀛一島國耳）	
	✓	✓	上豐順丁中丞（蠖屈海濱）	
	✓	✓	上丁中丞書（前者旌節小駐汕頭）	
	✓	✓	與唐景星司馬（昨蒙文斾枉過）	

弢園尺牘新編

續表

《弢園尺牘》1876年香港初刊八卷本目錄	《弢園尺牘》1880年香港增訂十二卷本目錄	《弢園尺牘》1887年上海重校鉛印十二卷本目錄	《弢園尺牘》1893年上海第四次排印十二卷本（據《清人詩文集彙編》本）目錄	日本關西大學藏稿鈔本《蘅花館尺牘》目次
	卷十（遯窟廢民王韜仲弢著）	卷十（遯窟廢民王韜仲弢著）	卷十（遯窟廢民王韜仲弢著）	
	√	√	與梁志芸茂才（老病頹唐）	
	√	上鄭玉軒太守	上鄭玉軒觀察（久違懿範）	
	√	√	與文樹臣都轉（傾倒隆名）	
	√	√	與鄒夢南觀察（頃同鶴琴太史飲酒歸來）	
	√	√	與林薇甫少尉（旅邸開樽）	
	√	√	與朱穎伯司馬（判襟臨歧）	
	√	√	與余謙之大令（不佞三吳之鄙人也）	
	√	√	與楊甦補明經（前於郵筒中奉寄）	
	√	√	與王耕伯鹺尹（香海相逢）	
	√	√	與許稚麟鹺尹（六年闊別）	
	√	√	答許稺麟鹺尹（前月之杪）	
	√	√	與劉子良鹺尹（屢奉教言）	
	√	√	擬與倪雲癯少尉（傾耳隆名）	
	√	√	與許稺麟鹺尹（別來四閱月矣）	
	√	√	與蔣秋卿少尹（穗垣返櫂）	
	√	√	與許聽香茂才（判襟珠江）	
	√	√	答余謙之大令（前月適有穗石之游）	
	√	√	上陳荔秋星使（捐別江干）	

續 表

《弢園尺牘》1876年香港初刊八卷本目錄	《弢園尺牘》1880年香港增訂十二卷本目錄	《弢園尺牘》1887年上海重校鉛印十二卷本目錄	《弢園尺牘》1893年上海第四次排印十二卷本（據《清人詩文集彙編》本）目錄	日本關西大學藏稿鈔本《蘅花館尺牘》目次
	√	√	與羅介卿守戎（穗垣判袂）	
	√	√	代上丁大中丞（曩在都門）	
	√	√	與田理荃大令（寡伏荒陬）	
	√	√	答伍觀宸郎中（藉甚清徽）	
	√	√	與余謙之大令（前日台旌道經香海）	
	√	√	再與余謙之大令（自去秋至今）	
	√	√	與余雲眉中翰（正月元日）	
	√	√	與楊醒逋明經（前泐尺一）	
	√	√	與潘惺如明經（別後倏忽）	
	√	√	與顧桐君上舍（作十六年之久別）	
	√	√	與黃春甫比部（別一十有六年）	
	卷十一（遯窟廢民王韜仲弢著）	卷十一（遯窟廢民王韜仲弢著）	卷十一（遯窟廢民王韜仲弢著）	
		√	與黃春甫司馬（初秋獲奉）	與黃春甫比部（初秋獲奉環雲）
	√	√	與唐景星觀察（昨奉瑤華）	
	√	√	與唐景星觀察（開平煤礦之旺）	
	√	√	上鄭玉軒觀察（近者威公使星軺在道）	
	√	√	與日本增田岳陽（昨荷寵招）	

弢園尺牘新編

续　表

《弢園尺牘》1876年香港初刊八卷本目錄	《弢園尺牘》1880年香港增訂十二卷本目錄	《弢園尺牘》1887年上海重校鉛印十二卷本目錄	《弢園尺牘》1893年上海第四次排印十二卷本（據《清人詩文集彙編》本）目錄	日本關西大學藏稿鈔本《蘅花館尺牘》目次
	√	√	與余元眉中翰（自別以後）	
	√	√	上丁大中丞（日昨幸得見天下偉人）	
	√	√	上鄭玉軒觀察（事至今日）	
	√	√	與方銘山方伯（郵舶抵粵）	
	√	√	與盛杏蓀方伯（薄遊東瀛）	
	√	與陳荔南方伯（三月中作）	與陳荔南觀察（三月中作東瀛之游）	
	√	√	上鄭玉軒觀察（日者在英購辦兵艦四艘）	
	√	√	上何筱宋制軍（今年三月中）	
	√	√	再上何制軍（還自東瀛）	
	√	√	上鄭玉軒觀察（今月十三日）	/
	√	√	上鄭玉軒觀察（近日時局維艱）	
	√	√	與越南官范總督（震鑠隆名）	
	√	√	與日本寺田望南（向旅江都）	
	卷十二（遯窟廢民王韜仲弢著）	卷十二（遯窟廢民王韜仲弢著）	卷十二（遯窟廢民王韜仲弢著）	
	√	√	上鄭玉軒觀察（俄人之欲開邊釁久矣）	
	√	√	上鄭玉軒觀察（今日之患孰有急於俄事者哉）	
	√	√	與日本寺田望南（橫濱判襟）	
	√	√	與日本重野成齋編修（春申江上小住行蹤）	

續 表

《弢園尺牘》1876年香港初刊八卷本目錄	《弢園尺牘》1880年香港增訂十二卷本目錄	《弢園尺牘》1887年上海重校鉛印十二卷本目錄	《弢園尺牘》1893年上海第四次排印十二卷本（據《清人詩文集彙編》本）目錄	日本關西大學藏稿鈔本《蘅花館尺牘》目次
	√	√	與日本西尾叔謀教授（別六閱月矣）	
	√	√	與日本源桂閣侯（曩客江都）	
	√	√	與日本佐田白茅（握別橫濱）	
	√	√	與日本佐川樨所（橫濱判襟）	
	√	√	與黃公度太守（鴻儀久隔）	
	√	√	與日本岡鹿門（橫濱揖別）	
	√	√	與許菊坡茂才（藉甚清徽）	
	√	√	擬上黎召民廉訪（不佞三吳之遊客）	
	√	√	與楊醒逋明經（頃奉手書）	
	√	與方銘山方伯（日波未平）	與方銘山觀察（日波未平）	/
	√	√	與黃公度太守（前奉瑤華）	
	√	√	上鄭玉軒觀察（韜患咯血疾）	
	√	與方銘山方伯（屢奉環雲）	與方銘山觀察（屢奉環雲）	
	√	√	上鄭玉軒觀察（日昨戈登軍門自津抵港）	
	√	上鄭玉軒觀察	補上鄭玉軒觀察（春夏以來）	
	√	與方銘山方伯（前論中俄）	與方銘山觀察（前論中俄之事可出於和）	
	√	√	上鄭玉軒觀察（中俄之事近日見於西報者）	

续 表

《弢園尺牘》1876年香港初刊八卷本目錄	《弢園尺牘》1880年香港增訂十二卷本目錄	《弢園尺牘》1887年上海重校鉛印十二卷本目錄	《弢園尺牘》1893年上海第四次排印十二卷本（據《清人詩文集彙編》本）目錄	日本關西大學藏稿鈔本《蘅花館尺牘》目次
	√	√	擬上合肥相國（輓吳國男子）	
	洪士偉《跋》	洪士偉《跋》	洪士偉《跋》	
	天南遯叟《重刻書後》	天南遯叟《重刻書後》	天南遯叟《重刻書後》	

二、《弢園尺牘》《弢園尺牘續鈔》各篇受信人及撰作年份表

（一）《弢園尺牘》

卷次	《弢園尺牘》光緒癸巳（1893）滬北松隱廬鉛印十二卷本目錄	受信人	寫作時間
卷一	答顧滌菴明經師（再拜手書）	顧惺	
	答滌菴師（積雨初霽）	顧惺	
	與王紫篔茂才（風雨黯然）	（王紫篔）	
	餽酒與嚴憶蓀（足下有劉伶之癖）	嚴莆	
	與楊醒逋茂才（轉瞬經兩年）	楊引傳（王韜妻兄）	1848
	簡陳生（連日病酒）	（陳詠我）	
	與楊絕幻（蒔魚種竹）	（楊絕幻）	
	與沈鐵珊（吳淞篷轉）	（沈鐵珊）	1848
	與許无玷上舍（小庭判袂）	（許无玷）	1847
	覆楊醒逋茂才（手書遠責）	楊引傳	1847
	與醒逋（梅花落矣）	楊引傳	1848

續　表

卷次	《弢園尺牘》光緒癸巳（1893）滬北松隱廬鉛印十二卷本目録	受信人	寫作時間
卷一	與龔鐵珊茂才（士之不易得者知己耳）	（龔鐵珊）	
	與徐仲賓茂才（別來二稔）	（徐仲賓）	1849
	與陳松瀛孝廉（术酒斟來蘭湯浴後定有新詩）	陳竺生	
	與趙静甫上舍（話別以來凉暄屢易）	趙静甫	1848
	答滌菴師（伻來惠我蠻箋）	顧惺	
	致醒逋（一昨往返二十餘里）	楊引傳	
	答嚴憶蓀（書來得説部一種）	嚴莆	
	呈嚴馭濤中翰師（絳帷絲竹不耳聆者已越二載）	嚴興鼇	
	與汪研卿茂才（詩之不必佳而得名者有三）	汪俊	
	與醒逋茂才（菊舒籬黄）	楊引傳	1846
	與周侣梅姻丈（落花半簾）	（周侣梅，王韜姐夫）	1846
	與朱癯卿茂才（塗路雖局，歲月不再）	（朱癯卿）	
	與王紫簾茂才（一昨過高齋）	（王紫簾）	1849？（提及顧惺手删丁未年詩）
	與慧英女士（夜深無可消遣）	顧慧英	1846
	與醒逋茂才（秋暑如酷吏）	楊引傳	
	與夢蘅内史（天地間何年不秋）	楊保艾（王韜髮妻）	1847
	再與夢蘅（人生蹢地後）	楊保艾	1847
	招陳生賞菊（齋中蓺菊數本）	（陳詠莪）	
	招沈四山人看菊（芙蓉已霜）	沈謹學	
	冬夕招江弢叔小飲（緑酒浮蟻紅爐煖貎）	江湜	
	與夢蘅内史（朝來彤雲如幕）	楊保艾	1847？（1846年成婚後，王韜仍坐館錦溪）

續 表

卷次	《弢園尺牘》光緒癸巳（1893）滬北松隱廬鉛印十二卷本目錄	受信人	寫作時間
卷一	再與夢蕭（室供博山爐几置端溪硯炷海南水沈香）	楊保艾	1847?
	與盛艮山茂才（衆生樓塵）	盛樹基	1848?（該年"某女士"卒）
	與覺阿上人（一昨病中）	張京度	1848?（該年"某女士"卒）
	與陳生詠莪（前夜清談娓娓）	（陳詠莪）	
	與楊莘圃内兄（辱來書）	楊引傳	1847
	與徐仲寶茂才（入春以來）	（徐仲寶）	1847
	與趙上舍（寒齋小別）	（趙耕堂）（據稿本）	
	與江弢叔茂才（昨承枉顧）	江湜	
	與省補茂才（一昨得暇聚首）	楊引傳	1848
	與海上友人（日者申江萍聚相見寓齋）	?	1848（首次至滬歸後）
	與嚴薏森（契闊久矣）	嚴莆	1848（以至滬跋涉，歸，病）
	與楊莘圃（久不得見）	楊引傳	1848
	與楊莘圃（讀足下手畢感甚）	楊引傳	1848
	與友人（契闊以來）	?	1848?（以滬瀆爲險地，勸友勿爲巢幕之燕）
	與楊莘圃（今秋白下不復遊矣）	楊引傳	1849
卷二	與所親楊茂才（韜頓首）	楊引傳	1850
	與諸卿舍弟（我自去歲杪秋至此）	王利貞	1850
	與友人（往者不佞偕友人登馬鞍山）	?	1850
	與楊三醒逋（別來二月）	楊引傳	1850
	與楊也峻五丈（天下之所最傷心者）	楊儁（王韜岳丈）	1850
	與醒逋内兄（積雨未止）	楊引傳	1850
	再與醒逋（夜潮未生）	楊引傳	1850

續　表

卷次	《弢園尺牘》光緒癸巳（1893）滬北松隱廬鉛印十二卷本目錄	受信人	寫作時間
卷二	與所親楊丈（風雨瀟瀟）	楊雋	1850
	奉顧滌菴師（雨雪載塗）	顧惺	1851
	寄周丈侶梅（不相見者二十閱月矣）	（周侶梅）	1851
	與殷尊生上舍（不見仲文月十閱矣）	（殷尊生）	1851
	與醒逋（話別非一日矣）	楊引傳	1851
	上江翼雲師（韜頓首）	江駕鵬	1852
	與錢蓮谿茂才（一昨江樓對酌）	錢文濰	1852
	寄顧滌盦明經師（西風判袂）	顧惺	1852
	寄曹醴卿上舍（小桃開後）	（曹翼鳳）	1852
	寄所親楊茂才（辛歲返轅）	楊引傳	1852
	與錢布衣（昨宵話舊酒樓）	錢文濰？	1852
	寄滌菴師（海上鴻歸）	顧惺	1853.2.2
	與李壬叔茂才（昨夕桂山枉過）	李善蘭	1853.6
	寄孫秋棠茂才（別來半載）	（孫秋棠）	1855.3.7
	寄曹竹安茂才（話別十閱月）	曹以雋	1855.3.12
	寄孫茂才（韜白：寄跡海壖）	孫啓榘	1855.3.11
	寄顧滌盦師（松軒歸里）	顧惺	
	與楊醒逋（伏處海陬）	楊引傳	1855
	與曹潞齋茂才（同客西館）	曹樹耆	
	與孫惕菴茂才（自耳盛名）	（孫惕菴）	1855
	再與孫惕菴（一昨奉示手畢）	（孫惕菴）	1855
	再寄孫惕菴（邇來拜展手畢）	（孫惕菴）	1855
	與省補（高齋揖別）	楊引傳	1856
卷三	與楊墨林太守（日來疲於奔命）	楊尚文	1856
	與許壬釜（憶自去年判袂）	許起	1856
	呈滌菴明經師（酸齋花木）	顧惺	1856
	與韓綠卿孝廉（欽遲隆名）	（韓應陛）	

续表

卷次	《弢園尺牘》光緒癸巳（1893）滬北松隱廬鉛印十二卷本目錄	受信人	寫作時間
卷三	與朱瓞卿茂才（鹿城話別）	（朱瓞卿）	1857
	呈滌盦師（養痾旋里）	顧惺	1857
	與補道人（見道人來）	楊引傳	1857
	與郁丈泰峰（自患足疾）	郁松年	1857
	上顧滌菴師（歲序忽易）	顧惺	1858
	寄應雨耕（一別三年）	應龍田	1858
	與孫秋棠茂才（春申浦上）	（孫秋棠）	1858
	與醒逋（辱惠手書）	楊引傳	1858.12.4
	呈江翼雲明經師（一昨借孫君次公）	江駕鵬	1858.11.26
	與賈雲階明經（自我旅此）	賈履上	1858.11.25
	奉顧滌盦師（暄寒旋易）	顧惺	1858
	與周弢甫比部（申浦西風）	周騰虎	1859.1.12
	上某觀察（震爍隆名）	吳健彰	1859.1.18
	與孫次公明經（江干判袂）	孫瀜	1859.2.18
	寄醒逋（吾輩在世間亦無所事事）	楊引傳	1860.3.21
	歲暮干人書（竊聞丐潤者不飲於細流）	吳健彰	1859.1.30
	與郁丈泰峰（經年暌隔）	郁松年	1859.1.25
	慰郁泰峰丈失子（寒雨微零）	郁松年	1859.1.26
	與朱瓞卿茂才（揖別高齋）	（朱瓞卿）	1859.1.22
	奉顧滌盦師（自暌懿範）	顧惺	1860.1.30
卷四	奉朱雪泉舅氏（寒江雁遠）	（朱雪泉）	1859.1.21
	與周弢甫徵君（弢甫通人足下）	周騰虎	1859.2.27
	上徐君青中丞第一書（當今天下之大患）	徐有壬	1859
	上徐君青中丞第二書（夫當今禦戎之法安在哉）	徐有壬	1859
卷五	致郁泰峰書（泰峰仁丈先生足下）	郁松年	1859
	與邱翁（同客海陬）	邱兆三	

續 表

卷次	《弢園尺牘》光緒癸巳（1893）滬北松隱廬鉛印十二卷本目錄	受信人	寫作時間
卷五	與張嘯山（清徽藉甚）	張文虎	1860.3.9
	上徐君青中丞（韜聞山有猛虎則威生）	徐有壬	1860
	與孫澄之茂才（愁霖匝月）	孫文川	1860.3.20
	與周公執少尉（愁霖空賦）	周瓛（致堯）	1860.3
	答徐君青中丞（竊以愛才下士）	徐有壬	1860
	與龔孝拱上舍（前數日天稍放晴）	龔橙	1860.4.2
	與某當事書（頃聞神京震動）	薛煥	1860
	署陳管見十條（一，兩廣逃勇必宜設法招回也）	薛煥	1860
	續陳管見十條（一，發火器須擇膽勇訓練之士）	薛煥	1860
卷六	上當事書（日者前後所陳管見）	薛煥	1860
	杜賊接濟管見十四條（一、城外宜設立巡防總局）	薛煥	1860
	擬上曾制軍書（吳下部民言今東南之禍烈矣）	曾國藩	1861
	與醒逋（醒逋執事：閉置一室中）	楊引傳	1862
	寄楊醒逋（醒逋執事：閏八月十有一日）	楊引傳	1862.11.3
	寄穗垣寓公（韜曰：韜拿鄙小材）	湛約翰	1863.10
	寄吳中楊醒逋（天南懶叟書問醒逋道人足下：別久路隔）	楊引傳	1863.12
	與徐子書（艱難險阻之中）	徐安甫？	1864
	與英國理雅各學士（雅各先生執事：韜生不辰）	理雅各	1864
	與吳子登太史（瀛壖揖別）	吳嘉善	1863.10.12
	與潘茂才（自別以來）	（潘茂才）	
	與補道人（嶺海飄零）	楊引傳	1865

弢園尺牘新編

續　表

卷次	《弢園尺牘》光緒癸巳（1893）滬北松隱廬鉛印十二卷本目錄	受信人	寫作時間
卷七	代上蘇撫李宮保書（閣下經略江左）	李鴻章	1864（代黃勝）
	代上丁雨生觀察書（某聞難易者時也）	丁日昌	1864（代黃勝）
	代上丁觀察書（五月二日）	丁日昌	1864 代黃勝上書
	答包荇洲明經（書來屢以中外時事爲詢）	包三鏸	1869
	與法國儒蓮學士（震鑠隆名）	儒理安	1868
	代上當軸書（竊聞涓埃無裨於山海）	?	1866
卷八	寄錢昕伯茂才（遠道書來）	錢徵	1869
	再寄錢昕伯茂才（僕老矣）	錢徵	1869.9
	代上丁中丞書（舊歲秋中）	丁日昌	1870（代黃勝）
	上丁中丞（比知旌節自析津回）	丁日昌	1870
	上丁中丞（今天下之大要）	丁日昌	1870
	寄余雲眉內翰（時屆九秋）	余瑮	1871
	寄陳琳川都轉（判襆以來）	（陳琳川）	1873
	與方銘山觀察（薄游穗石）	方勛	1873
	與懶雲上人（浪跡穗垣）	懶雲上人	1873
	與黃捷三副將（薄遊穗石）	（黃捷三）	1873
	寄梁志芸茂才（屢欲作尺一之書）	梁鶚	1874
	與李壬叔比部（有相識自都門來者）	李善蘭	1875
	與彭訒菴司馬（一雨浹旬）	（彭訒菴）	
卷九	代上廣州太守馮子立都轉（日者晉謁崇階）	馮端本	1874.4.19
	與友人（大千世界）	?	1875
	與楊醒逋明經（寄跡粵海）	楊引傳	
	代上黎召民觀察（日本，東瀛一島國耳）	黎兆棠	1874.3.22
	上豐順丁中丞（蠖屈海濱）	丁日昌	1875

續 表

卷次	《弢園尺牘》光緒癸巳（1893）滬北松隱廬鉛印十二卷本目録	受信人	寫作時間
卷九	上丁中丞書（前者旌節小駐汕頭）	丁日昌	1875
	與唐景星司馬（昨蒙文斾枉過）	唐廷樞	1875
卷十	與梁志芸茂才（老病頽唐）	梁鶚	1876
	上鄭玉軒觀察（久違懿範）	鄭藻如	1875
	與文樹臣都轉（傾倒隆名）	文星瑞	
	與鄒夢南觀察（頃同鶴琴太史飲酒歸來）	（鄒夢南）	1876
	與林葡甫少尉（旅邸開樽）	林慶銓	
	與朱穎伯司馬（判襟臨歧）	（朱穎伯）	
	與余謙之大令（不佞三吴之鄙人也）	余汝舟？	1875
	與楊甦補明經（前於郵筒中奉寄）	楊引傳	
	與王耕伯醢尹（香海相逢）	（王耕伯）	
	與許稚麟醢尹（六年闊别）	許寶蓮	
	答許穉麟醢尹（前月之抄）	許寶蓮	
	與劉子良醢尹（屢奉教言）	劉弼宸	
	擬與倪雲癯少尉（傾耳隆名）	倪鴻（耘劬）	1876？
	與許穉麟醢尹（别來四閱月矣）	許寶蓮	
	與蔣秋卿少尹（穗垣返櫂）	蔣鴻年	
	與許聽香茂才（判襟珠江）	（許聽香）	
	答余謙之大令（前月適有穗石之游）	余汝舟？	1876
	上陳荔秋星使（揖别江干）	陳蘭彬	1876
	與羅介卿守戎（穗垣判袂）	羅豐禄？	
	代上丁大中丞（曩在都門）	丁日昌	1876
	與田理荃大令（竄伏荒陬）	田鄈軒	1879
	答伍觀宸郎中（藉甚清徽）	（伍觀宸）	1877
	與余謙之大令（前日台旌道經香海）	余汝舟？	
	再與余謙之大令（自去秋至今）	余汝舟？	1878
	與余雲眉中翰（正月元日）	余瓈	

續　表

卷次	《弢園尺牘》光緒癸巳（1893）滬北松隱廬鉛印十二卷本目錄	受信人	寫作時間
卷十	與楊醒逋明經（前泐尺一）	楊引傳	1877
	與潘悾如明經（別後倐忽）	潘詒準	1877
	與顧桐君上舍（作十六年之久別）	鳳蓀	1877
	與黃春甫比部（別一十有六年）	黃鐏	1877
卷十一	與黃春甫比部（初秋獲奉環雲）	黃鐏	1877
	與唐景星觀察（昨奉瑤華）	唐廷樞	1877
	與唐景星觀察（開平煤礦之旺）	唐廷樞	1878
	上鄭玉軒觀察（近者威公使星軺在道）	鄭藻如	1878
	與日本增田岳陽（昨荷寵招）	增田貢	1879
	與余元眉中翰（自別以後）	余瓗	1879.6.11
	上丁大中丞（日昨幸得見天下偉人）	丁日昌	1879
	上鄭玉軒觀察（事至今日）	鄭藻如	1878
	與方銘山方伯（郵舶抵粵）	方勛	
	與盛杏蓀方伯（薄遊東瀛）	盛宣懷	1879
	與陳荔南觀察（三月中作東瀛之游）	陳樹棠	1879
	上鄭玉軒觀察（日者在英購辦兵艦四艘）	鄭藻如	
	上何筱宋制軍（今年三月中）	何璟	1879
	再上何制軍（還自東瀛）	何璟	1879
	上鄭玉軒觀察（今月十三日）	鄭藻如	
	上鄭玉軒觀察（近日時局維艱）	鄭藻如	
	與越南官范總督（震鑠隆名）	?	
	與日本寺田望南（向旅江都）	寺田宏	
卷十二	上鄭玉軒觀察（俄人之欲開邊釁久矣）	鄭藻如	1880
	上鄭玉軒觀察（今日之患孰有急於俄事者哉）	鄭藻如	1881
	與日本寺田望南（橫濱判袂）	寺田宏	1879
	與日本重野成齋編修（春申江上小住行蹤）	重野安繹	

續　表

卷次	《弢園尺牘》光緒癸巳（1893）滬北松隱廬鉛印十二卷本目錄	受信人	寫作時間
卷十二	與日本西尾叔謀教授（別六閱月矣）	西尾爲忠	
	與日本源桂閣侯（曩客江都）	源桂閣	
	與日本佐田白茅（握別橫濱）	又名佐田素一郎	
	與日本佐川樨所（橫濱判襟）	佐川樨所	1880
	與黃公度太守（鴻儀久隔）	黃遵憲	1880.3.21
	與日本岡鹿門（橫濱揖別）	岡千仞	1880
	與許菊坡茂才（藉甚清徽）	許希逸	1879
	擬上黎召民廉訪（不佞三吳之逋客）	黎兆棠	1879
	與楊醒逋明經（頃奉手書）	楊引傳	
	與方銘山觀察（日波未平）	方勛	
	與黃公度太守（前奉瑤華）	黃遵憲	
	上鄭玉軒觀察（韜患咯血疾）	鄭藻如	
	與方銘山觀察（屢奉環雲）	方勛	
	上鄭玉軒觀察（日昨戈登軍門自津抵港）	鄭藻如	
	補上鄭玉軒觀察（春夏以來）	鄭藻如	
	與方銘山觀察（前論中俄之事可出於和）	方勛	1880
	上鄭玉軒觀察（中俄之事近日見於西報者）	鄭藻如	
	擬上合肥相國（韜吳國男子）	李鴻章	

（二）《弢園尺牘續鈔》

卷次	《弢園尺牘續鈔》光緒己丑（1889）滬北淞隱廬活字排印六卷本目錄	受信人	寫作時間
卷一	與朱省三茂才（遯跡天南）	（朱省三）	
	與楊醒逋明經（二月初旬奉到手翰）	楊引傳	
	與許菊坡茂才（弟自去冬陡患目疾）	許希逸	1881
	與許壬瓠主政（民貧，外強而中槁）	許起	
	與馬眉叔觀察（江干執別）	馬建忠	1881

續　表

卷次	《弢園尺牘續鈔》光緒己丑（1889）滬北淞隱廬活字排印六卷本目録	受信人	寫作時間
卷一	與包子莊茂才（作十一年之遠別）	包子莊	
	呈鄭玉軒觀察（邇來泰西近事無足述者）	鄭藻如	
	與黃公度參贊（久不通問訊矣）	黃遵憲	1881
	上豐順丁中丞師（屢承鈞諭）	丁日昌	1881
	與方銘山觀察（自違文斾）	方勛	1881
	與陳荔南觀察（郵舶屢開）	陳樹棠	
	致越南黎和軒總督（判襟以來）	黎調	1881
	與伍子升郎中（前月作穗石之游）	（伍子升）	1881
	與方照軒軍門（月之四日接奉手翰）	方耀	1881
	呈鄭玉軒觀察（中俄之事或戰或和）	鄭藻如	
	與梁少亭主政（久不通書問矣）	梁肇晉	1881
	呈鄭玉軒觀察（月中三肅手書）	鄭藻如	
	再呈鄭玉軒觀察（韜自去冬目疾）	鄭藻如	1881
	與楊薪圃明經（回帆香海倚櫂金閶）	楊引傳	1881
	與日本栗本鉋菴（別來九月）	栗本鋤雲	1881
	與日本重野成齋編修（別來三年）	重野安繹	
	與梁少亭主政（穗垣小住）	梁肇晉	
	與方銘山觀察（昨自穗垣返櫂）	方勛	
	與馬眉叔觀察（韜年來屢罹多疾）	馬建忠	1881
	答日本某士人（昨承高軒枉過）	？	
卷二	與日本重野成齋編脩（久不通書問矣）	重野安繹	
	與鄭陶齋觀察（承示大著）	鄭觀應	1881
	與日本重野成齋編修（平子工愁）	重野安繹	1882
	與蘊玉仲司馬（前月作穗石之游）	蘊璘	1882
	與梁少亭主政（波路匪遥）	梁肇晉	1882
	致陳寶渠太守（頃奉環雲）	陳福勛	1882
	致馬眉叔觀察（前日西報中忽傳有閣下出使法國之命）	馬建忠	1882

續　表

卷次	《弢園尺牘續鈔》光緒己丑（1889）滬北淞隱廬活字排印六卷本目錄	受信人	寫作時間
卷二	與李小池太守（久不作書奉訊動止）	李圭	1882
	與彭筱皋觀察（韜遯跡天南二十有二年矣）	彭懋謙	1883
	與吳翰濤大令（邇來久不得手翰）	吳廣霈	1883
	答管秋初少尉（兩奉手畢）	管斯駿	1883
	與伍秩庸觀察（兩奉環雲）	伍廷芳	1883
	與楊醒補明經（正深思念）	楊引傳	1883
	與盛杏蓀觀察（養疴歸來）	盛宣懷	1883
	與方照軒軍門（韜久病不瘥）	方耀	1883
	復盛杏蓀觀察（日者恭逢文旆道出粵江）	盛宣懷	1884
	上潘偉如中丞（去秋令弟鏡如觀察書來）	潘霨	1884
卷三	擬上當事書（自古有國家者）	?	1884
	擬上當事書（竊聞天下事）	?	1884
	擬上當事書（爲敬陳管見以備采擇事）	?	1884
卷四	與劉嘉樹太史（法、越之事）	劉嘉樹	1884
	與莫善征直刺（法人啓釁）	莫祥芝	1884
	與伍秩庸觀察（日前匆匆判襟）	伍廷芳	1884
	與潘鏡如觀察（昨奉瑤華）	潘露	1884
	與盛杏蓀觀察（日昨幸接光采）	盛宣懷	1884
	與潘鏡如觀察（馬江一役）	潘露	1884
	與莫善征直刺（懿範久暌）	莫祥芝	1885
	上郭筠仙侍郎（自違懿範）	郭嵩燾	1885
	與魏盤仲直刺（不通音問二十有四年矣）	魏彥	1885
	與方照軒軍門（日昨三肅手畢）	方耀	1884
	與溫飥園觀察（甲申春間）	溫子韶	1885
卷五	與徐韻生大令（兩奉手畢）	徐維城	1885
	再與韻生大令（判襟以來）	徐維城	1885
	致殷紫房茂才（重返里門）	（殷紫房）	1885

續　表

卷次	《弢園尺牘續鈔》光緒己丑（1889）滬北淞隱廬活字排印六卷本目錄	受信人	寫作時間
卷五	呈邵筱邨觀察（震鑠隆名）	邵友濂	1885
	與伍秩庸觀察（寄跡滬江）	伍廷芳	1885
	與易實甫中翰（夏秋間文旆兩過滬江）	易順鼎	1886
	與伍秩庸觀察（昨晤鍾君靄堂）	伍廷芳	1886
	與盛杏蓀觀察（前夕蜆旌將發）	盛宣懷	1886
	與姚子梁太守（判襼旗亭）	姚文棟	1886
	與伍秩庸觀察（前奉環雲）	伍廷芳	1886
	與盛杏蓀觀察（前在滬江）	盛宣懷	1886
	呈鄭玉軒星使（日前三肅手畢）	鄭藻如	1886
	再呈鄭玉軒星使（瀚濤忽欲作粵東之行）	鄭藻如	1886
	與盛杏蓀觀察（兩肅手畢）	盛宣懷	1886
	與陳衷哉方伯（久未通尺一）	（陳衷哉）	1886
	復楊古醖司馬（弟本吳人也）	楊葆光	
	復姚子梁太守（兩奉瑤翰）	姚文棟	1886
	致陳衷哉方伯（久不通書問矣）	（陳衷哉）	
	代呈某方伯（日前旌節賁臨）	？	
	與程蒲生孝廉（一病兩月）	程秉釛	
	呈胡芸楣觀察（曩在滬濱）	胡燏棻	1887.1.11
卷六	與洪蔭之大令（去冬一別）	洪述祖（熙）	1887
	復盛杏蓀觀察（毗陵畢君來）	盛宣懷	1887
	上許星臺方伯（前奉瑤華）	許應鑅	1887
	與陸儼笙鹺尹（文旌駐滬）	（陸儼笙）	1887
	與梁志芸孝廉（小饗居士足下）	梁鶚	1887
	與甦補別駕（今年消息殊稀）	楊引傳	1887
	與日本水越耕南（楊君硯池返櫂）	水越成章	
	與日本佐田白茅（久不通書翰矣）	佐田白茅（又名左田素一郎）	

續　表

卷次	《弢園尺牘續鈔》光緒己丑（1889）滬北淞隱廬活字排印六卷本目錄	受信人	寫作時間
卷六	與岡鹿門（別後屢賜手書）	岡千仞	1887
	與西尾鹿峯（己卯游東京）	西尾爲忠	1888
	與龜谷省軒（一別冉冉九年矣）	龜谷行	1887
	與寺田望南（井上子德回國）	寺田宏	
	與王惕齋上舍（前日文旌遄返滬江）	王仁乾	
	與繆少初大令（足下十九載宰治伊陽）	繆尊聯	1885
	與許竹士上舍（甫里開帆）	（許竹士）	1887
	上方照軒軍門（連日追陪讌集）	方耀	1887
	答沈苇之大令（仰盛名久矣）	沈康	1887
	答孫少襄軍門（曩在江鄉）	孫金彪	1888
	與許壬瓠主政（弟離鄉四十年矣）	許起	1888
	復蔡寶臣司馬（久耳鴻名）	蔡嘉穀	1888
	與方照軒軍門（旌節南旋）	方耀	
	與蔡和甫觀察（芳序甫回）	蔡鈞	1888
	與李林桂參戎（去冬文旌范滬）	（李林桂）	
	與許壬瓠主政（昨塵緘札）	許起	1888
	與日本源桂閣侯（足下卜居墨水之上）	大河內輝聲（又名源桂閣）	1885
	與英國傅蘭雅學士（韜與執事爲海外文字交）	傅蘭雅	1888
	答王漆園茂才（十年久別）	王治本	1888

三、《弢園鴻魚譜》各篇受信人及撰作年份表

《弢園鴻魚譜》目錄	受信人	寫作時間
與重野成齋編修（一別十又二年）	重野安繹	1890
與岸田吟香（一別月又十餘度圓矣）	岸田國華	1890

续 表

《弢園鴻魚譜》目錄	受信人	寫作時間
與岡鹿門（昔年文旆來游）	岡千仞	1890
與陳喆甫參贊（入春以來）	陳明遠	1890
與孫君異別駕（屢奉手翰）	孫點	1890
與胡芸楣運憲（自陸韻樵貳尹稅駕津門）	胡燏棻	1890
與龔仰蘧廉訪（聞節鉞自金陵回）	龔照瑗	1890
與陸存齋觀察（一別將三十年矣）	陸心源	1890
與張少蓮明府（丙戌四月間）	（張少蓮）	1890
與姚念嘉州守（去歲承文旌兩枉寓廬）	姚嶽望	1890
與魏槃仲直刺（甲申春間自粵還）	魏彥	1890
與姚子梁太守（一別冉冉四五年矣）	姚文棟	1890
與蔡毅若觀察（老病頹唐）	蔡錫勇	1890
與曾根孝雲（別後時有書牘往還）	曾根俊虎	1890
與蔡毅若觀察（兩奉琅函）	蔡錫勇	1890
與重野成齋編修（自己卯年薄遊江戶）	重野安繹	1890
與岸田吟香（別兩年矣）	岸田國華	1890
與沈子枚觀察（久不見休文矣）	沈能虎	1890
與馬眉叔觀察（老病頹唐）	馬建忠	1890
與孫君異別駕（聞瓜代有期言旋伊邇）	孫點	1890
與岸田吟香（黃夢畹茂才來）	岸田國華	1890
與裴伯謙比部（兩奉手翰）	裴景福	1890
與水越耕南（弟於閣下並未一見）	水越成章	1890
與朱季方上舍（三日不見知已揚帆去矣）	朱印然	1890
與蹇虛甫大令（黃夢畹茂才旋滬）	蹇念成	1890
與陳喆甫參贊（久不修楮致候起居）	陳明遠	1890
與蔡二源太守（弟滬曲賓萌也）	蔡匯滄	1890
與廖蜀樵大令（晚霞生來粵）	廖光	1890

續　表

《弢園鴻魚譜》目錄	受信人	寫作時間
與盛杏蓀觀察（兩肅手翰遞之郵筒）	盛宣懷	1890
與王雁臣明府（久不聆麈教矣）	王寅	1890
與趙竹君大令（自去冬一別）	趙鳳昌	1890
與曾根嘯雲（別來三載，未通一字）	曾根俊虎	1890
與魏槃仲直刺（前肅手翰並拙著十餘種）	魏彥	1890
與陳藹廷太守（溯自去春話別春申浦上）	陳言	1890
與伍秩庸觀察（去冬一別倏忽期年）	伍廷芳	1890
與唐芝田大令（前肅寸楮）	唐榮浩	1890
與羅少耕直刺（前曾敬肅寸箋）	羅嘉傑	1890
呈龔仰蘧廉訪（日前旌節由柝津旋滬）	龔照瑗	1890
與龔景張郎中（前奉瑤華）	龔心銘	1890
與許壬瓠主政（三肅書而未蒙一答）	許起	1890
與黃公度參贊（前年於炎雲烈日中蘚苔文旌）	黃遵憲	1890
與陸存齋觀察（前日蜺旌小駐此間）	陸心源	1890
與許蔭庭廉訪（一自酒樓小聚）	許鴻書	1890
上張朗齋宮保（前肅寸楮並拙著）	張曜	1890
呈薛叔耘星使（前者旌節暫駐申江）	薛福成	1890
與黃雋民教授書（久挹隆名恒深歆慕）	黃鐘英	1882
與吳福茨觀察（久未通尺一之書）	吳引孫	1885 後
致薛叔耘星使（前奉環雲歡喜無量）	薛福成	約 1893
致趙靜涵孝廉（久未通尺一之書）	趙元益	約 1893
致蔡毅若觀察（獻歲發春）	蔡錫勇	1893
與李子木觀察（兩奉華翰歡喜無量）	李正榮	1893
與陳宇山軍門（揖別以來兩更裘葛）	陳基湘	1893
與許竹士上舍（久未通尺一之書）	（許竹士）	1893
與張月階郎中（昔仰隆名今瞻懿範）	張履謙	1893

續　表

《弢園鴻魚譜》目錄	受信人	寫作時間
與許壬瓠主政（鄧尉歸來已一十五日矣）	許起	1893
致聶仲芳觀察書（久未上敏崇轅）	聶緝槼	1893
與志仲魯觀察（前日魯介朋少尹回滬）	志鈞	1893
與龔星使書（六月六日連肅雙緘）	龔照瑗	
與鄭玉軒京卿書（自違懿範彈指兩年）	鄭藻如	1891
與日本寺田望南（一別八九年矣）	寺田宏	1891
寄龔仰蘧星使（去歲旌節遙臨襜帷暫駐）	龔照瑗	1891
與志仲魯觀察（去臘曾肅尺書）	志鈞	1893
與鄭陶齋觀察（十日不見倍切懷思）	鄭觀應	1893
與馮明珊書（頃奉環雲並寄來燕窩二斤）	馮普熙	1893
與聶仲芳廉訪（前日恭詣崇轅）	聶緝槼	1894
與殷芝露	殷之輅	

圖書在版編目(CIP)數據

弢園尺牘新編／(清)王韜著；陳玉蘭輯校. —上海：上海古籍出版社，2020.11
ISBN 978-7-5325-9792-5

Ⅰ.①弢… Ⅱ.①王… ②陳… Ⅲ.①書信集－中國－清代 Ⅳ.①I264.9

中國版本圖書館 CIP 數據核字(2020)第 213757 號

責任編輯：祝伊湄
裝幀設計：何　暘
技術編輯：隗婷婷

弢園尺牘新編
(全二册)

［清］王韜　著

陳玉蘭　輯校

上海古籍出版社出版發行

(上海瑞金二路 272 號　郵政編碼 200020)

(1) 網址：www.guji.com.cn
(2) E-mail：guji1@guji.com.cn
(3) 易文網網址：www.ewen.co

上海惠敦印務科技有限公司印刷

開本 890×1240　1/32　印張 24.75　插頁 9　字數 600,000
2020 年 11 月第 1 版　2020 年 11 月第 1 次印刷
印數：1—1,800

ISBN 978-7-5325-9792-5
Ⅰ·3527　定價：128.00 元

如有質量問題，請與承印公司聯繫